U0634494

中国神话故事与民间传说

中国神话故事

儿童注音彩绘版

中国神话故事与民间传说

【美绘国学书系·点墨人间】

昭军 编著

民主与建设出版社

·北京·

© 民主与建设出版社，2020

图书在版编目（CIP）数据

中国神话故事与民间传说 / 昭军编著. —— 北京：
民主与建设出版社，2020.11
（美绘国学书系）
ISBN 978-7-5139-3310-0

Ⅰ.①中… Ⅱ.①昭… Ⅲ.①神话—作品集—中国②民间
故事—作品集—中国 Ⅳ.①I277

中国版本图书馆CIP数据核字（2020）第234359号

中国神话故事与民间传说
ZHONGGUOSHENHUAGUSHI YU MINJIANCHUANSHUO

编　　著　昭　军
责任编辑　李保华
封面设计　余　微
出版发行　民主与建设出版社有限责任公司
电　　话　（010）59417747　59419778
社　　址　北京市海淀区西三环中路10号望海楼E座7层
邮　　编　100142
印　　刷　德富泰（唐山）印务有限公司
版　　次　2020年12月第1版
印　　次　2020年12月第1次印刷
开　　本　710毫米×1000毫米　　1/16
印　　张　18
字　　数　362千字
书　　号　ISBN 978-7-5139-3310-0
定　　价　76.00元

注：如有印、装质量问题，请与出版社联系。

前　言

　　神话和传说，是源自洪荒、出自民间的古老故事，也是一个万古常新的话题。

　　在漫长的史前年代，华夏先民就已经在用史诗、歌谣等口耳相传的方式讲述着天地开辟的奥秘、诸神造物的奇迹、祖先迁徙的传奇以及英雄历险的故事，讲述着人类与生俱来的爱的欢愉、生的欲望、死的恐惧，讲述着宇宙万象、日月运行、季节轮回、大地草木、林间群兽以及尘世间生老病死、爱恨情仇的来历，讲述着时间的开始和终止，讲述着大地的深邃和宽广，讲述着人类的诞生、灭亡和再生，讲述着那些游荡于荒远之域中的神仙和妖怪的故事……在狩猎时代的林间空地上，在农耕时代的丰收庆典上，在古代王公贵族的宫殿上，在乡间村社的树荫下、水井畔、篝火旁，世世代代的歌手们一边抚琴弹奏一边高歌低吟的就是这样一些口耳相传的故事，这些中华民族在口传时代流传下来的古老故事，蕴含了人类最深沉的智慧和情感，寄托了中华民族最古老的记忆。它们不是别的，它们就是神话传说。

　　在这些古老神话瑰奇诡谲、五彩斑斓的表象下面，所蕴含的是先民对那些宇宙、人生终极问题的追问和回答。

　　宇宙是如何创生的？宇宙的创生在什么时候？终结又在什么时候？这个深不可测的星空究竟是亘古混沌一团，还是自有其永恒的秩序和界限？是谁为宇宙制定了这些秩序、划定了如此的界限？人类是如何来到这个世界的？人类来到这个世界，是纯属偶然，还是造物的恩赐？世界上的第一个人是谁？人为什么会生？又为什么会死？人在死后是否还有灵魂？我们从哪里来？又到哪里去？人既然会死，那么这短促的人生还有什么意义？人为什么会分成男人和女人？为什么男人和女人天生就彼此渴慕又互相仇恨？为什么男女之爱会带给人如此巨大的狂喜却又让人陷入无尽的怨恨？

……

它们是神话，它们也是哲学：这些问题关乎宇宙最深的奥秘、至高的哲理，而古人们只能凭愿望、想象和激情回答这些问题，所以对它们的回答往往变成神话。每个民族从其各自不同的处境和才情出发，做出了各自不同的回答，从而形成了各具千秋的神话体系和诸神谱系。

诸如此类关乎宇宙、人生的终极性问题，是人类为了了解自己在这个世界上的位置，从而理解生命的意义所必定遭遇的问题，但是人类的生命相对于宇宙洪荒和悠长历史的有限性，又决定了我们永远无法回答这些问题，因为我们无法跳出自身短促的生命周期，站到生死轮回、劫波成毁之外，去审视和度量那浩瀚的宇宙和漫长的岁月，所以我们的所有回答，从盘古开天辟地，到女娲抟土造人等，其实都是一些猜测和想象。

因为没有最后的答案，所以人们才不息地追问，所以那些古老的神话才历经岁月沧桑而世代流传，经久弥新。远古游吟诗人、巫祝祭司的吟唱早已随着岁月的流逝而成为绝响，但他们在史诗和歌谣中讲述的诸神故事、英雄传奇，却被后来的人们用文字铭记下来，印于泥版、刻于金石、著于竹帛而留诸永远。千百年来，那些古老的神话故事被一代又一代的人们用不同的方式一遍又一遍地讲述着、演绎着。也许时过境迁，故事的人物换了，故事的场景变了，但故事的情节骨架没变，构成这个骨架的一个个母题要素也没变，故事依然是那个故事，故事中的智慧和教诲依然是那些启迪了先民们的智慧和教诲，正义战胜邪恶，死亡击溃生命，诸神死而复生，英雄历险归来……

虚幻的神话，之所以能够超越历史而世代流传，正因为神话中蕴含了人类最深沉的欲望和最瑰丽的想象。神话时代的古老幽灵，其实从来也没有离我们远去，它们一直在我们的心灵深处。

本书分为神话故事、民间传说上下两篇，同时选取了百余幅表现故事情节的精美图片，在讲述每个动人故事的同时，也力图为读者展现一个栩栩如生的完整的中国神话谱系。

中国神话故事与民间传说

目 录

上篇　神话故事

中国神话故事与民间传说

中国神话故事与民间传说

下 篇　民间传说

中国神话故事与民间传说

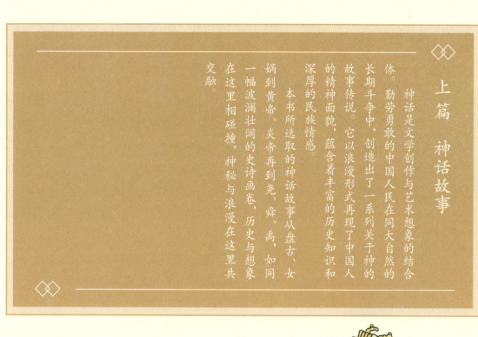

上篇　神话故事

神话是文学创作与艺术想象的结合体。勤劳勇敢的中国人民在同大自然的长期斗争中，创造出了一系列关于神的故事传说。它以浪漫形式再现了中国人的精神面貌，蕴含着丰富的历史知识和深厚的民族情感。

本书所选取的神话故事从盘古、女娲到黄帝、炎帝再到尧、舜、禹，如同一幅波澜壮阔的史诗画卷，历史与想象在这里相碰撞，神秘与浪漫在这里共交融。

第一章　开天辟地

盘古开天辟地

最初的世界是混沌的，没有一丝光亮。这个世界上没有高山河流、没有花草树木、没有鸟兽鱼虫，更没有万物之灵的人类。整个宇宙都紧紧地团在一起，如果打一个形象的比喻，当时的宇宙就是一个很大很大的鸡蛋。

几亿年过去了，宇宙这个大鸡蛋里发生了变化，世界上第一个生命开始在里面孕育。又过了几亿年，那个生命长成了一个拥有双手双脚、具有思维的生物，外形和现在的人类十分相似，他的名字叫盘古，一个巨大无比的巨人。盘古在宇宙大鸡蛋中沉睡了一万八千年。

这一天，盘古突然从睡梦中醒来。他睁了睁眼，发现周围漆黑一片，看不清任何东西。他在"鸡蛋"里面睡的时间太长了，身上的每个关节都在提醒他应该活动一下筋骨。于是，他伸了一下懒腰，可宇宙那坚硬的外壳又把他的手臂挡了回来。他想站起来走走，可是却连头都抬不起来。盘古心中气愤地想："这个可恶的'鸡蛋'，束缚我一万八千年了。如今，我想要动一动它都不允许。看来是该想办法除掉这个家伙了。"

想到这儿，盘古慢慢移动，使自己蹲在"鸡蛋"中的空间里。他抬起那双强壮有力的双手，托住了"鸡蛋"的上半部分，然后使出全身的力气，胳膊使劲往上抬，双腿使劲向下蹬。这很困难，真的，因为那个"鸡蛋"的外壳太坚硬了，但是盘古没有放弃，依然坚持不懈地"挣扎"着，心中只有毁掉"笼子"这一个念头。

努力有了回报，盘古已经听见"鸡蛋"发出细微的破裂声，他知道离成功不远了。于是，在原来的基础上，他又加了把劲。突然间，宇宙中传来了一声惊天动地的巨响。随着巨响过后，那个束缚了盘古一万八千年的"大鸡蛋"也破裂了。

混沌和黑暗从"鸡蛋"里面跑了出来，它们在盘古身边晃来晃去，紧紧地缠绕着他。盘古愤怒了，不明白为什么这些可恶的东西不肯放过他，于是他决定反击。盘古抡起了铁一样的拳头，抬起了钢一样的腿脚，四处踢打着混沌和黑暗。

混沌和黑暗被盘古打得稀巴烂，慢慢地分离开来。其中，那些比较清而且分量也很轻的东西升了起来，变成了天；那些比较浊而且分量比较重的东西则沉了下去，变成了地。就这样，天和地分开了。

终于有了空间，盘古可以好好舒服一下了。他站了起来，伸了一个大大的懒腰。他太高兴了，因为再也不用受那个可恶的"笼子"的束缚了，讨厌的黑暗和混沌也不会再来打扰他了。可是，正当他高兴的时候，突然感觉到头被什么东西重重地砸了

中国神话故事与民间传说

一下。盘古伸手一摸，心中暗叫不好。原来，本来升起来的天又再一次落了下来，也许它还想重新和大地结合。

这下可激怒了盘古，他想："现在我把天再撑起来肯定是没有问题的，可关键是它还会落下来。不行，我必须想一个万全之策。"于是他又一次把天撑了起来。为了不让天和地再一次结合，盘古决定由他来做"擎天柱"，一直到天不再下落为止。于是他手托着天，脚踏着地，威风凛凛地矗立在宇宙中，一顶就是一万八千年。

在这一万八千年里，盘古吃了数不尽的苦。他不能吃饭，因为他的双手要支撑着天，只有那飘进他嘴里的虚无缥缈的雾略略地减轻了他的饥饿感；他不能休息，因为只要他一动，天就会有掉下来的危险，他所能做的只能是偶尔换一换手。

在这一万八千年里，世界每一天都在发生变化。盘古的身子每天都会长长一丈，而天也就随之升高一丈。盘古的身体一天比一天长，天和地的距离也一天比一天长。终于，盘古长成了一个身高九万里的巨人，而天和地的距离也变成了九万里。

九万里的距离够远了，天和地再也不能结合在一起了。盘古看了一下四周，欣慰地笑了笑。他觉得这个世界因为他的努力而不再那么狭小，天和地也因为他的功劳而永远地分开，这是一件多么有意义的事啊！不过，他心中还有一丝遗憾。因为世界虽然产生了，可是没有光明、没有水、没有山、没有矿物、没有生物、没有……还有很多东西等着他创造。

盘古没有时间了，也没有能力了。他睁大双眼，呼出了最后一口气，脸上带着微笑，心中怀着遗憾，眼中含着泪水，发出一声巨吼，慢慢地倒下了。

盘古的最后心愿在他临死的时候实现了。天地间发生了神奇的变化，盘古临死前口中呼出的那口气变成了风和云；他的怒吼声变成了天上轰隆隆的雷声；他的左眼变成了金光灿烂的太阳；他的右眼变成了柔美皎洁的月亮；他的眼泪变成了大地上的江河；他的眼光变成了闪电。

盘古倒下了，再也不能站起来了。他的身躯变成了五方名山；他的四肢变成了大地的四极；他的肌肉变成了肥沃的土地；他的经脉变成无数的道路；他的血液变成了茫茫的大海。这还没有结束，他的毛发变成了陆地上的各种植物，有花有草、有树有林；他的骨骼、牙齿还有骨髓，变成了大地里的珍宝，有金有银，有铜有铁，还有各种宝石、珍珠、玉石等。最后剩下的是盘古身上的汗滴，这些东西也没有浪费。它们慢慢地升上天空，然后再从天空中降落下来，这就是雨露和甘霖。

世界变得丰富多彩了，有了阳光、有了高山、有了江河，也有了各种植物。盘古的精灵在世界上游荡，慢慢地它们在这个新的世界里变成了具有生命的各种动物，有鸟有兽，有鱼有虫。这些动物给世界带去了无限的生机，不过那时候还没有人类。

这就是盘古开天辟地的故事，关于一个具有大无畏精神的、受到人类无比崇拜的人类始祖的故事。

混沌开七窍

很久很久以前，天地一片混沌，清的和浊的大气混在一起，不断地变化着。其中自然也有很多怪异的生灵，这些怪异的生灵不仅习惯了混沌和黑暗，有许多还化为了神。

混沌就是这样一个神，也有叫它帝江的。混沌生活在距西部山系的头山崇吾山以西三百五十里的一个叫作天山的地方。

混沌的形体像黄囊，和大象的躯体一样庞大，但是比大象多两只腿；六只脚像熊掌，却不像熊掌那样坚实；皮色红，像丹火；背上还长了四个翅膀；有像狗一样的尾巴；浑然没有面部，更没有耳目口鼻，但他能欣赏歌舞，能听得懂混茫中的声音，能判断出从自己身边经过的是好人还是恶人；它行动起来如一团不透明的影子，缓慢而艰难。

也许混沌正在化生天地的精气，含蓄宇宙世界诞生的能量。

有一天，生活在海里的两个时间神路过天山时看见了混沌，就来和他说话。混沌能听懂他们的话，也待他们很友好。两个神都深深地为混沌感到遗憾，因为混沌和他们不一样，没有眼耳口鼻，他们想不出混沌是怎么在天地中生存的。他们决定帮助混沌，用斧头、凿子等工具为混沌开七窍。

两位好友对混沌说："混沌呀，我们的好朋友，我们知道你是蕴含了天地精华的神，靠亿万年和天地的亲密接触你也能听到和感知到事物，但是你知道吗，天地中的生物都是有眼耳口鼻的，眼睛能把世界看得清楚，耳朵能更好地听见世间万物的涌动，有了口可以尝到天地精华孕育的美味，鼻子能分辨百味……"

"真的吗？经你们这么一说，我还真的有点动心，虽然在天地的怀抱生活了这么多年，但天地到底是什么样子我还真不知道。"

"那就允许我们给你开凿出七窍好吗？"

"好吧，那我就能感受到七窍的神奇力量了！"

两个热心的朋友先用两天的时间在混沌前面两个翅膀和两条前腿之间的比较平的部位凿了两只眼睛，第三、四天他们又在眼睛的下部凿了两个鼻孔，第五天又在鼻子下面凿了一个嘴巴，第六、七天又在眼睛和左右下方分别凿了两只耳朵。

七天过去了，混沌神拥有了七窍，然而随着七窍的开凿，混沌体内蕴含的天地精华也不断地向外飘散，又过了七天，混沌逐渐与天地化为了一体。

巨灵劈山

巨灵是阴阳二气化生的"元气"产生的一个神，传说他诞生在汾水源头一块隆起的怪石旁，能够造山川，引江河，后来，他负责治理黄河，成为黄河河神。

有一段日子，他一直在华山散心，无意中看见黄河水在华山的脚下泛起巨大的浪花，然后向南曲折而去。巨灵很纳闷。仔细查看后，他发现太华和少华这两座连在一起的大山阻挡住了黄河的去路。

怎么办呢？巨灵站在黄河中央查看面前的华山，忽然他发现太华山和少华山两座山上面是分开的，如果把这两座山劈开，黄河之水不就可以从两山之间痛快地流走了吗？巨灵下定决心要把华山劈开。

巨灵重又爬回华山顶端，养精蓄锐了三天，第四天，他抓住太华和少华两个山峰的山尖，大喊一声"开"，太华和少华两座山就被掰开了。黄河水马上向两座山峰汹涌而来。原来，两座山底端的山石还没有完全分开，巨灵抬起巨大的脚向中间踏过去。两座山彻底分开了，黄河欢快地翻着巨浪从中间穿过。

太华和少华两座山被掰开后形成了一段峡谷，就像两个门框立在黄河的两岸，人们于是称这里为"龙门"。越过龙门之前的黄河水，被约束在高山峡谷之间，就像一头怪兽，因为找不到出口而咆哮着。横冲直撞中，这头"怪兽"来到龙门口。只见它一个急转弯，掀起的狂涛巨浪顷刻之间就撞在了峭壁上。它被迫掉过头来，撞向对岸的巨石。一次次碰壁后，这头"怪兽"只好退回去，可是随即又和矗立在河床中的一座巨大的礁石相遇。它似乎被激怒了，疯狂地冲向天空，在一阵喧嚣之后颤抖着从空中摔下来，落入谷底。黄河水总算跳出了龙门。

至今，巨灵因掰开山用力过猛而留下的手指印、手掌印以及脚印在华山上还能看见呢。

懒汉夫妇

天地分开之初，大地上的河流因为没有固定的河道而四处横流，经常泛滥成灾。地面上七股八道，沟沟岔岔全是水，天神于是派巨人朴夫和他的妻子去治理洪水，希望他们能兢兢业业，早日疏通洪水。

朴夫和他的妻子都是巨人，他们的身体有千里高，手臂长得能够搂住太行山，腰也有几千里粗。这样的身材，本来对治理洪水很有利，因为他们的身躯可以背负起大山，挡住洪水；他们拥有的力量可以将淤塞的河道挖开；他们的身躯可以拦住洪水，让洪水沿着河道流泻……只要他们用心，认真对待，肯定能治理好洪水。然而面对大地上像网一样杂乱的河流，他们没了耐心，感到很苦恼。他们好吃懒做，没有心思工作，整天只是潦草地应付差事，本来该深挖的地方，他们稍稍挖一条浅浅的小沟渠就放下了；有的河流却只疏通一个小小的出口，所以中途又淤塞了；用来阻挡洪水的堤坝却筑得不坚固，致使洪水又泛滥开来……很多年过去了，大地上依然洪水泛滥。

这对夫妻不仅好吃懒做，而且还痴心妄想。在治理河水的过程中，他们听说如果吃到黄河里的一百棵水仙花的汁液就可以成仙，于是就东奔西跑寻找水仙花。他们一连找到了九十九棵，再找到一棵水仙花就可以成仙了！于是，他们又来到黄河边。在黄河里，他们终于找到了最后那一棵水仙花。后来，他们成仙了。

这让黄河的河伯很不服气，"这样懒惰懈怠的人都成了仙？"于是，河伯就到天帝那里告状。天帝知道了这件事情，非常生气，就罢免了朴夫和他的妻子的职位，把他们放逐到东南的荒原里，让他们光着身子忍受寒冷和溽热，还不让他们喝水、吃饭，只可以用秋天的露水充饥。天帝说，什么时候大地上没有了水灾，他们才可以官复原职。

钟山烛龙和阴阳二神

从前面几篇故事看，盘古应该是中国神话最正宗的开天辟地者，是中国神话中人类的始祖，而其他几位，比如说混沌、巨灵、那对懒汉夫妻还有鬼母，都算不上造物主，因为他们虽然具有非凡的神性，但是他们的身体还残留着太多动物的形象，所以还不能完全看作是天地人类的始祖。

不过，即便算不上造物主，他们的故事还是可以讲一讲的，毕竟有了他们，中国神话开天辟地这部分才会显得更加丰富多彩。

除了混沌、巨灵、那对懒汉夫妻还有鬼母，还有三位值得一说。

天地混沌不分的时候，深远广大，谁也不知道它的终点在哪里。在这样的混沌中慢慢生出了阴阳两个神——阳神治理上天，阴神管理大地。在他们的治理下，天地逐渐分开，并形成了东、西、南、北、东北、东南、西北、西南八方；轻缓洁净的阳气逐渐向上成为天，浊重的阴气逐渐向下成为地；浑浊的气化为虫类，清轻的气则化为了一种精神的力量随天上升，再化为元气，然后产生了人类，于是虫类和人类便把天看作父亲，把大地看作母亲，把阴阳二气作为行动的依据，顺应由阴阳二气运转而形成的四季的变化。

另一位是钟山烛龙。在西北海之外，赤水的北面，有一座山叫作章尾山。这山上有一个神，它长

着人的脸，蛇的身子；眼睛常眯成一条缝；全身都是彤红的，身子有千里长。它的本领很大，盘伏在山上，不吃不喝，不睡不休息，栉风沐雨。它闭上眼睛就是黑夜，睁开眼睛就是白天。它吹口气，便乌云密布，雨雪纷纷；吸口气又是烈日炎炎，骄阳似火；它一呼一吸就会大风万里。

因为西北方向的阴阳不足，所以这个神常常要衔着一支蜡烛照耀西北方的天门。那烛光加上它彤红色身体泛着的红光，照亮了一切幽暗阴森之处，包括九泉之下，于是，人们便称它为"烛龙神"，又称为"烛阴"。因为烛龙口里衔着的烛光能给大地带来温暖，所以，只要烛龙出现在天门，冬眠的动物就会出来活动。大地变暖，水汽涌动、上升，天上的雷公能够感受到，就会开始打雷。

第二章　女娲造人

女娲造六畜

盘古开天辟地后，天地间有了日月星辰、风雨雷电、山川河流、花草树木……

一天，伏羲的妻子女娲娘娘从天界来到了大地上。女娲是一位人首蛇身的女神，具有化育万物的神力。女娲看见天地之间这大好河山如此美丽，非常高兴，她尽情地游山玩水，享受阳光，欣赏明月，看雨落雪飞，看花开花落、草木生息荣枯。然而，时间久了，女娲也感到了寂寞，总觉得大地上缺少了点什么。

坐在河边休息时，她想：缺点什么呢？无意中她抓起河边半湿润的土，就随意地捏了起来。她先捏了一个牲畜，头较长，面宽，角向外上方弯曲，尖端稍向上，颈长中等，体躯长，呈圆筒状，肌肉丰满，前躯较后躯发育好，胸深，四肢结实，蹄子分两半，拖着一条长尾巴，鼻孔很大，眼睛也很大，充满了忠厚善良的光芒。女娲很喜欢，捏成后就轻轻地对它吹了一口仙气。没想到它竟从女娲的手掌上走到地上来。似乎是为了回报女娲为它创造生命，它"哞哞……"地叫着，用头蹭着女娲的胳膊。仁慈的女娲神欢喜得很，摸着它的头说："你是我创造的第一

种牲畜，看你身体强健，敦厚淳朴，你就叫'牛'吧。你四肢结实，以后就多在田地走动吧，我会再帮你创造一些同伴陪伴你的。"说完，女娲让牛去了田地。

看着牛走向田地，女娲想："我何不多捏几种动物，让它们并存，这样它们就不会感到孤单了。"于是，女娲又捏了马、羊、鸡、狗和猪。

六畜就这样诞生了。女娲给它们明确分工：牛驾车耕田，马负重致远，羊供备祭器，鸡司晨报晓，狗守夜防患，猪宴飨速宾。六畜各有特点，也各有用处。

看着天地间多出的牲畜，女娲感到很满意。忙了这一段时间，女娲很有成就感，但是也觉得好累，就枕着河边青青的草香睡着了。

女娲抟土造人

女娲一觉醒来，人间已经过去很多年了。她造的六畜和各种动物混杂在森林里，草原上也多了许多野性。女娲看着周围的一切，还是感到很孤独，大地上没有和自己一样，能直立行走，会说话思考，有感情，能和自己沟通的人，她觉得天地间再添点什么就会更有生气了。突然一个奇妙的想法从她的脑子里涌了出来。她决定马上把自己的想法付诸行动。

女娲来到一条很长很宽的河流前蹲下了身子，清澈的河水映出了自己的面容。她在河边上挖出了一些黄色的泥土，然后用河里的清水把泥和好。接着，她又按照自己的样子把泥团捏好。她看了看泥团，总觉得有什么地方不对。哦！原来这个小泥团和自己一样，没有分开的双腿，只有一条和蛇一样的大尾巴。于是，女娲又沾了些水，把泥人的尾巴捏成了两条腿。

女娲把泥人捧在手里把玩了半天，然后对着泥人吹了一口带有生命气息的仙气。当她把泥人放在地上时，奇妙的景象出现了，这个小泥团活了，在女娲身边不停地跑着跳着。

看着这个和自己长得差不多，却比自己渺小的孩子，女娲高兴极了。她对小娃娃说："孩子，你是来源于黄土的，因而你有黄色的皮肤、黑色的眼睛，你的头发是黑色的，你虽然身体渺小，但是你会思考，会说话，有感情，能够吸收天地的精华，你和鸟兽不同，因你直立行走，你的名字就叫'人'吧。"

那小娃娃蹦蹦跳跳地说："妈妈，妈妈，您能创造更多的和我一样的'人'吗？"

"可以呀，这正是我想做的呢！"女娲答应道。

正所谓"一回生，二回熟"，有了第一次的经验，女娲后边的工作做起来就得心应手多了。只见她左手从河边挖泥，右手从河中取水，然后双手灵活地揉捏着，一会儿的工夫就造出一个新的人。就这样，女娲不停地挖泥、取水、揉捏，渐渐地她的周围布满了这些可爱的人，其中既有男人，也有女人。

中国神话故事与民间传说

看着这些聪明的生灵在大地上欢笑，女娲充满了信心，她要让人类的足迹遍布大地，然而她工作得太久了，太累了，手都已经麻木了。怎么办呢？忽然她灵机一动。她从远处找来了一根绳子，先把河边的一些黄泥扔进河里，把河水搅浑，然后再将绳子抛进河中，使绳子沾上带有泥的河水。接着，女娲把绳子从河中取出来，在天空中一甩。这样，绳子上沾的泥点就降落到了地上，而每一个泥点则变成了一个新的人。女娲看见这个法子要比自己一个个揉捏省力得多，就让孩子们和自己一起用草绳蘸上泥浆创造人类。据说，今天中国的黄河就是当时女娲造人取水的那条河，这也是为什么中国人管黄河叫母亲河。

创造工作终于完成了，人类的数目已经足够遍及大地的每一个角落了。这时，女娲又想："因为人类是我创造出来的，所以他们和其他的鸟兽鱼虫是不一样的。人类应该是大地的主宰，一切动物都要听他们的指挥。"于是，女娲又赐福给这些人类。

看着大地上布满了人类，女娲觉得自己的任务完成了。她觉得很欣慰但也好累，必须要好好歇一歇了，于是她闭上眼睛睡着了。

女娲在睡梦中，梦见自己造的人类都消失了，大地上一片空茫。从梦中醒来的女娲想到了一个可怕的问题，那就是人类虽然是万物的首领，但是他们和其他动物一样，最终都会迎来死亡。如果人类死去一批，自己再来造一批的话，简直太麻烦了。怎么办呢？女娲看着大地上自己创造的男男女女内心愁云密布。

对呀！男人强壮，女人柔弱，让男人和女人结合起来自己去孕育后代，抚育后代，这样人类就可以绵延下去了。于是，女娲就为人类建立了婚姻制度，让男女互相结合，生儿育女，繁衍生息。

女娲发明笙簧乐器

经过女娲的一番努力之后，人间大地呈现出一派欣欣向荣的景象：六畜已经被人们驯服，和人类成为朋友，心甘情愿地为人类服务；人们与自然和谐相处，努力地耕作，快乐地生活……女娲看到自己创造的孩子们安居乐业，心里感到非常高

◎中国神话故事与民间传说◎

兴。但她还是不满足，她想让人类过得更快乐一些，于是，她又造了一些乐器，如笙簧。

女娲从昆仑山的脚下最温暖的溪水边取来竹子，用绳子或木框把一些发音不同的竹管编排在一起，还在竹管里面加了竹制簧片；选来上好的生长在黄河流淌最平缓的河段的葫芦，用葫芦制成笙斗；吹嘴由木头制成，木头是有名的楠木。十几根长短不等的竹管呈马蹄形状，排列在笙斗上面。笙的音色清凉甜美，高音清脆透明，中音柔和丰满，低音浑厚低沉，音量较大。

女娲把这种乐器当作礼物送给了她的孩子们。她说："孩子们，当你们不能用语言表达自己的喜悦的时候，可以用它吹曲调，那曲调就是你心情的表达。"人们感到好神奇，争先恐后地向女娲学习制作的方法，很快制作这种乐器的手艺就在人们中间传播开来。

在女娲的教导下，人们还发明了笙簧的其他许多种用法，比如说，用它表达快乐、庆祝丰收、男女之间的爱慕之情等等，只是曲调不同而已。

看着孩子们平安、欢乐地生活着，女娲觉得自己的工作完成了。至于其他的，她希望人类用自己的智慧去开拓，她相信人类会在以后的生活中不断地学习进步的。女娲感到很累了。

这时，一辆白螭带路、黄云簇拥、飞龙驾驭的雷车降落在地面上。天帝派人来接女娲回天庭了。

女娲不想离开自己的孩子们，也不想离开生机勃勃的大地，但是天帝还等着她汇报人间的情况呢。在白螭的催促下，女娲登上雷车，乘云驾龙而去。

大地上的人类为了感激女娲的恩德，表达对她的怀念，就将女娲奉为女娲娘娘，以隆重的形式祭祀她。

女娲斩康回

女娲哪里知道，她刚走就来了一个康回，专用水害人，使人类遭受洪水之灾。

人们没有办法只好向上天祷告。女娲正在天上闭目捻珠，忽然一个珠子不转了，她赶紧派一个女童到人间去查看出了什么事情。知道真相后，女娲气坏了，立刻来到人间与康回斗争。

康回是冀州地方的一个怪人，他生得铜头铁额，红发蛇身，是一位天降的魔君，专来和人类作对。他率领的人熟悉水性，与人打仗总用水攻。

女娲运用她的七十种变化，到康回那里打探了一番，回来后就叫众百姓预备大小各种石头两万块，并把石头分为五种，每种用青、黄、赤、黑、白的颜色作为记号；又吩咐预备长短木头一百根，另外再备最长的木头二十根，每根上面，女娲亲自动手，给它们雕出鳌鱼的形状；叫百姓一个月内备齐芦苇五十万担。

然后，女娲又挑选一千名精壮的百姓，指定一座高山，叫他们每日上下各跑两趟，越快越好；又挑选两千名伶俐的百姓，叫他们到水中进行游泳训练，每天四次，以能在水底潜伏半日最好。女娲又取些泥土，将它捏成人形，大大小小，一共捏了几千个。

刚刚准备完毕，康回就率部来攻，他故伎重演，洪水汹涌而来。女娲就叫百姓将五十万担芦苇先分一半，用火烧起来，化为灰烬，又叫百姓将烂泥挖起来和草灰拌匀，每人一担，向前方挑去，遇到有水的地方就填上，于是，康回灌过来的水都倒灌了回去。康回败了第一阵，就率领部属直接冲杀过来。他的部属本就凶猛，这次又吃了亏，变得更加的凶狠。这时女娲所做的几千个土偶个个长大起来，大的高五丈，小的也有三丈，手执兵器，迎向敌人。康回的部众几时见过这种阵势，一个个惊惶失

中国神话故事与民间传说

措，败下阵去。

女娲知道康回会马上改变策略的，立即吩咐那两千个练习泅水的百姓："康回这回退去，必定拣险要的地方守起来，他一定在大陆泽，和他的老家昭余大泽一带躲起来，那里他筑有大堤，为防他决堤灌水，你们一遇到有堤防的湖泽，就用我为你们预备的木头在湖的四周先用四根长木一直打到地底，再用几根短木打在旁边，他就不能决堤，因为大海之中，鳌鱼最大，力也最大，善于负重，我已经到海中与海神商量好了，将这些鳌鱼的四足暂时借用一下，所以那木头上刻的，不但是鳌鱼的形状，它的精神也在里面。"这些人听了欣然前往。

女娲又带了一千个善于长跑的百姓，携了缩小的土偶、石头等物，一路赶去，在大陆泽和昭余大泽彻底击败了康回。康回逃跑时遇到那一千个久练长跑的人，康回跑不过他们，被生擒了。女娲历数了康回的罪行后，下令将其斩首。可是，只听"咔嚓"一刀下去，不见有血冒出来，却有一股黑气升到空中，原来康回也有些神通，化作一条黑龙蜿蜒逃走了。

共工和祝融的战争

女娲创造了人类，为人类建立了婚姻制度，很多年以来人类都平静地生活着。可是，突然有一年，不知道怎么回事，居住在赤水的水神共工和南方火神祝融打了起来，扰乱了人类的平静。

先说说这两位神：掌管着赤水的共工长着人脸，蛇身，满头都是红色的头发，他性情凶暴。祝融居住在赤水南边，长的也是人面，却是兽身，常常乘两条龙飞行在天上。传说这个共工还是祝融的儿子，他们都是炎帝的后代（炎帝之妻、赤水氏的女儿听妖生炎居，炎居生节并，节并生戏器，戏器生祝融，祝融降处于江水，生共工）。

共工和祝融之争起源于共工一个手下的坏主意。共工的手下都是一些残暴贪婪的家伙，他最大的帮凶就是相柳。相柳也是人面蛇身，但是浑身都是青色的，长着九个脑袋。相柳的九个脑袋里面都是坏主意，总是想尽办法讨共工的欢心。有一天，相柳看见人类忽然灵机一动，想出一个游戏人类的办法。共工听完哈哈大笑，说："好，就依你说的办！"随后，相柳就命令江河里的虾兵蟹将鼓动江河，掀起大波大浪，冲毁农田让人类在水灾中挣扎。共工感到这个游戏很好玩，就乐此不疲地玩起来了。

这一幕正好让驾着两条飞龙出来游玩的祝融看见。当他询问了缘由，知道是共工为了一己之乐而不顾天下苍生的性命时，他震怒了，立刻传下令来，将自己在南方的汉神调回来，共同发出炎炎的猛火，将共工的虾兵蟹将烧得片甲不留。

共工见兵将们退了回来，很是生气，于是重新布置兵阵。这一次不是冲着人类，而是针对祝融了。也许是因为水火不相容的缘故吧，这场争斗异常激烈，两位

大神从天上打到地下，又从地下打到天上，整个世界都被这场争斗搅得不得安宁。最后，火神祝融技高一筹，打败了水神共工。

残暴的共工得到了惩罚，他的那个有九个脑袋的帮凶——相柳看到自己的馊主意使主人遭受巨大损失和羞辱，感到非常的不好意思，就躲到昆仑山里不敢出来了。

失败和愤怒冲昏了共工的头脑，他居然用头去撞支撑天地的不周山。不周山，在大地荒原的角落，山形如一枚有缺口的银币，有两只黄色的神兽守护着，山上泉水叫寒暑水，水的西面有湿山，东面有幕山，中间的叫作禹攻共工国山。共工一怒之下就撞在中间这座最高的山上。天地动摇，吓得两只守山的神兽也不知所措，以前对于来山上的神仙它们都能应付一下，而这个震怒的共工他们怎么也阻挡不了了。于是它们拼尽全力分别扶住东西的湿山和幕山，以此来保护不周山，但不周山还是断了。

共工撞了不周山，晕过去后不久就苏醒过来，内心的怒气倒是发泄了出去，然而他这一撞却给世间带来了一场巨大的灾难。

女娲补天

原来，不周山是一根支撑天地的大柱子，震怒的共工一撞这柱子就断了。灾难降临到了大地上，半边天塌了下来，天上出现了一个巨大的窟窿，熊熊的大火在森林中燃烧，无尽的洪水从大地中涌出，人类对这场突如其来的灾难束手无措。更加可恨的是，很多毒蛇猛兽也趁火打劫，跑出来吞食人类。人类迎来了灭顶之灾，不但要躲开洪水，避开山林的大火，还要想办法对付各种鸟兽的侵袭……一时间，整个大地哀鸿遍野。

女娲看见自己创造的孩子们遭受这样惨烈的灾难，痛心疾首，她很想去找共工算账，让他承担后果，但是女娲仔细考虑，共工那凶悍的性格，连自己的父亲都兵戎相见，让他承担后果恐怕很难。而且万一他乖戾的脾气上来，不知道又会惹出什么祸事来，若再继续制造灾祸，人类将难以生存了。还是想办法先拯救人类吧。看看洪水，又看看山林，女娲心想："这一切灾难的源泉，都是来自天上的那个大窟窿，只有把那个窟窿补好，才能遏制灾难。不过，用什么东西来补天呢？"想来想去，她最后决定用五色神石来做补天的材料。

她首先在昆仑山众水的源头拣选了许多五色的石子，它们的颜色分别是红、黄、灰、白、青。然后，到昆仑山的一处断崖下，架起一个半座山大的炉火，把五色石放进去。她焦急地等待着，因为她知道时间拖得越长，人类所受的灾害就越重。经过了七七四十九天的熔炼，五色石被炼成了七七四十九块巨大的五色石。这七七四十九块五色石已经不是普通的石头，它们不怕水火，而且还能够升腾。

石头炼好后，女娲就用双手托起石头，飞上天将它补在天塌陷的窟窿那里。每补一块，窟窿就缩小一块。七七四十九天下来，天上的窟窿被五色石补好了。

窟窿是补上了，可是那根折断的支撑天的柱子怎么办呢？女娲开始四处寻找。最后，她在茫茫的大海上发现了一只大龟。女娲走过去对它说："如今天上的窟窿也补好了，但是那根折断的天柱却没有了，所以我想请你帮个忙！"大龟问道："您说吧女娲娘娘，只要我能做到的一定帮忙！"女娲说："好！我想用你的四条腿做撑天的柱子可以吗？"为了整个世界的安宁，大龟答应了女娲的请求。于是，女娲就把大龟的四只脚砍了下来，当作四根柱子支起了倒塌的半边天。

天降的灾难是结束了，可是地上的灾难并没有停止，毒蛇猛兽们依然威胁着人类的生命。其中以一条居住在深海里的黑龙最为可恶。于是，女娲又来到人间，带领着她的子民们把那条凶残的黑龙杀死。正所谓"杀一儆百"，黑龙的死给了其他妖兽以警告，它们再也不敢随便出来捣乱了。

接着，女娲又带领人们堵住四处漫流的洪水。最终，人类在女娲娘娘的帮助下脱离了苦海。不过，这次灾难也给世界留下了"后遗症"。当初倒塌的那半边天是在西边，虽然有四只龟脚支撑着，但是高度却比东边要低一些。从那以后，太阳和月亮每天都是自东方升起，然后向西方落去。

第三章　伏羲的传说

伏羲诞生的传说

在遥远的远古时期，曾有一个叫作华胥氏国的极乐国度。那里远离尘世，外面的人很难到达。那里没有领导者，人们整日过着一种无欲无求的生活，因此都觉得很开心。也许是特殊的地理环境和脱俗的性格使然，那里的人们生来就有神通，火烧不化，水淹不死，每个人都可以活得很久。很多人将这个国度称为仙国，将这里的人们称为生活在大地上的神仙。

在华胥氏国，有一位叫作华胥化的美丽女子。一天，她到外面游玩，忽然看到泽地上有一个巨大的脚印。女子觉得脚印很有趣，就跳到脚印里去了。瞬间，她觉得自己的身体好像被蛇缠住了，但很快蛇又离开了她的身体。时间短暂得使她觉得那只是一种错觉，因此也没当回事。晚上回到家以后，她发现自己的身体出现了异常，她怀孕了。可十个月的分娩期到了，她却一点儿要分娩的迹象都没有。华胥化等啊盼啊，直到十二年后，她才生下了一个男婴。然而这个男婴也与一般的男婴有着明显的区别，他人首蛇身，看起来十分可怕。这个人首蛇身的孩子就是伏羲。伏羲诞生的故事与周朝祖先稷诞生的传说很相像。伏羲和稷是不是一个人就不得而知了。

伏羲长得很快，几个月便长成了一个青年。他非常聪明，而且还有很多神通。他能够沿着天梯一直爬到天上去，故而能在天上人间自由来去。有人说他是雷公的孩子，一方面是他的长相与雷公很像，另一方面也是因为泽地中的脚印就是雷公留下的。不管伏羲是不是雷公的孩子，他的神通广大都是不容置疑的。也正因为他的与众不同，人们才特别尊敬他。在很多人看来，伏羲的母亲华胥化神奇受孕，而且用了十二年的时间才生下伏羲，这个孩子必定是与神灵相通的，故而人们都把他当神灵一样对待。而事实上，伏羲也确

实为人类做了不少好事，为人类带来了很多生产和生活上的便利。后来，伏羲成为天上的大神，被称为东方天帝。

句芒是伏羲的得力助手，被称为东方神、木神。句芒的长相也很特别，面部是人形，身子却是鸟样。人面蛇身的伏羲和人面鸟身的句芒在一起，倒也十分相配。句芒曾跟随在伏羲身边多年，与伏羲一起为人类造福。在伏羲被封为东方天帝以后，他也被封为东方神，与伏羲一起管理东方。句芒很能体察百姓的疾苦，在其成神之后，仍然为人间做了不少好事。比如在得知秦穆公的贤明之后，他就下凡为其加了十九年的阳寿，使其能够更多地为百姓造福。

雷公被囚和遇救

有传说认为伏羲是雷公的儿子，也有传说认为上古时候中国大地发了一场大洪水，并且这场大洪水的幸存者只有伏羲和他的妹妹，于是，伏羲和他的妹妹创造了后来的人类。这个传说也和雷公有关。

有一年，沿东海一带突然大旱，一年下来几乎颗粒无收。到了祭祀的时候人们没有谷物祭祀上天，就上香祷告，希望上天能降下甘霖。到了第二年依然是这个样子，人间便开始流传：一定是得罪了天上的雷公，他才不给人间降雨。祈求祷告已经不能打动上天的神明了，尤其是雷公，现在必须向雷公挑战。

大家都说雷公是雷泽的雷神，人面龙身，头上没有角，全身是苍白色，他鼓动腹部就会发出雷声；他力大如牛，能够腾云驾雾，腾云的时候身上会生出青色的肉翅膀；最可怕的是他手里有一把金刚神斧，一挥动就火星四射。

一听说雷公如此威武，很多人都望而却步了。

只有生活在山林里的一个男子想为人类讨回公道。他居住在山林里，屋顶铺的是他从树林里摘回的青苔和树皮。他有一对小儿女，都不过十多岁，天真烂漫，他很疼爱他们。

他决定挑战雷公。于是日夜在家里打造一个大大的铁笼子，一对小儿女在他身边嬉笑。父亲的工作这对小儿女都看在眼里，但是他们只知道这个笼子很大，很结实，却不知道是用来干什么的。

笼子打造好了，其他的一切也都准备好了，可是，怎么让雷公知道呢？

当地有这样一种说法，黄鱼和猪肉掺在一起吃下去，就会遭到雷击，于是，男子吃下了这两样东西。果然不久天上浓云滚滚，大风怒号，裹挟着雨点，轰隆的雷声越来越响，看来雷公真的发怒了。男子安顿好一双儿女，然后把早就准备好的铁笼子抬出来，放在檐下，打开笼门，自己手里拿着那把使用多年的打虎的叉子，站在门口等候。

中国神话故事与民间传说

一声霹雳，暴雷从天上直灌人间，紧接着又是一道骤亮的闪电闪过。伴随着一声山崩地裂的巨响，青脸雷公手拿神斧从天山飞落，背上的翅膀还在扇动，眼睛里喷着愤怒的火光。

男子将手中的铁叉挥舞起来，一叉又在雷公的腹部，这样雷公就不能鼓动雷声了，这也是雷公致命的弱点。雷公就像一头被制服的黑熊一样被男子放进了铁笼。

男子将铁笼扛进屋，并对雷公说："人间已经快三年没有降雨了，你这雷公不顾人间苍生，这回被我捉住，让你不司本职。"雷公自知理亏无话可说。

男子让他的一双儿女看守雷公。天真的孩子们起初很害怕，雷公的脸虽说是人的样子，但是满脸都是连片的胡子，整个脸都是青色的。时间长了，孩子们见到雷公被关在笼子里，也不是很害怕了。

第二天，男子想去和人们商量如何处置雷公，就嘱咐孩子要好好看管雷公，并告诉孩子千万不要给雷公水喝。

男子走了以后，老谋深算的雷公假装在笼子里呻吟："哎呀，渴死我了，孩子们请给我一碗水喝吧！"男孩对雷公说："休想，爸爸走的时候告诉我们了，不准给你水喝。"雷公见孩子可以对话，就又哀求到："孩子，我真的渴得不行了，一碗水不行就给我一杯吧。我真的渴得不行了。"男孩仍然拒绝他："不行不行，爸爸知道了要骂我们的。"

雷公见孩子只是怕爸爸骂他，并不知道水对自己的作用，便继续哀求："好孩子，我就要渴死了，你就给我哪怕一滴水也可以呀。"

"不行不行！"男孩仍然很坚决。

女孩看到雷公的哀求觉得很可怜，就对哥哥说："哥哥，你看他都快渴死了，要是渴死了爸爸回来是不是也会骂我们呀，那我们就给他一滴水吧。"男孩想了想，一滴水也没什么吧，总比他死了好呀，于是，兄妹俩就把刷把蘸了水，洒了两滴在雷公的嘴里。兄妹俩哪里知道，水是雷公的力量之源。雷公得了水后重获力量，赶紧向孩子们致谢。雷公又想，孩子的父亲也快回来了，一定要赶快逃走，于是，马上对

◎中国神话故事与民间传说◎

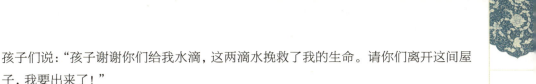

孩子们说："孩子谢谢你们给我水滴，这两滴水挽救了我的生命。请你们离开这间屋子，我要出来了！"

两个孩子惊恐万分，刚刚跑到屋外，就听见惊天动地的一声巨响，雷公已经冲破铁笼从屋子里飞了出来。雷公从嘴里拔下一颗牙齿赠给兄妹俩，并对他们说："把这个拿去种到土里，如果遇到灾难，你们就藏到它所结的果实当中。"说完就乘着黑云飞上天去了。

两个孩子望着天空，不知所措。

伏羲和女娲兄妹

正在商议如何处置雷公的父亲，听到天崩地裂的一声巨响，知道一定发生了什么事情，就赶紧回来。回到家里，他发现雷公已经逃走，两个孩子也不见了踪影。父亲很着急，屋前屋后地呼唤两个孩子。

两个孩子拿着雷公给的牙齿，觉得很有意思。

"这是种子吗？"妹妹问哥哥。

"应该是种子吧，只有种子才能种到田地里。"哥哥回答。

"可是我看见他是从嘴里拔出来的呀？"

"妹妹，我们赶快把它种到地里吧，一会儿，爸爸回来看到那个怪物逃走了，走的时候又赠给我们礼物，一定会生气的。"

于是，他们跑到离家很远的田地里把牙齿埋上了。可是，刚刚埋上一会儿，两片碧绿的嫩芽就从泥土中钻了出来。兄妹俩觉得好奇怪。正在这个时候他们听见父亲的呼喊，就赶紧跑回来。

兄妹俩见了父亲，低着头把事情的经过说了一遍，父亲没有责怪他们，而是严肃地说："孩子们，一场大的灾难就要来临了，你们放走的不是怪物，而是天上的雷公，他会回来报复。现在爸爸要打造一条大铁船，以应付灾难。"

两个孩子听到这些也胆战心惊的，就把雷公走的时候留下礼物的事情和父亲说了。父亲让他们带路去看那棵新苗，它已经开花结果了。父亲说："好吧，雷公这是在感谢你们呀！让它生长吧。你们俩就负责看管这株

19

植物，我去打造铁船。"

　　第二天，兄妹俩再去看时，发现昨天结的果子已经长成了一个硕大无比的葫芦。那天傍晚，葫芦就成熟了，自己从蔓上掉下来了。兄妹俩把它拖回家，用刀锯锯开了葫芦的顶部，发现里面密密麻麻地长了很多像牙齿一样的东西，乍一看上去有点吓人。兄妹俩拔了一颗觉得没有事，就把里面所有的牙齿状的东西都挖了出来，里面空空的，试着爬进去，正好能容下他们两个。他们把这个消息告诉了父亲。父亲告诉他们如果有风雨就躲进葫芦里。

　　第三天，父亲也铆完了铁船的最后一个钉。

　　突然，狂风大作，天上一瞬间就涌出许多又黑又重的云，似乎要把大地覆盖，大地像进入夜晚一样黑暗。风刚刚吹过，大雨便倾盆而下，地上每一个裂缝的地方都喷涌出洪水，越来越凶猛，很快大地变成了一片汪洋。

　　父亲赶紧喊两个孩子，让他们躲进葫芦里，并告诉他们："孩子们，这是雷公发洪水来报仇了，你们就躲在葫芦里，什么时候听见外面没有风雨声再出来。"然后给他们盖上盖子，自己则跳进了铁船，在浪涛之上漂流。

　　洪水越来越汹涌，已经淹没了高山，快要达到天宇了。父亲驾着船，和风雨洪水搏斗，不经意间竟到了天门。他就用船头撞击天门，"咚咚"的声音震动着云霄，他边撞击边大喊："天神，快开门，放我进去，我有事情禀告天帝。"早已被惊动了的天帝赶紧传唤守门的天神，问他外面发生了什么事情。天神禀告了大地上发生的事情。天帝很吃惊，赶紧下令召见这位勇士。那位父亲见到天帝就把雷公如何不降雨导致干旱，自己如何和雷公战斗，以及雷公逃走，然后回来寻仇的事情说了一遍。天帝大怒，马上下令退水。

　　水神遵令行事，顷刻间，风定水止，父亲的铁船也随着从高空跌落下来，因为铁船面积大，洪水又是瞬间消失，所以铁船碰击地面就碎落了。可怜的父亲也同铁船一样跌得粉身碎骨。

　　躲在葫芦里的兄妹俩也从高空中跌落，但是他们却没有事，因为葫芦是圆的，而且内里有一层柔软的东西。葫芦落到地上弹跳了几下就停止了。兄妹俩从葫芦里听不见任何的风雨声，就打开盖子爬了出来。

　　经过这场洪水，大地上所有的人类都被吞噬了，只有这两个孩子存活了下来。他们原本是没有名字的，因为借助葫芦才存活的，所以就起名为"伏羲"，也就是"瓠戏"的谐音。

　　后来为了区别男孩和女孩，就叫男孩"伏羲"，叫女孩"女娲"。这就是伏羲和女娲兄妹。

中国神话故事与民间传说

伏羲画八卦

伏羲为人类做了很多贡献，但要说最大的贡献，还是其创建了八卦。在伏羲生活的年代，人们对大自然还一无所知，对于各种自然现象，如刮风下雨、电闪雷鸣等，人们既感到困惑，同时也很恐惧。伏羲决定改变这种状况，向人类解释各种自然现象。为此，他常常到卦台山上仰观天象，俯视地貌，就连飞禽走兽的脚印和身上的花纹也不放过。

伏羲对日月星辰、季节气候、草木兴衰等等，都做过深入的观察。他发现，天空邈远，高高在上需要仰视；大地广袤，承载万物，需要俯瞰；天尊而高，地卑而低；天的动和地的静有一定的规律……不过，这些观察并未为他理出所以然来。

一天，伏羲又到卦台山观察，忽然听到一声奇怪的吼叫声，接着从卦台山对面的山洞里跃出了一个奇怪的动物。这个动物长着龙的头和马的身子，我们就暂且叫它龙马吧！龙马纵身跃到了卦台山下渭水河中的一块大石头上，然后便停在了那里。伏羲发现龙马背着一块玉版，玉版上有黑色的小点和一些奇怪的图案。这块玉版就是河图。河图是由55个黑白点共同组成的，分为5组数字，是古人常年观察天象所得的天数和地数。其中白点为奇数，代表阳，又代表天，称为"天数"；黑点为偶数，代表阴，又代表地，称为"地数"。1～5又称为"生数"，6～10又称为"成数"，两者间有着相生相成的关系。图中都是奇偶为一组，表示世界上的万事万物都是由阴阳化合而成的。且万物有生数，当生之时方能生；万物有成数，能成之时方能成。所以，万物生存皆有其数。

河图上的图案深深地震撼了伏羲，他深切地感受到自身与自然之间出现了一种莫名其妙的和谐一致。他发现龙马身上的图案与自己一直观察万物自然的"意象"竟是那样的切合。就这样，伏羲通过河图的图案，与自己的观察，画出了"八卦"，为人类解开了自然之谜。这就是《山海经》中说那段：伏羲得河图，夏人因之，曰《连山》。

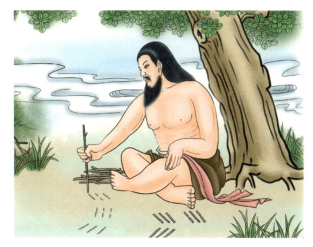

伏羲以"——"代表阳，以"— —"代表阴，分别象征天地、男女、阴阳、刚柔、动静、升降等一切相互对立、矛盾的事物和现象。他将三个这样的符号组合在一起，共组成八种不同的形式，即乾卦、

坤卦、艮卦、兑卦、坎卦、离卦、巽卦和震卦，也就是八卦。八卦象征着宇宙间共有的八个大现象，即天、地、山、泽、水、火、风、雷。宇宙间的万事万物都是依这八种现象而变化的。

八卦学说的中心观点即是："太极生两仪，两仪生四象，四象生八卦。"远古时期，天地混沌，阴阳未分，宇宙就是从这个混沌的"太极"中产生出来；后来天地分离开来，有了阴和阳，也就是生出了两仪；两仪继续分化为太阴、太阳、少阴和少阳这四象，古人以这四象来象征一年的春夏秋冬四个季节；四象再继续分化，就形成了八卦。八卦也有着各自的五行属性，乾、兑属金；震、巽属木；坤、艮属土；离属火；坎属水。

八卦所代表的八个方位（这里指后天方位）还分别代表一位家庭成员。如东方的震卦代表家中的长子；东南方的巽卦代表家中的长女；南方的离卦代表家中的中女；西南方的坤卦代表母亲；西方的兑卦代表家中的幼女；西北方的乾卦代表父亲；北方的坎卦代表家中的中男；东北方的艮卦代表家中的幼子。在家中的不同方位摆放不同的物品，就会影响与这个方位相对应的家庭成员的健康和运气。

之后，伏羲又将八卦上下相对推演出六十四卦，以象征天地之间的各种自然现象和人事现象。八卦是伏羲留给人类的宝贵财富。

伏羲教人打鱼

伏羲时代人类捕鱼的工具是叉——用拇指粗的分叉的树枝，把分叉的部分弄成尖的，用它到河里叉鱼，常用于在河水清浅的河道里捕鱼，可是，叉到鱼的数量却很少。

一次，伏羲到黄河边的一个部落教人们识字。在教到"鱼"字的时候，有一个人说："鱼在水里，很难抓到，怎么样才能更容易呢？"

伏羲想了想说："拿绳子来。"

拿到绳子后，伏羲就学着用结绳记事的方法在绳子上打结，但不是在一根绳子上打结，而是把几条绳结在一起，然后又竖着结几条绳子，再两两打成结，这样竖的绳子就和横的绳子交叉起来就成为网状，两个人分别从两端拉就可以合拢了。伏羲说就叫它"网"吧。

伏羲把编制好的网递给问他问题的人说："你可以拿这个去试试，找水深的地方，将这个放进水里，然后等上个把时辰，把网拉起来，你看看里面有什么。"那个人欣喜地拉上一个伙伴走了，伏羲继续教人们识字。

大约过了三个时辰，伏羲听见远处传来人们的一阵喧哗声。他抬起头来，看见很多人正议论纷纷地朝他走过来。那个打鱼的人走在最前面。

事情是这样的。那个人拿着伏羲给他的网，找到一处河水深且平缓、水藻丰富

◎中国神话故事与民间传说◎

的地方，把网放进去，两端用大石头固定在河岸上，然后，便和伙伴在河岸上等待。过了一个时辰，他忍不住和伙伴说："这个什么网能捕到鱼吗？那鱼会不会已经从那个网格中游走了呢？"

他的伙伴说："哎呀，你别急呀，伏羲是圣人，他那么聪明，都能教人们识字，他的办法肯定是最好的，你耐心等待吧。"

"是啊，伏羲是大圣人，他的智慧是上天赐予的，传说伏羲是天神和东方极乐国的女儿所生的儿子，他很有神性，他想的办法也一定是最好的。如果这个办法好用的话，总比我们用叉叉鱼容易。"

"伏羲不是说等上几个时辰一拉就有收获吗，等拉上来一看就知道了。"

……

他们一边七嘴八舌地说，一边耐心地等待着。

又过了两个时辰，他们迫不及待地来到岸边。两个人抓住网的两端，一起合拢了拉，"怎么感觉好重呢！"等他们把网拖出水面，他们被眼前的情景惊呆了，网上有十多条鱼在蹦跳，"好多鱼，好多鱼！"

田地里有很多人在收拾庄稼，听见他们的呼喊都放下手中的活，围拢过来看个究竟，见他们打了这么多鱼感到很神奇，便问他们是用了什么法子。两个人迫不及待地回答："是伏羲制作的网捕到的这些鱼，伏羲真的是太神奇了！""我们要把捕到的鱼拿给伏羲看。"

那个问问题的小伙子一见到伏羲就深深地鞠了一躬，说："伏羲，您太伟大了，您看这是我们用您交给我的网捕到的鱼，是我们用叉的十倍呀。"伏羲谦虚地笑了。

从此人们就用网捕鱼了。但是伏羲告诉大家不要把小鱼也捕上来，也不要在鱼产卵前捕鱼，要等到鱼长大了再捕，而且要休养生息。

伏羲教民

上古之时，人少而禽兽多，人类居住在地面上，经常遭受禽兽的攻击，每时每刻都存在着丧命的危险。在恶劣环境的逼迫下，一部分人开始往北迁徙。他们来到

今山西和陕西一带，受鼠类动物的启发，在黄土高原的山坡上打洞，人居住在里面，用石头或树枝挡住洞口，这样就安全了许多。可是，因为顾及北方气候寒冷，许多人宁愿留在危险的南方，也不肯往北迁移，于是，找到安全的居所就成了生活在南方的人们的当务之急，也成了伏羲亟待解决的问题。

一天，伏羲路过一个古老的村落，在河边的大柳树旁歇息。他听见一阵鸟鸣，可是找遍四周也没有发现鸟的影子，他寻声找寻，发现在柳树的枝丫上有一个大大的鸟窝。伏羲很好奇，就爬上去看，一看之后好不惊讶，这个鸟巢里有几只刚刚出生的小喜鹊正在叽叽喳喳地叫个不停。那鸟巢非常坚固，外面看上去是树枝，但是里面的一层却是用细泥抹起来的样子，平滑得如小碗。因为鸟巢是建在三个大树枝丫之间的，所以风过也不会将其吹落。

伏羲受鸟类在树上筑巢的启发，发明了"巢居"。他指导人们用树枝和藤条在高大的树干上建造房屋，房屋的四壁和屋顶都用树枝遮挡得严严实实，既能挡风避雨，又可防止禽兽的攻击。人们从此再也不用过那种担惊受怕的日子了。

居住条件改善了，伏羲就到人们中间教他们如何耕作。他教人们要等到河水解冻以后，给田地浇水，等到天气彻底暖和了再播种，然后在种子发芽、成长的过程中除草，到夏天快酷热的时候，在庄稼生长的间隙犁出沟以蓄水，这样犁出的土会培育庄稼让它们长得更好。人们在伏羲的帮助下种植庄稼，收成越来越好，日子也过得很红火。

此外，伏羲还教人们辨别方向。他担心人们记不住东西南北，就用具体的方法教人们："东面是太阳升起来的地方，那么那个地方就是金山，那个方向是东；西面属土，因为那个方向山高土厚，太阳都是落在那里的山后面，所以那个方向就是西；南面属火，因为越往南走天气越热，所以那个方向是火；北面属水，水的性质是凉的，因为寒冷的风都是从北面吹过来，而且带有冰雪，那个方向就是北。"经伏羲这么一说，人们一下子就能够辨别东南西北了。

伏羲不仅教会了人们构筑房屋、耕地、播种、打鱼，还教会人们认清方向。人们的日子过得越来越好。为了纪念伏羲的功德，人们就称伏羲为人祖爷，还修了庙院，给他铸造了金像，以表达崇敬之情。

燧人氏钻木取火

很久很久以前，那时天地虽已分开，人类也已经在大地上繁衍生息，但人们的生活却异常艰辛。相对其他动物来说，人类是地球上的新居民，再加上自身的攻击性较弱，因此常常受到各种猛兽的欺凌，被猛兽吃掉的人不计其数。此外，那时还没有火，人们无法吃到熟的食物，只能吃生的食物，所以疾病的发生率很高，人们的寿命都很短。每到黑夜，人们只能在一片黑暗中度过。寒冷和恐惧紧紧包围着他们，使他们很难入睡。半夜，他们也常常被猛兽的叫声惊醒。可他们没有办法，只能默默地忍受，期盼太阳早些升起，为他们带来光明。然而又有多少人，还没有见到第二天的第一缕阳光，就已经死去了。

看到人类过得如此艰难，伏羲很是不忍。他想改变人们的处境，帮助人们摆脱寒冷和黑暗。可是该如何帮呢？想来想去，他想到了火。猛兽之所以会在夜晚攻击人类，寒冷之所以会夺走人类的生命，人类之所以会常常生病，都是因为他们不知道火的存在，不懂得利用火来取暖做饭、驱赶猛兽。只要有了火，很多问题就都可以解决了。所以，他决定将火赐给人类。他在树林中降下了一场雷雨，雷电劈得树木着起了大火。人们被吓坏了，在树林中到处逃窜。没过多久，雷雨就停了，只剩下大火还在燃烧着。

四处奔逃的人们聚到了一起，惊恐地望着那堆燃烧的树木。雨后的树林更加寒冷，人们紧紧地蜷缩到了一起，试图用体温来抵抗寒冷。不过此时人们惊喜地发现，以前让他们战栗的猛兽不叫了。此时的树林一片寂静，只有人们的喘息声。"难道猛兽是被这个发亮的东西吓走的吗？"一个年轻人忍不住说了出来。他想走上前去看个究竟，结果发现越靠近火堆，身体就越暖和。走到火边时，他已经一点儿都不觉得寒冷了。他连忙招呼大家过来取暖，人们又聚到了火边。

在火边，人们觉得不再寒冷，也没那么害怕了。火真是个好东西，既为他们带来了光明，又为他们带来了温暖。如果能把它永远留在身边就好了。这时，有人闻到了阵阵香味从不远处刚刚燃烧过的火堆中传来。人们走近一看，原来是被烧死的猛兽。人们忍不住将其分食，结果发现竟是难得的美味，比他们以前吃的东西好吃多了。这更让他们感觉到火的珍贵，于是决定将火保留起来，不断地向里面添加树枝，并轮流派人看守，以保证其永不熄灭。

然而，遗憾的是这堆火没能一直燃烧下去，一天晚上，看守的人睡着了，火堆熄灭了，人们再一次陷入了寒冷和恐惧之中。

伏羲意识到，仅仅送给人类火是不能解决根本问题的，只有让他们掌握取火的方法，才能让火一直留在人间。他在夜里托梦给那个最先走近火堆的年轻人，告诉他西方的燧明国有珍贵的火种，让他到那里将火种取回来。年轻人醒后，觉得自己做的梦异常真实，难道这是天神的指引吗？他来不及想太多，他已经见识到了火的

好处，不管梦中的指引是否属实，他都要去试一试。告别了族人，年轻人就上路了。

经过长途跋涉，年轻人终于来到了燧明国。不过眼前的一切却让他非常失望，因为那里没有阳光，不分昼夜，整个国家全都笼罩在一片黑暗之中，连一丝火光都没有。他觉得自己被骗了，也开始懊悔自己的鲁莽行为。不过既然已经来了，那就休息一会儿再走吧！他已经很累了，需要休息一下恢复体力。于是，他在一棵大树下坐了下来，决定睡一觉再往回走。忽然，他看到眼前有一闪一闪的亮光。这让他困意顿消，立刻站了起来，寻找光亮所在。

原来，年轻人看到的光亮是几只大鸟发出来的，它们正在用喙啄树上的虫子。只要它们一啄，树干马上就会发出亮光。年轻人如同受到了什么启发，他马上找来一根小树枝去钻大树枝，果然发出了亮光。他非常高兴，找来了各种树枝进行试验，终于找到了钻木取火的方法。他为族人带回了火种，而且是永不熄灭的火种。

从此，人类再也不用生活在寒冷和恐惧中了，再也不用吃生食了。人们很钦佩这个年轻人的勇气和智慧，就推举他为部落首领，并将其称为"燧人氏"，也就是取火者的意思。

《尚书大传》云："遂人为遂皇，伏羲为戏皇，神农为农皇也。遂人以火纪，火，太阳也。阳尊，故托遂皇于天。"燧人氏是神话中以智慧、勇敢、毅力为人民造福的英雄。

第四章　炎帝的传说

农神，商神

相传炎帝本姓姜，是女登之子。当年女登在姜水边游览的时候，忽见一条神龙跃出水面，在其身上缠绕了一周，之后便匆匆离去。女登还来不及看清楚，神龙就已经不见了踪影，以至于女登一直怀疑自己是否真的看见了神龙。可是回到家中以后，女登就怀孕了。十月之后，女登产下了一子，这便是炎帝。因为炎帝在姜水边受孕、成长，故而有炎帝姓姜的说法。

据说炎帝生来就与一般的婴儿有着明显的不同。他有着人的身子，牛的头颅，且头上有角。人们都说他是一个牛首人身的怪物，但也正因为他的独特长相，才让人们将他与神灵联系在一起。炎帝非常聪明，出生后三天就能够说话，五天就能走路，三年便知晓稼穑之事。这让人们更加确信他就是天神的使者，因此有什么事都去请教炎帝。对于人们的求助，炎帝总是热心地帮助他们，并交给人们很多生存的技能和本领。

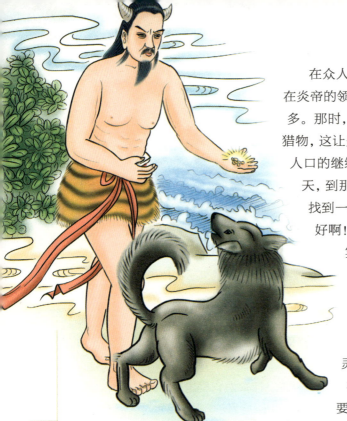

在众人的推举下，炎帝成了部落的首领。在炎帝的领导下，氏族渐渐扩大，人口越来越多。那时，人们主要的食物来源就是捕来的猎物，这让炎帝隐隐有些担忧。他在想，随着人口的继续增多，猎物势必会有被猎尽的一天，到那时人类又该以何为食呢？如果能找到一种可以不断收获的食物，那该有多好啊！他听说天堂里有一种名为稻、果实叫谷的作物，可食用、可收藏、可种植。他很想将这种作物带到人间，可是他却不知道天堂在哪里，为此他愁眉不展，整日闷闷不乐。

炎帝身边有一条狮子狗，很有灵性。一天，炎帝发现狮子狗总是在他身边转来转去，像是有什么话要说的样子。他想狮子狗一定是发现了他的心事，就问狮子狗："你是不是知道了我想去天堂找谷种？"狮子狗叫了两声，点了点头。炎帝又问："那你知道天堂在哪里吗？"狮子狗又叫了两声，点了点头。炎帝高兴极了，忙问："你能够帮我去天堂取回谷种吗？"狮子狗点了点头，随即就转身跑向了远方。

狮子狗一直向天堂跑去，没过多久就到了天堂。在天堂，它发现了一堆金灿灿的谷种，很是诱人。但谷种的周围有天兵天将把守着，它不能轻易靠近。谷种的数量有限，估计公然索要是不会成功的。既然如此，那就只有盗取了。可是把守的天兵天将个个凶神恶煞，它又如何对付他们呢？忽然，狮子狗想到了一个好办法。它跳进河里洗了个澡，将全身的毛都弄湿。然后跑到谷种堆上打了个滚儿，这样一来，就有许多谷种粘在了狮子狗潮湿的绒毛上。

取到谷种后，狮子狗开始拼命地向回跑。天兵天将虽然已经发现了狮子狗的行踪，但无奈狮子狗跑得太快，他们根本就追不上。情急之下，他们施展法术在狮子狗的面前设下了一条河。这样一来，狮子狗就只能游过去了。看到浑身湿漉漉的狮子狗，炎帝又是高兴又是心疼，忙上前去抱住了狮子狗。接着，他开始在狮子狗的身上寻找谷种，可是谷种在狮子狗过河的时候早就被河水冲掉了，他哪里还找得到呢？找不到谷种，炎帝很是着急，狮子狗也急得直叫。终于，炎帝在狮子狗的尾巴里找到几粒谷种。原来，狮子狗在过河的时候，尾巴并没有进入河里，所以粘在尾巴里的谷种被保留了下来。

中国神话故事与民间传说

有了谷种，人们就再也不愁被饿死了。炎帝就用狮子狗带回来的几粒谷种，繁殖出了大量的谷物。几年过后，人间已经遍地都是谷物了。天神们看到炎帝确实是想为人类造福，就从天上降下了更多的谷种。这样一来，人间的谷物就更加丰富了。炎帝教导大家种植各种谷物，并告诉人们如何使用生产工具。在炎帝的指导下，人间年年都是大丰收，再没有发生过饥荒。为了感念炎帝的功德，人们都称炎帝为神农氏，尊他为农神。

衣食丰足后，人们的生活又出现了新的问题。每个人所拥有的物品是不一样的，邻居关系好的，可以彼此赠予，没有关系的就需要彼此交换才可以得到自己需要的物品，可是，那时候没有市场，没有统一的时间，人们不能将所有的时间都用在等待自己想交换的物品上——有的人等到自己需要的物品要很久，甚至有时候等到了物品自己已经不需要了。炎帝看到人们生活如此不方便，非常揪心，冥思苦想了一阵后，他忽然想到可以规定一个确定的时间来让大家交换。于是，他就拿自己管理的太阳作为标准，规定每天太阳在正中天的时候进行交换，过了这段时间大家就散去。这样大家有了统一行动的时间，交换起来就方便多了，人们也很快能够如愿以偿地得到自己需要的物品。从那以后，人们又给炎帝加了一个"商神"的称号。

神农尝百草

远古时期，五谷和杂草长在一起，药材与百花开在一处，哪些植物可以做粮食、哪些药草可以治病，谁也分不清。随着人口的繁衍，人们越来越需要充足的食物，也越来越需要能够治病的草药。那个时候，人们对满山遍野的植物不是十分了解，经常因为饥饿而误食有毒的植物，又因没有药来治疗而死掉。

有一天，炎帝正在整理器具，一个大臣来报，说河边有一个人突然腹痛，痛得没有人能够按得住他。炎帝赶紧放下手中的器具，赶到河边。他见那人痛得大汗淋漓，大喊着在地上翻滚，有老人用土方试图喂药给他，但是花费九牛二虎之力灌下，却不见任何的作用，待到傍晚那人便死去了。

伟大的神农氏看到了黎民百姓的疾苦，他下定决心要亲口尝一尝各种野生植物的滋味，以确定哪些植物可以吃、哪些植物不能吃、哪些植物好吃、哪些植物不好吃。虽然他心里非常清楚，他很有可能会吃到有毒的植物而死掉，但是为了百姓从此不再忍饥挨饿，为了人民以后不再吃到有毒的植物，他挺身而出。

为了尽快掌握各种植物的特性，他每天不停地工作。他背着一个竹制篓子，踏遍河川，不怕辛苦，有时候为了一味草药可能会遭到野兽和毒蛇的侵袭，但是炎帝没有退缩，因为在他心中百姓的疾苦更重要。

关于神农尝百草，民间流传下来许多美丽的传说。据说有一次，他把一棵草放在嘴里一尝，不一会儿就感觉到天旋地转，栽倒在地上。随从们慌忙把他扶起来，他

心里知道自己中了毒，可是嘴巴却不能说话，于是他就用最后的一点力气，指了指身边一棵红亮亮的灵芝草，又指了指自己的嘴。随从就摘了灵芝放在嘴里嚼了之后，喂到他嘴里。神农吃了灵芝草，毒就解了，头不昏了，能够开口说话了。从此，人们都说灵芝草能够起死回生。

神农每天不停地尝百草，不可避免地要中毒，他一天之内最多曾中了70多次毒，所以他的身边也备有一种解毒的药草，叫作茶（"查"的谐音）。传说他的身体是完全透明的，可以清楚地看见五脏六腑。他一吃到有毒的植物，就马上服茶，让茶叶顺着肠胃一路检查下来，然后就可以把毒排出体外。

神农最后一次尝到的是一种蔓藤科植物葫蔓藤，叶似黄精而茎紫，当心抽花黄色，初生既极类黄精，也就是今天我们说的断肠草。据说这种植物只要和人体的唾液接触下咽，吃下后肠子会变黑粘连，人会腹痛不止而死。炎帝死的时候是一百二十岁，应该还是很高寿的。

从炎帝的这些动人的传说中，我们可以体会到神农氏尝百草所经历的种种艰辛和危险。他用木杆搭架的方法，攀山越岭，尝遍百草。功夫不负苦心人！他尝出了稻、麦、黍、稷、豆能够充饥，这就是后来的"五谷"；他尝出了各种能吃的蔬菜和水果，都一一记录；他也尝出了三百六十五种草药，写成了《神农本草》，为人民治病。

在尝百草的过程中，神农通过细心的观察发现，植物随季节变化而枯荣交替以及不同的植物喜欢不同的土壤，于是他决定利用天气的变化和不同类型的土地，指导人们对植物进行人工培植，这样就可以有计划地收集果实种子作为食物。这就是我国农业的起源。

炎帝的子孙后代

炎帝用自己的全部生命为人类在农业、商业和医药业做出了巨大贡献。受他的影响他的子孙后代也为人类做了很多的贡献，流传下来很多的故事。

传说炎帝的妻子是赤水氏的女儿听妖。炎帝与听妖结合，生下了炎居，炎居的后代叫节并，节并生下了戏器，戏器又生了祝融。祝融被谪降到江水一带后生下了共工。共工的后代叫术器，术器的头顶是平的，仍旧在江水一带居住。共工还有一

中国神话故事与民间传说

个儿子叫后土。后土又生下了噎鸣。噎鸣生了十二个儿子，均以一年中的十二个月而命名。这个噎鸣就是时间之神，他的十二个儿子代表并司管着一年的十二个月。

炎帝的后代中祝融是火神，共工是水神，后土是土神。

祝融很仁慈，他住在昆仑山上的光明宫中。远古时代，世上一片荒凉，只有许多森林，人们连毛带血地吞吃着打猎得来的禽兽。这时，祝融有同情心，看到人们生吃禽兽，就传下火种，教给人们用火的方法。人们从光明宫里取来火种，把打来的野兽放在火上烤熟了再吃，这样不仅好吃，而且也能不生病，所以，大家非常崇拜火神祝融。

共工和祝融的性格恰恰相反，共工住在东海里，性情很暴虐。他看到人们都很敬重火神，很生气，说："世人真可恶，水与火都是人生活需要的东西，为什么光敬火神不敬我水神呢？"他由气愤转为嫉妒，最后终于和火神打斗起来。

土神后土劝阻共工，可是共工什么也听不进去，毅然带领着水族，向祝融居住的光明宫进攻，把光明宫周围常年不熄的神火弄灭了，搞得大地上一片漆黑。这一下把火神祝融惹怒了，他驾着一条火龙出来迎战。那火龙全身发光、烈焰腾空，把大地照得通明，光明宫里的神火又复燃了。

水神共工见没有扑灭神火，便恼羞成怒，调来了四海的大水，漫到山上，直往祝融和他骑的火龙泼去。可是，水往低处流，大水一退，神火又燃烧起来。祝融骑着那条火龙，便烈焰腾腾直向共工扑去，长长的火舌，把共工烧得焦头烂额。共工抵挡

不住，退到大海里。祝融骑着火龙直冲大海，共工慌忙又逃到天边，回头看看，祝融已追上来了，便一头撞在不周山上，只听轰隆隆一声巨响，不周山竟被他拦腰撞倒了。那不周山原是根顶天的柱子，山一倒，天塌了个窟窿，地也陷成一道道大裂纹，山林烧起了大火，洪水从地底下喷涌出来，龙蛇猛兽也出来吞食人民。人类面临着空前的大灾难。这才有了后来的女娲补天。

经过女娲补天大地才恢复平静，土神后土责备祝融和共工，祝融很自责不该和共工打斗，共工遭到失败暴烈的性格也改变了很多。从此人间就有了"水火不相容"的说法。当然，人们此后对火神、水神、土神都很敬仰。

炎帝的孙子名叫灵恝，灵恝的后裔为互人，互人国的人都是人的脸，鱼的身子，有手无足，他们能乘云驾雾。传说灵恝死后马上又复活了，事情是这样的：风从北面吹来，把死去的灵恝吹到大水泉里，灵恝就和天上的大水泉里的鱼相结合，化成为偏枯的鱼，这鱼就是人脸鱼身，被称为鱼妇。虽然它原来不是凶猛的东西，不过没有饵食太久，也是会吃人的，若是遭人操纵的鱼妇，攻击力和危害性则更大。不拆散人和鱼的话，鱼妇是活着的生物，但若是拆散了，则两者都会回归死亡的状态。

炎帝还有一个孙子叫作伯陵，传说他和吴权的妻子阿女缘妇相爱，阿女缘妇怀孕三年，生下三个儿子，一个叫鼓、一个叫延、一个叫殳，从殳开始，制作箭靶；鼓、延开始制作钟、磬，制定作乐曲的章法。箭靶就是人间最早的作战武器；钟磬是声音比较洪亮的乐器，加上各种乐曲的章法，可演奏出各种不同的曲调，人间的音乐得到了进一步的发展。

精卫填海

传说，炎帝的四个女儿个个美丽动人，但小女儿女娃却与她的三个姐姐不太一样。三个姐姐全都温柔似水，只有女娃性格豪放，像个男孩子一样。姐姐们平时很少出门，不是在花园中赏花，就是在闺房中刺绣。女娃却一点儿也受不了这种无聊的生活，总是吵着让炎帝带她出门。炎帝见女娃总是吵闹，心有不忍，也想带她出去开开眼界，可是炎帝太过繁忙，总是有忙不完的事，因此也一直没有机会带女娃出去。

女娃被憋坏了，她不能再继续等下去了。既然父亲没有时间带她出门，那她就自己出去。女娃生来就是一副天不怕地不怕的样子，从不畏惧什么危险。

这天，女娃在炎帝出门以后，就悄悄溜出了家门。女娃如重获自由的小鸟，她高兴地唱呀、跳呀，尽情地欣赏着大自然的美景。在她看来，外面的一切都是好的，哪怕只是一棵微不足道的小草，也要比家中的更娇嫩可爱。她高兴极了，她以前还从来没有这样高兴过。

中国神话故事与民间传说

尝到一次甜头的女娃开始上了瘾，每天都要往外跑。渐渐地，她在外面也结识了一些好朋友，这就让她更加留恋外面的花花世界。当女娃听说在东海泛舟其乐无穷的时候，就要前往东海。朋友们都劝她说东海多风浪，在那里泛舟很危险。可是女娃才不怕呢！只要是她想做的事情，就没有任何困难能够拦住她。

　　女娃孤身一人前往东海。眼下的东海风平浪静，哪有什么危险？朋友们真是太过胆小了。女娃心里暗自嘲笑着她的那群朋友，想着回去后一定要挖苦他们一番。她找来一叶扁舟，开始了她的东海之旅。微微的海风轻轻吹拂着女娃的面庞，轻轻的海浪柔柔地拍打着她的扁舟，女娃觉得惬意极了。

　　就在这时，原本平静的海面忽然起了狂风，海风顿时变得狂暴起来，海浪也马上变成了凶狠的恶魔，要把这个涉世未深的小女孩完全吞没。女娃拼命地划着桨，想要摆脱海浪的束缚，可是她终于还是没能斗过无情的大海。一个年轻的生命就这样被吞噬了，而大海似乎也得到了安慰，很快恢复了平静。

　　几天之后，从东海之中飞出了一只小鸟，而它破浪而出的地方就在女娃遇难的海域。是的，这只小鸟就是女娃的精魂所化，它的名字叫作精卫。精卫飞出东海后，在长满柘木林的发鸠山上安了家。每天，它都会衔着发鸠山上的柘木枝飞向东海，并将柘木枝投入东海之中。日复一日，年复一年，精卫不知疲倦地往返于发鸠山和东海之间，从来都没有停止过。无论是狂风暴雨，还是雷鸣闪电，都阻挡不了精卫的行程。它只有一个信念，那就是一定要将那罪恶的东海填平。哪怕付出再大的代价，它也不会罢手。

　　就这样一直过了很多年，东海终于被精卫的行为惹怒了。这天，当精卫又将从发鸠山衔来的柘木枝投向它的怀抱时，东海愤怒地责问精卫："你究竟要干什么？你这只疯鸟！"精卫不屑地说："我要将你填平。"东海惊讶地说："将我填平？你为什么如此恨我？再说你也根本不可能将我填平，还是省省力气吧！"精卫坚定地说："你已经吞噬了我年轻的生命，我不能让你再害更多的人，所以我必须将你填平。哪怕是填上一千万年，一万万年，直到世界末日来临，我也要继续填下去。"东海被精卫说得目瞪口呆，口中念着："这只鸟真是疯了！"随后便转身离开了。

　　精卫仍然每天衔着柘木枝来填东海。一天，它的行为被海燕看到了。海燕对精卫的做法很是不解，就飞来问精卫为何要这样做。在得知精卫填海的原因以后，海燕非常感动。不久，它便与精卫结成了夫妻，并生下了许多小精卫。小精卫们和她们的妈妈一起衔枝填海，直到今天，她们也仍然在做着这项伟大的工作。

中国神话故事与民间传说

第五章　黄帝的传说

黄帝的诞生

相传黄帝的母亲是附宝。有一天，附宝在祁郊野外向苍天祈祷，突然雷鸣闪电，附宝感到全身麻木，眼花缭乱，从此，她就怀孕了。巫婆们奔走相告："不久这里必有圣人降生！"可十个月后，她却丝毫没有一点儿要分娩的迹象。附宝等啊，盼啊，直到满二十四个月的时候，也就是二月二日那天，天空出现五彩祥云，百鸟朝凤，她才生下了一个男孩，这就是黄帝。从那时起就有了"二月二龙抬头"之说。

黄帝自出生时起，就显示出了他的与众不同——有四张脸，并且当其他婴儿还只知道啼哭的时候，他就已经开口说话了；当其他孩子咿呀学语的时候，他已经出口成章了；当其他孩子还不谙世事的时候，他已经无所不通了。黄帝的成长速度之快让人瞠目，所以人们便将其视为神灵。在黄帝十五岁的时候，就被推举为轩辕部落的酋长，后成为有熊国国君。他是一位很有作为的领导者，为百姓做了很多好事，让人们的生活水平得到了很大的提高。

黄帝时期，天地之间的东西南北中都各有一个神领管。

东方的首领太，东方属青色，称青帝。东方是大川深谷水流所注入的地方，也是太阳、月亮所升起的地方。东方之人体形尖，高鼻子，大嘴巴，肩膀像鸢一样，走路踮起脚后跟，人个子高大，成熟早，但不能长寿，那些地方适宜种麦子，多有虎豹出没。

南方的首领是炎帝，南方属火，称赤帝。南方是阳气所聚积的地方，酷热潮湿占据着这个地方。那里生活的人高个子，上部尖，大嘴巴，眼角有皱纹。人早成熟，死得快，那个地区适宜种植稻子，多独角犀牛和大象。

西方的首领是少昊，西方属金，称白帝。西方是高山大川产生的地方，也是日月落下的地方。那里的

◎中国神话故事与民间传说◎

人脊背弯曲，长脖子，昂头走路。那里的人勇敢强悍而不讲仁慈。那个地方适宜种黍子，多产牦牛和犀牛。

北方的首领是颛顼，北方黑色，称黑帝。北方昏暗不见阳光，是被上天所封闭之处，也是冰雪常年不化，蛰伏动物长期隐蔽的地方。那里的人身体萎缩，短脖子，大肩膀，尻尾向下突出，他们愚笨，但是长寿，那个地方适宜种植豆类植物，多出产狗、马。

中央地方的首领就是黄帝，辅佐他的是土神后土，土的颜色是黄色的，所以被叫作"黄帝"。中央是四面通达，八风、云气、雨露所会合之处，那里的人大脸盘，短面颊，胡须很美，身体太过肥胖。黄帝聪明仁慧而善于治理国家。那个地方适宜种谷物，多产牛羊及六畜。黄帝热爱人民、热爱和平，四方的黑白青赤四帝总是觉得中央之地土地肥沃，总想进攻黄帝。

黄帝不得已只好和四帝开战。由于黄帝仁慈，士兵上下团结，加上人民的支持，最终取得了胜利。

众神之山——昆仑山

西北方的昆仑山是黄帝在下方的帝都。昆仑山方圆八百里，高万仞。山顶上最高的地方生长着一株大稻子，这株大稻子高达四丈，粗有五围，在大稻子的南边是绛树生长的地方，除了有雕鸟、蝮蛇、六首蛟外还有一种奇特的生物——视肉，又称聚肉。那么它奇在哪里呢？原来，它是一块没有四肢骨骸的净肉，形状像牛肝，在肉团中间长着一对小眼睛。它的肉传说总是吃不完，吃了一块，马上又会长出一块，而且吃了它的肉可以补中、益精气、增智慧，治胸中结，久服轻身不老。它本身的生命力极其顽强，煮不死、晒不死、渴不死、饿不死、淹不死。这种总吃也不见少，而且能够延年益寿的生物，可能就是很多帝王将相寻找的"长生不老"的灵丹妙药吧。

昆仑山山顶四周环绕着雪白的玉石栏杆，山的每面都有九眼泉井、九扇门。进入门内就是帝都。帝都宫殿的正门面对东方，迎着朝阳，叫作"开明门"。门前有一只神兽，叫作开明兽。它威风凛凛地站在门前，面向东方，守护着这座"百神所在"的宫城。开明兽长着一副人的面孔，形体很像虎，长着老虎一样的爪子，九条尾巴。这个神兽主管着上天的九部及黄帝苑圃的时节。

帝都的西面生长着珠树、玉树、璇树，树上有凤凰和鸾鸟栖息。这些凤凰和鸾鸟据说非醴泉的水不喝，非练石不食，它们负责管理帝都里的用具。帝都的东面生长着沙棠树和琅树，琅树上的果实是像珍珠般的美玉，非常宝贵，黄帝特别派了一位长着三个脑袋、六只眼睛的天神离朱看守它。离朱住在琅树旁边的服常树上，三个脑袋轮流睡觉，八小时换一次，不分昼夜地看守，明察秋毫，就是有通天本领的人也休想偷得一颗果实。帝都的南边，生着绛树、雕鸟、蝮蛇等鸟兽。帝都的北面还有碧

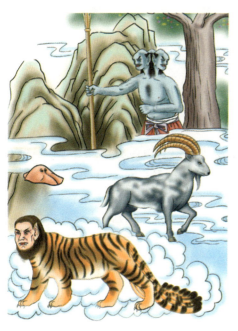

树、瑶树、文玉树等植物，它们都是生长美玉的树。还有一种不死树，据说吃了这树上的果实就可以长生不老。

昆仑山中有一种野兽，它的形体很像羊，却长着四只角。这野兽名叫土蝼，能吃人。山中还有一种鸟，它的形体长得很像蜜蜂，大小同鸳鸯相似，名叫钦原。这种鸟如果蜇其他鸟兽一下，被蜇的鸟兽就会死掉；如果蜇的是树木，树木就会枯死。昆仑山中还有一种鸟，名叫鹑鸟，它管理黄帝的各种器具和服饰。

昆仑山上生长着一种树木，形状同棠树相似，开着黄色的花朵，结红色的果实，这种果实的味道与李子相似，但没有核，名叫沙棠，可以用来防御水灾，如果人吃了它，就不会被淹死。昆仑山中还生长着一种草，它的名字叫作宾草，它的形状很像葵，味道像葱味，人们吃了它可以解除疲劳。

昆仑山是许多大河的发源地，它们从这里出发向南流去，再流向东，注入无达。另外还有赤水、洋水、黑水也都发源于这里，但是它们的流向不同，最后注入的地方也不同：赤水向东南流去，注入天之水；洋水向西南流去，注入于丑涂之水；黑水向西流去，流入大海。

黄帝的花园与行宫

传说黄帝常常到昆仑山上的赤水河畔游玩，陶醉在山水之中。有时候高兴了他还会从这里出发向东北散步，大约走四百里的地方就到了槐江之山。槐江之山被白云围绕，它的位置比昆仑山还高一倍，远望去好像悬挂在半天云中。它方圆几百里，长满奇花异草，还有各种鸟兽活动。丘时之水发源于这座山，然后向北流去，注入泑水，水中生长着很多蠃母。槐江之山上遍布着青雄黄，蕴藏着丰富的琅、黄金、美玉，山向阳的南坡遍布着丹粟，山背阴的北坡遍布着五颜六色的金和银。这里是黄帝在人间最大的一座花园，被称为"悬圃"。登上悬圃便能够和神灵沟通，能够呼风唤雨。

再往上走比悬圃高一倍的地方，就是与上天相联系的地方，登上那个地方便可以成为仙人，传说那里就是天帝的居室。

这个美丽的花园由一位长着人的面孔，马一样的身子，背上长着一对翅膀的神

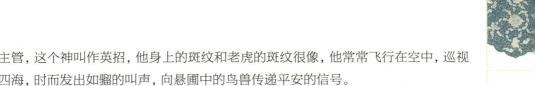

主管，这个神叫作英招，他身上的斑纹和老虎的斑纹很像，他常常飞行在空中，巡视四海，时而发出如鹠的叫声，向悬圃中的鸟兽传递平安的信号。

站在悬圃俯瞰四周，西南方向可以看见昆仑山笼罩在银色的光辉里，可以看见从宫殿四周流出的水如四条美丽的飘带装饰着帝都；向西方望去，能看见一个水泽氤氲的大湖，湖面辽阔，河流众多，水草丰美，环境幽静。传说这里就是后稷神灵的居所，山中遍布着美玉，山背阴的北面，生长着奇形怪状的大树；向北望去，可以看到诸山，一个叫作槐鬼离仑的神仙住在这里，与他同住的还有许多鹰、鹍；向东望去，可以看到恒山，这里是穷鬼居住的地方，穷鬼们物以类聚，它们都聚集在恒山的四胁之下。恒山上有水流，叫作瑶水，河水很清。这座山中的天神形貌很像牛，但却有八只脚，两个头，长着马尾，发出的声音如吹号角一样的响亮。这种天神一出现，天下就会大动兵戈，发生灾祸。

在中原山脉的十里外有一座高山屹立，叫作青要山，这里实际上是黄帝秘密居住的地方之一。山中生活着很多驾鸟。在山峰的顶巅，可以南望渚，那里是大禹的父亲鲧化成熊的地方，生长着很多蜗牛、蒲卢。

青要山由武罗神管理。武罗神的形貌是人面，身体上有豹子一样的花纹，腰很细小，牙齿很白，以金银做耳环，它的叫声好像玉石的碰击声。畛水从山中流出，向北流去，注入黄河。山中有一种草，形状如同兰草，但茎叶是方的，开着黄色的花朵，结的是赤色的果实，它的根像蒿本的根，它的名字叫作荀草，人们如果吃了这种草，能变得很漂亮。传说山中还有一种鸟，羽毛是青色的，眼睛是浅红色的，尾巴上的羽毛是红色的，形状像野鸭，吃了它可以生小孩。通过这些动植物可以判断出，它是一个适宜女神居住的地方。

这里居住着武罗神，她是一个很妖媚的女神。就像屈原《九歌·山鬼》中描述的：那女子居住在深山里，深山披着薜荔的衣裳，用菟丝的带子束着，她的眼睛明亮如两汪秋水脉脉含情，嫣然浅笑脸上有两个自然的酒窝，她性情温和慈爱，身体苗条，长着红色花纹的豹子是她的坐骑，聪敏的文狸追随着她，辛夷花木是她的车乘，桂芝缠绕在她的旌

旗上，车上罩着石兰，杜蘅的流苏下垂，她折取香花送给她思念的人。

女神武罗生活在山中，当黄帝到这里居住的时候，她会从西北四百二十里叫作峚山的地方寻找玉膏献给黄帝。

山上生长着茂密的丹木，它长着圆形的叶子，红色的茎，开着黄色的花朵，结的是红色的果实，果实的味道是甜的，人们吃了它，就不会饥饿。丹水发源于这座山，向西流去，注入稷泽，水中有很多白色玉石，流出的玉膏灌溉丹木，丹木生长五年以后便五色皆备，光艳美丽，五味俱全，发出诱人的馨香。相传黄帝就是吃了源头的白色玉膏觉得味道很好，便取山中的玉华，而投在钟山向阳的南坡，作为玉种。钟山上就生长出一种叫作瑾瑜的玉石，最为精美，玉理十分细腻、精密，润厚而放射着光泽。

从峚山到钟山，有四百六十里路，两山之间都是水湖，里面生长着许许多多的奇鸟、怪兽、奇鱼，它们都很服从武罗神的管理，所以这里呈现出一派生机勃勃、鸟语花香的景象。

此外武罗神还采摘山中的荀草送给黄帝，并驾车到昆仑山上去取视肉让黄帝在这里享用。

黄帝见她把行宫打理得如此井然有序，就更加喜欢这里。据说，就因为黄帝的喜悦，青要山周围地区才变成了一个水清草美、盛产美人的地方。

失落的玄珠

黄帝经常到昆仑山上来游玩。有一年春天，他从峚山到昆仑山，在赤水边上停留了一会儿，看到水波荡漾，很多鱼儿跃出水面，黄帝满心欢喜，手舞足蹈，一不留神将放在袖子中的最珍爱的一颗又黑又亮的珍珠掉在了赤水的边上。

回到帝都以后，黄帝才发现珠子不见了。这是一颗能给人带来吉祥，能帮人避免灾殃的宝珠，黄帝很着急。黄帝想，自己只在赤水边游乐过，宝珠一定是掉在赤水里了，于是，就派一个聪明伶俐的天使知去为他寻找珠子。

知来到赤水边上把两岸仔细找了一遍，岩石中，沙滩中，都找了，却没有发现宝珠的踪影，他只得两手空空地回来禀告黄帝。黄帝也没有办法了，最聪明的天神都找不到还能怎么办呢？黄帝想起了离朱。他派知去替离朱到服常树上看守琅树，让离朱去寻找宝珠。因为离朱是长着三个脑袋，六只眼睛的天神。

离朱奉命前去寻找。他六只眼睛都很明亮，却也没发现宝珠。黄帝更加着急，难道宝珠被赤水中的精灵吞噬了？黄帝又派吃诟去寻找，吃诟能言善辩，他到赤水河边仔细寻找，辨别水里的动植物，但是结果还是让黄帝失望。

最后，黄帝抱着试试看的态度，派了那个最粗心大意的象罔去寻找。象罔漫不经心地走在赤水河岸上，用他那恍惚漂移的眼睛随便向周遭看着，不经意间，他看到水边一丛蓬草中有光芒晃动。象罔走近一看，那个又黑又亮的宝珠正静静地躺在草丛里。象罔弯腰拾起珍珠，心里欢喜，不禁说："哎，真的是'踏破铁鞋无觅处，得来全不费工夫'，这珍珠，知、离朱、吃诟都来寻找却都没有找到，不知他们费了多少工夫呢，可是我没有费吹灰之力竟然找到了。"于是欣欣然地到黄帝那里交差了。

黄帝看见心爱的珍珠被这么个粗心大意的天神找到了，不禁惊叹："三面六目、能言善辩的人都不能找到，粗心大意的象罔却找到了，他一定是很能干，而且很会办事的人。"于是，黄帝就让象罔替自己保管这颗心爱的宝珠。

哪知道这个被黄帝称为"能干会办事"的象罔，把珍珠放在袖子里，依然是一副漫不经心的样子，东游西荡的。

珍珠的事情被昆仑山下震蒙氏的一个女儿知道了。她听说吃下这颗珍珠可以吉祥如意，避免灾殃，就想把它弄到手。她带了自制的青稞酒，爬到了昆仑山上，吹起箫来。她知道象罔正好要从这里经过。象罔听见箫声很沉迷，就停下来听，震蒙氏的女儿就趁机献上青稞酒。就这样，她吹箫，象罔边听边喝，边喝边听，慢慢就醉了，震蒙氏的女儿就从象罔身上偷走了珍珠。

黄帝听说了这件事，很懊悔把好不容易找到的珍珠交给象罔保管。当他知道是震蒙氏的女儿偷走了珍珠，就马上下令追捕震蒙氏的女儿。震蒙氏的女儿害怕被捉到，就把珍珠吞到了肚子里，然后跳进了赤水，变作了一个马头龙身的怪物——"奇相"。

传说在震蒙氏的女儿跳进赤水的地方，长出了一棵光明灿烂的树来，树的形状和柏树有点像，树叶都晶晶闪亮，在主干的两旁对称生出两枝树干，和主干并而为三，远远望去有点像彗星的尾巴，于是，这棵树就被叫作"三珠树"了。

公平的裁判

黄帝长着四张脸，东西南北发生的事情他都能发现。神仙世界里也有很多争斗，所以，黄帝时常会充当公平和正义的裁判者。

钟山的山神烛龙的孩子名叫鼓。鼓的形貌是一副人脸，但身子和龙一样，他和另一个叫作钦的神，一起把葆江杀死在昆仑山的南边。黄帝知道此事后大怒，马上派人到下方去，将鼓和钦一起杀死在钟山东边的瑶岸，还了葆江一个公道。可是这

两个暴徒，戾气不散，钦化为一个大鹗，全身是黑色的花纹，白色的头，红色的嘴，它的叫声像晨鹄啼叫，它如果出现，天下就要大动干戈，不得安宁；鼓也化成了鸟，叫作鵕鸟，它的形貌很像鹞鹰，红色的足爪，直直的嘴巴，身上有黄色的花纹，头部是白色的羽毛，它的叫声同鹄的叫声相似，它出现在什么地方，什么地方便会大旱。

还有一次，长着人脸庞蛇身子的天神贰负的下臣危，挑拨主人和另一位人面蛇身的天神发生了矛盾。贰负没有什么主见，危便劝唆主人，两人合伙杀了那个天神。黄帝大怒，便把他俩捉到了疏属山中，捆住他俩的右脚，反绑他们的双手，然后，把他们系在山中的一棵树上，以惩罚他们。

黄帝非常可怜那个被谋杀的天神，就派人把他运到昆仑山，命巫彭、巫抵、巫阳、巫履、巫凡、巫相等几个巫师，各人拿了自己配制的不死药去救活他。三七二十一天后，他果然活转过来了，但是却已经迷失了本性，跳到昆仑山脚下弱水的深渊里，变成了一个奇形怪状的吃人怪物。

据说，到了汉代宣帝时，有人在疏属山中石盖之下发现了两个人。这两个人被捆绑着，已经变得如同石头人一样了。这两个人被运往长安后，宣帝向群臣询问是怎么回事，刘向说："这是黄帝时候的贰负和危，他们犯了大逆不道的罪，黄帝不忍心杀他们，便把他们放逐到疏属山，后世圣明的君主会放他们出来。"宣帝不相信，说刘向这是妖言惑众，下令将他逮捕入狱。刘向的儿子刘歆对宣帝说，他的父亲告诉他如果用少女的乳汁喂那两个人，他们就可以活过来。宣帝于是派人用少女的乳汁喂他们，那两个人果然活了过来。他们对宣帝说自己真的如刘向所说是黄帝时代的人。

宣帝非常高兴，提升刘向为大中大夫，刘歆为宗正卿。

黄帝管理鬼域

伟大的黄帝不仅统治神的世界，也统治鬼国，他派他的两个兄弟神荼和郁垒管理那些游荡在人间的鬼。神荼和郁垒居住在东海的桃都山上，山上有一棵大桃树，枝叶繁茂，盘曲蜿蜒三千多里，树上站立着一只美丽的金鸡，每天太阳升起，它和扶

中国神话故事与民间传说

桑树上的玉鸡就会一起鸣叫起来。

扶桑树上的玉鸡是叫人间的人们起来劳作的，而这只金鸡的鸣叫则是提醒神荼和郁垒两位神和游荡的鬼的。两位神一听到金鸡的鸣叫，马上到桃树东北的树枝间的鬼门把守，检查那些从人间游荡回来的鬼；那些游荡的鬼要在听到金鸡的鸣叫之前，返回鬼域，否则就会被阳光刺死。

两位大神认真检查从人间游荡回来的鬼，如果发现有在人间作恶的，妄自残害好人的，兄弟俩一定秉公执法，绝不姑息，立刻用芦苇绳子将他绑去喂桃都山上的老虎。

民间除夕夜里贴门神的习俗就是由这个传说而来的。最初，人们用桃木雕刻成两个神，放在门框的上方，还画一个大老虎，用来抵御邪魔鬼怪，后来就简化成把两个人的画像画在门上，以达到驱魔的作用。

除了这两位神，南方的荒野里的十六个神人也替黄帝管理鬼。这十六个神人每个都是窄窄的脸颊，红色的肩膀，手臂和手臂互相挽起来。他们是在昆仑山下替黄帝守夜的，因为鬼都是在夜晚活动。他们红色的肩膀在夜晚就好像点着的灯火一样，鬼怪都很害怕，都不敢在晚上惹是生非了。

在民间，有老人会告诉孩子夜里走路不能回头，因为每个人肩上都有灯，回头的话灯就会被吹灭了，鬼怪就会来侵袭。这大概就源于这个十六个神人的传说吧。

黄帝手下有个叫后土的大臣，手执绳墨统治四季八方。绳墨作为法度，平直而不弯曲，修长而无尽头，长久而不破败，遥远而不会遗忘，与大自然的德泽相融合，与神灵的明察相一致。除了这一职责，后土还是幽冥世界的统治者，是幽都的守护者。

在北海内的一座幽都山上，黑水从那座山中发源，山上有黑色的玄鸟、玄蛇、玄豹、玄虎，还有叫玄狐蓬尾的大尾巴狐狸。和它毗邻的是大玄山，山上的人皮肤黝黑，所以被称作玄丘民。附近还有个大幽国，大幽国的人因膝下的双脚是红色的，所以叫赤胫民。大玄山和大幽国也属于幽都。

把守幽都城门的是巨人土伯。他长着虎头人身，头上有尖利明晃的角；有三只眼睛，像铜锣一样大；嘴巴似火山口，耳朵如蒲扇，鼻子像小桥，腿像大柱子；身躯庞

大，顶天立地。他站在幽都门口，幽都变得更加恐怖。他有的时候会发脾气，会晃动着庞大的身躯，赤着脚，摇晃着尖利的角，张开满是血污的大手，追赶着幽都里那些可怜的鬼魂。每当这时，幽都就会哀号声一片，并且到处都是躲避的鬼影。每每土伯发神经都会引起幽都的一阵恐慌。

后土是很威严的神，他知道鬼域的动荡也会影响人间，于是每次他都会将犯神经的土伯押解到冰狱让他去冷静，直到彻底反省。土伯每次从冰狱出来，就乖乖地守着幽都的大门，不敢懈怠，鬼域的非正常骚乱就少了不少。

传说每次人间如果要发生大的战争或者太多的不公平竞争，这时候土伯就会莫名其妙地犯神经，引起后土的愤怒，也只有在这时候，游荡的冤魂才有机会见到后土，诉说自己在人间和鬼域的遭遇。后土会将情况报告给黄帝，使得人间和鬼域同时得到治理，治理过后，幽都鬼域里冤屈的鬼就少了，同时人间就太平很多，往往这时候人间就会出现太平盛世。

黄帝虽然把鬼的世界管理得井井有条，但是鬼的世界到底有多少鬼怪他心里却没有底，他一直想弄明白这个问题。说来也巧，有一次，黄帝到昆仑山东面的恒山去游玩，在海边遇到一个能说人话、非常聪明的神兽，名字叫作"白泽"。白泽知道天地鬼神的事情，尤其了解所谓"精气"变化而来的鬼怪，山精水怪、路劫鬼豺、魑魅魍魉，他张口就来。这让黄帝感到很惊讶，于是，便叫人把白泽神兽说的种种鬼怪画成图，并在图画旁边做了注解，一共有一万一千五百二十种。从那以后，黄帝就知道所要管理的鬼域的鬼的数量了，非常方便。

有了这张标有注解的图画，黄帝就按照这个召集天下所有的鬼神到幽都来开会，详细分配了各个鬼神的工作。从此鬼域和人间一样有了各种制度，也呈现出了太平的景象。

阪泉之战

传说在炎帝和黄帝大战的阪泉之野上有一座山，叫作具茨山，在具茨山上长着一种草，人们叫它"炎黄和睦草"，是黄帝和炎帝和好的象征。炎黄二帝是同父异母兄弟，他们的父亲是少典，父亲去世后，两兄弟失和，炎帝带着一些亲近部落离开有熊氏部落到南方居住。后来炎帝的孙子蚩尤一意孤行，想夺炎帝的位置，为此蚩尤联合他的八十一个兄弟，和炎帝开战，这样炎帝的部落就大乱了，炎帝没有办法向黄帝求助。黄帝立刻出兵援助，并且驱赶着虎、豹、熊等动物，冲破了蚩尤的雾阵、打败了风伯雨师，最后打败蚩尤。

战争结束后，黄帝看到四方的四帝有四种不同的图腾、不同的制度、不同的做法，这样下去有一天还会有战争的，于是，黄帝就规劝四帝归顺，天下一家。其他的青帝、黑帝和白帝在与蚩尤的大战中，看到黄帝的仁德和能力，就答应了，可是当黄

中国神话故事与民间传说

帝把这个想法说给炎帝的时候，却遭到了炎帝的拒绝。炎帝觉得黄帝是在用帮助他打败蚩尤来要挟他，而且炎帝一直认为中原的涿鹿之野应该是自己的，是黄帝不顾父亲少典的吩咐占领了。于是黄帝为了天下为一家，炎帝为着自己心中的一口气，各自率领自己的子民展开大战。

　　黄帝和炎帝的大战，是最漫长也是最残酷的战争。当时炎帝居住的南方，由火神祝融辅佐，这个祝融长的牛头人身，驾两条赤龙，嘴里能够吞吐火焰。炎帝是一个仁德的人，但是受到祝融的蛊惑，他的子孙和部下都认为涿鹿地区是他们的领地。久而久之，炎帝也觉得涿鹿是自己的领地，而且子孙部下的呼声很高，于是炎帝就带领他们与黄帝开战了。

　　在阪泉之野，黄帝和炎帝的部队相遇了。炎帝对黄帝说："黄帝，我的兄弟，这涿鹿之野是我的子民在这里开拓的，这里留有他们的汗水。这里的繁茂是我们用辛劳滋养出来的，你为何带领你的子民盘踞在我的土地上。"黄帝说："炎帝，我的兄弟，江水是我和子民的母亲河，江水泛滥的时候我不得不率领人们迁徙，涿鹿也是我的子民生活的地方，也留有他们的汗水，你看我们两边的人们，虽然分属于两个阵营，但是他们都是女娲的孩子，就如你和我是同一个父亲一样，如果我们能放下武

器，变成耕种的工具，那么这涿鹿的繁茂会延伸到大地的各个角落，会比我们这样的征战更有意义。"炎帝说："黄帝，我的兄长，我依然这样称呼你，你认为老虎的猎物能够给予别人吗？"黄帝长叹一声，说："炎帝，我的兄弟，难道每一次的融洽都是战争的序曲吗，那么好，来吧，战士们举起你们手中的武器，以生存的名义！"炎帝说："来吧，战士们，同样举起你们手中的武器，土地就是我们最好的理由！"

双方在阪泉之野展开了大战。两军势均力敌，征战了三天三夜，征战卷起的尘土遮蔽了日月。黄帝看到这种情况，在军帐里和自己的将士们说："最不该打的战争就是势均力敌的战争，看着那么多士兵死去，我心里很不是滋味，怎样才能快点结束这场战争呢。"他的一个将领说："黄帝，我听说在大海深处有一个白民国，那里有一种神兽叫作飞黄，如果我们能骑上飞黄，我们就能飞行在敌人的阵营里了。"于是黄帝就派这个将领去寻找飞黄了。

这个将领走了一天一夜才走到大海的边上。他看见这里一片祥和，海水湛蓝泛着浪花，海边有海鸥飞来飞去，可爱的女孩在海边嬉戏。将领有了心旷神怡之感。远远望去可以看见在海天相接的地方有一座山，泛着神异的银光，他想肯定是那个岛了。

将领摆渡到那里，刚刚踏上岸就遇见一个须眉皆白的老人。将领上前行礼，问："尊敬的长者，请问您知道哪里是白民国吗？我想寻找神兽飞黄。"老人家见这个年轻人很懂礼貌，就捻着胡须微笑着说："祝贺你疲劳的小伙子，你已经踏上你的目的地，但是飞黄生活在森林深处，可不好找呀。"将领拜别老人，就向森林走去，他沿着森林里的小路走了三天三夜也没有什么发现，他继续努力着。

这一天，他看见一只凶猛的大鸟抓了一只狐狸在头顶飞。他觉得狐狸好可怜，就拉弓射箭救下狐狸。谁知道这狐狸一落到地上背上就长出了两个又长又白的角。将领没看见这一切似的，仍然对狐狸说："可爱的狐狸，凶狠的大鸟可伤害到你金色的皮毛？"

"哈哈，狐狸？你可看见我背上的尖角，这是飞黄的标志，我刚才是想试试你是否好心，远来的人，战争又要打响了，快上来吧。"将领跨上神兽，抓住它背上的尖角。飞黄摆开它如九尾狐一样的尾巴，它的尖角发出光芒向它同伴发出信号，很快在他们后面就跟上来一群飞黄。飞黄的队伍加入黄帝的队伍中，黄帝的队伍很快取得了胜利，炎帝被生擒了。

黄帝取得了阪泉之战的胜利。当士兵押着炎帝走进黄帝大帐的时候，黄帝亲自给炎帝解开绑绳，对他说："炎帝，我的兄弟，我们都是女娲的子民，天下本是一家，都是手足，以后永不再起征战。你的子民需要你的管理。"

黄帝迎接炎帝回到有熊，在太乙氏的规劝下，兄弟二人登上具茨山，看到父亲少典之墓，不禁悲从中来，抱头痛哭，泪水打湿了脚下的泥土。一只山雀衔来一粒种子丢在湿土里，第二年春天，种子发芽，长出了一株草。这草春天枝头开两朵并蒂花，花败后会结两根一尺长的棒角，像山羊的两个角，秋天长老了，棒角就自己拧在一起，掰也掰不开。人们说这是炎黄兄弟亲密、和睦的象征，所以就叫它"炎黄和睦草"。

蚩尤的传说

蚩尤是炎帝的孙子。据说，蚩尤生性残暴好战，他有八十一个兄弟，都是能说人话的野兽，一个个铜头铁额，用石头铁块当饭吃。蚩尤原来臣属于黄帝，黄帝召集鬼神开会的时候他还参加了。

当时黄帝坐在毕方鸟驾的宝车里，由大象挽着，六条蛟龙跟随在后面，蚩尤带着一群群虎狼等野兽在前面开路，紧跟在蚩尤队伍后面的是雨师和风伯，他们负责打扫道路上的尘埃（雨师名叫"萍号"，他的身体长得很奇怪，像一只蚕子，但这小东西却不能小视，只要他一用法力，天空中就会乌云密布，顷刻间就会降下大雨来；而风伯名叫"飞廉"，头像燕雀，长着一对角，身体像鹿，长着豹子一样的斑纹，蛇的尾巴，他只要吹一口气就会狂风大作），再后面就是各种鬼神们了，他们有的牛头人身，有的马面人身，有的人面鸟身，有的人面蛇身……奇形怪状，林林总总。另外，还有凤凰在空中飞舞。黄帝的队伍壮观威武。

走在前面的蚩尤看见黄帝在宝车上满意的笑容，不禁妒火中烧。他想："我有八十一个兄弟，而且各个能驱赶野兽，论能力我也不比这黄帝差，为什么我要给他做先锋？有一天我也一定要坐到他的位置上，号令众神。"这个自不量力的蚩尤，只看到自己所拥有的能力，却没有看到自己不具备而黄帝却拥有的仁爱、道德、公正等品质。

蚩尤时刻都在计划着夺取黄帝的位置。他知道单单凭自己的力量是不足以和黄帝抗衡的，于是，他就在每年秋季野兽肥美的时候，打了猎物去拜访风伯和雨师。风伯和雨师本来就是风风火火的人，根本没有什么心机，在蚩尤的蛊惑下很快就答应加入蚩尤的阵营。

不知道是不是上天有意帮助蚩尤，蚩尤在庐山脚下还发现了铜矿。他们用这些铜制成了剑、矛、戟、盾等兵器，可说是军威大振。

不过，蚩尤盘算，如果要夺得黄帝的宝座，首先就应该夺得炎帝的位置，于是，这个丧心病狂的家伙就召集他的八十一个兄弟，让他们驱赶着各自所统领的野兽，向炎帝发起进攻。一瞬间，森林的野兽都被他们驱赶出来，整个天空都被野兽奔跑扬起的尘土遮蔽。

炎帝当时有火神祝融相助。火神本领很大，可以蒸干大地上的水，让森林着火。祝融发动火攻，但是蚩尤蛊惑的野兽队伍太庞大了，已经无法阻挡。再加上炎帝不想看到生灵涂炭，就从南方退到了涿鹿。涿鹿在黄帝的管辖区内。炎帝想："我退到黄帝的领地，蚩尤畏惧黄帝的威力也就退兵了，等他退兵后我再去说服他，毕竟他是自己的孙子。"

然而，仁慈的炎帝想错了，他的这个孙子觊觎黄帝的地位很久了，打击炎帝只是他进攻黄帝的一个重要步骤而已。

自不量力的蚩尤见炎帝躲到黄帝的领地，以为炎帝真的怕了他，越发嚣张，索性就坐到炎帝的位置上，并且不断地扩充军队。他听说西南的苗族人，英勇善战，就又去鼓动他们，最终，这个英勇的民族被蚩尤利用了，和他结了盟。

避居在涿鹿的炎帝见蚩尤从南方杀来，就派祝融去和他讲和，让他为天下苍生考虑收起干戈，他可以把南方的领地都给他，只要他不再引起战火。然而，蚩尤已经走火入魔，议和的事情对他来说就是天方夜谭。炎帝没有办法，只好组织兵力和蚩尤在涿鹿打了起来。炎帝毕竟兵力少，且蚩尤准备充分，几场战役下来，炎帝就抵挡不了了，没有办法只有请求黄帝支援。这样就引来了黄帝和蚩尤的大战。

黄帝战蚩尤

炎帝的不肖孙子燃起战火，这件事早就惊动了黄帝，只是他觉得这是炎帝的子孙，他自己能够处理好，所以就在昆仑山上没有下来。这一天，黄帝正在观看琅树上的玉石，有人向他禀告说炎帝派人向他求救。黄帝知道蚩尤已经打到涿鹿，已经不仅仅是炎帝子孙之间的问题了，这分明是"醉翁之意不在酒"啊，想到此，黄帝感到惊惶，同时也大发雷霆，他马上召集军队，立刻赶往涿鹿。

黄帝毕竟是仁慈的天神，虽然知道蚩尤的用心，但是他还是忍着震怒，首先和蚩尤讲和。黄帝说："蚩尤，你的祖父炎帝是一个好的君主，他管理的南方，百姓安乐，在那里不是很好吗？涿鹿是我的子民生活的地方，只要你退出涿鹿，我不会去打扰你在南方的生活，这样可以带给人们安宁！"蚩尤冷笑着说："黄帝老儿，不要在这里痴心妄想了，我来到这里是势在必得，我要的不是小小的南方，我要的是你的宝座。早在鬼神会盟的时候我就已经不满意你坐在那个位置上了。涿鹿，你的子民能够生存，我的野兽也可以在这里生活。"黄帝见他如此顽固，没有办法，只有迎战了。

蚩尤的八十一个兄弟都是能说人话的野兽，一个个铜头铁额，头上还有尖利的

中国神话故事与民间传说

绿角，他们以沙子、石头、铁块为食物。他们不仅善于制造各种兵器，锋利的矛、尖利的戟、坚固的盾、巨大的斧头等，还善于驱赶野兽——他们会用鼻子发出一种奇怪的声音来吸引野兽；他们虽然说的是人的语言，但是野兽却能听懂他们的话。

蚩尤首先让他的弟兄驱赶野兽向黄帝的军队进攻。这些野兽都是经蚩尤的弟兄"训教"过的，异常凶猛。黄帝的军队遭到惨败。这时候黄帝的一个臣子说："在东海中有座流波山，山上有种神兽，样子非常像牛，身子是青灰色的，头上没有双角，只有一条腿；它自水中出入则必然带来风雨；它身上光彩夺目，眼睛明亮如日月一般；它的吼声如雷震天动地。这种神兽名叫夔。如果能够得到这个神兽，它的吼声肯定能震慑野兽和苗民。"

黄帝立刻派人去东海寻找。经过仔细观察，去的人发现，夔皮厚硬而粗糙；毛稀少，甚或大部分地方无毛；耳呈卵圆形，头大而长，颈短粗，长唇延长伸出；起源于真皮的角脱落后仍能复生；夔喜欢待在水里，所以它的皮很光滑……看来即使抓它到陆地上让它吼叫也是很难的，倒不如好好利用一下它的皮。这个人把情况向黄帝详细报告后，得到黄帝的允许。这个人便把大网放到水中将夔捕获了，然后，把它的皮做成鼓，再用雷兽的骨做槌敲击鼓面，其响声可传到五百里之外的地方。两军再次开展，黄帝命令兵士敲鼓。鼓声在战场上回荡，野兽们都被吓坏了，在蚩尤的驱赶下虽然没有四散奔逃，但是已经不敢进攻了。黄帝暂时取得了胜利。

可是，第二天，蚩尤施展了一种魔法，从鼻孔中喷出弥天大雾，笼罩了黄帝和他的队伍。黄帝军队在作战中常常迷失方向，蚩尤趁机杀戮了黄帝的很多士兵。

黄帝十分着急，只好命令军队停止前进，原地不动，并马上召集大臣们商讨对策。应龙、常先、大鸿、力牧等大臣都到齐了，黄帝让他的臣子想办法。他自己也向天祈祷，这时九天玄女，驾着七彩云从天空中出现。九天玄女是人面鸟身的天神，住在九天以外的星云中。她听到了黄帝的祈祷就赶来了。她给了黄帝一个亮闪闪的小铜人，并对黄帝说："北斗星的斗柄永远都指向北，而这个铜人的胳膊总是指着相反方向。"黄帝拜谢九天玄女。然而全军只有这么一个铜人还是不能全部辨明方向。

黄帝依然很着急，他只好亲自去战场上去看士兵。当黄帝来到战场上时，只见他的臣子风后独自一人在战车上睡觉。黄帝生气地说："什么时候，你怎么在这里睡

◎中国神话故事与民间传说◎

觉？"风后慢腾腾地坐起来说："我哪里是在睡觉，我是正在想办法。"原来这个风后正在琢磨小铜人胳膊永远指向南方的道理。他指着北斗星对黄帝说："九天玄女说北斗星的斗柄永远都是指向北的，那么也就是说只要我们仿照北斗星的斗柄，制作出和它一样无论发生什么情况都指向南的车，用它指明方向，我们就能辨别方向了。"于是他就向黄帝请求制作指南车。黄帝非常高兴，为他单独腾出一所大帐，并让人为他准备了足够的材料。风后利用差速齿轮原理，制成齿轮传动系统，根据车轮的转动，由车上木人指示方向——不论车子转向何方，木人的手始终指向南方。风后成功了。

接着，风后用最快的速度为每一个阵营都制作了两辆指南车。在指南车的帮助下，黄帝军队顺利冲出了蚩尤的魔法迷雾，最终战胜了蚩尤。

蚩尤见大雾不能让黄帝的士兵迷失方向，就跳到空中呼喊风伯雨师："风伯刮起你的狂风，雨师奏起你的暴雨吧。"刹那间，大雨倾盆。黄帝赶忙呼喊应龙。

应龙生活在大荒东北角上的凶犁土丘山上，它常住在山的最南端。应龙是一种长有两翼的龙，善于蓄水行雨。听到黄帝的喊声，应龙马上赶赴战场，蓄水行雨以抵挡蚩尤的魔法。可是，应龙的力量根本没法和风伯、雨师相比。

黄帝正在着急时，天空中飞来一团火一样的东西。火样的东西逐渐变大，落到黄帝面前时已经变成了一个全身红色的女娃。来人是黄帝的小女儿女魃。女魃生活在大荒西北的系昆山上，据说她长得很娇小，并不漂亮，还有点秃顶，但是她的身体里却积聚着巨大的热量，所以，被封为旱神。

女魃高声说："尊敬的父亲，你可忘了系昆山上的女魃，你的女儿旱神魃来帮您退敌了。"说着从背上抽出锯形刀，然后高喊："狂风骤雨你快快停息，远远地离开这个战场，回到系昆山，那里才需要甘霖。"边说她边变换多个身形，整个天空像有很多火，她的锯形刀也在火中闪烁。风停了，雨消了，锯形刀将蚩尤斩首了。

战争终于平息了。

女魃对父亲说："父亲，虽然我很想念您，但是请原谅我不能久留，因为我在哪里停留时间长了哪里就会干旱，我必须和风伯雨师一起回到系昆山。"黄帝说："去吧去吧，好好和他们配合，给人间带来福祉。"

这里还有必要说一说应龙和女魃的结局。

在这场大战中，应龙因为蓄水太多而不能再上天了，天上没有它作雨故连年干旱。传说如果遇到这种情况，人们只要做成假的应龙，便能久旱逢大雨。

再说女魃。因为蚩尤调动的风雨太多，女魃动用了太多力量，而且杀死蚩尤的时候他的污血溅到了她的衣服上，由于能量的缺失和邪魔的影响，女魃再也不能上天了。

然而，她停留的地方就会干旱，所以，人们都很痛恨旱神，总是想办法来驱赶

中国神话故事与民间传说

她，可怜的女魃便到处流浪。后来，有一个好心的后稷国的人向黄帝禀报了女魃在人间不受欢迎的事情。黄帝便下令在赤水的北面为她修建宫殿，让她不要再随意走动。可是，女魃已经游荡惯了，虽然有了居住地，也常常东游西逛，并且经常遭到老百姓的驱赶。

不过，毕竟她有了定所，所以人们每次在驱赶旱神的时候，总是首先把水道开好，把沟渠挖通，然后对天祷告："女魃神啊，到赤水你的家去吧。"传说只要这样一祷告，女魃就会意识到自己的错误，就会立刻回到赤水河边。

女魃和应龙都在黄帝和蚩尤的大战中，帮助黄帝，而且都是因为这次战斗耗尽了自己的能量而不能再升天的，他们牺牲了自己换来了黄帝的胜利。

玄女传授黄帝兵法

黄帝和蚩尤大战，九战九不胜。黄帝退守到太山，三天三夜，大雾弥漫。黄帝一筹莫展，跪在大地上向上天祈祷。忽然，从天上飞来一位人首鸟身的神，她踏着七彩的云，降临的时候有七彩的光辉闪耀。黄帝跪拜叩头，女神说："仁慈的黄帝，我是九天玄女，你有什么事想要问我吗？"黄帝说："女神，我想知道怎样才能在战斗中连战连胜？怎样才能设下埋伏不被敌人发现？"于是玄女就传授黄帝作战的兵法。

玄女说："行兵贵在顺应天地，天地的规律各有表现，上天表现在六甲子，大地表现在六癸酉，如果你能顺应，那么就能万无一失。"之后她画了一张阴阳图给黄帝，继续说："作战的过程中，士兵一定要以一顶十，这样才能获得基本的保证，也就是人力；然后将士要身先士卒，这样才能驾驭六神，获得胜利。如果敌人攻上来，那么这支队伍一定是敌人经常取得胜利的那支队伍。那么攻破它就要注意，如果敌人是直阵，我们就以方阵攻击；如果敌人是方阵，那么我们就要以金字形的阵进攻。敌人为曲阵，我们以圆阵攻之。敌人为兑阵，我们以曲阵攻之。另外出军行将，驻扎和守阵并举，几次和敌人交锋，一定要注意用鼓来振作士兵的士气，而且要善于从敌人击鼓的

声音中判断敌人的强弱。"

黄帝得到了玄女的传授，行军布阵，变化莫测。此外玄女还指引黄帝在昆吾山上找到了一种红铜，铸造成宝剑。这种宝剑铸好后呈青色，寒光四射，水晶般的透明，锋利无比。黄帝得了玄女的兵法指导，加上兵器得心应手，士兵们士气大涨。蚩尤虽然联合风伯雨师和苗民，但是谋略和智慧都不如黄帝，最终战败。

传说九天玄女给黄帝画的六甲阴阳图，被黄帝藏在会稽山下的一个深洞里，那个洞有千丈深，面积也有千丈，图被压在壁上两块突出的磐石中间，想得到这个图就要攀上这两块磐石，而这两块磐石是悬在千丈深的洞中的，所以很危险，很多人为此丧生。传说大禹治水的时候，他听说用水将洞灌满，然后让龙浮上来就可以得到六甲阴阳图，于是，他就决开江水，灌注到会稽山洞中。龙神借水看到阴阳图共十二卷，替大禹拿到。可是，大禹拿到后刚要打开，却有四卷飞上天去，四卷坠入水中，大禹只得到了中间的四卷。

黄帝杀蚩尤

前面故事说蚩尤是被女魃用锯形刀斩杀的。但是，也有传说蚩尤是先被黄帝生擒，然后杀掉的。

涿鹿之战结束后，蚩尤被黄帝军队生擒。对于这万恶的元凶，黄帝定然不能轻饶了他。蚩尤铜头铁额，凶猛无比，黄帝就命人制造枷铐将他捆绑好，拉到涿鹿的荒野杀掉。直到蚩尤完全被杀死，才撤去刑具。撤下的已经被蚩尤的血染红的刑具被抛到宋山上，变成一片枫树林，每片树叶都是红色的，就好像蚩尤的斑斑血迹。山中有一种红色的蛇叫育蛇，这育蛇负责看管枫树林。

蚩尤被杀的具体地点叫"解"，蚩尤血滴洒的地方就变成了一个池子，池子里面的水颜色也是殷红色的，好像蚩尤的鲜血，于是，人们叫这个地方为大盐池，也叫"蚩尤血"。

蚩尤被砍头后，头和身体被分开了，为了避免他死后作怪，就给他修建了两座坟墓。据说这两座坟分别在现在山东的阳谷县和巨野县。人们会在十月祭祀蚩尤，传说每每这个时候，坟上就会冒出一道红色的云气，直冲霄汉，就好像一面绛红色的绸子悬挂在天地间，人们把它叫作"蚩尤旗"。

◎中国神话故事与民间传说◎

有人说这是蚩尤不甘心自己的失败，灵魂还有怨愤。

　　黄帝为了用蚩尤警告那些野心勃勃、不顾苍生福祉的人，达到杀一儆百的效果，就命人把蚩尤的头像刻在了青铜鼎上。但是，工匠雕刻的时候，在蚩尤头像的基础上又结合生长在西南方荒野中的一种长毛人——羊身，猪头，有一个大嘴，眼睛在腋下，虎齿人爪，生性贪婪狠恶，喜欢攒钱但是舍不得花，自己不去劳动爱抢夺别人的劳动果实，十分贪吃，见到什么就吃什么，由于吃得太多，被撑死，最后就只剩下一个被砍下的头——这和蚩尤只剩下头很相像。再加上这种怪兽性情和蚩尤一样贪婪狠毒，所以工匠就在雕刻的时候将怪兽和蚩尤的样子糅合，夸张而形象地刻绘出了一个贪婪的怪兽形象。人们都认为怪兽是蚩尤，但是仔细观察在大鼎上的怪兽，脑袋上却不是透明的尖角而是两个肉翅，所以人们又把怪兽叫作"饕餮"。

刑天争夺帝位

　　蚩尤惨死的噩耗传到南方天庭，炎帝抑制不住潸下了两行凄清的泪。炎帝的眼泪本为蚩尤而流，无意中却激起了一位巨人的雄心。那巨人是炎帝的武臣刑天。刑天酷爱音乐，曾创作《扶犁曲》《丰年词》，为炎帝祝寿。炎、黄大战，他在南方留守。

　　蚩尤举兵北伐，他跃跃欲试，但是被炎帝制止了。此刻，听到蚩尤的死讯，看到炎帝的老泪，他再也按捺不住那颗悲愤的心，冥冥中似有声音在回荡，召唤他去北方，去找黄帝决斗。

　　巨人左手持盾牌，右手提战斧，悄悄离开南方天庭，踏上了不归路。他知道，路途的尽头就是生命的尽头，但他义无反顾，他要用勇气和热血向天地间的一切证明，炎帝不可侮，炎帝的后裔和部属不可侮。

　　巨人孤身行千里，一路过关斩将，势如破竹，黄帝手下的武将没有一个是他的对手。巨人直杀到中央天庭的南天门外，指名道姓，要与黄帝单打独斗。

　　当巨人冲到王宫中站在黄帝的面前时，连黄帝也觉得很诡异，自己竟没有注意到炎帝手下还有这样一员猛将。黄帝毕竟是久经沙场的老将，即使内心有波动，也不会轻易表现出来，他拿起昆吾剑从容应战。黄帝当时心想：

炎帝部下个个桀骜不驯，此人单骑闯关尤其大胆，若不立斩示威，恐南方臣服无日。

两个在云端剑斧交加，各显平生本事，剑起如闪电破空，天为之变色，斧落似流星坠毁，地为之动摇，从天庭杀到凡界，又一路杀至西方常羊山。常羊山是炎帝降生的地方，距黄帝的出生地也不远。两个人到了常羊山，都别有一番感触：巨人作为炎帝的手下，很为炎帝打抱不平。世界本应是炎帝的，可现在却被黄帝窃取了。他必须夺回这原本就属于炎帝的一切，让炎帝重新回到故土；黄帝看着自己的臣民过上了越来越幸福的生活，也不希望被他人破坏。两个人越战越勇，都使出了浑身解数。可是激烈的争斗持续了几天，却始终没能分出胜负。黄帝有些着急，他想尽快结束战斗，便用了一计。

就在两个人打斗得不可开交的时候，黄帝忽然对着巨人的身后一喊："五虎将，还不快帮我拿下这个怪物！"巨人一惊，手中的战斧略松了一松。说时迟，那时快，黄帝的昆吾剑已削在他的脖子上。"轰"的一声巨响，巨人硕大的头颅落地，把坚硬的山地砸出了个大坑。

巨人毕竟是神人，失去了头颅也还不死。巨人一摸没了头颅，心中就慌张起来，急忙放下斧、盾，弯腰伸手，往地上乱摸寻找他的头颅。他摸到了大树，就将树枝折断；触到了岩石，就将岩石敲碎。地上被他弄得尘土飞扬，木石横飞。其实巨人的头颅就在他的脚下。

黄帝怕巨人摸着了头颅接上，赶紧手起剑落，将常羊山一劈为二，那头颅骨碌碌滚入山内，大山又合而为一。

听到周围"哗啦啦"的声音，巨人知道自己的头颅已经被黄帝掩埋了。这下巨人彻底被激怒了，他不再继续寻找头颅，而是重新拾起斧、盾，挺身直立，以两个乳头为眼，肚脐为口，站起来继续战斗。黄帝不敢上前，一个人先走了。

无头巨人在常羊山继续战斗着。也正因为如此，他才有了一个新的名字，叫作刑天。刑的意思是斩杀，天的意思是头颅。因为刑天不甘心，不服气，战斗不止，后来，他又被封为战神。传说刑天仍然不时出现在常羊山附近，手中挥舞着战斧，与看不见的敌人厮杀。

黄帝访贤

黄帝战胜了蚩尤，在人们心目中的威望更高了，拥戴他的部落也更多了。

为了庆祝胜利，黄帝派人到东海的流波山上，请来长有一只脚的夔。夔变作了人形，做了国家的乐官，他仿效山川河谷、风啸雨零的声音，创作了一部辉煌的凯旋曲《鼓曲》。《鼓曲》共分十个乐章，包括《雷震惊》《猛虎骇》《灵夔吼》《雕鹗争》等。有的曲子雄壮如电击雷崩，气吞山河；有的曲子柔美如清风朗月，河清海晏……黄帝请来炎帝、青帝、黑帝和白帝和他共同分享天下太平的喜悦。宴会开始，首先演奏的是第一乐章《雷震惊》。乐曲在一阵咚咚的鼓声中开始，战士们伴着乐曲的铿锵调子，在殿堂上做着种种象征杀敌制胜搏击的舞蹈。音乐的非凡气概让黄帝和四帝都很满意。

天下太平，四帝非常佩服黄帝，共同举杯祝贺黄帝。

炎帝说："黄帝，您是天下最圣明的主，我佩服你的胸怀和谋略，我愿意将我的子民交给你管理。"黄帝说："炎帝，我的兄弟，你的想法让我感觉到很突然。"炎帝说："蚩尤是我的孙子，是我没有管理好他，所以才使天下生灵涂炭，我感到有罪。为了给那些战死在战场上的士兵赎罪，我愿意从此到民间去，尽我的所能为人们做一点实际的事情。而且我相信你能治理好整个国家。"黄帝哈哈大笑说："炎帝，你的想法很好，我相信等你归来一定是一位宽和仁德的君主。好吧，我答应你！"

其他三帝看到炎帝如此的做法，也知道天下只有统一，征战才会减少，人民才会幸福，所以也纷纷表示愿意将子民交给黄帝。黄帝看到他们如此诚恳，也就答应了他们实行天下一家。

黄帝让大家一起举杯，说："既然大家都把天下苍生的幸福放到第一位，那么从此天下就是一家了，把我们的各个部落的图腾统一起来，称为龙，从此我们就都是龙的传人！"

这时，乐曲正好演奏到了《鼓曲》的最后一章《桐丝乐》。这支乐曲非常柔美，让人听了心气平和。

……

多年之后，炎帝在南方教人们种植庄稼、统一交易时间，并且亲自遍尝百草为人们治病制药的佳话传到了黄帝的耳朵里，黄帝想："炎帝亲自实践了这么多的好方法，如果把这些方法贯彻到整个国家，那该是多么好的事情。"于是，决定亲自去访问炎帝。可是听说炎帝现在到处走访大山，寻找草药，居无定所，不容易找到他。

他的臣子替他想到了"轩辕方"。"大王，您可以用它替您辨别方向。"黄帝觉得这个主意不错，就带上"轩辕方"，一座座大山地寻找，有时候在大山里几天几夜都走不出来，有时候能够看到有人采摘过草药的痕迹，但是都没有碰到炎帝。但黄帝没有气馁，他一直坚持，而且在寻访炎帝的过程中，他也

更加了解人们的生活。

最后，黄帝在衡山的山腰间找到了炎帝，兄弟俩相拥而泣。黄帝说："炎帝，我的兄弟，你受苦了！"炎帝说："这对我是一种赎罪，为了那些因为我的固执而牺牲的士兵，我做了一些实际的事情，心里很快乐。"炎帝愿意将自己实践的经验交给黄帝，希望为更多的人造福。

黄帝劝炎帝和他一起回到涿鹿共同治理国家，然而炎帝却说："黄帝，我的兄弟，你的好意我知道，可是我已经习惯在山间采药的生活，我要继续我的事业。你回去以后把我的实践经验整理好，希望能造福人民。"兄弟俩也约好，每年父亲的祭日到具茨山相见。

可是，有一年黄帝等了好久炎帝都没有来，黄帝意识到问题很严重，就又到民间寻访，才知道炎帝在尝草药的时候不小心吃下了断肠草。悲痛欲绝的黄帝在炎帝故去的村落旁边修建了"炎帝庙"。

夸父逐日

很久很久以前，在北方高大的群山之间，生活着一支巨人族。他们有着高大的身材、强健的体魄和勇敢无畏的精神。这些巨人虽然个个力大无穷，但他们却从不欺凌弱者，更不会侵犯他族的领地。他们只是安安分分地在大山中过着他们自己的生活，清苦乏味却也逍遥自在。

巨人的首领是一个名为夸父的巨人。在众巨人之中，夸父是力量最大、勇气最佳的一个，且他又是幽冥之神"后土"的孙子，因此族人们都推举他为首领。也正是因为夸父的原因，这支巨人族又被称为夸父族。作为部族的首领，夸父有什么事都是抢在前面，遇到危险也总是冲在前面。他最大的心愿就是让他的族人过上幸福无忧的生活，为此，他不懈地努力着，哪怕是付出再大的代价，他也心甘情愿。

山林里的毒蛇猛兽很多，族人们常常受到它们的侵袭。夸父就带领族里的青年去擒获它们，如果捕到大的猎物，族人们还可以美餐一顿。山中有一种凶恶的黄蛇，总是趁人不备的时候袭击族人。夸父想到了一种好办法，捕获了大量的黄蛇，以至于黄蛇看见它都不敢上前了。他将捕到的黄蛇做成饰物，挂在自己的两只耳朵上。对于刚刚捕到的黄蛇，他也会拿在手上挥舞，向其他黄蛇示威。

北方的冬天异常寒冷，每年的冬天，都是巨人们最难熬的一段时间。这年的冬天比往年更加寒冷，有些族人支持不住，接连被冻死了。看着族人们因寒冷而死去，夸父非常难过。他整晚整晚地睡不着觉，他在想如何才能帮助大家对抗寒冷。后来，他想到了一个好办法，那就是把太阳永远留在北方。冬天之所以寒冷，是因为太阳到南方去了。如果让太阳一直留在北方，那么这里就会一直像夏天一样，他的族人就不会被冻死了。想到这儿，他产生了一个近乎疯狂的想法——追赶太阳。

◎中国神话故事与民间传说◎

　　夸父追日的设想在族中传开以后，族人们纷纷前来劝阻夸父。尽管族人们也已经厌倦了寒冷之苦，但他们更不愿意他们的首领去冒险。太阳那么遥远，夸父即使体力再好，又如何能追得上呢？再说太阳就像一个大火球，任何靠近它的东西都会被烤焦。就算夸父真能追上它，又怎么可能靠近它呢？面对族人诚恳的劝说，夸父显得非常平静。他追日的决心早已下定，绝不可能更改。为了族人的幸福，他必须要去。就算自己中途累死或者被太阳烤死，他也一定要去。

　　族人们见劝说无效，只得默默地为夸父准备行装和口粮。分别的那天，族人们都流下了伤心的眼泪，他们仿佛已经预料到他们的首领不会再回来了。与族人的沉默相比，夸父倒显得信心满满。他告别了族人，就踏上了他的追日征程。

　　为了早一天追到太阳，早一日让他的族人摆脱寒冷，他日夜不停地追赶。族人给他带的口粮很快就吃光了，于是他就就地取材，碰到有什么可吃的就吃什么，实在找不到吃的东西就饿着肚子赶路。

　　眼见着离太阳越来越近了，夸父也越来越有信心。可是离太阳越近，天气就越炎热，地里的作物就越少。饥饿的问题倒不是大问题，关键是口渴难耐。他跑到黄河边，一口气喝干了黄河水，可还是没有解渴。他又跑到渭河边，一口气喝干了渭河水，仍然没能止住干渴。他继续向北方的大泽跑去，跑着跑着，他忽然倒在了地上。

这次倒下，夸父再也没能起来。他已经太过劳累了，如今又这样干渴，所以他支持不住了。

夸父没能追到太阳，但他却是族人的骄傲和榜样。在他临死的前一刻，他还想着自己的族人。他将手中的木杖扔了出去，木杖所落之处立即生出了一片葱郁的桃林。这片桃林终年繁盛，为所有路过之人解除饥渴。此后，再没有人在这里因饥渴而死了，这都是夸父的功劳。

夸父逐日有人认为是自不量力的表现，有的人认为是追求光明的表现。两种说法各有各的道理，但上古人敢于挑战自然的勇气和付诸实践的努力是值得我们学习的。

嫘祖养蚕

黄帝的妻子嫘祖很能干，她教人民养蚕，总结出一套喂蚕、缫丝、织帛的经验。从此人们既会制衣，又会做冕，还能制鞋，从上到下都装束起来，彻底改变了上古时代穿树叶兽皮的原始习惯。

相传，嫘祖出生在5000年前的古西陵国。嫘祖是一个美丽端庄且心灵手巧的女孩。嫘祖自小就失去了母亲，是父亲将她一手带大的。后来，父亲又常年带兵出征，家中只剩下了嫘祖一人。嫘祖一个人闲来无事，就常常和村里的其他女孩外出游玩。但毕竟都是女孩子，不能走得太远，一来二去，附近的地方嫘祖都走遍了，就觉得无聊起来。

一天，嫘祖忽然想到村外的桑树林她们从没有去过，就约了几个姑娘一起去。在桑树林，她们看到了很多白色的小果子。姑娘们很高兴，每个人都采了很多回去。回到家中，嫘祖想尝尝果子的味道，就咬了一口。谁知这个果子不仅没有任何味道，而且还根本就咬不动。嫘祖心想，也许这种果子不是生吃的，要用水煮着吃。嫘祖连忙烧了一锅水，将白果子全部倒了进去。煮了一段时间，嫘祖捞出一个尝了尝，还是咬不动。难倒是煮的时间不够？嫘祖继续煮，又煮了很长时间。可捞出来一尝，还是一点儿也咬不动。这下可把嫘祖惹生气了，她找来一根木棒，放到锅里使劲地搅。搅了一阵之后，嫘祖有些累了，她把木棒拿了出来，结果发现木棒上缠着很多细细的白丝。嫘祖从没见过这样的丝，她继续用木棒在锅里搅，渐渐地，锅中的小白果全都变成了细细的白丝。

嫘祖用手一摸，还挺结实，不像蜘蛛丝那样容易断，但是很乱，嫘祖想太乱了也没有什么用，就丢在了一边，然后，就进屋歇息去了。睡梦中，王母娘娘笑着来到她的面前，对她说："聪明的孩子，这茧抽出的丝虽然乱了，但是可以织锦呀！"说完就教她怎么样抽丝不乱，怎样织锦。

醒来后，嫘祖很好奇，重新来到桑林，观察了很多天。嫘祖发现桑虫吃了桑叶会越长越胖，最后化成肚子里装满丝线的茧壳。她就在桑树上找到一些白白胖胖的小虫，摘了很多的桑叶，然后把它们带回家。起初，嫘祖把树上的小虫叫天虫，后来叫蚕，结成的小圆团叫茧。

回家以后，嫘祖先把桑叶放到一个大大的笸箩里厚厚地铺了一层，然后，把蚕虫放进去，等到蚕虫化成蚕壳后，她又把蚕壳按照不同颜色分开，倒进大锅里煮，煮一会儿又用小木棍挑，挑起一根丝就缠在上面边抽边缠，不几天就缠了很多闪光发亮的丝坨坨。

她又按照王母娘娘在梦中给她的织锦机的图样，请爹爹帮她做了一架织锦机，然后，她就按照王母娘娘教给的步骤织起

锦来，五颜六色漂亮极了。她把细细的蚕丝织成布，代替树叶、兽皮穿在身上，又轻巧，又暖和，干活还方便。在嫘祖的倡导下，全村的女性都开始养蚕纺线，并用蚕丝做出了很多美丽的衣裳。为了纪念嫘祖的功绩，人们就将其称为蚕神或先蚕娘娘。

一个春天，嫘祖仍然像往常一样在家里的桑园中养蚕。这时，一个男人看到了身着美丽丝绸的嫘祖。男人从未见过这样美丽的衣裳，就问嫘祖这种衣裳是怎样制作的。嫘祖向男人介绍了栽桑养蚕、抽丝织绸的道理。男人想到他那里的人们还过着冬穿兽皮、夏遮树叶的原始生活，立即对这位女性产生了崇敬之意。他向嫘祖表明了自己的仰慕之情，并恳请嫘祖随他回去造福一方百姓。嫘祖答应了，并与那个男人结为了夫妻。那个男人就是黄帝。

嫘祖成为黄帝的正妃以后，将栽桑养蚕的技术也带到了黄帝的部落，并用她的勤劳和智慧做起了黄帝的后勤保障工作。她组织了一大批女子养蚕织锦，其中有一个女子异常的聪明，总是能解决各种难题。嫘祖觉得这位女子非常贤德，就暗中撮合她与黄帝。不过这位女子相貌丑陋，开始并没有引起黄帝的注意。后来，这位女子发明了纺轮和织机，黄帝才对其重视起来。再加上嫘祖的极力撮合，这位丑女最终成了黄帝的次妃，后人都尊其为嫫母。

明火的发明

在河南省潮河西岸有个小寨叫火神寨，寨里有一座庙，供奉的是火神祝融的圣像，据说是汉代人为纪念祝融送火种而修建的。

相传自从燧人氏发明钻木取火以后，人类已经开始用火烧熟食物、取暖、驱赶毒虫猛兽等。但钻木取火很不容易，人们只好把火种保存起来，祝融就是负责管理火种的。

有一年夏天连降几天大雨，许多茅屋倒塌，火种浸灭，黄帝让祝融给百姓送火种，可是祝融的火种也被大雨浇灭了。祝融很着急，树木都是潮湿的怎么也钻不出火花，偶然中他发现击石能溅出火星，于是他就做好准备，用尖利的石头击打大的石块，用击出的火花点燃柴草，这样就发明了"击石取火"的办法。从此人们不再为保存火种发愁了，黄帝为此特封祝融为"火正"（官职名）。潮河两岸枣林里的人们不忘祝融的功德，敬祝融为火神。

黄帝统一华夏以后，各个部族的图腾都统一了。火神也一样，只敬奉祝融火神。

黄帝有一个妃子叫嫫母，她长得很丑，脸上是黄色豆麻子般的皮肤，毛孔粗大，泛着油光，鼻子像蒜头，眼睛几乎被油腻的头发遮挡住了视线，嘴巴曾被人误以为吃香肠没吞下去，不时地一笑就会露出泛黄的牙齿。

嫫母虽然长得奇丑无比，但是她心地善良，贤惠能干，负责部落里烧火做饭、分配食物等事情，所有这些她总是安排得有条有理。

她知道火对部落的意义，所以，她非常虔诚，每一次在起火之前都会向火神祈祷，让火旺盛。一天，烧火时她无意中把一些松香木炭末拨到了火上，马上冒起很多火花，嫫母注意到这个现象，又试了几次，都是如此。

她又将硫黄与松香、木炭末掺起来撒到火上，结果爆起的火花更大，因为这种爆起的火花特别大且明亮，所以嫫母把这叫作"明火"。其实这明火也就是火药。

黄帝知道后认为明火爆出的火花可以吓跑敌人，就决定用明火来帮助打仗，命嫫母每天把松香、硫黄和木炭末均匀拌和，制作明火保存起来。在与蚩尤的大战中，黄帝就将嫫母制作的明火球发给将士们，让他们在交战中使用，确实这明火球抛起来，不仅在心理上让敌人害怕，而且那爆出的火花也会烧到敌人的衣服、皮肤甚至五官。这明火可帮了黄帝的大忙。

战争结束后，黄帝就用明火的道理，将松香、硫黄和木末按一定的比例，制作了更大的明火球，也就是后来作战用的"火链球"，而且他还让人将松香和硫黄化成水，涂在箭头上，带着松香和硫黄的箭在射出去飞行的过程中，与空气摩擦，就燃烧起来，到达敌人身边的时候就会引起大火。这就是最初的"火箭"。

看着嫫母的明火得到了更好的运用，火神祝融感到很欣慰。其实，嫫母发明明火得到了祝融的暗中帮助。看到嫫母对待自己那么虔诚，祝融为了表达谢意，就暗示了嫫母在不经意间使用松香和硫黄，引出火花，而且嫫母也真的聪明能干，没有让火神失望。

仓颉造字

在河南省洛阳的南边有座凤台寺，相传是古代仓颉造字的地方。传说仓颉长得方头大脸、龙颜善面，脸上长着四只眼睛，眼光像电光一样犀利明亮。

仓颉是黄帝手下一个非常能干的官员。黄帝将管理牲口和食物的事情都交给他，他总能做得井井有条。当时还没有文字，仓颉便想出了结绳记事的办法。他用不同颜色的绳子和不同的结来代表不同的牲口和食物，使所有人都能一目了然。

黄帝见仓颉如此能干，便将更多的事务交给他做。这样一来，要记录的事物越来越多，原来的结绳记事也就不再奏效了。后来，他又在绳子上画圈圈、挂贝壳，用以表示不同的事物。如此又用了很多年，但黄帝交给仓颉的事情每年都在增加，用不了多久，这种方法也会失去效用。怎么办呢？仓颉很想找到一种简洁明了且可用来记录复杂事物的方法，用来代替结绳记事。为此，他日思夜想，却始终没有更有效的方法。

一天，仓颉跟随黄帝外出狩猎。在走到一个十字路口的时候，黄帝手下的人忽然争吵起来。有些人说要往这边走，有些人说要往那边追赶，一时争论不下，队伍也就在此停了下来。仓颉不明白这些人为什么会出现意见分歧，就上前询问。原来，一伙人看到了老虎的脚印，就坚持追着老虎的脚印走；另一伙人看到了熊的脚印，就坚持追着熊的脚印走。听到这儿，仓颉已经无心再听他们争论了，因为他想到了更重要的事。既然动物的脚印可以用来识别动物，那么为什么我不能创建一种符号来代表我所掌管的事物呢？

仓颉在洧水河南岸的一个高台上造屋住下，专心造字。他将自己掌管的所有事物都摆在了眼前，整整看了一个晚上，终于找到了一种非常形象的符号来代替它们。从此，他开始用各种符号来表示事物。这样一来，记录事物就方便多了，再也用不着那些让人眼花缭乱的绳子和结圈。他将自己最新的记录方法拿给黄帝看，黄帝大为赞赏。黄帝想，如果所有的事物都能用这种符号表示，那么以后人们的交流岂不是更方便了。于是，他命仓颉为所有的事物都找到一个替代符号，并让所有的人都熟悉这些符号，以便日后交流与应用。

仓颉意识到这是一项伟大而艰巨的任务，他四处观察、分析，创造出了很多符

中国神话故事与民间传说

号。后来，他就将这种能够记录各种事物且用于人们交流的符号叫作字。经过长时间的观察，他已经能够用字表述很多事物。于是，他便在黄帝的支持下开始到各个部落推广，以便更多的人能够用文字进行记录和交流。有了文字，人们的交流确实更为畅通了，人们的生活也更加便利了。每到一个部落，仓颉都会受到当地人民的热烈欢迎，有些人甚至奉其为偶像。渐渐地，仓颉变得有些骄傲了，传授文字也不再像以前那样尽心尽力了。黄帝得知这种情况以后，就找来族里一位一百二十多岁的长者商量对策。长者让黄帝尽管放心，他自有办法让仓颉意识到自己的错误。

一天，仓颉正在一个部落中传授文字，这位长者也来到了他们中间。待仓颉讲完，所有的人都离去了，只有这位长者还坐在原地，迟迟不肯离去。仓颉不解其故，便上前去问长者为何还不离开。长者说："先生，你造的字已经家喻户晓，可我年事已高，理解力差，有几个字我至今也没弄明白，你能不能再为我解释解释呢？"仓颉见这样一位老者都来向自己请教，很是高兴，便让老者尽管说出他的疑问。

长者说："马、驴、骡、牛都是四条腿的动物，可为什么你造的马、驴、骡字都有四条腿，而牛字却只有一条尾巴呢？"仓颉的笑容一下子僵在了那里，他没想到长者竟会问出这样的问题，一下抓住了他的漏洞。事实上，他最初在造字的时候，牛本来是用"鱼"字表示的，而"牛"字则是用来表示鱼的。不过他在传授的时候一时大意，将两者说颠倒了，所以才会出现这种无法解释的现象。

见仓颉不说话，老者又问："你造的'重'字，你解释说是有千里之远，可为什么在教读音的时候你却说是重量的'重'呢？还有你造的'出'字，你解释说是两座山合在一起，那本应是重量的'重'字，可为什么在教读音的时候你却说是出远门的'出'呢？"仓颉再也忍不住了，在长者面前，他只觉得无地自容。这些都是他马虎大意才留下的疏漏，如今全部被人揪了出来，他这个文字发明者的面子往哪搁呢？他跪在长者面前忏悔，坦诚是自己的骄傲铸成了大错。

长者见仓颉已经知错，便劝仓颉说："仓颉啊！你造字的功劳是无人能够抹杀的，但你的任务还很艰巨，绝不能取得了一点儿成绩就骄傲，否则你的成就必将毁在你的骄傲之中。如今，那几个错字已经在各部落中传开了，你也无须再去纠正了，只要做好以后的造字、传播工作就行了。"仓颉连忙谢过老者。自那以后，仓颉再也不敢骄傲大意。在造任何一个字之前，他都要经过多次的查看和反复推敲。造出来之后，他也要找多个人进行评定。待大多数人都通过后，才将文字传播出去。

后人为纪念仓颉造字的功劳，把仓颉造字的高台叫"凤凰衔书台"，宋朝人又在这里建寺筑塔，称为"凤台寺"。

宁封子制陶

据说第一个制陶的人名叫宁封子，他是黄帝身边的一个能工巧匠。传说黄帝时期，人们虽已懂得用火烧熟食物吃，但却没有锅、盆、碗、罐等，只能把猎获的食物用明火烧熟后双手抓着吃，极不方便。

一次，宁封子从河里捕回很多尖尾鱼放在火堆上烤，结果全烧焦了，他一气之下，就把剩下的几条尖尾鱼用泥封住，放进火堆里。正在这时，黄帝派宁封子出外办事，且一走就是三天。回来后，宁封子突然想起他临走时放进火堆里的尖尾鱼，急忙跑到火堆去刨，谁知刨出来一看，鱼早已没有了，只剩下一个泥外壳。

宁封子把烧过的泥壳拿在手里看了看，然后把泥壳拿到河边，盛满水后，端详许久，发现装进泥壳里的水点滴不漏。宁封子想，倘若把泥封在其他东西上，用火烧后会是什么样子呢？他看到河滩上有些被砍过的树墩，灵机一动，就把河边的泥沙用手刨出来，糊在一个树墩上，然后架起大火一连烧了三天四夜。火熄后，他刨开火灰一看，那泥糊糊的半截树墩变成了一个土红色的硬泥筒。宁封子用兽皮袋把河里的水灌进硬泥筒里，直到灌满为止，也没有发现有漏水现象。

宁封子激动万分，他想把硬泥筒连水一起抱回去向大家报喜，可是，因为用力过猛，他把泥筒弄破了。宁封子也不气馁，他把自己的发现向黄帝做了汇报。黄帝听了非常高兴，认为这项发明很有价值，就任命宁封子为"陶正"（官员）。从那以后，宁封子就用树干裹上泥浆，放到一大堆木柴上烧，待到泥浆硬了以后成为容器，再拿出来盛东西。

有一天，宁封子在回家的

路上无意间与美女仙娥相撞，当时宁封子手里拿着陶器，而仙娥手中拿着一个泥捏的小船。宁封子对仙娥手里的小船很好奇，就一直盯着看。仙娥以为宁封子有歹意就赶紧逃跑。

酷爱制陶的宁封子紧随其后，到了仙娥的家里，发现仙娥的父亲是一个木匠，就和仙娥的父亲说明自己制陶的事情。仙娥的父亲建议他可以用青铜代替木质的东西，而且可以在青铜上刻出花纹，这样等泥土烧干了以后花纹就会留在陶器上，而且青铜比木质耐烧。仙娥的父亲还告诉宁封子不能单单放到柴堆上面烧，那样火苗直接煅烧泥浆陶器容易烧裂。他告诉宁封子可以用烘干的办法让泥浆中的水缓缓蒸发，这样陶器就会少一些裂开的危险。宁封子觉得这个建议非常好，决定回去试一试。这时，仙娥对宁封子的敌意也消除了。

宁封子回到家里，马上按照仙娥父亲的意见制作陶器，可是开始的时候由于泥浆混合的比例不好，泥浆很难附着在青铜上。宁封子就不断地调整泥浆中泥沙的比例，制作烧制陶器的土窑，忙得不可开交。仙娥见他那么忙，每天就给他送水送饭。

经过多次实验，宁封子终于焙烤出了带花纹的陶器。黄帝知道了更加高兴，从那以后就不再派给宁封子任何其他的事情，让他专心致志地制陶。

在一次烧制陶器的过程中，制陶的屋顶突然坍塌，巨大的火苗冲天而起，眼看着要发生重大的事故了。宁封子为抢救正在烧制的陶器，便毫不犹疑、奋不顾身地跳入窑中。他的恋人仙娥也奋不顾身地跳了进去，最终所有的陶器都保存了下来，宁封子和仙娥双双骑着火龙升上天去了。

第六章　少昊的传说

少昊的诞生

传说，少昊是东夷族的首领，他是仙女皇娥和启明星的儿子。

聪明美丽的皇娥每天在天宫中用五颜六色的彩丝织布，常常到深夜也不知疲倦。有时为了轻松一下，她便乘着木筏，荡漾在浩瀚的银河中自娱自乐。

有一天，皇娥又乘木筏，沿着银河溯流而上，最后来到西海边的穷桑树下，把木筏停下。穷桑树高达万丈，根深叶茂，叶子是红的，果实是紫色的。据说，这棵树一万年才结一次果实，吃了这种果实，寿命比天还高。

皇娥正在穷桑树下浮想联翩的时候，忽然看见一位英俊的小伙子从天上徐徐而降。她好奇地打量着小伙子，见小伙子面如满月，眼如晨星，浑身上下隐隐发着光

中国神话故事与民间传说

亮,十分潇洒,禁不住看呆了。

小伙子潇洒地来到皇娥跟前,深施一礼,说:"皇娥仙女你好!我是白帝的儿子,愿和你交个朋友。"

皇娥惊奇地道:"啊,白帝的儿子不是启明星吗?你就是启明星?也叫金星?原来就是你呀!我常常坐在这里,仰望东方天空的启明星,心里说,这颗星多亮、多美、多勤快啊,每天都把白天带给人间。"她说到这里,耳热心跳,连忙收住话头,羞红了脸。

启明星的脸微微一红,动情地说:"我也是这样!我升到天空时,常常第一眼就看到你,就觉得你太美丽了。我向别的星星一打听,才知道你就是心灵手巧的皇娥。你织的七彩锦和你自己一样美。我每天夜里都听到你的织布声,悦耳动听的声音使我夜不能寐。每日早上,我都盼你出现在银河边。"启明星一口气袒露了心扉,发觉自己太激动了,连忙收住了话头,红着脸不好意思地看着皇娥。

皇娥害羞地低下了头,双手拂弄着垂下的黑发,掩饰着心房的狂跳。

启明星微笑着,将手一伸,召来了一把银光闪闪的琴。他双手抱琴,依着穷桑树,弹奏起美妙的乐曲。皇娥立刻被这琴声给吸引住了,情不自禁地跟着启明星的乐曲轻轻地唱起了歌。启明星的琴声在切切地向皇娥倾吐着爱慕之意,皇娥的歌声也在绵绵地向启明星诉说着倾慕之情。

歌声、琴音婉转悠扬,吸引着鱼儿成群结队地浮游在水面上,激动得花儿竞相开放。凤凰飞来了,在空中翩翩起舞。百灵鸟飞来了,放开歌喉为皇娥和启明星伴唱。他们的心越贴越近,双双走上了木筏,并用桂树的树条做筏桅,用芳香的薰草拴在桂树树头上当作旌旗,还刻了一只叫玉鸠的鸟,摆放在桅顶,以辨别方向。

木筏在银河里飘荡。皇娥伴着悠扬缠绵的琴声,情不自禁地吟唱。美妙的琴声和优美的歌声融为一体。皇娥和启明星依偎在一起,沉浸在爱情的幸福中。鱼儿撒欢似的追逐在木筏旁边,凤凰在幸福情侣的欢笑中飞翔。皇娥和启明星就这样尽兴地漂游着,不久,他们的爱情结晶——少昊诞生了。

有趣的鸟国

传说,在少昊诞生的时候,天空有五只凤凰,颜色各异——红、黄、青、白、玄,飞落在少昊氏的院子里,所以,少昊又被称为凤鸟氏。

少昊在父母精心培育下,从小就具有神奇的禀赋和超凡的本领。少昊天生就能听懂鸟的鸣叫,他的话鸟也能够听懂。

少昊开始以玄鸟,即燕子作为本部的图腾,后来少昊在穷桑登上大联盟首领位时,有凤鸟飞来,少昊大喜,于是,改以凤鸟为族神,崇拜凤鸟图腾。

不久,少昊迁都曲阜,并将所辖部族以鸟命名,有凤鸟氏、玄鸟氏、青鸟氏等,共二十四个氏族，形成了一个庞大的以凤鸟为图腾的完整的氏族部落社会。

少昊后来又成为整个东夷部落的首领。他先在东海之滨建立一个国家，并且建立了一套奇异的制度：以各种各样的鸟儿作为文武百官，由凤凰总管百鸟，另外五种鸟管理日常事务：孝顺的鹁鸪掌管教育，凶猛的鸷鸟掌管军事，公平的布谷掌管建筑，威严的雄鹰掌管法律，善辩的斑鸠掌管言论。

除此之外，少昊还安排九种扈鸟掌管农业的耕种收获，使人民不至于淫逸放荡：以玄鸟为司分，掌管春分和秋分；以伯劳为司至，管理夏至和冬至；以青鸟司启，管理立春和立夏；以丹鸟司闭，管理立秋和立冬；五种野鸡分别掌管木工、漆工、陶工、染工、皮工等五个工种。

一句话，各种各样的鸟儿都鸟尽其材，物尽其用，各司其职，协调活动。因此，一到开会的时间，百鸟齐鸣，莺歌燕语，嘈嘈杂杂。有轻盈灵巧的麻雀，有五彩斑斓的凤凰，有普普通通的喜鹊，也有引人注目的孔雀。

鸟儿们每天在空中林间查看国家的情况，因为它们各司其职，又没有各种各样的心机，所以办起事情来，都是干净利落，正直无私。

一国之君少昊则根据诸鸟的汇报，来论功行赏，一切都显得那么井井有条。百鸟们无不感激少昊的慈爱和德政，无不佩服少昊的智能和才华。

大海里的琴声

少昊见百鸟之国到处呈现出繁荣向上的景象，十分欣慰。他为了使百鸟之国更加兴旺发达，便请来年幼聪敏、很有才干的侄儿颛顼帮助料理朝政。颛顼不负众望，干得很出色，深得叔父的赏识。少昊见侄子常常累得嫩脸上挂着汗珠，于心不忍，就将父亲传下来的那张琴搬出来，手把手教颛顼弹奏，以给侄子提神和娱乐。

颛顼聪慧好学，很快就成为抚琴高手。他的精湛琴艺，赢得了百鸟的齐声喝彩，自然而然地超过了叔父少昊。颛顼的聪明好学让少昊更加疼爱他，所以闲暇时，少昊就经常带着颛顼领略大自然的壮美神奇，让他从中悟出了音乐的真谛。在大自然天籁的熏陶下，颛顼的琴声更加优美动听，犹如高山流水一样。

有一次，他们叔侄俩出去游玩，乘船到了汉阳江口，遇到风浪，就停下在一座

小山上休息。晚上，风住浪静，云开月出，景色十分迷人。望着空中的一轮明月，颛顼拿出随身带来的琴，专心致志地弹了起来，他的叔叔少昊沉醉在优美的琴声之中。颛顼弹完，少昊对他说："侄儿刚才的琴声表达的是云开月出的清新和月光笼罩下高山的雄伟气势。"颛顼向叔叔微笑点头说："叔叔真的是高手，连侄儿用琴声表达的东西都一清二楚，真是佩服呀。"少昊对颛顼说："侄儿，这把瑶琴是伏羲所造，除了琴本身的构造以外，要弹出美妙的音乐还要靠自己心灵的感悟，能听懂你琴声的人，他懂得的不仅仅是你的琴声，更重要的是他懂你的心。你知道吗？""我知道！"

几年后，颛顼长大成人，要回自己的国家继承北方的天帝位了，少昊和颛顼洒泪分别。颛顼一离开，少昊便觉得空荡荡的，心里别提有多寂寞了，每每看到那琴，试着拨弄琴弦，琴声却只能给他增添思念和烦恼。他觉得物在人已去，离愁难消，于是，便把琴扔进了东海。

从此，每当更深夜静、月朗星稀的时候，那平静的海面便飘荡着婉转悠扬、凄凄切切的琴声，让人流连忘返，惊叹不已。相传那是海里的鱼精弹奏的。鱼精经常听少昊和颛顼弹琴，不仅被少昊对颛顼的感情所感动，而且也被他们对艺术的执着所感动，它知道少昊对颛顼异常地思念，所以当少昊将爱琴掷入大海的时候，鱼精就游过来接住了琴，在夜深人静的时候拨弄琴弦。

少昊和蓐收的神职

传说，少昊的父亲启明星和母亲皇娥曾经嬉戏过的扶桑树上悬挂着十个太阳，他们的脸都是红红的，散发着无穷的热量。他们每天轮流出来当班，每天只要扶桑树上的金鸡一叫，他们中该当班的那个就要起床开始工作，驾驶着金色的火鸟从东向西奔跑。每一时每一刻都不会错，因为他们一直都恪尽职守，所以他们被天帝封为了太阳神。

但是，随着日月的流逝，渐渐地，他们对自己单调的工作也产生了厌倦。个别太阳在当班时，因为不耐烦孤独的一个人在天空中工作，就会催促金色火鸟用它的金色三足快速奔跑，好早一点回到扶桑树上和兄弟们饮酒作乐。有一段时间他们很不像话，有时候仅在人间停留三个时辰，就赶忙跑回来了。

人们都感到奇怪但是不知道是怎么回事。后来天帝知道了这件事情，非常生气，想罢免他们。但是有大臣劝阻说："他们已经工作了很多年，没有功劳也有苦劳，他们之所以这样就是因为一直没有可以直接领导监督他们的一个神，陛下不如派一个秉公执法的人来监督他们。"

天帝想来想去就想到了启明星和皇娥的儿子——少昊，他将鸟国治理得井井有条，而且他从小在扶桑树下长大，对那里的情况也熟悉。天帝就封少昊为员神。天帝还听说少昊的儿子金神蓐收和父亲关系密切，而且铁面无私，于是，将蓐收封为了金神，也叫红光，辅佐少昊。

父子俩担任起了监督太阳神的神圣工作。可是怎么判定太阳神是否认真工作呢？

少昊住在长留山，他就通过查看沉没西天的太阳，它反射到东边的光辉是不是正常，如果一切正常，那说明太阳神这一天奔跑是严格按照十二个时辰来走的；反之就不是。此外，少昊是治理鸟的能手，他可以和太阳神驾驶的金色火鸟沟通，当然，和金色火鸟沟通是不能让太阳神们知道的。少昊就以这样两种方法来判定太阳是不是认真工作。

蓐收长着人面，虎爪，全身白毛，手执大钺，他的左耳中伸出一条小蛇，乘两条龙而行。蓐收也随父亲住在长留山的山里，他效仿父亲的办法，但是他在太阳西沉的时候查看映天的霞光，霞光红映半天，说明太阳神认真工作了。

如果他们发现太阳神没有按照规定的时辰完成工作，少昊就会派他的儿子蓐收去惩罚太阳神。蓐收正直无私，每一次都能出色地完成父亲交给他的任务，用天庭的刑罚惩罚太阳神。太阳神渐渐地都能安于自己的工作了。

蓐收惩罚国王丑

金神蓐收不仅仅和父亲一起担负着管理太阳神的神圣的职责，还管理着上天的刑罚。他对上天和人间的政治都了如指掌，以秉公执法名闻天下。

传说古虢国是西周初期的重要诸侯封国。周武王灭商后，周文王的两个弟弟被

封为古虢国国君，一个为雍地的西古虢，一个为制地（今河南荥阳）的东古虢，起着周王室东西两面屏障的作用。西古虢国东迁后，据守上阳的虢叔被称为南古虢，据守下阳（今山西平陆）的虢仲被称为北古虢。与此同时，西古虢支庶与羌人在西古虢故地又建立一个古虢国，时称小古虢。凭借着东周王室的恩宠和强大武力，古虢国在上阳夯土筑城，很快把领地扩大到今天的河南灵宝、卢氏、陕县、渑池及山西平陆，并在桑田（今灵宝市西阎乡稠桑村）打败了妄图继续东扩的犬戎大军。国家安定，出现了繁荣的景象，可是这之后，虢国的国君是丑，他骄奢淫逸，登基不久为显示自己的"政绩"，对内大兴土木，修建的宫殿规模宏大，殿宇众多，装饰华丽，极尽奢华享乐；对外不断用兵，导致国疲民怨，内部矛盾激化。

这时小古虢国的邻邦是虞国，晋国向虞国借道，虢国的三朝老臣嚣向国王丑献策，说："大王，虞国是我们的屏障，晋国是虎狼之国，如果晋国向虞国借道，那么晋国首先灭掉的就是我们虢国，然后回头再夺得虞国。"国王丑却说："你老眼昏花，知道什么呀，晋国的国君已经送来了黄金和珠宝首饰，准备和我们结盟，我明天就答应他的使者。"老臣嚣只得叹气地离开，心中却有一个不祥的念头在闪现："虢国要灭亡了，虢国要灭亡了。"

然而，第二天一大早，老臣嚣就被国王丑召进宫来。老臣以为国王想通了，心里很高兴。哪里想到，国王丑正在室内不安地走动，满眼的惊恐。见老臣来到，丑赶紧拉住嚣的手说："嚣，你是三朝元老，是太史，经历的事情比我多，我昨晚做了一个奇怪的梦，我想请你解释一下。我梦见自己在宗庙的河边行走，忽然一道白光，河沿上出现一个威风凛凛的神人，他的左耳中伸出一条小蛇，乘两条龙而行。长的人面，虎爪，全身白毛，手执大钺。我一看见他就吓得魂飞魄散，转身就跑。没想到那神人却大喊说：'不要跑！天帝给了我一道命令，让晋国的军队开进你的京城。'我当时吓得不敢说话，赶紧向他打躬作揖，可是他好像根本就没有听。我醒来觉得这个梦很不好，所以就召太史来讲讲这个梦的吉凶。"

嚣闭上眼睛想了想，说："按照你的描述，你梦见的一定是金神蓐收了，他是掌管天上和人间刑罚的神，你梦见他可要小心。因为国君的吉凶祸福，都是掌握在他的手里的，他是一个正直又公私分明的人，他既然在梦里说出晋国的军队，这说明他已经知道大王你和晋国的事情，他在提醒你谨慎一些！"国王丑虽然觉得这个梦很可

中国神话故事与民间传说

怕，但是他希望太史嚚能够把这个梦解为好的，对他说一些吉利的话，可没想到却听到这样一番直言。丑很生气，就命人把太史嚚关进了监牢，并且让百官都来恭贺他这个怪梦。他想：只要大家都这样认为，那么我就可以化险为夷了。

虢国的一个叫作舟之乔的大夫，看见自己的国王这样的昏庸，便向他的家人说："我早就听见民间的谣言说虢国要灭亡了，我还不相信，但是现在我知道了这谣言不是假的。做了怪梦不去警醒，却要大家都恭维他，真的是昏庸至极。"于是就带着家小远走高飞，到晋国去了。

六个月后，晋国从虞国借道成功，使晋国奇袭古虢国得手，一举攻取了古虢国的下阳。不久，晋国又攻占了古虢国都邑——上阳城，古虢国灭亡。班师凯旋的晋军顺路又消灭了虞国，为后世留下了"假虞灭虢""辅车相依，唇亡齿寒"的典故。

少昊的子孙后代

少昊有几个儿子，他们的外貌、性格、品德、才能等各方面都有很大的差异，其中一个名字叫重，他有着人的面孔、鸟的身体。重的脸是四四方方的，经常穿着白色的衣服，出行的时候，驾驭着两条飞龙。他才干非凡，受到东方天帝伏羲的器重和垂青，成为治理东方的木神，和伏羲共同掌管着春天，人们一般称之为句芒。

春天是万物复苏的季节，繁花似锦，莺歌燕舞，小草偷偷地探出头，树木也轻轻地伸着腰，鱼儿在水中游来游去，鸭子也在河水里嬉戏，整个世界都是一派生机盎然、生机勃勃、欣欣向荣的景象，到处是欢歌笑语，到处是歌舞升平。木神就拿着一个圆规一样的东西，掌管着此时的大地万物的生命。圆规是他权利的象征，人们叫他句芒，包含着弯弯曲曲的意思，和春天草木初生时刻弯曲柔软的样子很相近。句芒还兼任着生命之神，如果某人多行善事，对国家的发展作出了突出的贡献，句芒就会给他增加寿命。

少昊的另一个儿子叫该。该有着老虎的爪子，人的脸，浑身上下都是白毛。他是父亲少昊的部下，人们一般叫他蓐收，他就是传说中的金神，和父亲少昊一起共同掌管着西方一万二千里的地方。他们分工负责，少昊的工作是查看夕阳反射到东边的光辉是否正常，该的工作和父亲大同小异，就是查看太阳落山的

时候，西边的霞光是否正常。除此之外，蓐收还掌管着天上的刑罚，如果有人做了坏事，危害了国家的利益，他就会对此人进行惩罚，轻则减少寿命，重则剥夺生命，和他的哥哥句芒的工作恰恰相反。

少昊还有一个儿子叫穷奇，长相有一点像老虎，肋下有一对翅膀，能够在天空自由地翱翔。而且他有一个奇异的本领，就是能够听懂天下各地的语言。他是个颠倒黑白、是非不分的家伙，喜欢恶作剧，比如，他看见两个人打架，就把正直有理的那个人吃掉，而让凶恶闹事的无赖逍遥法外。不过，他有时候也做好事，比如每年十二月初八，他和他的伙伴们就到处寻找吃人的害虫，把他们赶跑或吃掉。

少昊还有一个儿子般，他发明了弓和箭，使得人们战胜野兽的能力大大地提高了。少昊另外一个叫作倍伐的儿子，被贬到南方，做了緡渊的主神。

少昊的一个后代昧，担任水官，被称为玄冥师。昧的儿子台骀因为治水有功，被封在汾川。此外，帝尧时候帮助尧治理国家的皋陶、大禹时候帮助大禹治理洪水的伯益，都是少昊的子孙。少昊的后代中，有一个在遥远的北方的"一目国"，这里的人只有一只眼睛，长在脸的中间部位，十分的神奇。

总之，少昊的子孙有很多有能力的，他们在四面八方担任不同的神职，为天帝分忧，治理天上和人间。

大傩逐疫，穷奇食蛊

上文说了，少昊还有一个儿子穷奇。穷奇是个颠倒黑白、是非不分的家伙，还喜欢搞恶作剧，不过，有时候他也做好事，比如每年十二月初八，他和他的伙伴们就到处寻找吃人的害虫，把它们赶跑或吃掉。

传说古时候在腊月初八前的一天，宫廷里都要举行一个隆重的典礼，叫作"大傩"，这个仪式是用来祛除妖魔鬼怪的，目的是驱疠逐疫。"疠"指的是厉鬼；"疫"指的是使人生病的疫鬼，也是厉鬼。对于瘟疫，辈辈相传的驱赶野兽的方法，就是拿着棍棒，擂起皮鼓，发出"傩傩"的吆喝声，使鬼魅惊吓而逃。

"大傩"的仪式，是要选出 120 个 10～12 岁的少年为逐鬼的童子，他们都头戴大红头巾，穿皂青衣，手摇着大拨浪鼓，为首一人带着铜面具扮演驱邪之神方相氏。仪

式开始时，"方相氏"为主舞者，头戴面具，身披熊皮，手持戈矛盾牌，同时还有的装扮成十二神兽，他们都披着毛衣，有的头上还安着角，率领120名童子呼喊、舞蹈，击鼓而行，其声威气势着实令人心悸。村人并击细鼓，戴胡头，及作金刚力士以逐疫。宫里的侍卫人等唱着祭神的歌曲，灵童们伴唱。歌词大意是："妖魔鬼怪啊妖魔鬼怪，你们不要猖狂得意，我们有十二神人，个个勇猛，一定把害人的家伙全部扫荡——抽你们的筋骨，斩碎你们的肉，你们若不快快逃离，我们会捉住你们做粮食！"歌声中，方相氏与十二神兽跳起格斗厮杀和追逐的舞蹈。当举行有歌有舞的赶鬼仪式时，宫外守候着五营骑兵，等宫里发出仪式完毕的信号，立刻点起火把，骑马继续追赶逃出宫的疫鬼，一直追赶到洛河边。

在十二神兽中就有一个是穷奇。他的任务就是和一个叫腾根的神兽一起去吃那些毒害人类的蛊。这里所说的"蛊"，就是指那些猛烈的毒性很大的虫。据说颛顼有三个儿子都死于这种毒虫。将许多毒虫放到一个盒子里，让这些毒虫互相残杀，最后只剩下一个，也是最强大的一个，这最后剩下的一个就称为蛊。穷奇和腾根的任务就是把蛊害人类的这个蛊消灭。

第七章　颛顼的传说

颛顼的诞生

相传，颛顼是黄帝的曾孙，是九黎族的首领。颛顼的爷爷是昌意，他是黄帝与嫘祖的次子。昌意在天庭犯了过错，被贬到若水，就是现在的四川境内。此后不久他就有了儿子韩流，韩流长相非常奇特：长长的脖子，小小的耳朵，虽然长了人的脸，却是猪的嘴巴，麒麟的身子，他的两条腿骈生在一起，长了个猪的脚。他娶了阿女做妻子，婚后生了个儿子就是颛顼。

颛顼性格深沉而有谋略，十五岁时就辅佐少昊，治理九黎地区，封于高阳（今河南杞县东），故又称其为高阳氏。黄帝死后，颛顼因为有谋略和才干，还有治

理国家的能力，他就被立为天帝，当时他才二十岁。

幼年的时候，颛顼曾到他叔父少昊在东方建立的鸟国游玩。到了那里，颛顼别提多高兴了，因为这个国家和其他的国家都不一样，百官是各种各样的鸟，也可说那里就是一个鸟的王国。颛顼本来是到这里看望叔父的，但是看到这好玩的景象就不想回去了。于是他就待在这里，一边帮助他的叔父治国理政，一边和鸟儿们玩耍。年纪小小的颛顼在这里崭露头角，他把叔父交给自己的政务处理得井井有条，体现出了他非凡的治理国家的才能。他还帮叔父出谋划策，使鸟国越来越繁荣。

颛顼的年纪毕竟还太小，仍然喜欢玩耍。少昊就做了琴和瑟给颛顼弹。颛顼很有音乐天赋，他弹奏的时候引来了很多鸟儿翩翩起舞，这些都很好地培养了他的音乐素养。

等到颛顼回到黄帝身边的时候，正好赶上蚩尤带领苗民捣乱。黄帝十分气愤，就派了他年轻的曾孙颛顼来协助自己处理这件事。黄帝对颛顼的才能早有耳闻，也正想考验一下他。除此之外，他想让年轻的后辈出去应战，一旦胜利了，可以告诫那些想要犯上作乱的人，不要轻举妄动。

颛顼果然不负厚望，颛顼与蚩尤征战数年后，最终帮黄帝平定了乱事。黄帝见曾孙颛顼既能干，又有谋略，是个不可多得的人才，就决定把中央天帝的宝座传给了他，让他代行神权。这样，颛顼就成了神国的最高统治者。

颛顼和禺强

禺强是传说中的风神兼海神，据说他也是瘟神。禺强又叫"禺疆""禺京"，他是黄帝的孙子。当禺强以风神的姿态出现的时候，他就长着一张人的脸，鸟的身体，耳朵上挂着两条青蛇，脚下还踏着两条青蛇。禺强一扇动他那对大翅膀，就会形成了猛烈无比的飓风，这时候树叶会被呼呼地吹下来，有时甚至百年的大树也被禺强带

来的大风吹倒。不仅如此，风里边还带着大量的细菌和病毒，人只要被这样的风吹到就会得病，有时甚至还会失去性命。

当禺强以海神的姿态出现的时候，他的样子就比较和蔼和善良。那时他的样子就和陵鱼差不多，呈现出鱼的身体，但是有手也有脚，他这时驾着的是两条青

中国神话故事与民间传说

龙。禺强为什么是鱼的身体呢？因为他本来就是北方大海里的一条鱼，名叫"鲲"，实际上就是鲸鱼。他的身体都不能用巨大来形容——从他的头都看不到他的尾巴，足足有好几千里长。这条大鱼拥有无边的法力，他只要摇身一变，就能变成一只大鸟，这鸟的名字叫"鹏"，实际就是一只大凤。这个鸟的身体也非常的巨大，单单他的背就有几千里宽，这个鸟要是落到人间，估计方圆几千里的范围都得变成废墟。禺强一愤怒，就会张开翅膀朝天上飞，这时候，他的两只翅膀就像天边的乌云，人就是在它的影子下边走，一个月都走不到头。

每年冬天，当海潮运转的时候，禺强就从北海迁徙到南海。他在北海的时候是一条大鱼，到了南海就变成了一只大鸟，也从海神变成了风神。冬天呼呼怒吼、凛冽刺骨，夹杂着雪花肆无忌惮地吹过原野的西北风就是这位大鸟风神扇动着翅膀制造出来的。冬天的时候容易感冒，就是因为风里有禺强给扇出来的细菌和病毒。

禺强起飞的时候，他的翅膀能掀起三千里的巨浪，排山倒海。他扇动着翅膀，乘着大风，能直上九万里的云霄。他这么一飞就飞了整整半年，从北海一直飞到了南海，到达目的地才停下来休息。难道风神在飞行的过程中不吃东西么？我们不得而知。有可能是在飞的过程中，饿了就抓几只鸟来充充饥吧，反正这个海神兼风神的禺强能耐还是很大的。

刚开始的时候，禺强是黄帝的大臣，就住在北海。但是，他好像并没有得到黄帝的重用，因为黄帝身边的能人实在太多了，很多时候黄帝根本就想不起禺强来。有一次，黄帝派给禺强一个任务，就是给神仙们找一个居住场所。虽然不是什么大事，但是他终于有事做了，这让禺强很高兴，他尽心尽力地完成了这件事，黄帝也很满意。禺强心想：看来我终于要被黄帝重用了。哪知，黄帝很快又把他这个神通广大的孙子禺强给忘了。

为此禺强很伤心，他决定四处游荡。无意之间他就到了少昊的鸟国。禺强变身成一

只大鸟，在鸟群中他是那么特别，就连一根羽毛都比那里最大的鸟还要大。马上就有鸟官把这件事告诉了少昊，颛顼正巧也在鸟国，就吵着要去看看。他跑到那里一眼就看到了禺强，他曾听说过自己有一个神通广大的叔叔，可以变成一只大鸟。颛顼怯怯地问了一句："你是禺强吗？"禺强感到很奇怪，难道自己很有名吗，怎么连小孩都认识自己，他高兴地点点头，回答："是啊。""我是颛顼。"小孩自我介绍说。此时，禺强才知道，遇到了侄儿。他对这个乖巧伶俐的侄儿很是喜欢，经常让他骑到自己背上带他飞到天上玩。他还和颛顼一起在鸟国处理事务，两个人配合得很默契，工作起来也是得心应手。

颛顼回到北方自己的国家时，禺强也和他一起回去了。他和年少的颛顼一起治理北方积雪覆盖的荒野，大概一万两千里的地方。禺强虽然有很大的本领，但是在遇到颛顼以前，他却是默默无闻，英雄无用武之地。

现在，他终于有机会把自己的才能发挥出来了，虽然是颛顼的叔叔，但是他心甘情愿地做了颛顼的部下，帮他治理国家，来报答他的知遇之恩。

在颛顼统治期间，西北方的黄河水怪作乱人间，搅得附近的百姓不得安宁。颛顼听说这件事后，就派人前去降服水怪，可是不知道是黄河水怪本领太高还是颛顼派去的人不中用，几年过去了，黄河水怪仍然在黄河兴风作浪。百姓们苦不堪言，纷纷请求颛顼帮助他们除掉水怪。颛顼本没把这件事放在心上，可如今他也不能坐视不管了。他决定亲自到黄河去会会这个水怪，看看它究竟有多大的本事。

在黄河边，颛顼遇到了黄河水怪。水怪似乎看透了颛顼的来意，眼睛里射出凶光。颛顼与黄河水怪便扭打在了一起。让颛顼没有想到的是，黄河水怪神通广大，他拼劲了全力与其激战了九九八十一天仍然不分胜负。颛顼知道他不能再这样打下去了，否则只会两败俱伤。他借机逃到了天上，找女娲帮忙。女娲将天王宝剑交给他，并将使用方法传授给了他。有了天王宝剑，颛顼很快便制服了黄河水怪，并杀死了他。人们都很感激颛顼，从而更加尊敬他了。

重、黎隔断天地通路

一直以来，天和地都是有道路相通的。天神们可以随意下凡，人们也可以随时到天上去。也就是说，无论是神还是人，都可以自由往返于天地之间。起初，人类较少，他们上天对天神的影响很小。后来，人类逐渐增多，他们动不动就跑到天上去游玩一圈，且对天神也不再像以往那样敬畏，这就给管理者带来了很大的麻烦。为了解决这个问题，让人们重新对天神敬畏起来，颛顼决定将天和地隔绝开来，使人们无法再到天上来。

当然，颛顼决定将天和地隔开来，主要还是因为他亲身经历了一件天上恶神到人间作恶的事。这个恶神就是蚩尤。蚩尤偷偷潜到人间，煽动南方的苗民和他一起造反。起初，这些善良的苗民没有听他教唆，没有人肯跟随他，但是，蚩尤不罢休，他设计出各种酷刑，叫手下人使用这些酷刑来逼迫和残害人们。时间一长，人们自然都受不了这些刑罚，再加上他们亲眼见到行善积德的人受罚，而作恶多端的人却春风得意，渐渐地，大家善良的天性消失了，都跟随恶神蚩尤作起乱来。蚩尤的目的达到了，善良的人们变得凶残起来，比最初跟随蚩尤的人还要凶残得多，他们还野心勃勃地想要帮助蚩尤夺得天帝的神座。

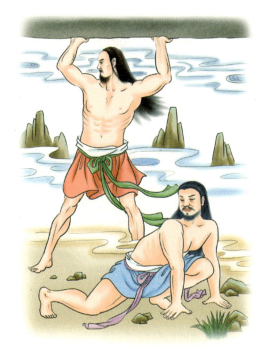

结果，许多善良的百姓都遭到了迫害，失去了他们宝贵的生命。这些遭迫害死去的人的鬼魂，就跑到黄帝面前去申诉他们的冤情。黄帝知道这件事以后，马上派人到人间去核实，结果令他十分气愤，居然还有人打自己的主意，他岂能坐视不理。黄帝立马召集天兵天将，到人间去平定叛乱。为首的将领就是颛顼。双方苦战数年以后，蚩尤最终被杀死了，作乱的苗民也被剿灭了，剩余的少数叛民再也不能兴风作浪了。

颛顼做了天帝以后，为了结束现在的这种混居生活，决定把人和神分开，以避免出现像蚩尤之类的恶神，再次煽动人们起来造反。经过深思熟虑之后，颛顼就让他的孙子重和黎去把天和地的通路阻断。

他将重和黎叫到身边，将自己的想法告诉了他们。重和离当即表示支持，并非常愿意承担此项任务。两人分好了工，便开始行动起来。重负责用力向上托天，黎负责用力向下按地。在两个大力士的努力下，天和地的距离越来越远。直到天与地的高度已经足够阻断天上人间的往来，重和黎才收了手。自重、黎阻断天上人间的往来以后，他们自己也不能再在天地间自由来去了。因此，负责托天的重就专门管理天，负责按地的黎则专门管理地。黎到了地上以后，还生了一个儿子叫"噎"。这孩子长着一张人脸，但是却没有手臂，两只脚长在头上，样子很奇怪。他住在大荒西极一座"日月山"的天门那里，这门是太阳和月亮进去的地方，叫"中"，他在这里帮助自己的父亲管理日月星辰的行次，是一位时间之神。

不久之后，颛顼就看到了天地通路阻断之后的好处：神和人分开了，阴阳有序了，天上诸神过得逍遥自在，地上的人们也活得幸福快乐。人是上不了天了，但是神还是能偶尔私下凡间，还有可能发生一段神、人相恋的佳话。即使是这样，大多数时间，神还是高高在上，无忧无虑地享受着人们的崇敬、供奉和祭祀。

奇禽怪兽

天和地的通路阻断以后，神和人之间自然就有了距离。没过几代，人间等级的分化就很明显了，一小部分人往高处爬，成为高高在上的统治者，而大部分人则成了被统治者，受人压迫剥削。人间的这些统治者俨然就是地上的神，要风得风，要雨得雨。

这种分化出现以后，人间便有了种种不幸。那些能给人类带来灾难的神鸟怪兽一天天增加，在山林水泽中，添加了无数有势力的神灵。人们生活在水深火热之中，忧患和恐惧也时时陪伴着大家。

水泽中有一种蛇，名字叫"肥遗"，这个蛇和咱们平时见到的可是大不一样。它不但长着六只脚，居然还长着四只翅膀，能够在天上飞。这样的蛇，听起来都让人害怕，更何况是看到呢。据说，有一次当它在天上飞的时候，被一个人看到了。看到它的人当时就吓坏了，因为他从来没看见这样的怪物。这个人回家以后就一病不起，没过多久就去世了。这个肥遗，吓坏了人不但不内疚，反而变本加厉起来。它让大地上发生了可怕的旱灾，连续好几个月一滴雨也没下，庄稼干死了，牲畜也奄奄一息，人们没有水喝，没有饭吃，只好背井离乡去外边讨饭。后来大家都不敢轻易再往天上看了，万一看到肥遗不但自己倒霉，父老乡亲也要跟着遭殃，实在不值得。

有一种怪兽，形状像头牛，身上却长着老虎的斑纹。一天，一个猎户在森林里捕猎，看到一只体形硕大，却长着老虎斑纹的牛，猎户十分诧异，就追着它跑了一段。这个野兽，虽然体形庞大，但是动作十分敏捷。猎户追了半天，就是追不上。他感到体力不支，就停下来靠着一棵树，歇息片刻。就一眨眼的工夫，这个怪兽就出现在了猎户面前，居然还会说话。它大笑了一声，说道："追不上吧，你是个人，怎么能追得上我呢，我就是你们说的怪兽。告诉你，我每次出现，人间都会发生大洪水，你们好自为之吧。"怪兽说完，没等猎户反应过来就消失了。果然，第二天，狂风大作，电闪雷鸣，瓢泼大雨顷刻而至，这么大的雨一连下了好几天。地面上洪水泛滥，淹没了农田和村庄。以后这个怪兽在人间每出现一次，发一次大洪水，人类就倒霉一次，但是却拿它没办法。

还有一种怪兽，形状也像牛，但是脑袋是白色的，脸上只长着一只眼睛，尾巴像条蛇，名字是"蜚"，它也在人间出现过。一个老农在稻田里插秧，忽见前方出现一大片乌云，正当他看的时候，一只白脑袋的大牛从天而降。说时迟那时快，这只怪兽着地以后就奔跑起来。它经过稻田，稻田里的水就立马干涸了；经过草地，绿油油的青草马上就枯萎了……凡是它路过的地方，身后都是枯黄的一片，再有生机的土

地也变得萧条了。只是这样也就罢了，更可恶的是，它出现以后，人间就要发生大瘟疫。那时候的卫生条件很差，瘟疫传染得很快，一天之内就会死很多人。这个怪兽的出现，也给人类带来了很大的灾难。

有一种叫"毕方"的鸟，体型像鹤，青色的身体，红色的斑纹，嘴是白的，只有一只脚。它飞过森林，森林就变成一片火海；飞过田野，绿油油的庄稼瞬间燃烧起来，化为灰烬；飞过村庄，人们就在火海中挣扎。它所到之处立刻就会发生火灾。

还有一种鸟，叫"酸与"。它的形状像蛇，四只翅膀，六只眼睛，三只脚。它到过的地方，平静的人们就会莫名地惶恐不安起来。小孩子不吃饭，不睡觉，不玩耍，无缘无故地哭；大人们则坐立不安，不思茶饭，每天都很惊恐。这样的情况持续了很长时间，给人们的身体和精神带来了巨大的伤害。

还有一种长得像狐狸的怪兽，白尾巴，长耳朵，名叫"狼"。狐狸这种动物最多就是狐假虎威，干些偷鸡摸狗的勾当。可是这个怪兽可比狐狸坏得多了，它把个太平世界搞得乌烟瘴气，兵戎四起。但凡它出现的地方，免不了要发生战争。

有一种五色鸟，长着人的脸，披着长长的头发，样子很吓人。它们每到一个国家，也不知道什么原因，这个国家就灭亡了。很多国王知道这件事后，都命令在全国各地布下天罗地网，来抓捕这种鸟，他们希望这种鸟不要飞到自己的国家。虽然，人们都严阵以待来抓捕它，可就是拿它无可奈何，还是有不少国家都灭亡了。

这些长相奇怪的奇禽怪兽，不断在人间出没，给人们带来了各种灾难和痛苦，使人们陷入了水深火热之中。天帝颛顼却对这些事情不闻不问，任由它们祸害人间。除了这些害人的奇禽怪兽，也有一些长相奇特，但是对人类无害，能够和人类和平相处的生物。

如南方洵山上的一种野兽，形状像羊，但是没有嘴巴，更奇怪的是无论用什么方法都杀不死它。南海之外也生长着一种怪兽，它的身体是由三只青兽连在一起构成的，名字叫"双双"。北方天地之山上，有一种名叫"飞兔"的小兽，长着老鼠的脑袋、兔子的身体，它能够把背上的毛当成翅膀，随意地在天上飞行。它们也经常出没在人间，但是却没有做 任何伤害人类的事，相反有时候还会帮助一下人们。

药用的动物和植物

并不是所有的生物都对人类有害，一些生物不但对人类无害，而且有很大的益处。它们大部分都可以入药，挽救重病的人们。

有一种叫"嚣"的鸟，长着四只翅膀，一只眼睛，还有一条狗尾巴。别看它长得有点奇怪和难看，但是它能治肚子痛。一次，有一个孩子，不知道什么原因肚子一直疼。家里人找遍了周围的郎中，却没有一个人能找到病因。孩子就这样疼了好几天，家人都很害怕，以为他得了什么重病。一天，一个邻居找到他们，说道："我听说林子里有一种鸟，吃了它能治肚子痛，不知道是真是假。"孩子的父亲听罢，决定试试看，就叫上了那个人和他一起去了树林。将近傍晚的时候，孩子的父亲提着一只大鸟回来了。大家起初看到这个鸟都感觉有点害怕，但是为了救孩子，还是把它杀了。果然，小孩吃了这只鸟以后，肚子就不疼了，而且身体比以前更好。

有一种鱼，身体的形状类似于鲤鱼，却长着一对鸡爪子。据说吃了它，可以使肿瘤消失。有个老妇年近六十，本来身体很好，但是有一段时间却肚子痛。她请来大夫看病，大夫告诉她身体里有个肿瘤，这可吓坏了老妇。那时候医疗条件很差，还治不了这种病，老妇心想只能等死了，每天郁郁寡欢的。后来，她儿子听说有种鱼能治老妇的病，就跑到河里抓鱼，等了好多天，费了九牛二虎之力终于抓到了一条。他们将信将疑地把鱼炖了给老妇吃，果然老妇吃了之后马上就感觉没有那么难受了，又过了几天，先前的症状全都消失了。他们又找来大夫察看，大夫万分吃惊地发现肿瘤消失了。从此以后，人们就用这种鱼来治疗肿瘤。据说这种鱼不但能治病，常吃还能延年益寿。

有一种鸟，形状像野鸡，它把脸上的须髯当作翅膀，用来飞行，这种鸟叫"当扈"。曾经有个猎人在打猎的时候看到过这种鸟，他以为是野鸡就把它打了下来。这个猎人回到家以后，就把这只鸟炖给他母亲吃。母亲吃完以后，眼前一亮，困扰她多年的老花眼好了，她后来看什么东西都清清楚楚。这可把母子俩高兴坏了，老母亲又能给猎人缝补衣服了。

还有一种怪兽，形状像羊，有九条尾巴，四只眼睛，它的眼睛都长在背上。这种动物的皮很特别，把它剖下来佩带在身上，可以使胆小的人胆子变大。从前，有个财主家的孩子，从懂事开始就胆小如鼠，平时不敢见生人，整日里躲在房间里不敢出去。白天还好点，到了晚上，这个孩子就吓得浑身发抖。财主四处找医生医治，却丝毫不见效果，最后什么偏方都试了，都没任何作用。一天，一个道士路过这里，给了财主一块毛皮，财主把这块皮每天都披在孩子身上。果然，过了不久，这个孩子的胆子就越来越大，活蹦乱跳地和其他孩子没有任何差别。据说这块皮就是从这个怪兽身上弄下来的。

其他还有一些可以做药材的怪兽，例如旋鱼可以用来治疗足茧，让人吃了可以不怕打雷的飞鱼，可以叫人跑得快的，还有一种怪兽可以让人不做噩梦等。这些可以作为药材的怪兽虽然种类比较多，但是却不容易找到。

世间的植物，大多数都是对人类有益处的。少室山上有一种叫"帝休"的树，这种树长着五条枝干，都向外边伸展开来。它的树叶和杨树叶子的形状差不多，开黄色的花朵，结黑色的果实。如果把它的花和果实摘下来熬汤喝，可以使人心平气和，不会轻易动怒。

中曲山上也长着一种树，这种树的形状像棠梨，长着圆形的叶子，结红彤彤的果实，果实有木瓜那么大。人若是吃了它的果实，力气就会变得非常大，人也变得很强壮，能够拔起一棵树，也能推到一堵墙。

有一种草，生长在少陉山上。它长着红的杆，开白色的花，叶子像向日葵，果实犹如山葡萄般晶莹剔透。人要是吃了它的果实，即使很愚笨，也能变得非常聪明。小孩子吃了就会变成神童，就是这么奇妙。

还有一种草，名叫"蒗毒草"，状如蓍草，浑身长着毛，开青色的花，结白色的果实。如果把这种草拿来熬汤喝，病入膏肓的人也能生龙活虎起来，它可以使人延年益寿，不再担心短命。除此之外，它还能用来治疗肠胃病。

还有一些其他的药草，例如生长在丰山的羊桃可以用来消肿；敏山的蓟柏，哪怕是在寒冷的冬天吃了它也不会怕冷；还有一种芒草，可以用来毒鱼，但是人吃了却没有毒。这类植物多得数不清，各有各的作用，但就是很难被找到。

熊穴、九钟和鸟余、鼠突

湖北省西部边陲的神农架，是古代帝王的圣地，这位帝王，就是炎帝神农氏。神农架最早的名称为"熊山"。《山海经·中次九经》中记载，熊山上有一个很大的熊穴，有一些奇怪的神人经常从这里进进出出。神农架发现的熊不仅数量特别多，而且种类也多，不愧是"熊的王国"。其中的"神人"，是屈原《山鬼》诗中的"山鬼"，即现在轰动世界的神农架高大的"野人"。炎热的夏天一到，这个熊穴就自然打开

了；而到了严寒的冬天，它又关闭了。如果冬天的时候熊穴还不关闭，那么世上就会发生比较大的战争。

耕父神住在丰山，山上有九口钟。这钟的特别之处就在于，每年一到霜降的时候，就会自然地响起来，声音清脆悦耳。据说，帝喾一行人南行时，越过了一座大山，晚上在客栈中留宿的时候，远远地听见一种声音摇荡上下，断续不绝，仿佛和钟声一般。帝喾便问左右："何处撞钟？"左右答道："在前面山林之内。"帝喾又问："前面是什么山？"左右道："听说是丰山。"帝喾恍然道："朕知道了。这个钟声不是人撞响的，是自己响的。听说这座丰山上有九口钟，遇到霜降，则能自鸣。现在隆冬夜半，外边必定有霜了，所以它们就一齐响了起来，这个和磁针一样，是物类自然的感应，是一种不可解的道理。"左右人细听了一下，这个声音果然没有高低轻重之分，不像是人撞的，都感觉很奇怪。帝喾又说道："这座山里还有一个神人呢，名叫耕父，他常到山下一个清冷的湖里游玩，走进走出，浑身是光，仿佛一个火人，难道不奇怪吗？还有一种兽，长得像猿，红色的眼睛，红色的嘴，全身是黄的，名叫雍和之兽，难道不是一个奇兽吗？"左右人说道："明天我们去看看，也可以长长见识。"帝喾摇了摇头："这些是不能见，也不可以见的。雍和奇兽出现了，国家必定会有大恐慌发生；耕父神出现了，国家必然会有祸败的事情发生。耕父神是个旱神，不可能轻易出现，就连九口钟，外人也不可能轻易看见。"左右就奇怪了，问道："既然不能见，怎么知道有这么一个奇兽呢？何以知道有这么一个神人呢？更何以知道响的是钟，并且知道是九口呢？"帝喾道："当然有人见过的，而且不止一次。奇兽、神人每出现一次，国家就一定会发生恐慌，发生祸乱，所以后人才敢写到书上，世人才能知道。那九口钟是个神物，不知道什么时候会出现，也不知道什么时候就藏起来了，前人要是没见过，能乱说吗？"左右听了，都点头称是。

鸟鼠同穴山上有一种鸟，叫"鸟余"。它长得像沙鸡，但是比沙鸡稍微小一点，羽毛黄中带黑；有一种鼠，叫"鼠突"，形状和家中的老鼠差不多，但是尾巴要短很多。关于"鸟鼠同穴"还有一个传说：鸟和鼠原本是一对恩爱的夫妻，妻子很勤劳，丈夫很懒惰，他们居住在渭水源头，生活得清苦，但为人忠厚善良。有一天早起，妻子去担水，发现泉边有两条蛇在撕咬，一条白蛇被一条麻蛇死死咬住，眼看就要被咬死了。妻子发了善心，急忙从树上折了一根树枝把麻蛇赶跑了，白蛇得救后，钻到泉边的河里去了。当天晚上，妻子做了一个梦，梦见家里来了一个人，自称是渭河龙王的家里人。对妻子说：你今天做了善事，救了我们家主人，我家主人要报答你，请你在鸡叫头遍的时候到渭河边上来。妻子醒来，原是一个梦，她将信将疑，但是还是约丈夫一同前去。

　　第二天一大早，勤劳的妻子早早起身，穿戴整齐，出门的时候，懒惰的丈夫才从炕上爬起来。妻子到了河边，丈夫才到山腰。渭河龙王的家人早已在河边等待，并告诉妻子说：此番前去，龙王爷要好好地报答你，给金子，你别要，给银子，你也别要。你就要桌上放的两把花扇子和两颗玉石，你就终身享用不尽了。妻子点点头，记在心里了。来人让妻子闭上眼睛，背着妻子下了河。妻子睁开眼睛的时候，已经来到了渭河龙王的水晶宫。一个受伤的老爷爷非常热情地接待了她，一连办了三天的酒席。临行时，老爷爷让下人给妻子端上来一盘"黄的"来，妻子一看是金子，没要。又让端来一盘"白的"来，妻子一看是银子，也没要。就要了桌上的两把花扇子和两颗玉石。龙王派下人把妻子送上河岸的时候，丈夫还在河边等候。妻子见到丈夫很高兴，就让丈夫看两样宝贝。丈夫不喜欢花扇子，就接过两颗玉石。他正看得起劲的时候，妻子打开了两把扇子，她一下子飞到空中去了。丈夫一看急了，想拉住妻子，情急之下，就把两颗玉石含到了嘴里，他一下子变出了一对尖利的牙齿。从此以后，这对恩爱夫妻便成了异类，妻子变成了鸟，丈夫变成了鼠。可是他俩总也忘不了过去的恩爱，就干脆同住一穴，这就成了"鸟鼠同穴"。他们在山上打了个三四尺的洞，鸟在外边觅食，鼠在洞里管理家务，他们还生出了可爱的孩子，幸福地生活着。

山林水泽的鬼神

　　山林水泽的鬼神好多都是凶恶的，他们大多外表长得十分丑陋，叫人一见就很害怕，善良的比较少。朝阳之谷的水神天吴，长着老虎的身体，青里带黄的毛，他粗壮的脖子上有八个脑袋，每个脑袋还长着人脸，除此之外，他有八只脚，十条尾巴。如果这样一个怪兽站在一个成年人面前，也会把他吓死，何况是个孩子。有一群淘气的孩子由于好奇，就跑到了朝阳之谷里边玩耍。他们进去以后，被里边秀美的风光吸引了，又玩又闹，非常快乐。可能是由于他们的吵闹声太大，惊醒了正在午睡的天吴，他拖着笨重的身体，沿着笑声一路寻找过去。孩子们还在快乐地玩耍，突然有个孩子听到了笨重的脚步声和尾巴敲打树木的声音。他立即告诉了其他的孩子，孩子们停下来仔细听了一下，果然听到了这些声音。他们害怕极了，靠在一起瑟瑟发抖，他们不知道这个怪兽从何方而来，也不知道从哪个方向逃走。只听见沉重的脚步声和喘息声越来越大，随着一声大吼，一只可怕的怪物从树丛中出来了。见到他，孩子们不由得大哭起来，四散着跑开了。这些孩子回家以后大都吓坏了，有的病了很久，还有一两个一病不起。从此，再也没有人敢擅自跑进这个山谷了，即使里边景色非常优美。

骄山上的山神，形象像人，长着羊角、老虎的爪子。他喜欢在睢水和漳水的深渊中游玩。其实这个山神去的地方人迹罕至，他似乎不喜欢和人类交流，甚至不喜欢让人看到他。他每次出现的时候，身上就会发出闪闪的光，让人睁不开眼睛，还烤得人难受。所以遇到他的人类都得迅速地离开，以免把他给惹怒了。

住在光山的计蒙神，是一个长着人的身体和龙头的怪物。这个怪物很喜欢在有水的地方出现，也经常去漳水的深渊中游玩。他和大多数水泽中的怪物一样，非常喜欢人类，因此他出行的时候总是伴着狂风暴雨。附近的人们每次看到这种突如其来的狂风暴雨就知道计蒙神又出现了，大家就迅速地躲起来。如果有人胆敢无视他的出现，仍然我行我素，那么这种狂风暴雨会持续很长时间，即使那个人最终躲起来了，计蒙神还是要惩罚他。所以，人们只要知道他出现了，都不敢在外边多逗留，更不敢和他有任何交流。

平逢山的骄虫神长着人的身体，一个脖子上长着两颗丑陋的脑袋，他还有个很厉害的头衔——一切螫虫的首领。听到这里，大家肯定毛骨悚然了，只他自己已经很恐怖了，还和所有的螫虫扯上了，还有谁敢惹他。他甘愿把自己的两个脑袋贡献出来，给蜜蜂们做蜂巢，让蜜蜂们在里边酿蜜。有人曾经遇到过他，远远地就能听到蜂群嗡嗡的叫声，抬头一看，只见远处一个身体上两个黑乎乎的球慢慢移动过来，所到之处蜜蜂还成群结队地加入进去。慢慢地，这个队伍就越来越壮大了。人们哪敢挡他的路，看到他就远远地走开了。

○中国神话故事与民间传说○

住在瑶水的无名天神，长着和牛一样的身体，有两个脑袋、八只脚和一条马的尾巴。他是一个灾祸之星，他出现的地方，就是再和平的国家都会发生战乱。人们想方设法地阻止他出现，可是收效甚微，因为那时的人力还不足以阻止这样的怪兽，人们只能眼睁睁地看着幸福的生活被他给毁了。

前边提到过的住在丰山上的耕父神，他喜欢去清冷之渊游玩。他是干旱之神，凡是他出现的地方就会发生旱灾，不仅如此，他所到的那个国家还会灭亡。可怜的人们只能流离失所，背井离乡。

这些可恶的怪兽，不但没给人类带来幸福和快乐的生活，还使生活在幸福中的人们陷入痛苦之中。人们对他们只有惧怕，不敢触犯他们。

天帝帝台和吉神泰逢

在这些凶恶的鬼神中，也有个别是善良的。例如吉神泰逢和小小的天帝帝台，他们的存在，给了人们些许安慰和鼓舞。

帝台活动的地方比较小，只在中原一带的几座小山上，大概就是在现在的河南省境内，他和吉神泰逢居住的地方比较近。在他的活动范围内有一座休与山，上面有一种五色斑斓的美丽石子，这些石子圆溜溜、光亮亮的，就像是鹌鹑蛋，被叫作帝台之棋。相传，这些石子曾被帝台用来祷祀过各方的神灵，因而这些石子身上就沾上了灵气。这些石子如果被人类找到，并用它们熬汤喝，就能免受妖魔鬼怪的蛊惑。在那个鬼怪横行的时代，人类难免会受到他们的骚扰，有一部分人就被蛊惑了。在这种情况下看大夫，抓药吃的效果都不明显，即使找来道士设坛施法也没有什么效果，人们只能饱受痛苦的煎熬。帝台知道这种情况以后，决心挽救处于痛苦中的人们。于是，他就用这些美丽的石子祷祀了各方的神灵，希望神灵们能保佑善良的人类，不要让鬼怪横行霸道。祷祀之后，这些石子就有了灵性。帝台把这些小石子送给被蛊惑的人，他们喝了用石子熬的汤，病就好了。帝台也把它们送给未生病的人，用来驱除鬼怪。帝台之棋的出现，帮人类减轻了痛苦。

离休与山不远的地方，还有一座鼓钟山。善良的帝台曾经在这里敲钟击鼓，召集各方的神灵们在这里聚会，商讨如何保护人类，使他们免受妖魔鬼怪之苦。神灵们有这样的想法：鬼怪们不但数量很多，而且都有自己的护身之法，神灵们的数量又少，怎么保护得了人类呢。帝台听后，就劝大家，如果神灵们都没有方法来保护人类，那人类自己的力量更加弱小，他们又怎么能保护得了自己呢。帝台大宴宾客三天，众神灵们也热烈地商议着。最终他们达成了协议，各自保护自己辖区里的人类，如果有需要就联合起来驱除鬼怪。

在距离这两座山稍微远一点的地方，有一座山叫高前山。从山上流下一股寒冷而清亮的泉水，这个泉水叫作帝台之浆。在那个混乱的年代，时常会有失去亲人的痛苦。前一刻，儿子还和母亲在一起闲话家常，下一刻，儿子离家砍柴买米，这样的分离就可能是生离死别。凶恶的鬼怪太多，没有人能保证自己出门不会碰到，一旦遭遇不测，亲人们就会伤心得痛不欲生。据说，喝了帝台之浆可以使人不再心痛。

◎中国神话故事与民间传说◎

帝台是一个管辖一方的小小天帝，仁慈、温和，他总是尽自己最大的努力让人们生活得更好。

每个人都喜欢吉祥如意，所以吉神泰逢，就成了人们都愿意见到的天神，传说人们遇到他就会有喜事降临。吉神泰逢是和山的主神，那里盛产美玉。他的形状与人相似，但身后长着一条老虎的尾巴。泰逢往往居住在和山向阳的南坡，每当进出这座山时，他的周围都有彩色的光环闪耀。谁要是遇到吉神泰逢，他就把福音带给谁。泰逢喜欢喝酒，而且酒量很大。当酒喝多的时候就喜欢和人们开玩笑。吉神泰逢，具有变化莫测的法力，可以移动天地之气。

吉神泰逢的脾气一般情况下都很温和，但是如若遇到了他十分不喜欢的人，也会让他吃点小小的苦头。夏朝的昏君孔甲，不理朝政，每天只知道喝酒打猎、沉迷于女色，而且为人残暴。有一天，孔甲来到东守阳山狩猎，吉神泰逢非常讨厌这个只知道玩乐的人，他就运用自己的神力感动了天地，求来了一场暴风雨，使孔甲迷了路，以此来惩罚这个昏君。

相传春秋时期，晋平公和著名音乐家师旷一起坐车出游的时候，在路上看到一个人坐着八匹马拉的车子向他们驶来。到了近前，那个人便从自己的车上跳了下来，跟在晋平公的车子后边。晋平公回头一看，觉得很奇怪，这个人的身后怎么会有一条老虎的尾巴。这可把他吓坏了，他就让师旷看这是什么怪物。师旷看了看，笑着说道："大王不用害怕，这个人可能是吉神泰逢，你看他的脸红红的，一定是到从太山的山神那里喝酒回来了。如今你遇到了他，恭喜你，要有喜事降临了。"晋平公将信将疑，后来他不得不相信师旷的话。因为，不久之后晋平公果然遇到了几件大喜事，他的军队连连打胜仗，疆土不断扩大，大臣们都说这是吉神泰逢给大王带来的福气。

虽然吉神泰逢总会给人们带来喜事，但是，如果得罪了他，他也会给你点颜色看。吉神泰逢对善良的人们总会给予关照，总是把令人欣喜的事情带给他们。

中国神话故事与民间传说

颛顼与共工之间的战争

水神共工是中国上古传说中的人物。相传，共工姓姜，是炎帝的后代。共工是神农氏以后，又一个为农业生产发展作出过重要贡献的人。共工氏是个治水世家，共工和他的儿子后土对农业都很精通，他们专注于研究农业生产中的水利方面。在考察了部落的土地情况后，共工发现有的地方地势太高，田地浇水很费力；有的地方地势太低，容易被淹。为了改变这种不利于农业生产的状况，共工发明了筑堤蓄水的方法。具体做法是：把高处的土运到低地上。他认为洼地填平可以扩大耕种面积，高地变平，有利于水利灌溉，对发展农业生产大有好处。

水神共工是炎帝的后裔，颛顼是黄帝的曾孙，两人矛盾重重。由于农业方面的不同观点，引发了颛顼与共工的帝位之争，也可算作是炎黄之战的继续。

颛顼不赞成共工在农业方面的做法。颛顼认为，他是部族中至高无上的权威，整个部族应当听从他一个人的号令，即使是共工也不能自作主张。他以按照共工的方法实施筑堤蓄水，会惹怒上天为由，反对共工实行他的计划。于是，颛顼与共工氏之间发生了一场十分激烈的斗争，表面上是对治土、治水的争论，实际上是对部族领导权的争夺。

颛顼成为天帝，接掌宇宙统治权以后，对下方百姓的疾苦毫不关心，同时他还用强权压制其他派系的天神，以至于天上人间，怨声沸腾。心有不甘的共工看到这样的情况，非常高兴。于是就召集心怀不满的天神们，决定一起来推翻天帝颛顼的统治，夺取领导权。反叛的诸神们推选共工为盟主，组建了一支军队，突袭天国京都。

颛顼听闻这次兵变，也不惊惶，他一面叫人点燃了烽火台，召集四方诸侯急速前来支援；一面调集京城的兵马，亲自挂帅，前去迎战。一场酷烈的战斗开始了，两队人马从天上厮杀到凡界，再从凡界厮杀到天上，几个来回之后，天帝颛顼的部众越来越多，人形虎尾的泰逢驾着万道祥光由和山赶来，龙头人身的计蒙挟疾风骤雨由光山赶来，长着两个蜂窝脑袋的骄虫带领毒蜂毒蝎由平逢山赶来。共工的部众越来越少，七零八落地留下一地尸体。

前面曾讲过共工与祝融的一场战争，在那场战争中，共工落败，一怒之下撞断了不周山。在这场颛顼和共工的战争神话传说中，不知是不是想不出什么好结尾了，就也弄了个公共怒撞不周山。神话毕竟是神话，是不好找到依据的，因此，共工到底是什么时候撞断不周山也就不得而知了。所以，我们就权当作一个神的两种传说吧，其实，在中国神话中，这样的现象也不少见。

共工辗转杀到西北方的不周山下，身边仅剩十几个人。他举目望去，不周山奇崛突兀，顶天立地，挡住了去路。这不周山其实是一根撑天的巨柱，是天帝颛顼维持

◎中国神话故事与民间传说◎

宇宙统治的主要工具之一。身后，喊杀声、劝降声接连传来，天罗地网已经形成，就等着共工自投罗网了。共工在绝望中发出了愤怒的呐喊，他义无反顾地朝不周山拼命撞去，只听得轰隆隆一阵巨响，那撑天拄地的不周山竟被他拦腰撞断，横塌下来。

天柱被折断以后，整个宇宙便随之发生了大的变动：西北的天穹失去支撑而向下倾斜，使拴系在北方天顶的太阳、月亮和星星在原来位置上再也站不住脚，身不由己地挣脱束缚，朝低斜的西天滑去，形成了我们今天所看见的日月星辰的运行线路，解除了当时人们所遭受的白昼永是白昼、黑夜永是黑夜的困苦。另一方面，悬吊大地东南角的巨绳被剧烈的震动崩断了，东南大地塌陷下去，形成了我们今天所看见的西北高、东南低的地势，促使江河东流、百川归海。

虽然共工氏没有得到民众的理解和支持，但他依然坚信自己的观点是正确的，坚决不肯妥协。他不惜牺牲自己，用生命去守护自己的事业。虽然这次的战争是天帝颛顼胜利了，但是共工氏的行为最后也得到了人们的尊敬。在共工氏死后，人们奉他为水师。他的儿子后土也被人们奉为社神。

荒唐的颛顼和颛顼之死

颛顼继位之初，首先进行了一次重要的宗教改革。当时被黄帝征服的九黎族不敬奉上天，而是一心从事巫蛊活动，颛顼便下令禁绝巫教，要求九黎族人必须遵从黄帝族的教化，从而为自己树立了威信。

颛顼曾被封于北方，对北方有一种特别的感情，继位之后仍然念念不忘自己的北方。因此，他下令将日月星辰全部固定在北方的上空，使它们永远照耀着北方的人民。可这样一来，就给东方、南方和西方诸国的百姓带来了极大的不便。人们整日生活在黑暗之中，内心十分压抑。可颛顼不管那么多，只要北方一片光明，他就可以心安理得地坐享中宫。

当然，这一近乎荒唐的做法后来被废止了，日月星辰又回到了原来的运行轨道，照耀着各方人民。

颛顼对人民缺少应有的顾念，但是却是一位讲究礼法的天帝。据《淮南子·齐俗篇》记载，颛顼在人类社会第一次定下了"男尊女卑"的法律。这条法律是这样规定的：妇女们在路上如果遇到了男子，必须得赶快让路，如果有女人不这样做的话，就会立马被拉到十字路口，然后让巫师们敲钟击声，做一场法事，来祛除她身上的妖气。

颛顼的这条法律是很不公平的。可怜的女人们看到其他女人因不遵守法律而受到捉弄就都提高了警惕，在路上遇到男人就像遇到瘟疫一样掉头就跑。她们当时的速度，现在的百米世界冠军也未必能赶上。男人们自然是相当高兴，个个洋洋得意，认为自己的地位和权力真的要比女人高很多，从而更加肆无忌惮地欺负可怜的女人们了。

颛顼更加喜不自禁，他骨子里认为女人就应该受男人的压制，所以，认为自己订立的这条法律真是太成功了。真不知道颛顼讲究礼法对人民是好事还是坏事，不过，单从压制女人这个角度看，他的立法就够荒唐的了。

当时，有一对兄妹，因两人彼此深爱就结成了夫妻。颛顼知道此事后相当气愤，认为他们的行为是乱伦败德，影响了人间秩序，就把他们流放到峣峒山的深山里。峣峒山怪石嶙峋、奇峰林立，兄妹俩根本无暇顾及秀美的景色，因为时值寒冬，他们没有食物，没有御寒的衣物，饥寒交迫的两个人只能紧紧相拥，用彼此的体温来给自己一点温暖。最终，他们还是死了，可能是因为寒冷，也可能是因为饥饿。但是，两颗相爱的心却没有分开。

不知过了多久，有一天，峣峒山偶然飞来了一只巨大的神鸟——据说是禹强。

87

看见相爱的两个人死得如此可怜，禺强不觉心生怜悯之情，决定救活这对恋人。思考片刻以后，他拍了拍翅膀飞走了。不久以后他又衔着不死神草飞回来了。他把这棵草覆盖在两个人身上后就又离开了。

大概又过了七个年头，那对兄妹俩复活了。复活后的他们，身子早就连在了一起，成了两个头、四只手和四只脚的怪物。即便如此，两个人还是很高兴，因为这样他们就能永远在一起了，再也没有人可以把他们分开了。

从那时起，他们就在一起过着幸福的生活，他们生下的孩子和以后的子孙，都是这般模样。后来，他们形成了一个部落——"双蒙氏"。

……

再说说颛顼之死。俗话说，人死不能复活。但是，据说天帝死以后，会发生一些变化，他们还能死而复生，只是不是本来的样子而已。在颛顼身上也发生过这样的事情。

当凛冽的大风从北方吹来的时候，由于风吹得比较强烈，地下的泉水会涌出地面。每当这时候，蛇就会变成鱼。这个现象被一个渔夫看到了，他觉得很吃惊，世界上居然有这样的事情。令他更加吃惊的是，渔夫看到一个死人趁着蛇化成鱼的机会，附在了鱼的身上，这个人就死而复活了。这个人就是颛顼，复活以后的他身体上部是人，下半部是鱼。虽没了往日的威严和风光，复活以后的颛顼还是很傲慢。他和渔夫说道："我就是天帝颛顼，死而复活以后就是现在这个样子，我现在叫'鱼妇'……"说罢，这个鱼妇就消失了。

颛顼复活以后之所以叫鱼妇，可能是因为鱼做了他的妻子，救活了他的性命吧。现在所说的美人鱼大概就和颛顼复活以后的样子差不多，只是我们很难亲眼见到罢了。后来，这个渔夫再回到那里，想见一见鱼妇，但是再也没见到，没有人知道这个鱼妇去了哪里。

还有一段这样的记载：据说周民族的祖宗后稷也发生过类似的变化。他在自己的坟墓里死而复活了，半边身子也是鱼的躯体，和鱼妇的外形十分相似。至于他是如何变化成这个样子的、他为什么要变化成这个样子，已经无从考证了，只是在史书上还能看到相关的记载。

猪婆龙演奏音乐

虽然作为一个天帝颛顼不太称职，但是他对音乐却极有天赋。他爱好音乐，对音乐具有很高的鉴赏力，也是一个不可多得的"乐迷"。他很小的时候，在东方海外的叔父少昊那里作客。年少的他，没事便一个人跑到树林里边去玩。一次，玩累的颛顼坐在一棵大树下歇息。突然，他听见鸟儿委婉悠扬的歌声，不知不觉陶醉在这美妙的歌声之中。以后，每次出去玩，他都会留意周围，去发掘各种美妙的声音。这些声音使颛顼心情愉悦，也使他渐渐喜欢上了音乐。作为叔父的少昊还是很细心的，他见颛顼每日都兴高采烈地哼着小曲，就仔细观察了颛顼的行为。他发现侄儿十分喜爱音乐，也很有天赋，就派人找来琴和瑟供他抚玩弹奏。颛顼见到琴瑟以后爱不释手，经常弹奏练习，这也增加了颛顼对音乐的爱好。

即使是在颛顼成为天帝以后，他仍然热爱着音乐，在忙完政务的闲暇时间，他也会独自体会一下各种自然之声构成的美妙音乐。一天，或许是偶然，或许是因为颛顼心情好，在闭目养神的时候，颛顼突然听到一段无比美妙的声音，是他以前从来没有听过的，这是一种熙熙凄凄锵锵的声音，好像是用什么乐器弹奏出来的音乐，十分动听。他忙睁开眼睛，却什么乐器也没发现。连续几日，颛顼都细细品味这种声音，实在太美妙了，每一次都会让他心驰神往。最后，他终于发现，这其实就是天风吹过所发出的声音。可能对别人来说，这实在是太平常不过的声音，但是对于善于发现美妙乐声的颛顼来说，却有着不同的感受。他迷恋上了风演奏出来的歌曲，于是，他就叫来天上的飞龙，要求他仿照风的歌声，做出八方风的乐曲来。这个飞龙还真是不负圣望，没过几天，他就作了好几首曲子，他把这些曲子演奏给颛顼听。颛顼听后十分高兴，感觉这些曲子比自然形成的风声更加美妙。高兴之余，他就把这些歌曲命名为"承云之歌"。孝顺的颛顼除了自己欣赏这些歌曲外，也没忘记叫人演奏给老天帝黄帝听。

从这以后，颛顼更加喜欢创作歌曲。一次，当他灵感大发的时候，就叫来一只猪婆龙，想让它来当音乐的倡导者。猪婆龙是中华国宝扬子鳄在古代文学作品中的称谓，它被描述成形状像短嘴巴的鳄鱼，身体大约一尺长，长着四只脚，背上和尾巴上都披有坚厚的鳞甲，性情懒惰，喜欢睡觉，常常

闭目养神的动物。但是谁要是惹了它，它也绝对不会视而不见，立马和你不客气了。这猪婆龙一向对音乐没什么兴趣，也没什么特长。可是，当它听到天帝的命令以后，精神抖擞，决定投颛顼所好，结束这种默默无闻的生活。它翻过自己笨重的身体，仰卧在殿堂之上，也没有丝毫的不好意思。它用自己的尾巴来敲打它那凸出来的雪白肚皮：咚咚——咚咚！咚咚——咚咚！这声音美妙得连猪婆龙自己都不敢相信。颛顼听了以后更加高兴，觉得自己真是慧眼识英才的明君，要不是因为他，猪婆龙可能一辈子都不知道自己还有这样的才能。就这样，颛顼下令，让猪婆龙做了天上的乐师。

这本来也没什么特别的，可是这件事传到人间以后，人们都知道猪婆龙的皮可以用来做成乐器。可怜它的种族和子孙后代都遭了殃，人们到处捕捉它们，残忍地剥下它们的皮用来蒙鼓。用这种皮做成的鼓敲起来声音非常响亮，所以无论是在战争中，还是祭祀的时候，或者娱乐庆祝的时候，这种鼓都是不可或缺的。一部分人为了经济利益不断地捕杀猪婆龙，可怜的猪婆龙，数量就这样一天比一天稀少了，人们以后用这种鼓的机会也越来越少了。

彭祖长寿之谜

彭祖是颛顼的玄孙，陆终的第三个儿子。传说他的父亲陆终娶了鬼方国的女为妻，女只有一乳，怀孕三年，但是孩子总是生不下来。在没有办法的情况下，只好在女的左腋下剖开一道口子，从中取出了三个儿子，又剖开右腋下取出三个儿子。其中第三个儿子铿就是彭祖，他被封于大彭国——彭城。

据说彭祖从尧舜时代开始，活了八百多岁，一直活到了周朝初年。这个八百多岁的老爷爷，临死的时候，还觉得自己正当壮年，有种英年早逝的遗憾。彭祖为什么能活这么大岁数呢？难道因为他是天帝的子孙，这或许是其中的原因之一。可是天帝的子孙那么多，不见得每一个都能活这么多年，能够如此长寿吧。彭祖能活上八百岁，肯定有其他的一些缘由。

相传，殷朝末年的时候，彭祖已经活了七百六十七岁了，然而他的容貌看上去并不衰老，耳不聋、眼不花、背不弯、腰腿不疼，而且看起来还相当的年轻。彭祖自幼喜好恬静，不追求名利，不汲汲于世事，终日以养生修身为事。殷王请他做大夫，他虽极不情愿，但是又推托不了，只好应诺。彭祖不想参与政事，就常常以生病为由，不上朝。彭祖还精通补导之术，常常服用水桂、云母粉、麋角散等。他平日沉默寡言，从不夸耀自己有道。

彭祖还常常周游四处，只是他从不乘车马。即使要外出周游数十天，有时甚至上百天，他也不带干粮。令人惊讶的是，回来之后，他的衣着、身体和精神面貌与平

中国神话故事与民间传说

常也没什么两样。彭祖也善于导引行气，经常从早到晚闭气内息，之后，揉擦眼睛，按摩身体，然后才站起来活动。彭祖也有身体疲乏不适的时候，那时他就导引闭气，使身体各处的气通畅，这样身体又能恢复到以前的状态，舒服、自如。殷王听说以后，也想长命百岁。于是就亲自到彭祖府上，向他求仙问道，但彭祖却闭口不语。殷王又想了个办法，想用金钱让他开口。就派人给他送去了数十万两黄金，彭祖如数收下，把黄金全都分给了贫穷的百姓，仍是闭口不语。

当时，有一个叫采女的女子，也是个得道之人，也懂得一些养生的方法，虽然她有二百六七十岁，但外貌仍然像四五十岁的样子。殷王派采女询问彭祖长寿的秘诀，彭祖回答："长寿的秘诀可能真的会有吧，只是我见闻浅薄，对这件事知之甚少，实在说不出个所以然来。以我自己为例，我还没有出生的时候，父亲就去世了，我的母亲抚养我到三岁，她也死了。剩下我这个可怜的孤儿，又遭遇犬戎的捣乱，只能流亡到西域去，在那个条件艰苦的地方度过了一百多年的时光。从年轻的时候到现在，我已经死去了四十九个妻子，五十四个儿子。我经历了这么多令人悲伤的生离死别，精神大受摧残。由于我从小身体就不好，长大的过程中又没有得到好的调养，看我现在的身体情况，如此的瘦弱，恐怕不久于人世了，哪里还有长寿的秘诀啊。"

说完，彭祖叹息了口气，悄然离开，不知所踪。又过了七十年，据说有人在西部边境的流沙国看到了彭祖，他当时骑着一匹骆驼，慢慢地走着，表情怡然自得，精神矍铄。彭祖不肯说出他延年益寿的方法，大家就纷纷地猜想起来。有人说，他之所以如此的长寿，是因为经常服用一些药物；还有人说，他如此长寿，可能是修炼了什么奇功。其实事实并不像大家说的这样。

彭祖擅长烹调一种野鸡汤，他能把这种汤做得既美味可口，又新颖独特。他把汤献给了天帝，天帝品尝以后，大为赞赏，因为实在没吃过如此美味的野鸡汤。于是，天帝一高兴，就赐给了彭祖八百年的寿命。就是因为这样，彭祖才能如此长寿，活了八百多年。但是心高的彭祖，直到他临死的时候，还觉得没有活够，认为他自己是英年早逝矣。虽然是个传说，但是其实彭祖的长寿，应该与他的善于保养有一定关系，只是他不肯向外人说罢了。

尧帝的诞生

帝喾的妻子庆都生了一个儿子，名叫放勋，也就是尧。说起这个尧的出生，那可真是一件奇事，别说在当时引起轰动，现在说来大家也会感到惊讶。

庆都是陈丰氏的女儿，她和帝喾成婚以后，仍在娘家住。这年春天，陈丰氏老两口带着庆都，坐上小船在黄河上游览观光。这天阳光分外明媚，轻柔的微风缓缓吹来，他们看见沿岸的柳树绿了，小草也发芽了，鸟儿快乐地在林间嬉戏，好不惬意。小船就这样顺流而下，他们一路看着笑着，玩得很开心。

刚刚正午的时候，忽然刮起一阵狂风，天上还卷来了一朵红云，在小船上形成了龙卷风，仿佛这旋风里有一条赤龙在飞舞。老两口惊恐万状，怕小船翻在河里，他们看了一眼庆都，她似乎一点都不害怕，还若无其事地冲着那条赤龙笑呢。老两口十分奇怪，就问庆都在笑什么，庆都仍是笑而不语。傍晚的时候，风停了，云也散了，赤龙也消失了。他们才放了心，上岸后，他们急忙找个地方住下休

◎中国神话故事与民间传说◎

息。老两口似乎被吓到了，都早早地睡下了，只有庆都似乎还沉浸在幸福当中，一直傻傻地笑着。

第二天，他们又上了小船准备回去。船行到昨天出现赤龙的位置，又刮起了大风，卷来的那片红云之中又出现了赤龙，不过这次它的形体小了些，也就一丈来长。因为它并没有加害于人，老两口也就不像昨天怎么害怕了。庆都看到这条龙再次出现以后，明显比刚才兴奋很多，她脸颊绯红地看着那条龙，那条龙似乎对庆都也很感兴趣，在她上方久久徘徊不肯离去。老两口看得诧异，却又不知其中原因。只得催促划船之人快点前行，躲开这条赤龙。可是赤龙就这么一路跟着他们，直到天色将晚，它才驾云离去。赤龙走后，庆都明显有些失落，怏怏地跟着父母回到家中。

晚上，老两口由于近日比较劳累，早早地就睡了，可庆都却睡不着。她闭着双眼不由得抿上嘴，笑出声来。朦胧中她听见外边风声大作，也许是因为累了，她渐渐地睡着了。那天夜里，她做了一个梦，梦到了白天出现的那条赤龙。那条龙好像还和她说了什么话，只是她都不记得了。

第二天一早，等到庆都醒来，看到枕头边上放着一张画儿，上面画着一个红色的人像，脸形上锐下丰，八彩眉，长头发，而且画上还写着几个字：亦受天佑。她将这幅画藏了起来，此后不久，庆都就发现自己怀孕了。她住在丹陵，过了十四个月，生下来一个儿子。庆都拿出赤龙留下的图一看，儿子生得和图上画的人一模一样。

帝喾得知庆都为他生了儿子，非常高兴，本来准备要将他们母子接回身边。但是，他的母亲恰巧在这个时候去世了。帝喾是个孝子，为母亲的去世哭成了个泪人儿，哪里还有高兴的心情呢。他为母亲一连服孝三年，也顾不下庆都和儿子的事。庆都带着儿子仍然住在娘家，直到把儿子抚养到十岁，才让他回到父亲的身边。这个孩子就是后来的帝尧。

帝尧在帝喾身边慢慢地长大了，帝喾发现尧很善良，为人也极好，而且这个孩子相当有才干，是其他孩子不能及的。等到帝喾年老的时候，他将自己的位子传给了儿子挚。帝挚按照父亲的旨意做了皇帝，可是他发现尧的治国才能要比自己好很多，就有意将位子禅让给尧。帝挚做了十几年的皇帝，治国平平，虽没出现什么大的事情，但国家也没有什么大的发展。思忖再三，他就把皇位让给了尧，就这样，尧就做了皇帝。

尧帝的治国奇迹

帝尧是一位治国有方、节俭、朴素，为百姓着想的好皇帝。他的节俭程度，说出来可能都不会有人相信。据说，他住在用茅草盖的房子里，房梁就是直接用从山上扛回来的粗糙木头架上的，这木头甚至都没有刨过。他平时吃的是糙米饭，喝的是野菜粥，穿的是粗布麻衣，天气冷的时候，他再在外边加一件鹿皮披衫来挡风。这

位皇帝平时使用的器皿就是一些土碗、
土钵子，屋内也没有一件像样的家
具。当人们得知帝尧生活这样朴
素后，都不由得感叹道："恐
怕就连守门的小官，过的生
活都比尧好上很多吧！"可
是尧一点都没有因为物质
生活的匮乏而停止追求的
脚步。他兢兢业业，把国家
治理得井井有条，人们安居
乐业，生活富足。

尧顾念人们的程度也是
其他皇帝不能及的，很少有人能做到他这种程度。在尧的国家曾经有个人因为没饭
吃，饿肚子了，帝尧知道以后，惭愧地说："是我没有好治理好国家呀，居然还有人
没饭吃饿肚子！"如果有人因为贫穷没有衣服穿而受冻了，帝尧肯定会说："是我的
过错，使他穿不上衣服的。"在帝尧的国家中，如果有人犯了错误，他必定会说："是
我没有感化他，才使他陷入了罪恶的泥坑。"帝尧对待罪犯，从来不使用各种刑具，
对他们进行身体上的摧残，他总是用自己的善良来感化他们，所以犯罪率越来越低，
人们也越来越善良。尧就是这样，把所有的责任都担在自己的肩上。在他做国君的
一百年中，即使人们遇到了旱灾没饭吃，即使旱灾之后又发生了水灾，冲毁了人们
的房子，大家也毫无怨言，因为他们知道尧会带领大家克服困难，走出困境，重新过
上好生活。对这样的一位国君，大家只会衷心地爱戴他，又怎么会有怨言呢。

一天，在尧的宫殿里，其实就是那简陋的茅草房中，发生了一些吉祥的征兆，例
如喂马的草料变成了稻子，凤凰飞到了天井中……可能是尧的行为感动了上帝，才
发生了这种事吧。有两件事，使帝尧受益匪浅。

在帝尧的茅草房前面，有几级台阶，台阶的缝隙里长着一种草，叫"历荚"。这种
草非常奇特，每个月的初一，就开始长出第一个豆荚，以后每一天都会长一个，直到
生长到第十五个。从第十六个开始，每天就落下一个豆荚，到月末就全落完了。假如
月小只有二十九天的话，最后一个豆荚就会焦枯地挂在上边，不落下来。这个历荚按
着月历，每个月都会重新这么表演一番。人们看到豆荚的生与落，就知道了这天具体
是哪天。这个奇妙的豆荚，就成了尧的日历，给他的工作带来了极大的便利。

还有一种生活在碗橱中的草，叫"蒲"，这种草也相当奇妙。它的叶子形状像一
把把扇子，能够自然地摇动，一摇动就有习习的凉风吹过来。它就利用吹出来的风
驱逐苍蝇和虫子，还可以使夏天碗柜里存放的食物不会因为天气的炎热而变酸臭。

这个草的作用，类似于现在的冰箱，这也给尧带来了极大的便利。

这些事情的发生，可能是因为尧太节俭了吧，他从不关心自己，而是把所有的精力都献给了国家和百姓。为了鼓励他的行为，上帝就给了他这些有用的物品，使他工作起来能更加方便。

尧封防风国

尧刚开始治理国家的时候，天下太平，人们的生活还算不错。但不知道什么原因，地上瞬间发起了大洪水，大水很快吞噬了人们的田地，还呼啸着向村庄冲去。

人们的生命受到了这么大的威胁，这可急坏了尧，爱民如子的他怎么能看着自己的人民遭受这样的痛苦呢。当时有个大臣叫鲧，他是黄帝的孙子，也算是名门之后了，他是被贬到人间的。有几个大臣就向尧推荐鲧去治水，尧虽然觉得他担此重任有些不合适，但是又没有更合适的人选，就只好任命鲧为治水大臣。

鲧在下界的时候，还偷了天帝的一件宝贝，这件宝贝的名字叫息壤，据说是一种可以自己生长的神土，鲧就是利用这个宝贝来治理洪水的。鲧治理洪水几乎就要成功了，只是在这个关键的时候，天帝发现了鲧的行为，大为震怒，派了火神祝融下界将鲧杀死在羽山。又收回了息壤，就这样鲧的治水失败了。

洪水泛滥的时候，地面上不知从何处来了一只玄龟，它在水中游来游去的时候，遇到了同样不知从何而来的防风。就这样，玄龟和防风就成了好朋友，防风到哪里，玄龟就跟到哪里。这个防风长得真是高大，他的头差点就碰着天了。他看看脚底下

白茫茫的洪水，又看看地上青色的稀泥，觉得很奇怪，就伸出手来摸了摸。只见"啪啪"地掉了几块小灰尘，可别小看这几块灰尘，它们一落到地面上就成了一座座高大的山。帝尧知道这件事以后，别提多高兴了，他觉得终于找到能制服洪水的人了。他把地面上长出来的那座大山命名为"封山"，并把它给了防风。

就这样，防风带着玄龟开始了他的治水之路。他一块一块地把天上的青泥弄下来，但是他发现青泥弄下来以后都在地面上差不多同一个地方长成了小山，这样并不能很好地疏导洪水。这可愁坏了防风，仅凭人力怎么

可能移动得了这么大的山呢，但是不把这些山移到它们该去的地方，又怎么能治得了洪水呢？就为这事，防风每天都愁眉不展，寝食难安，治水一时又陷入了困境。

玄龟看出了防风的心事。一天，它走进了防风的房间，看到他比前几日似乎瘦了不少，玄龟自然很是心疼，就对防风说道："你不要发愁了，据我这几日观察，这些山似乎都不是太大，现在它们的根基还不是很牢固，咱们只要把它们搬到其他的地方，洪水自然可以退去。"防风苦笑了一下说："帝尧那么信任我，把这么重要的事交给我，可我真的很难制服这么大的水。谁能搬得动这么大的山呢？""我能！"玄龟说。"你不要和我开玩笑了，你怎么行？""真的能。"说完玄龟带着防风来到了外边。

玄龟叫防风把小山放到它的背上，然后它驮着小山向远处游去了，它把小山放到低洼的地方又回来继续驮其他的山。就这样，防风一边把青泥弄下来，一边把小山放到玄龟的背上，它们配合得很默契。玄龟驮啊驮，驮了八十一座山，填平了不少低洼之地。可是它的腹部也裂开了，背也碎了，实在驮不动了。防风就叫它到天上休息去了，自己则开始疏导河道，他不知道埋头苦干了多久，终于把洪水引到了大海里。防风不但治理了洪水，还使地面上多了不少名山大川，使人间的景色更加美丽。

洪水消退了，帝尧自然非常高兴，他见防风治水有功，就将封山周围方圆几百里的地方封给他，成了防风国。

尧王访贤

帝尧有十个儿子，长子丹朱为人骄横，欺压百姓，非常不成器。当洪水肆虐的时候，他没想办法帮尧治理洪水，而是每天乘船出游，好不快乐，从没有想过要去关心人们的疾苦。洪水退去以后，丹朱每天还是坐船出游，美其名曰"陆地行舟"。拉船的人累得汗流浃背，气喘吁吁，他不但不让大家停下来休息，还催促他们快点拉。人们恨他恨得牙根都痒痒，但是却拿他没有任何办法。他还时常欺负自己的弟弟们，所以他的弟弟们也很讨厌他。

尧把这些事情看在眼里，只是无奈，这个丹朱太难管教了。随着尧的年纪越来越大，他必须考虑让谁来继承他的位子。丹朱显然不行，国家要是交给他，很快就会民怨沸腾，人们也不会过上好日子。其他的儿子还小，难当重任，大臣中也没有合适的人选。经过仔细思考，尧决定自己出去寻找继承人。

尧访贤到了垣曲的皋落，酋长向尧推荐舜，还讲了许多关于舜孝敬父母，疼爱弟弟，忍辱负重，助人为乐的故事，这些事深深打动了尧王的心。然后，尧王又来到垣曲的乐尧，大族长们也都推荐舜，说舜既贤孝又有才干。尧听完后，心中已有几分欢喜，觉得舜可能就是自己要找的贤能之人，他决定亲自去见见舜。

这一天，尧来到了历山，就是舜居住的地方。在那里，他看见一个年轻人正驾

◎中国神话故事与民间传说◎

着一头黄牛和一头黑牛在犁地。这个人手中没有拿鞭子，而且每头牛的屁股上都绑着一个簸箕，这让尧感到很奇怪。当时，有一个头发花白的老人担着一担柴从远处走来了。小伙子看到以后，急忙放下手中的农活，跑过去接了老人的担子，一直帮老人挑到山下。等老人走到尧面前时，他拱手问道："老人家，这个小伙子是你儿子吗？"老人说："不是，他是我们的小首领舜，我是他的百姓。"尧又问："那既是首领，还帮你担柴？"老人笑着说："这你就不了解他了，我们的小首领和别的首领可不一样，他见谁有困难就帮助谁，还不用别人替他干活，你没见他正在犁地吗？"

尧听了老人的话，点了点头，回过头去，对舜说："看来大家说的真是没错，我早听说你是一个尊老爱幼、孝敬父母的好人，今日一见，果不其然。"舜笑笑说："老伯过奖了，这些都是我应该做的，其实也都不是什么大事。"尧看到小伙子这么谦虚，被他感动了。突然又想起牛屁股上的簸箕，尧又问舜其中的原因，舜："牛虽然是牲畜，但它为我耕地已经很辛苦了，我怎么能用鞭子打它呢。再说，我要是打了黄牛，黄牛痛，猛地向前拉，而黑牛还按部就班的话，不但耕地乱了套，牛也得受苦，没什么好处。在它们屁股上绑上簸箕，打黄牛，黑牛也听见了，打黑牛，黄牛也听见了，都拉快了，谁也不受挨打的苦。"

尧王听了，觉得舜真是个仁慈、细心的人，就称赞道："有道理，有道理。"尧要舜带他随便看看，舜很爽快地答应了。他带尧转过历山，展现在他们眼前的是万亩良田。庄稼长得十分茂盛，绿油油的，非常喜人。尧王看到眼前的景象，喜出望外，

对舜有了更深刻的了解。

在和舜交流的过程中，尧感觉舜就是他要找的人。于是，他就向舜说出了自己的身份，舜得知面前的这个人就是帝尧以后，又惊又喜，慌忙给尧跪了下来，说道："陛下乃是贤明君主，今日得见真是三生有幸。"尧笑着将舜扶了起来，并向舜说明了自己的来意，舜连连推辞，谦虚地认为自己不能胜任。但是尧却执意要带他回去，舜最终还是答应了。

舜跟着尧来到了都城，他果然不负厚望，在群臣面前对答如流，他回答的问题涉及治国的各个方面，上至天文，下至地理，舜都对答如流。大臣们无不被他的才华折服，这样的人才打着灯笼都难找。于是舜就继承了尧的帝位，成为舜王。

丹朱化鸟

在黄河北岸的范县濮城东五十里，有个地势较高的村子叫丹珠堆。尧的大儿子丹珠的坟墓就在这里。尧的大儿子因为瞎了一只眼睛，人们都叫他"单珠"，后来人们就叫他"丹珠"，也叫"丹朱"。

尧有十个儿子，这十个儿子脾性各不相同，尤以大儿子丹朱与尧的差异最大，也是最不让尧省心的一个。尧是有名的贤德君主，将国家治理得井井有条，可是他的大儿子丹朱却与尧完全不同，不仅丝毫不体察百姓的疾苦，而且还骄横暴虐，任性妄为。对于这个儿子，尧也是异常苦恼。虽然对其多次教化，但却毫无作用。丹朱仍然我行我素，想干什么就干什么。把他逼急了，他就甩手走人，甚至还用言语顶撞过尧。

丹朱喜欢和朋友们四处游玩。尽管父亲不让他到处乱走，但他还是有办法悄悄溜出来。尧忙于政事，总不能天天看着他，也只好由他去了。每次出门，丹朱都要带上大量的随从供他驱使。他的脾气很坏，只要有一点儿不顺心的地方就迁怒于人，虐待随从们。随从们受尽了屈辱，但却敢怒而不敢言。即使在家里的时候，丹朱对随从们也是想打就打，想骂就骂，有时他还会想出一些歪点子来折腾随从们。

看到丹朱如此任性妄为，弟弟们都对他很不满。每当弟弟们对他提出异议，他总要以自己的身份来压制他们。可是弟弟们对这个哥哥早就已经没有丝毫的尊敬，因此全都不服他的管教。为此，兄弟之间常常出现纷争，彼此的关系颇为紧张。尧看在眼里，急在心里。他希望找到一种可以改变丹朱性情的方法，后来，他发明了围棋。开始的时候，丹朱确实被这个新鲜的玩意儿吸引住了，可没过多久，他就失去了兴趣。他觉得还是和朋友们一起四处游荡最开心，所以又出了家门。

尧对丹朱已经彻底失去了信心，他认为自己已经管教不了这个儿子了，所以也就放任不管了。作为尧的长子，丹朱是王位理所当然的继承者。可是他又怎么能担

中国神话故事与民间传说

当如此的重任呢？尧已经暗下决心，待其退位之后，便将王位传给贤能的舜。但他也知道，丹朱必然会不服气。为了防止他寻衅滋事，他将丹朱放逐到了南方的丹水去做诸侯。对于这样的安排，丹朱当然很不痛快。但此时以他的能力，还不足以与他的父亲对抗，所以也只能收拾行李去往南方。

在途经中原的时候，丹朱在一个叫作三苗的部族停留了数日。这个部族的首领与丹朱的关系很好，他很为丹朱打抱不平，于是决定发动政变，替丹朱争回王位。得知三苗叛乱的消息后，尧并没有慌张，更没想过要放弃自己的政治主张。他亲自率领军队平定了三苗的叛乱，取得了绝对性的胜利。三苗的部众打了败仗，再也无法在中原立足，就跟随丹朱一同到南方的丹水定居下来。

在丹水养精蓄锐一段时间后，丹朱与三苗首领决定卷土重来。于是，一支以丹朱为首的军队成立了，他们决定择日进攻中原，推翻尧的统治。没想到事情败露，消息传到了尧的耳朵里。尧再次带领大军出征，以平定南方的叛乱。尧的到来有些突然，当时丹朱和三苗的军队还没有做好准备。不过丹朱的军队长期生活在水边，善于水战，而尧的军队则要逊色一些。因此，在起初的交战中，尧的军队不仅没有占据上风，而且还损兵折将打了败仗。

尧命令大军退后稍作休整，以便他思考退敌之策。既然他的水军不占优势，那就先从陆上进攻吧！三苗的军队都是陆军，他们是抵不过尧所率领的军队的。如果能率先攻下三苗的军队，那么三苗与丹朱的联盟就会破裂，这样再去攻打丹朱就容易多了。在与三苗的对抗大获全胜以后，尧又设计击败了丹朱的水军。叛乱再一次被平定了，尧满意地带着军队回到了中原。虽然他没能擒获丹朱，但这也未尝不是一个好结果。他也不希望亲手斩下儿子的头颅，就算再不成器，也毕竟是自己的儿子，做父亲的还是心有不忍。

丹朱大败以后，带着剩余的部众逃到了南海。此时的他已经无颜再活在人世，便跳到南海中自杀了。死后，他的灵魂变成了一只鸟。这只鸟有着猫头鹰的外形和好似人手的脚爪，后人为它取名为朱。据说朱鸟停留的地方，必有人遭到放逐。至于他的子孙后代，则在南海附近聚集成了一个国家，名为罐头国。罐头国的人长相怪异，他们虽有着人类的脸庞，却长着一张鸟嘴。他们的背上长有一对翅膀，但却只是摆设，不能用来飞翔。离罐头国不远的地方，是三苗族后裔聚集的三苗国。三苗国的人也生有一对翅膀，只是长在腋下，且非常小，也不能用来飞行。

皋陶断案

皋陶，又写作皋繇，出生于公元前21世纪，他活动在三皇五帝时期，是父系氏族社会晚期的政治家，后世史学界和司法界公认他是中国司法的鼻祖。他辅佐大禹理政、治水和发展生产，在华夏族和东夷各民族的融合中发挥了重要作用，为中华民族的形成作出了重要贡献。以他的思想体系为核心的"皋陶文化"是上古中国进入文明社会的重要标志之一。

皋陶出生在少昊之墟，大约在今天的山东曲阜一带，相传为东夷部落的首领。皋陶的相貌非常奇特，青绿色的脸，就像一只削了皮的瓜，他的嘴巴长长地突了出来，像马嘴，据说这是至诚的象征。他学识渊博，能洞察人情，舜就任用他为掌管刑法的官，称大理（以后的大理寺就因此而来）。

皋陶当法官可谓精明能干、铁面无私，无论多么复杂的案子到了他手里，都能迎刃而解，是非黑白他都能辨得清清楚楚。皋陶使用一种叫解豸的怪兽来断案。解豸类似麒麟，全身长着浓密黝黑的毛，双目明亮有神，额头上长有一角，俗称独角兽。虽然这独角兽长得难看了点，但是它却有很高的智慧，懂人言知人性，它怒目一睁，就能辨是非曲直，识善恶忠奸。它如果发现奸邪的官员，就用锐利的犄角把他触倒在地，然后吃下肚；当人们发生冲突或纠纷的时候，解豸就用角指向无理的一方，甚至会将罪该万死的人用角抵死，令犯法者不寒而栗。

所以皋陶为大理时，天下能够无虐刑、无冤狱，那些卑鄙的小人，或做了坏事的人都非常害怕他。皋陶铁面无私，执法如山。他经常带着解豸到民间走动，为老百姓审案断案，深受人民的爱戴。

有一次，他带着解豸来到集市上巡视。从远处，就能听见喧嚣吵闹的声音。他很好奇，就加快了脚步，赶上前去。只见一位妇女头发散乱，躺在狼藉的地上，旁边一个无赖口吐狂言，漫骂不止。皋陶见此情景，一声怒喝，无赖吓得立马无语，眼睛都直了。他早就听说这个相貌奇特的大理官和他的神兽非常厉害，没想到今天让自己碰上了。他一下子跪在了地上，喊道："大人，是我错了，我再也不敢了。"皋陶走上前去，扶起躺在地上的妇女，轻声地安慰了几句，又怒目投向那个无赖。只见无赖仍旧跪在地上磕头，口中还不停地说道："大人，饶了我吧，我再也不欺行霸市了，我

中国神话故事与民间传说

再也不敢了！"皋陶满脸威严，义正词严地说："你若保证以后再也不做恶事、不欺负百姓，我便饶你一次。"说着，拍了拍旁边同样怒目圆睁的解豸："该如何惩罚他？"只见解豸用蹄子在地上踏出一个圆圈。皋陶朗声笑道："好，你就在这圆圈内跪上三天三夜吧，这就是你的监狱。"这个无赖只得照着皋陶说的做了，真的在那个圈里跪了三天三夜。从那以后，这个坏蛋也洗心革面重新做人了，他再也没干过一点坏事，相反还经常帮助别人。

从此，"皋陶造狱，画地为牢"就成了一段司法佳话，被流传下来，皋陶也被尊称为狱神。

重明鸟驱妖除怪

重明鸟是中国古代神话传说中的神鸟。它的形状像鸡，鸣叫的声音像凤凰，这只鸟的两只眼睛中都有两个眼珠，所以叫作重明鸟，也叫重睛鸟。它的力气很大，能够搏逐猛兽、辟除猛兽妖物等灾害。旧时新年风俗，画只鸡贴于门窗之上，其实就是重明鸟驱妖逐怪之意。

尧晚年的时候，一日，羲仲来奏，说祇支国派遣使者前来进贡了，帝尧忙安排召见。祇支国这次进贡的是一只怪鸟，形状和鸡差不多，两只翅膀上的羽毛几乎全部脱落了，只剩了两只肉翅，形状相当难看。帝尧心想他从远道前来进贡，必有特异之处，便问那使者道："此鸟叫什么名字？有什么特异的功能吗？"那使者道："这只鸟的两只眼睛中都有两个眼珠，所以叫作重明鸟。它的力气很大，能够搏逐猛兽。它叫起来的声音和凤凰差不多，只要听到它的叫声或看到它，一切妖魔鬼怪都会远远地躲开，再不能来害人了，它其实是一只神鸟。所以国君特意派臣前来贡献，希望您能收下。"帝尧又好奇地问道："它的羽毛还没长全呢，竟然还能捕逐猛兽？"

使者正准备回答的时候，这重明鸟似乎听懂了尧的话，有点生气，顿时引吭长鸣，声音果然像凤凰；它突然又将两只没长全羽毛的肉翅膀，腾举空中，绕殿飞了一圈，又飞出了皇宫，一边飞，一边叫。凤凰和鸾鸟听了它的鸣叫声，也一齐飞了起

中国神话故事与民间传说

来，发出鸣叫声，与重明鸟唱和，声音和谐，
非常悦耳。这时叔均在殿上，看见重明鸟从大殿飞
了出去，不禁叫道："这只鸟逃走了吧！"那使者笑着说道：
"不会不会，它一会儿就回来了。"过了一会儿，重明鸟果然又飞了
回来。此时，在殿前的侍卫，忽然看见空中有无数鸟群向北面飞去，非常迅
速。他们感到很奇怪，经过打听，才知道都是枭鸱之类的恶鸟，这些恶鸟因为听见
了重明鸟的叫声才逃到荒漠去的。从此，重明鸟所在的数百里之内，再也没有了恶
鸟，真是奇怪之事。

　　帝尧知道这种情形以后，知道重明鸟果然是神鸟，便问使者道："它的羽毛终年
如此吗？"使者道："不是。它的羽毛有时长，有时落，此时正是它解翮之时，所以
才这样。"帝尧道："那么它吃什么？"使者道："通常它在外面，不知道吃什么。如
果是人来喂它，需要给它吃玉膏。"于是，帝尧君臣就开始商量养重明鸟的方法。
帝尧道："它是神鸟，和鸾凤一样，不可以把它关到笼子里，委屈了它，还是把它放
在外边，让它来去自由吧。况且还要用玉膏来饲养它，有点奢侈，让它自己觅食岂
不更好？"

　　群臣听了，觉得很有道理，于是就将重明鸟安放在树林之中，让其自由生长。那
重明鸟从此飞来飞去，但是总是在都城附近几百里的范围内。这里的所有猛兽，如
豺狼虎豹之类，都被它搏击殆尽，百姓们来来往往，既安全，又便利了。百姓家里偶
尔有妖异或不祥事情发生的时候，只要重明鸟一到，马上就好了，不祥之事，也烟消
云散了。如果山林水泽中有猛兽为患时，只要听见重明鸟的叫声，猛兽无不遁逃，
因此人们就将重明鸟奉若神明，没有一家不洒扫门户，期待着它能飞来。

　　重明鸟在帝都住了一段时间，忽然飞走了，回原来的国家
去了。此后，一年之中它总会来一次，再到后来几年才来一
次。它没有来的时候，聪明的人们就
想了个方法，用木头雕出一
个重明鸟的木像，或画出
重明鸟的样子，把这些
雕像或者门画安放在
门和窗户之上。

　　令大家没
有想到的是，
这个方法果然很灵
验，一切妖魔鬼怪都不敢靠
近了，都远远地躲开了。

击壤老汉的议论

尧在位期间，真是日理万机，整天都在为国事操劳，也给百姓们创造了很好的生活环境，百姓们都很爱戴他。但是说来也很奇怪，也有并不感激他的怪人。

传说，有这么一个老汉，他已经八十多岁了，身体依然还很健康。这个老人童心未泯，总喜欢在大路上玩丢木块的游戏，每次一玩就是半天，而且腰不疼，腿不酸，大家都很羡慕他。在当时，这种游戏被人们叫作"击壤"。游戏是这么玩的：先把两个木块削成上尖下阔的形状，大概和鞋子的形状差不多。一块放在地上，一块拿在手里，站在三四十步远的地方，把手里拿的木块掷向地上放的木块，打中地上的就算赢了。在当时，小孩子们最喜欢玩这种游戏了，街头巷尾，到处都是玩游戏的孩子们。

这老汉偏也喜欢混在孩子群里玩游戏，每次玩得还很高兴，孩子们也都乐于和他玩。一次，老头又在路上玩得起劲时，一个在一旁看热闹的路人非常感慨地说道："咱们的皇帝尧，真是个少有的好皇帝呀，看这太平盛世，人人安居乐业，生活多么幸福啊。看这老头子玩得多开心，你看他还像个孩子般的天真烂漫。"大家纷纷点头，认为这个人说得很正确。可这老头在一旁听了，非常不高兴，停下来就跟这个路人理论："我不知道你说这话是什么意思，我和尧可没什么关系。我每天日出而作，日落而息，自己种菜种粮，我有饭吃那也是我自己种出来的。就连我喝的水，也是自己挖的井。现在我倒想问问你，我生活得很快乐，这和尧有什么关系吗？即使没有尧，我还依然这样生活。"那个人想了想，觉得老头说得也有道理，他在一旁竟无言以对了。

其实老头说的并不是完全正确的，要不是尧治国有方，天下太平，老头怎么能有这么惬意的生活呢？他不知道感恩，还如此振振有词，实在是不应该啊。

许由和巢父

尧的儿子丹朱凶狠残暴，因此尧不打算把帝位传给自己的儿子，他准备寻找一个德才兼备的贤人来做国君。在没找到舜之前，尧听说许由很有才干，是治理国家难得的人才。尧就决定亲自去拜访许由，他一个人辗转了很久才找到了许由的住处。尧看到许由的时候，认为自己真是找到贤人了。这个许由不仅长得一表人才、英俊潇洒，而且为人行事也甚是得体，这更坚定了尧让位给他的决心。

尧向许由说明了他要禅让帝位的意图。许由是个孤傲清高的人，他连忙摆手，说道："我许由何德何能担此重任，您还是另找高明吧。"尧走后，许由趁着天黑连夜跑到了箕山。这箕山脚下有个颍水，景色秀丽，许由就在这个地方住下来了。

尧见许由不肯接受帝位，还躲了起来，知道自己再去也不太合适，就派了身边两个大臣去找许由。许由见尧又派人来找他，很不高兴，但是又不能赶他们走，只得勉强接待。来人对许由说："尧知道你不肯接受帝位，但是他想让你去做九州的州长。"清高的许由听到后极其厌恶，连忙跑到了颍水边上掬水来洗自己的耳朵。

此时，他的朋友巢父正好牵着一头小牛到颍水边上饮水，他看到许由这个怪异的行为感到很奇怪，就问他其中的原因。许由说："前段时间尧找到我，要把帝位传给我，我不答应，就跑到了颍水躲了起来。但是，今天他又派人来找我，让我去做九州的州长，我讨厌他们老是来烦我，说这些我不爱听还惹人恼的话。所以，我就到颍水边上来洗洗耳朵。"巢父听了他的话很不以为然，从鼻孔里小声地哼了一下，说道："得了吧，老兄，你要是一直居住在深山穷谷，存心不想让人们知道的话，那怎么还会有人来烦你呢？你整天在外边东游西荡，就怕别人不知道你，有了好的名声，别人找你做官，你却跑到这里洗耳朵，别装清高把水污染了，可千万别脏了我小牛的嘴巴！"

说完，巢父就径自牵着小牛到上游喝水去了。许由听了巢父的话，一气之下，干脆就隐居到了箕山之上，从此再也没有出来过，他死后也葬在了箕山之上。现在，箕山上还有许由的墓，山下也有个牵牛墟，颍水旁边还有一个泉叫犊泉，这泉边的石头上还有小牛的足迹，那就是巢父从前牵牛饮水的地方。

第九章　后羿和嫦娥

十个太阳的恶作剧

女娲补天之后，人类过了很长一段时间的幸福生活。后来，黄帝出现了，打败了蚩尤，统一了华夏民族。又过了一段时间，华夏民族出现了一位非常贤明的领袖，叫作尧。在尧统治初期，人们的生活十分幸福。

突然有一天，天上一下子出现了十个太阳，而且不分昼夜地照射着大地。人类又一次面临着巨大的灾难。江河湖海干枯了，土地庄稼烤焦了，人们一个个被太阳烤得喘不过气来，很多人因为炎热而死。这时，那些曾经被女娲娘娘制服的毒蛇猛兽们，又趁机出来作乱。它们从森林和江湖的老窝中跑出来，四处寻找自己的食物。由于人们失去了抵抗能力，所以只能眼巴巴地看着自己的亲友被妖兽吃掉。人们生活苦不堪言。

到底是怎么回事呢？天上怎么一下子出现那么多太阳呢？

原来，是帝俊和羲和的十个太阳儿子在搞恶作剧。

这十个太阳生活在东方海外的阳谷，也就是汤谷。那里的水每天都沸腾着。羲和每天都在这里给十个太阳儿子洗澡，把他们洗得干干净净，好在天上发出灿烂的光芒，照耀大地。汤谷的海水中生长着一棵十分特别的树，名叫"扶桑"。它是十个

太阳的家，这棵树确实很大，有几千丈高，一千多围粗。这十个太阳曾经商量好了，每一天都是九个太阳住在下边的枝条上，另一个则住在树的顶端。十个太阳就这样轮流地出现在天空中，一个太阳回来了，另一个才乘着母亲羲和驾的车子去值班。平时，人们看到天上只有一个太阳，就是因为帝俊和羲和给儿子们安排好了值班的秩序。

大家都知道太阳升起来的瞬间是无比美丽的，但是肯定不知道太阳升起来的过程吧。据说，有一只玉鸡每天都站在扶桑树的树梢上，它每天早上负责叫醒天下所有的雄鸡。当黑夜即将结束，黎明就要到来的时候，这只玉鸡就从睡梦中醒来，张

开它的两只翅膀，伸长了脖子，喔喔地叫了起来，这叫声在寂静的早晨是如此的响亮和悦耳。听到玉鸡的叫声后，住在桃都山大桃树上的金鸡也跟着叫了起来。金鸡这么一叫，惊醒了生活在各处名山大川上的石鸡，它们也纷纷叫了起来，石鸡一叫，天下所有普通的鸡就都醒了，一齐喔喔地叫了起

来。此时，在千万只鸡的叫声中，海水也不甘寂寞，轰轰地响了起来，一时间世间的万物都被这声音惊醒了，一轮鲜红的太阳就在澎湃的海水和漫天灿烂的霞光中缓缓升起。这应该就是雄鸡一唱天下白的情景吧。

　　太阳升起来了，新的一天也就开始了。每天的这个时候，勤劳的羲和都会早早地起来，替她的儿子驾着六条龙拉的车子在天上驰骋。太阳在开始一天的工作之前，都会在咸池里洗个热水澡，然后就从扶桑树的下边飞快地升到树的顶端，这个时刻就是"晨明"。到了树的顶端以后，羲和就驾着车子来接她的儿子了，每天都那么准时，不会差一分钟，这个时候就叫"明"。他们母子继续向前进发，到了曲阿这个地方，此时就叫"旦明"。以后太阳每经过轨迹的一个重要地方，都有一个代表时间的特殊名称。等他们到了一个叫"县车"或"悬车"的地方，羲和就停下车，剩下的路程就让小太阳自己走完。但是，大多数时候羲和是不放心儿子自己行走的，她总是坐在车上看着儿子走向虞渊，进入蒙谷。当太阳把最后几缕灿烂的金光洒在蒙谷水滨的桑树和榆树上的时候，羲和才安心地驾着车在凉爽的夜风中，穿过云层回到东方的阳谷。回去以后，羲和并没闲着，仍然准备着第二天送另一个儿子去值班，因为新一天的行程马上就要开始了。

　　羲和每天都监督自己的儿子们去工作，使他们每天严格地按照规定的时间、路线和程序，轮流地去值班。在小太阳们很小的的时候，大家都觉得每天由妈妈陪着完成这么有意义的事情，很温暖也很自豪。但是随着孩子们慢慢地长大，想着每天还要这样轮流地去值班几十年、几百年、上千年，他们突然觉得太没有意思了，地上的人们甚至都不知道他们其实是十个太阳兄弟，而不是仅仅就一个太阳。

　　于是，在一个月明星稀的晚上，这十个太阳聚集在扶桑树的枝条上开了一个会。大家七嘴八舌地发表自己的意见，都觉得以前的工作太乏味了，一个人在天上，连个说话的人都没有，这种一成不变的生活他们打算改变一下。那天晚上，他们就

做了一个决定：第二天的早上，要一起出现在天空中，一起玩耍，一起打闹嬉戏。

　　他们还真是说到做到。从第二天开始，他们不等妈妈羲和驾着车子过来，就一窝蜂地跑了出去。天地间一下子就亮了。羲和这时正好驾着车子来接儿子，看到孩子们的表现，急坏了，她站在车子上大声地呼唤着，希望九个儿子快点回来，可是，这些顽皮又好玩的儿子们此时又怎么会听她的话呢，他们就像从笼子里逃出来的鸟儿，又像脱了缰绳的马匹一样，无忧无虑、自由自在地玩着。

<h2 style="text-align:center">女巫和凶恶的太阳</h2>

　　从那以后，十个太阳每天都齐刷刷地出现在天空中，而且乐此不疲，他们一定以为地上的人们每天都很希望见到他们。但是他们哪里知道，这光明灿烂的阳光一起照射到地面上是多么的炎热，植物被烤焦了，河水被烤干了，人们又热又渴又饿，地上的生物对十个太阳的憎恨达到了极点。

　　人们只能每天都躲在阴凉的地方，但是这样下去也不是办法，食物快吃光了，水也快没了。但是天空中这十个面目狰狞的太阳却没有丝毫离去的意思，他们就这样一直炙烤着大地。人们终于忍受不了了，在无计可施的情况下，只好按照当地的风俗习惯把一个女巫抬到附近的小山顶上去暴晒，据说这样就可以下雨了。

　　这个女巫叫女丑，是当时最有本领，也最神通广大的一个女巫，人们都很崇敬她。女丑有两只神兽来帮助她，一只是龙鱼，一只是大螃蟹。这只龙鱼的名字叫鳖鱼，长着四条腿，形状有点像娃娃鱼，但是却比娃娃鱼大得多也凶猛得多。这只鳖鱼就像它的主人一样，也有神通。它既能生活在海洋里，也能生活在陆地上，其实就是咱们说的水陆两栖生物。这种鱼真的很大，大到一口气能吞下一艘船。它的武器就是脊背和肚子上长的三角形的尖刺。据说只要它一出现在海面上，就有大风大浪。女丑平时就骑着这种怪鱼，腾云驾雾，在天空中飞行。此外，她还有一只大螃蟹，这只大螃蟹生长在北海，有着千里宽的背，它也随时听候女丑的差遣。

　　还是说说人们让女丑去求雨的事情吧。当时人间的情况十分危急，人们就自发地组织起来，想用自己的办法来解决这个危机。选出一个领导人之后，他们就开始了自己的计划。他们先去找了神通的女丑，希望她能主动出来求雨。但是，女丑似乎也没有很大的把握，犹豫不决，一下也拿不定主意。后来，人们实在没办法了，就强行把女丑抬出来，让她求雨，奇怪的是女丑也没反抗。

　　在郊外的路上，一大群人抬着一顶彩轿，里边坐着的就是女丑。人们按照当地的风俗，把她送到郊外的山顶上举行求雨仪式。女丑则打扮成旱魃的样子，一路上嘴里都念念有词，但是她的眼睛里似乎也流露出一丝恐惧和不安。转眼间，人群就到了小山坡上。就在几天前，这里还充满了希望的绿色，可是此刻这里所有的植物

◎中国神话故事与民间传说◎

都枯死了，连一片绿色的叶子也看不到。人们围成一个圈，跳着，嚷着，敲打着钟磬，做着一些法事。同时，还有几个人把打扮成旱魃的女丑放到了光秃秃的山顶上，人们早就在那里给她准备了一张草席，让她独自在山顶上求雨。人们四散开去，躲到附近的山洞和树穴里，一边监视着女丑的行动，一边他们满怀希望地等待着奇迹的发生，他们是多么期盼一场久违的甘霖啊。

时间一分一秒地过去了，天上的十个太阳依然火辣辣地照着大地，他们的旁边居然连一丝云彩都没有，更别说能够下雨的乌云了。坐在草席上的女巫，平时神通广大的本领现在不知道哪里去了，她已经狼狈到了极点。脸上、身上不停地流着汗，衣服也湿透了。刚开始的时候，她还在那里喃喃地祈祷着什么，可是一段时间以后，人们看到她伸长脖子，张着嘴巴，喘着粗气，她把两只胳膊举起来，用两个大袖子来遮蔽毒辣的阳光。又过了一会儿，等人们再注意女丑的时候，看见她的身子左右摆动了几下，突然一头栽到地上，抽搐了几下，就昏死过去了。大家看到这种状况，急忙上前去看，女巫已经没了呼吸，她居然被这十个可恶的太阳晒死了。

女丑这么一死，人们连最后一丝希望都没有了，一时间都陷入了绝望的境地。天上的十个太阳依然火热、毒辣地炙烤着大地，但是人们却没有任何办法对付他们，只能眼看着他们作威作福。除了这十个太阳给人们带来的干旱和灾难以外，一些可怕的怪兽，如九英、大风、修蛇等，也纷纷从火焰般的森林里、沸腾的江河中跑了出来，危害人间。它们出现在各个地方，肆无忌惮地残害着处于痛苦中的人们，使人们的生活雪上加霜。

中国神话故事与民间传说

109

帝喾派遣羿为民除害

　　十个太阳每天依然一起东升西落，这样的日子对太阳们来说是幸福的。但是人间的灾难却依然继续着，人们每时每刻都活在痛苦和绝望中。已经有好几个月滴雨未下了，住在简陋茅屋里的尧，每天寝食难安。尧所遭受的痛苦，比普通的百姓还要大，因为这痛苦不仅仅是身体上的，还有精神上的。众所周知，尧是一个爱民如子的好皇帝，他怎么可能眼睁睁地看着人们生活在苦难之中呢？但是，他的力量毕竟是有限的，他只是一个平凡人，也没有能力和天上的太阳较量。尧每天都在想办法解决当前的困境，可是又有什么办法呢？本来尧也寄希望于女巫，希望她能求雨成功，但是令他没想到的是，女巫竟然被晒死在太阳底下。现在，他每天只能虔诚地向天帝祷告，希望能结束这种局面。

　　帝喾虽然在天上，但是他对人间的情况还是很了解的，他特地派人观察尧在人间的情况。此外，尧的祷告他也能听见，这些情况让天帝惶恐不安。帝喾曾经警告过这些顽皮的儿子们，甚至还恐吓过他们，但是他们似乎并不怕帝喾。在他们看来自己毕竟是天帝的亲生儿子，除了父亲别人根本拿他们没什么办法，也就没什么好怕的了。帝喾真的像孩子们想的那样，他不舍得处罚他们，就只能放纵他们了。帝喾的放纵，对孩子们来说是仁慈，但是对地上的人们来说则是残酷的。帝喾每天都希望孩子们厌倦这种生活，然后遵守他和羲和为他们制定的秩序。但是，他总是不能如愿，地面上人们的祈祷总会时不时地传到帝喾那里，这让他很烦心，但是又不知道该怎么办。

　　地上的人不好过，天上的神也好不到哪里去。终于，神仙们不肯袖手旁观了，他们都认为这十个太阳的行为实在太过分了，不但给人间带来了痛苦，现在也给他们的正常生活带来了麻烦，他们就一个接着一个地去找帝喾告状。刚开始，帝喾还可以装作对这事不太了解，敷衍一下就过去了，但是架不住这么多神仙都找他告状，帝喾觉得不能再纵容孩子们胡闹下去了。否则，不但孩子们会受到惩罚，甚至有可能

还会危及自己的宝座。于是，帝喾就在神国中找了一个擅长射箭的天神到人间去，想让这些孩子们吃点苦头，让他们不再任意妄为。此外，帝喾还希望他能帮尧解决一下人间面临的困境。

　　帝喾派下去的这个天神叫羿。关于羿大家肯定都不会陌生，这是一个箭法高明的天神。他是当时所有神和人中射箭最厉害的人，即使

中国神话故事与民间传说

是一只小小的蚊子从他面前飞过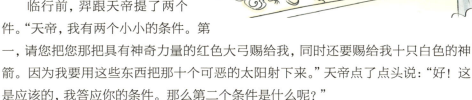能准确无误地把它射落。羿的箭出神入化，他要想射中一只蚊子就绝不会射中一只苍蝇；他要想射中一个苹果，就绝对不会射中一个梨。羿是天生的神箭手，因为他的左臂生下来就比右臂长，这对于弯弓是有极大方便的。

临行前，羿跟天帝提了两个件。"天帝，我有两个小小的条件。第一，请您把您那把具有神奇力量的红色大弓赐给我，同时还要赐给我十只白色的神箭。因为我要用这些东西把那十个可恶的太阳射下来。"天帝点了点头说："好！这是应该的，我答应你的条件。那么第二个条件是什么呢？"

羿接着说："第二，请您允许我带着我的妻子嫦娥一起前往人间。因为如果把她独自留在天上，她会非常寂寞的。"天帝又答应了他的请求。就这样，羿背着红色的大弓，拿着十只白色的神箭，带着妻子来到了大地上。

羿射九日

羿带着自己的娇妻嫦娥驾着祥云来到了人间。

他们径直来到了尧的茅草屋前。刚到的时候，羿还以为自己找错了地方，这么简陋的地方怎么可能是尧的住所，这和天上帝喾的宫殿差距也太大了吧，虽然人类的力量有限，但是也不至于穷到这种程度吧。于是，他就找了一个凡人问了下，真是大吃了一惊，因为这里的的确确是尧的"宫殿"。羿心想：这是一个什么样的王呢，我得见识一下。他敲了敲虚掩着的破木门，一个孱弱的声音说道："请进。"他和嫦娥一进门就看到一个愁容不展的老人坐在书桌面前思考着什么。由于长时间的操劳他眼睛里布满了血丝，面露倦容，双眉紧锁，这个人就是尧。当他得知来的人就是帝喾派下来的天神以后，立马了精神，大喜过望，他知道自己的国家就要得救了。

尧就带着羿和嫦娥一起到外边去看看人们艰难生活的情景。那个场面真是惨不忍睹啊！可怜的人们，在十个太阳恶毒地炙烤下有的昏死过去，有的躺在地上奄奄一息，大家现在都瘦得皮包骨头了。除了这些可怜的人们外，现在甚至看不到一只小鸟或兔子之类的小动物了，可能它们也找地方藏了起来，也或许已经热死了吧。当人们得知这个魁梧强壮的人是天帝派下来拯救他们的天神的时候，大家瞬间都有了精神，重新找到了活下去的希望。远近的人们不顾太阳的毒热，都赶到了王城所在的地方，聚集到了广场上，大声地欢呼呐喊着，这喊声震耳欲聋，他们要求羿早点把他们从这种苦难中解救出来。

羿现在才真正体会到人们的痛苦，每天在烈日的煎熬下，不知道自己下一秒是生还是死，要不是自己来到人间，他们连活下去的希望都没有了。站在广场上，听着人们的呐喊声和欢呼声，羿热血沸腾，他甚至有拔出弓箭的冲动。但是帝喾的声音在羿的耳边响起。临行前，帝喾有点为难地看着羿，虽然难以启齿，但还是向他道出了心声，他希望羿到人间只是吓唬一下自己胡闹的儿子们，他还嘱咐羿对待这些孩子们要手下留情，实在要动手，也不要全力以赴，千万不要弄伤了他的宝贝儿子们……

羿在思考，也在纠结，他看着这么多受苦的人们，终于下定决心采取行动。羿走向广场中间的时候，脚步是坚定和沉稳的，就像他的决心一样。聚集在广场上的人们，瞬间都安静了下来，他们充满希望地注视着羿，眼里充满了虔诚的期待。

羿抬起头，看着天上的太阳高呼道："天上的十个太阳，你们听好了！我是天帝派来的使者羿。你们知道吗？因为你们的原因，地上的人类遭受了莫大的灾难。如果你们知趣的话，赶紧走吧！"

本来这十个太阳应该见好就收，可是事实上它们却根本没把羿放在眼里。只听它们在天空中叫喊："你在这里吓唬谁啊？我们就是不走你能把我们怎么样？你拿着弓箭干什么？你以为你能射到我们？你站的山确实挺高的，不过离九万里的距离还差得远呢。你的弓箭只能用来打猎！哈哈！"

羿听完以后，气得火冒三丈，心想："既然你们如此不听劝告，那就不要怪我无情了。"羿从肩上取下了那张红色的弓，这张弓在炎炎烈日之下发出耀眼的光。他又取出了一枝白色的箭，搭上箭，拉满弓，对准天上红得耀眼的太阳，只听嗖的一声，箭就离了弦，向其中一个太阳冲了过去。过了一小会儿只见天上布满了火球，无数金色的羽毛也漫天飘了下来，原来是一个太阳爆炸了。突然，"砰"的一声巨响，一个火球掉在了地上。大家跑过去一看，是一只被箭射中了的巨大的乌鸦，它浑身金黄色，还长着三只脚，就是金乌了，它是太阳的化身。

大家抬起头一看，果然天上只剩下九个太阳了，大家都齐声笑了起来，别提多高兴了，人们发出巨大的欢呼声和喝彩声。

羿已经射下来一个太阳，就不在乎再多射几个了。人们的欢呼声再次让他热血沸腾，他又搭上箭，拉开了弓，向天空中另一个正在瑟瑟发抖的太阳射了过去，一枝枝白色的箭像一道道闪电窜入空中。只见，天上的火球一个接着一个地爆裂了，火星四射，数不清的金色羽毛飘了下来，金乌也一只只地掉到地上，天上太阳的数量越来越少，地面上的温度越来越低，越来越凉爽，人们的热情也达到了空前的程度，欢呼声响彻云霄。

正当他准备射第十支神箭时，站在旁边的尧突然说话了："羿！且慢动手，我觉得我们应该留下一个太阳。如果没有了太阳，那么我们也就不能生存了！"羿点了点头，说："这十个太阳固然可恶，可是大地也需要阳光的照耀啊！嗯！还是留下他吧！"于是，羿对最后一个太阳说："我可以留下你，不过你要答应我，以后必须按时升起，按时降落。如果再有什么差错，我一定会把你射下来的。"第十个太阳哪里还敢讨价还价，连忙点头称是。从那以后，世界上就只有一个太阳了。

羿替人们消除了灾难，成了人们心目中的英雄，各家各户都争相拿出礼品送给他，并表示会永远地崇拜他。

羿捕杀六大怪兽

羿把太阳射下来以后，人间最大的灾难已经过去了。但世间并不太平，还有各种怪兽在祸害人间，羿现在要做的就是替人们除去这些怪兽。

在当时，中原一带最凶狠的怪兽形状像一只牛，身子是红色的，还长着一张人的脸、马的蹄子。它嚎叫的声音很奇怪，就像是婴儿啼哭，它要是饿了就抓人来充饥。人们只要一提起它都胆战心惊的，如果有人倒霉遇到了它，那就必死无疑了。它刚出现的时候，总是躲在草丛里或者是树林里嚎叫，因为它的叫声像婴儿的哭声，所以善良的人们就以为是谁家的孩子遗失了，忙赶过去看看，怕孩子晒坏了。但是令他们没想到的是，这样一去就再也回不来了。它用这种把戏骗了很多人，残害的人已经不计其数了，但是没有一个人能制服得了它。曾经有许多年轻人结伴去捕杀它，但是却再也没回来。

这怪兽本来也是天上的神仙，不知道是什么原因，他被贰负神和另一个人谋杀了。但是他死后，却被昆仑山上的一个巫师救活了，复活之后他就跳到了弱水里，变成现在这副怪模样。它虽然样子丑，但是本领还在。只是现在它遇到了羿，在威猛的羿面前，一切邪恶的怪兽都不会有好结果，终于，它死在了羿的箭下。

接着，羿的工作就是到南方一个叫畴华的水泽去杀一个叫凿齿的怪物。凿齿是个兽头人身的怪物，它的嘴里时常吐出一条长五六尺的舌头，还长着形状像凿子一样的牙齿，这些都是它最锋利的武器。这个凿齿很嚣张，仗着没有人能制服它，就在畴华这一带残杀人民。正当它在嚣张的时候，羿带着他的弓箭来到了这里。凿齿看到羿时，以为又有一个自不量力的人主动来送死了。它哪里知道面前的这个人是帝喾派下来，射落太阳的天神。凿齿拿了一把戈去攻击羿，只见羿不慌不忙地射出一支箭，正好射中了凿齿拿戈的那条胳膊。这畜生见情况不妙，立即拿起了一面盾牌，想慢慢靠近羿使然后用它的舌头和牙齿来攻击。但是，羿绝对不是等闲之辈，一眼就识破了它的伎俩，他使出全力射出一箭，只见这支箭不但穿透了盾，还穿透了凿齿的身体。轰的一声，凿齿倒在了水泽之中。羿靠他的勇敢和所向无敌的箭，杀死了凿齿这个怪物，又为人间除了一害。

北方的凶水有一个叫九婴的怪物。这个九婴是长着九个脑袋的水火之怪，它不但能够喷水，还能吐火，人们在他的蹂躏下吃了不少苦头。羿知道后，就带着他的弓和箭来到了这里，准备和它激战一场。九婴果然很凶悍，它看到羿的时候，就用它的九张嘴往外喷水，想用这种方法来淹死羿。此时的九婴就像一个喷水的莲蓬头，样子很滑稽，只见羿举起了红色的弓，立刻形成一个无形的屏障，把水都给挡了回去，反而把九婴给淹了。恼羞成怒的九婴见喷水对付不了羿，就开始吐火，顿时火光四起，都向羿冲了过去。说时迟，那时快，羿瞬间射出了一枝羽箭，穿过重重烈焰射中了九婴的心脏。九婴就这样死在了波涛汹涌的凶水之上，而羿却毫发未损。

◎中国神话故事与民间传说◎

在凶水的附近有座奚禄山，当羿刚要从它面前经过的时候，它却轰然崩塌了，山石中间有一个东西在太阳底下闪闪发光，羿感到很好奇，还以为是什么怪物施的妖法呢，他就走过去看了看，原来闪光的是一个精美的玉扳指。羿如获至宝，连忙把这扳指套在了右手的大拇指上，大小还出奇的合适，这让羿很高兴。扳指对射手来说非常重要，那是用来钩弦的。羿以前用的扳指是象骨做的，因为象骨既坚固又耐磨，使用的时间比较长。现在羿在奚禄山得到的这个玉扳指，是天然形成的一块不加雕琢的美玉，自然要比象骨雕成的扳指名贵不知道多少倍。这块美玉在山中不知道等了多少年，终于等来了自己心仪的主人，然后破山而出。羿得到这个扳指可谓如虎添翼，他更加神勇了。

羿在回来的路上经过东方的青丘之泽时，正好遇到一只叫"大风"的鸷鸟在那里危害人间。这个大风，就是一只大孔雀。那时候，在青丘之泽这一带经常有孔雀出现。但是不是所有的孔雀都是温和和友善的，在它们的种群中，有一种孔雀长得特别大，性情非常凶猛，经常伤害人和牲畜。它的翅膀也非常大，无论它掠过哪里都会有大风相伴，所以大家就叫它"大风"。其实这是一种出于对它的厌恶才取的名字，它带来的大风经常毁坏人们的茅草屋，还会吹倒大树，吹坏人们的庄稼。有时它还会主动袭击赤手空拳的人，不但会啄伤人，还会用它的大翅膀打人，往往会使人伤痕累累。大家都对它讨厌到了极点。

羿一看便知道这只鸟不但力气大，而且擅长飞翔，恐怕一箭不能把它射死，这样下去恐怕会很麻烦。羿就想了一个办法，他在箭的尾部系上了一根非常坚固的绳子，然后他就在大风经常出没的区域里找一个地方藏起来，等大风从他附近飞来的时候，就一箭射中它。果然，羿将箭射进了大风的胸部，趁势他使劲地拽着绳子，把大风拽了下来，羿拿出一把锋利的宝剑，把大风砍成了好几段。就这样，羿杀死了大风，又为民除了一害。

羿又听说在南方的洞庭湖中有一条巨蟒在祸害周边的渔民。这种蛇到处都有，它们一般有百丈长，有碗口那么粗，凶猛无比。洞庭湖中的这条大蛇叫"巴蛇"，长着黑色的身子、青色的脑袋，据说它曾经把一只毫无防备的大象给吞到肚子里。这条大蛇整整消化了三年，才把大象的骨头吐了出来。因此它凭着自己的本领，在洞庭湖里兴风作浪，不知道弄翻了多少艘船，也不知道吞噬了多少人的生命。

羿也觉得遇到这种对手令他很头疼，但他还是一往无前，英勇无畏。羿独自驾了一只小船，在洞庭湖里找寻那条大蛇的踪迹。他找啊找啊，在湖上找了半天，终于发现前边有一个巨大的蛇头伸出了水面。这条蛇正漂浮在湖面上，昂着头，吐出火焰般的舌头，等待着食物的来临。在它的旁边，掀起了一排又一排的浪花，蛇似乎觉察到了羿，就向着羿的小船慢慢地游了过来。羿看到眼前的情景，连忙向着它射了好几箭，虽然箭箭都射中了要害，但怎奈这条蛇实在太大了，一时也死不了。它拼命

115

地向羿游了过来，一直来到了羿的船边。羿急忙拔出宝剑，和这条凶猛的大蛇展开激烈的战斗。几个回合下来，羿就将这条大蛇斩成了几段，整个洞庭湖的水都被这条蛇给染红了。等候在湖边的人们，看到羿杀死了这条大蛇都发出了热烈的欢呼声，迎接羿的胜利归来。后来，人们从湖中把蛇的骨头打捞了起来，在岸边堆成了一座小山，这条蛇真是大啊，难怪能吞下一只大象。

还剩下最后一只很厉害的怪兽，就是桑林里的大野猪。这个野猪不但长着长长的牙，还长着锋利的爪子，它的力气比牛还要大。这头野猪时常跑到地里去毁坏庄稼，不仅这样，它还经常吃人和家畜，附近的居民深受其害，没有不痛恨它的。羿来到桑林以后，人们都非常高兴，期待着羿能把这头野兽给制服了。羿来到这头野猪经常出没的地方，果然看到这只野猪又在糟蹋地里的庄稼，在它的脚下一大片一大片的庄稼都倒下了。这只野猪看到羿的时候显得很兴奋，它以为又有自动送上门的美味了。它把前蹄在地上来回地擦了两下，准备向羿猛冲过去。羿拉开他的弓，连发了几箭，都射在了野猪的腿上。这头又蠢又笨的野兽，哪里能经得住这几箭，立刻就倒在了地上。大家连忙上前，找来绳子，将这只野猪生擒活捉了。人们兴奋地呼喊着，感谢羿帮他们除了这一大害。

羿射下了九个太阳，又除掉了这些危害人间的怪兽，人们对他满怀着崇敬和敬仰。无论是在街头还是巷尾，对羿的赞美都不绝于耳，人们聚集在一起回想着他的英勇行为，把他当成天上最厉害的神仙、世间最大的英雄。尧对羿的感激之情也不用说了，要不是羿，尧的国家现在还不知道怎么样呢。羿也觉得自己没有辜负帝喾的信任，也没有令尧和百姓们失望，他获得了很大的成就感。他想在回去的时候给帝喾带点礼物，想来想去，觉得前几天在桑林捕获的野猪不错，帝喾应该会喜欢吃猪肉的吧。想到这里，他就把野猪宰杀了，做成了鲜美的肉膏。做好以后，大家都认为味道确实不错。羿找来了精细的瓷盘，把肉膏小心地放在上边。然后，就高高兴兴地拿着肉膏出发了。

帝喾见到羿时，沉着脸，看起来很不高兴。羿把用野猪肉做成的肉膏端出来的时候，帝喾冷冷地说了一句："我不喜欢吃猪肉，端下去吧。"羿的心顿时就凉了。虽然他没有辜负帝喾的命令，出色地完成了任务，但是羿似乎忽视了帝喾临行前的嘱咐，不能伤害他的儿子们。羿毫不留情地杀了九个太阳，帝喾怎么会高兴呢，他心里的悲痛，现在大概已经化成了对羿的憎恨吧。就这样，可怜的羿，伟大的英雄再也不能在天上做神仙了。

羿和嫦娥失和

羿自从见了帝喾以后，就失去了继续在天上做天神的权利，他和嫦娥被天帝革除了神籍，贬到了人间，成为凡人。从此以后，不但羿很伤心，嫦娥更是整天阴着脸，觉得是羿连累了她，使她不能在天上继续做神仙，还得在人间受苦。

　　尧知道羿被贬到人间以后，心里觉得很愧疚，感觉羿是因为帮他和百姓才到了现在连天神都做不成的境地。因此，他派了当时一些比较擅长搞建筑的人，在一个景色比较好的地方给羿盖了一所住房。那是一个两面环水、一面环山的好地方，那里终年景色优美，鸟语花香。他想让羿和嫦娥在这种环境中开开心心，他还想让羿到朝廷里当官，继续为百姓做事。但是，羿婉言谢绝了让他当官的提议，打算在人间过逍遥自在的生活。

　　这天，尧命令他手下一个姓王的人带领羿和嫦娥到新的住所去。虽然周边环境还不错，但是房子建得很寒酸，就是土坯加上一些茅草。嫦娥见了这个房子很是失望，这怎么能跟她在天上的住所相比呢。那里金碧辉煌，虽说不是天上最漂亮最气派的，但是地上的茅草房是不能与其相提并论的。羿倒是对这些不太在意，他现在只追求一种逍遥自在的生活，希望在这里能过得稍微舒心一点。

　　羿自己虽然没有丫鬟整日地服侍他，但是他却给嫦娥准备了几个机灵可爱的小丫鬟。对于这，嫦娥还是比较满意的，但是只要她一想到自己由天上的女神变成了地上的村妇，就气不打一处来。现在，她一看到羿就非常讨厌，要是当年不嫁给羿，现在也不用在这里受苦了。嫦娥已经习惯了每天高高在上地俯瞰人间，她总是站在云端看着地上众生忙碌的样子，感到很好笑。但是此刻，估计天上有不少神仙都在看她和羿的笑话吧。

　　人和神的差距多大啊，神仙降落到人间，从此就不再是神，这么大的遗憾要如何弥补呢。嫦娥虽然以前是神，但是她的心胸却和常人一样狭隘。她不但每天自己折磨自己，还时常在羿面前唠叨，和以前那个温柔贤惠的嫦娥仙子判若两人。有时，羿实在受不了这样的唠叨，就独自一人跑到外边去欣赏景色。说是欣赏景色，他哪能看得进去呢，满脑子都是嫦娥的唠叨，往事一幕幕地出现在面前。羿想到自己出生入死地为帝喾效命，除妖斩魔，把人们从水深火热中解救出来，但是仅仅因为杀了帝喾的几个作恶的儿子，到最后居然落到这般田地，自然很不甘心。曾经和自己同甘的妻子，现在却不愿意和自己共苦了，越想羿越觉得委屈。

　　一日，羿从外面散心回来，本来心情很好，想和嫦

娥一起好好吃顿饭。自从被贬到人间之后，他们见面的时间就少了，更没有推心置腹地深入交流了。羿让丫鬟们摆了一桌酒席，就亲自去找嫦娥了。他来到窗前，看到她正在里边坐着发呆。他轻轻地来到嫦娥身边，叫了她一声。嫦娥看到面前的羿，本来平静的脸庞马上阴了下来，这让羿有一种不安的感觉。还没等羿开口，嫦娥就先发了话，把她那些曾经在羿面前说了很多遍的话语，又一次说了出来。羿的好心情此刻也烟消云散了，他转身就离开了。

羿和嫦娥曾经的恩爱已经不复存在了，羿虽然想尽力去挽留这份感情，但是他发现，嫦娥的心和他的已经不在一起了，渐行渐远的不只是他们肉体，还有他们的心。他们再也不能像以前那样幸福地生活了。

羿遇宓妃

羿的遭遇，以及他和嫦娥感情的变故，使他的内心遭受了巨大的打击。他曾经冒着生命危险给人们除害，他所立下的功劳之大，很难有人能够超越。但是他却被天帝疏远和冷落，在家中不但得不到一丝安慰，还得每天听妻子的冷嘲热讽。现在唯一使他能够快乐的方法就是四处漫游。

每天一大早，他就集合家丁，赶上马车，扬起鞭子，出外漫游了。他们每天要做的事情很简单，就是四处游荡。他们驰骋在绿色的原野上，耳边呼呼的风声仿佛像演奏的乐曲，十分美妙。他们有时也躺在草地上，羿给这些家丁讲天上的事情，讲得他们对那个地方充满了向往。每当这个时候羿就有很大的成就感，他觉得自己和这些凡人还是有着本质区别的，怎么说他也曾经是神，曾经风光无限。看着天上的朵朵白云，想想白云背后自己在天上的宫殿，羿就有些心酸了。但是每当他看到天上无忧无虑的小鸟的时候，他还是很开心，如果不是自己射下了太阳，鸟儿们恐怕现在都被烤死了吧。大多数时候，他就在这温暖的阳光下睡着了，睡得很香、很熟。

○中国神话故事与民间传说○

有时候，他也会带着家丁到山林中打猎，这也是他放松的一种生活方式。在茂密的树林中，他所有的情绪都能得到释放，他可以旁若无人地大声呐喊，他可以捕杀野兽，展示他高明的箭法，只要一进入这里，羿的情绪就高涨了起来。最有意思的是，羿在这里遇到了一个野兽，长着人的脸、老虎的身体，它擅长奔跑却从不伤人。一次，羿在打猎

的时候，看到了一只老虎，这令他很兴奋。他一路追寻着老虎的身影，说来也奇怪，如果羿那时射上一箭，这只老虎恐怕就只能躺在地上呻吟了。但是羿没有射箭，这次他想生擒这只猛兽。老虎似乎没有发现羿的追踪，还在自顾自地找寻着什么。羿一个箭步冲到了老虎面前，挡住了它的去路。此时，羿定睛一看，原来是一个怪兽，不是什么老虎，羿的斗志瞬间被激发了起来，他又能除害了。

　　羿站在一棵高大的树下，树上有个鸟窝，几只饿坏的鸟正在叽叽喳喳地叫个不停。突然，有个小家伙不慎从窝里掉了下来，羿面前的这个怪兽纵身一跃，将这只没长毛的鸟叼在了嘴里，又顺着树干像猫一样爬了上去，把小鸟放回了窝里。羿被这个场景感动了，他想这个动物虽然长得有点怪，但是本性不坏啊。怪兽从树上下来以后，又来到了羿的面前，竟然还开口说话了。原来，它以前也是天上一个不知名的小神，因为犯了错误被贬下凡间，于是就在这个林子里安了家。它早就听说了羿的遭遇，现在能在这里相遇也是一种缘分吧，他俩越聊越开心，有点相见恨晚的意思。

　　以后，羿出来漫游的时候，都会来这个林子，因为这里有与他同病相连的兄弟啊。他就这样一天天地漫游下去，也不做什么正经事，在大家的眼里，羿已经开始堕落了。

　　一次偶然的机会，羿在漫游的过程中到了洛水，遇到了那里美丽的女神宓妃。宓妃本是伏羲的女儿，因不幸在洛水被淹死，死后便做了洛水的女神。宓妃是世间少有的美人儿，她的美丽引来无数文人的赞美。曹植就曾在《洛神赋》中写道："她的体态轻盈，如惊飞的鸿雁，又像是乘云升天的天骄游龙。远远望去，光耀得如同天空艳丽的朝霞；近看之，则又像是绽放在碧波间的白莲。她的身材肥瘦适中，长短合宜，肩膀像是用玉斧削成，腰肢像束着光滑的白绢，颀长的脖颈、白腻的肌肤不再需脂粉的妆扮，自然美丽无匹。乌黑高耸的发髻，细长弯曲的双眉，红红的嘴唇十分鲜艳，白皙的牙齿闪耀着光彩，明亮的双眼顾盼生辉，脸颊边还有两个小酒窝儿动人魂魄……"

　　伟大的诗人屈原也不吝惜自己的笔墨，曾经在《离骚》中这样赞美宓妃：

　　我叫云师丰隆驾上他的云车，

中国神话故事与民间传说

去寻找宓妃这位旷世美人；
解下我的佩带表达我对她的爱慕，
我请伏羲的贤臣蹇修来做我的媒人。
可是她芳心忐忑，主意没有拿定，
忽然拒绝了我的恳请。
晚上她回到西方的穷石，
昆仑山脚下的弱水发源于那里；
早晨她在洧盘河边洗她美丽的长发，
灿烂的朝阳唤醒了沉睡的崦嵫山。
骄傲的女郎啊隐遁在山林，
空怀着绝世的艳态飘然不群；
唉，她未免太无情又无礼了吧，
我只得离开她到别处去追寻。

从这些赞美的是诗文中，我们可以看出宓妃确实是一个美丽而且不寻常的女子，羿和她的相遇就注定了一段故事的开始。

风流的水神，忧伤的宓妃

羿遇见宓妃的时候，她正和一群女子在洛水的水滨嬉戏，这些女子个个都美丽脱俗。他们正在碧波荡漾的水面上翩然跳舞，这些女子脚步轻盈，可以在水面上自由地来去。羿看到江心的游鱼似乎也因为这些女子的到来而腾跃出水面。水鸟们也贴着水面飞翔着，它们有时还飞到女子们身旁，和她们一起玩耍。

秋日的午后，凉风习习，看到这样的情景是多么令人心神愉悦啊。这些女子个个都那么天真、活泼、快乐、迷人，羿突然看到只有宓妃有些不高兴，她独自站在岩石上，看着其他女子玩耍。羿注视着宓妃的脸，她的脸上似乎有一点不悦，有一丝忧伤。她黯然的眼神，凄凉的微笑，使羿的心中掠过一丝疼痛。他想，宓妃这样美丽的女神，应该得到大家的保护和关爱，可她为什么会如此忧伤、落落寡欢呢。

宓妃那天的神情，让羿感到很困惑，因此他决定找出其中的原因。经过多方打听他才知道，原来宓妃是水神河伯的妻子。河伯，名叫冯夷，也是渡河的时候淹死才在这里做了水神。他是一个风流、潇洒、英俊的美男子，长着白白的面孔，修长的身躯，是一个文雅的公子。但是在他身体的下半段长着一条鱼的尾巴，样子和颛顼死后变成的鱼妇差不多。河伯喜欢乘坐用荷叶做篷的水车，在水面上和女子们玩耍嬉戏，他真是一个风流而没任何作为的神仙啊。屈原在《离骚》中曾这样描写了河伯风流的生活：

鱼鳞的屋顶啊龙纹的厅堂，

◎中国神话故事与民间传说◎

紫贝的门楼啊珍珠的殿房，

河伯的家啊住在水乡。

他乘着白鼋啊跟着文鱼，

和女郎们啊同游共欢娱，

潺胡河水啊向下奔驰。

在河伯和宓妃之间还有一段鲜为人知的故事。当年，在一个风和日丽的午后，漂亮温柔的宓妃拿着她的琴来到河边，抚琴弹奏了一曲，曲子和着清风和流水格外地悦耳悠扬，连河中的鱼儿听到都从水里探出头来。这曲子也传到了正在河上游玩的河伯耳朵里，他也为这琴音所陶醉，就循着声音一路找来。他看到河边这个美丽的女子时，感到抚琴人比曲更迷人，这河伯天生就很风流，又怎么能放过年轻貌美的宓妃呢。但是，等河伯来到的时候，宓妃也差不多玩够了，就收拾好东西回家去了。

此后的几天河伯一直在见到宓妃的水边等候，希望她能再次出现。河伯一边等着，一边还在想用什么办法能把宓妃留在自己身边呢，终于有一日，他想到了一个办法。正巧宓妃也带着琴来到了河边，又弹奏了起来。看到美丽的宓妃，听到悠扬的曲子，这更坚定了河伯要留下宓妃的决心。他挥动衣袖，顿时河里大浪迭起，一个浪头起来足有好几米。宓妃被吓坏了，她扔了琴准备逃走，河伯怕宓妃逃走，衣袖一挥，一个大浪就将可怜的宓妃卷进了河里。然后，风停了，浪没了，一切都归于平静。河伯连忙沉到水里，救起了被淹死的宓妃，把她带到自己的宫殿里。

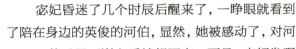

宓妃昏迷了几个时辰后醒来了，一睁眼就看到了陪在身边的英俊的河伯，显然，她被感动了，对河伯千恩万谢之后就想回家。可是，宓妃发现自己好像变了，现在走起来轻飘飘的，居然还能飞起来，而且在水下也没有窒息的感觉，要知道她是不会游泳的。宓妃吓得哭了起来，河伯拿出了宓妃的琴，把它递给了宓妃，然后说道："我救起你的时候，你已经淹死了。我是这条河里的水神河伯，也是淹死以后才在这里做水神的，你现在也是洛水的女神了。"宓妃虽然不想当什么洛水的女神，可她也没办法，只能住在水下的宫殿里，每天弹弹琴，发发呆。河伯不停地恳求宓妃，希望她能嫁给自己，起初宓妃不同意，还想回家，但是日子久了，她发现如果不嫁给河伯自己就没有自由，甚至都不能走出这个宫殿。无奈之下她就答应了河伯的请求。

嫁给河伯以后，宓妃自由了很多，还可以到水面、河水边上玩。但是，她发现河伯其实不是自己以为的那样，这个水神相当的风流。传说，每年他都要娶辖区内的一名姑娘为妻。每年一到这个时候，女巫会把当地的姑娘集合起来，挑选出最漂亮的一位给河伯当妻子。他们给这个可怜的姑娘穿上漂亮的新嫁衣，然后把她放在河边搭建的斋宫里，供上半个月。到了河伯娶亲的那天，人们就把这个可怜的姑娘用一个竹席包起来，由几个大汉扛着，丢到河里。这个姑娘就慢慢地沉下去，最后消失在河流中。岸边喜庆的新婚音乐和河中姑娘的哀号声交相呼应，听起来是如此的无情和残忍。可怜的姑娘，从此以后就成为洛水的鬼魂，再也不能回家了。附近有女儿的人家都偷偷搬走了，要是送来的姑娘不合河伯的心意，他还要发大水淹死人们。村民们对于河伯的这种行径非常痛恨，但是又拿他没有办法。

宓妃后来才知道自己也是被河伯这样淹死的，心里自然很不痛快，要不是河伯，她现在还在无忧无虑地生活着。眼见河伯还如此残害附近的人民，自己又无能为力，只能默默地悲伤。美丽善良的宓妃，每天都生活在河伯的谎言中，从来没有真正地快乐过。羿和宓妃的相遇，使这两个孤独的心灵彼此得到了慰藉，两个人的感情也越来越好了。

羿射中河伯的左眼

羿和宓妃的感情越来越好，两个人总是在偷偷地相会。但是世界上没有不透风的墙，河伯和嫦娥很快知道了他们的暧昧关系，这就使两个家庭内部的矛盾更加激

中国神话故事与民间传说

化。河伯作为一个水神，妻子和别人好了，自然脸上无光，他责怪宓妃背叛他和羿产生感情，让她停止这种荒唐的关系。河伯责怪宓妃的时候，可能不会想到自己的风流也给宓妃带来了很大的伤害，有谁能容忍自己的丈夫花心、风流呢？而嫦娥也不甘示弱，每天在家里哭哭啼啼，让回到家的羿一刻也不安宁，她想这样或许能够让羿认识到自己的错误，早日回心转意。但是事实上她的这种做法让羿更加反感，于是对宓妃的感情也就更深了。

作为水神，河伯的消息很灵通，他总是让手下的暗探去给他打听消息。他手下的虾兵蟹将不计其数，其中有几种比较特别的暗探：猪婆龙、团鱼和乌贼。他们都是河伯的亲信，时常跑到水面上来给河伯打探消息，也包括羿和宓妃的事情。这些暗探们每次出来的时候，一般会变化成人的样子，穿上华丽的衣服，仪表堂堂，风度翩翩地骑着骏马，身后还跟着由虾兵蟹将变化成的十几个骑着马的家丁。他们这一群人就在水面上疾驰，打探各种消息。有时他们还会跑到岸上，他们的马蹄到了哪里，哪里就会大雨滂沱，如果没有雨，这些水生物变成的家丁很快就会干死。他们所到之处，大水都会淹没村庄和农田。他们每出来一次，附近的人们便会遭受惨重的损失。他们打探到的消息也不少，河伯也不管他们，乐得让他们出来。

每次，河伯都听到了他不愿意听的消息，这些消息让他既气恼又伤心，他实在沉不住气，决定亲自出去侦察一下。他思来想去，决定还是不以本来面目示人，因为万一遇到羿就麻烦了。于是他就化作了一条白龙，在河面上游来游去。河伯一露面，

河水就泛滥起来，淹没了两岸的村庄和农田，害死了不少无辜的村民。羿此时正好要到洛水找宓妃，看到眼前这般情景还以为是有妖怪作乱，就快步前去查看。羿发现兴风作浪的不是别人，而是河伯，这让他很气愤，心想作为一方神灵，河伯不造福一方也就罢了，怎么能随意伤害人的性命呢。于是，羿拉开弓，朝着白龙就射了一箭，正好射中了白龙的左眼，疼得河伯立马变回了原形，他用手捂着流血的左眼，仓皇而逃。

这次出行对河伯来说打击太大了，赔了夫人又"折眼"，他怎么能咽得下这口恶气呢，就打算到天帝面前去告羿一状。帝喾见到狼狈的河伯真是又好气又好笑，下边发生的这些事情其实他早知道了，只是没料到这个作恶多端的河伯居然还敢到天上来告状。帝喾没给这个可恶的水神河伯留任何情面，而是非常严厉地批评了他，不但没有惩罚羿，还把河伯给赶了下去。

碰了一鼻子灰的河伯回到了自己的家，看到宓妃又在弹琴，就开始冷嘲热讽起来。宓妃看到他瞎了一只眼，自己也感觉有点对不起丈夫，就没和他争吵，自己离开了。从那以后，瞎了眼的河伯再也没给过宓妃一次好脸色。善良的宓妃虽然很爱羿，但是为了两个家庭的和睦，只能终止了和羿的关系，以后只能把对羿的思念深埋在心底，默默忍受河伯的不良行径。

羿得长生不老药

英雄的命运是孤寂的，羿被永远地留在了人间。虽然他是奉了天帝的旨意下凡的，虽然他是为了人类才射死那九个太阳的，虽然从一开始他就没有想过要出风头，但是结果却事与愿违，他在人间的威望太高，因此，必须接受惩罚。

人间虽然也有很多欢乐，但是终究比不上天庭。羿如今已经是一个凡人了，一个彻彻底底的凡人。他必须每天为生计而奔波，尽管他是英雄；他也会面对"死亡"这个可怕的结局。失落的羿每天的事情就是出去打猎，因为只有这样才能养活自己和妻子嫦娥。

嫦娥的外表虽然漂亮，但她有一个很大的缺点，那就是爱慕虚荣、贪图享乐。不管在人间的日子多么幸福，终究是比不上天界的生活，更何况还要面对死亡呢？最初，嫦娥还能忍受这种"悲惨"的生活，可是时间一长，她越来越怀念天上的生活。

她没有欢笑，终日以泪洗面；她每天都抱怨，因为她害怕自己有一天会死去。对此，凡人羿只能说一些抱歉的话，因为他现在也无能为力了。

羿是个称职的好丈夫，他时刻都在琢磨着如何替自己的妻子排忧解难。这一天，羿终于想到了一个两全其美的办法。他不远万里，历经千辛万苦来到了自己昔日的故交——昆仑山西王母的住处。

西王母对羿的到来感到十分惊讶，她听说了羿的英雄壮举。西王母问羿："听说你奉了天帝的旨意去射死天上的十个太阳，是不是真的？如果是那样的话，此时你应该在天界啊？而且你的待遇应该比以前更加的丰厚，怎么却落得如此下场呢？"

羿只是无奈地说："有什么办法？有谁会记得你以前做过的事情呢？天帝听人说，我在人间的地位太高了，甚至有取代他的可能。你想想这会是事实吗？我一直很敬重天帝，从来没有想过要谋夺他的位置。"

西王母点了点头，带着几分同情地说："是啊！你一向忠心耿耿，怎么会有那样的想法呢？"

羿笑了一下，他的笑容显得那么无奈。羿接着说："我们是不能左右他的想法的，因为他是天帝！我能做的只是服从他的决定。现在我变成了一个凡人，每天都要出门打猎，日子过得很清苦，而且迟早会离开这人间，因为我早晚会死。"

西王母似乎明白了什么，追问道："你来这里是不是有什么要求啊？需要什么尽管说，我尽量帮忙。"

羿回答说："还不是因为我的妻子嫦娥，她过不惯人间的生活，一心想着返回天界。可那是不可能的。最重要的是，她十分惧怕死亡。我今天来就是想请你帮这个忙。"

西王母犹豫了一下，最终还是决定帮助羿，说："我这里倒是有给凡人服用的长生不老仙药，你现在就可以把它拿去。"说完，西王母就把长生不老药给了羿。

羿接过药后，看了看，问道："怎么？就这么点？这只够一个人的啊？"

西王母无奈地说："没办法，只有这么点！"

嫦娥奔月

在回家的路上，羿的内心作了几次斗争。他也十分想吃长生不老药，可是，这药就只够一个人吃的，如果自己吃了，那么嫦娥就要留在人间，那样的话她将会多么的寂寞和孤独啊！"到底该怎么办？"羿一直不停地问自己。还没等他想出解决的办法，就已经回到了自己的家中。

嫦娥见羿回来，马上迎了过去，兴奋地问道："怎么样？有结果了吗？"

羿对妻子的表现早有预料，因为他走之前告诉过她自己这次出行的原因。由于没有想好解决的办法，羿只能凭着不高明的技术撒起谎来："啊？哦！没有结果，我去过昆仑山了，但是没有见到西王母。听人说她去别的地方游玩了，这件事以后再说吧！"

嫦娥对丈夫的回答感到很失望，快乐的心情早已经烟消云散了。她哭泣着说："怎么会这样呢？我不相信，我真的不想死啊！告诉我这不是真的。"

在想出办法之前，这个谎还要撒下去。羿劝他的妻子说："好了，不要哭了！也许……"说到这儿羿顿了一下，"也许过一阵子西王母就回来了。你放心，我一定会拿回那药的。你先出去吧，我想洗个澡，休息一下。"

丈夫的举动引起了嫦娥的怀疑，她隐约感觉到了什么。不过，她并没有挑明，而是遵照丈夫的吩咐走出了房间。嫦娥偷偷地趴在窗户上，想要看看丈夫究竟有什么事瞒着自己。果然，羿的"秘密"被嫦娥发现了，她看见丈夫把自己梦寐以求的长生不老药放在了一个小盒子里。嫦娥心中酸酸的，她觉得自己的丈夫太自私了。

第二天清晨，羿像往常一样，和妻子道过别后，出门打猎去了。嫦娥此时的心情矛盾极了，虽然她爱慕虚荣，但她还爱着自己的丈夫。她犹豫、恐慌、害怕、焦虑，不知道自己是不是应该打开那个小盒子、是不是应该独吞了那些长生不老药，最后，感性战胜了理性，长生不老的诱惑战胜了自己对丈夫的爱。嫦娥打开了那个盒子，拿起了迷人的长生不老药，然后把它全部吃了下去。

西王母是不会骗人的，长生不老药起作用了。嫦娥感觉自己的身体越来越轻，然后缓缓地向空中飘去。最后，嫦娥落到了月亮上，在那里住了下来，还建了一座广寒宫。开始，嫦娥为自己能够重新过上神仙的生活而感到兴奋，时间一长，她就开始思念自己的丈夫了。因为月亮上只有一只小小的兔子。虽然丈夫答应不会用神箭伤害她，可是她却难以忍受孤独的折磨。在以后的日子里，嫦娥每天都独自一人，闷闷不乐地生活在月亮上。

逢蒙杀羿

逢蒙是羿的徒弟，曾跟随羿学习射术。逢蒙很聪明，因此射术学得很快。没用多长时间，他就可以和师傅一较高下了。羿对自己的这位高徒很是满意，因为自己

中国神话故事与民间传说

的射术终于后继有人了。然而羿万万没有想到，自己竟会丧命于自己得意弟子的手中。

话说被羿射杀的九个太阳并没有死去，而是化为了九位仙女，等待时机找羿报仇。当他们得知逢蒙是羿的徒弟之后，觉得可以利用逢蒙来杀羿。逢蒙虽天性聪颖，与羿又有师徒之情，但此人却不是善类。如果在他身上动点儿心思，让他与羿反目绝非难事。

逢蒙喜欢游山玩水。一天，他出门闲逛，恰好碰到了九位仙女。九位仙女见是逢蒙，喜不自胜。她们对逢蒙百般谄媚，极尽讨好之能事。逢蒙本就是好色之徒，哪抵抗得住这样的诱惑。意乱情迷之中，他提出了要娶九位仙女的大胆想法。九位仙女没有拒绝，但也没有马上答应，她们对逢蒙说："我们也很想嫁给你，但我们曾经立下重誓，一定要嫁给一位堪称天下第一的大英雄。"逢蒙不解地问："我的射术在如此短暂的时间内已经可以与师傅羿相媲美了，难倒我还称不上天下第一的大英雄吗？"九位仙女摇摇头，说："你的射术虽然与你的师傅不相上下，可是你师傅杀妖魔、射九日，屡建奇功，你却毫无建树，所以你师傅才是天下第一的大英雄。"

听到九位仙女这样说，逢蒙很是懊恼，好胜心驱使他做出了一个歹毒的决定。他面无表情地对九位仙女说："你们等着，我一定会成为天下第一的，到时你们若是不肯嫁给我，我绝饶不了你们！"九位仙女见逢蒙已然中计，心中暗喜，忙说："只要你成为天下第一，我们就一定会嫁给你！"

其实，逢蒙早就对世人对自己的忽视有所不满。为什么自己与师傅技艺相当，但人们却只敬羿而不敬他逢蒙呢？再想到今天九位仙女的话，逢蒙越想越不服气，越想越为自己不平。他必须改变这种局面，除掉天下第一，那么他这个天下第二就可以荣升为天下第一了。当然，他也知道，杀死师傅绝非易事。两个人旗鼓相当，真刀真枪的较量很难分出胜负。所以，为了达到目的，他必须采取一些非常手段。

逢蒙找人打磨了十支箭，并将箭头浸泡在毒液之中，他希望一箭就让羿毙命。在逢蒙准备这些的时候，天上的雷神洞察了一切。他找到羿，将自己打造的十支箭交给羿，说："逢蒙这个人心肠歹毒，你必须对他有所防范。我这儿有十支箭交给你，以备防身之用。"羿不以为然地说："你别胡乱猜忌了，逢蒙是我的徒弟，一

直对我恭恭敬敬，怎么会害我呢？至于这十支箭，我只留下九支就足够了，当年我射日就用了九支箭，现在防身有九支也足矣。"雷神还想再说些什么，可羿已经转身去忙别的事了。

　　一天，羿正在森林中行走，忽然听到有弓弦响动。他忙拿出弓箭，向着发出响动的方位射出了一箭。原来，弓弦的响动正是逄蒙发出来的。他想趁羿不备，偷偷地射杀他。两支箭在半路针尖对麦芒，全部折断了。接着，逄蒙又发出了第二支箭，羿又还回了第二支箭。就这样你来我往，羿接连挡住了逄蒙发出的九支毒箭。可九箭射完，羿已经无箭可射，而逄蒙还有最后一支。当逄蒙向羿射出第十支箭的时候，羿应声倒地。

　　逄蒙正为自己的奸计得逞而暗自高兴，可当他上前去拔箭的时候，却发现那支箭并没有射中羿，而是被羿咬住了。逄蒙顿时吓得面如土色，向羿连连求饶。羿见逄蒙那可怜的样子，又动了恻隐之心，饶恕了逄蒙。但逄蒙并没有悔改，一计未成，他又心生一计。他偷偷削了一根桃木棍，趁羿不注意，一棍打死了羿。这次，羿没能逃脱，他真的死了，而且是死在自己最心爱的徒弟手中。

吴刚伐桂

　　嫦娥奔月以后，玉皇大帝便将广寒宫赏给了她。偌大的广寒宫只有嫦娥一个人，显得格外冷清。然而嫦娥是耐得住寂寞的，除了玉帝和王母娘娘召见，她平常很少出门，因此天上的神仙也难得见上这位美丽的仙女一面。尽管如此，嫦娥的美丽还是在天界传开了，众神常常在私底下议论这位美丽而清高的仙女。有些未曾见过嫦娥的神仙，更是满心期盼能见上嫦娥一面。

　　在天宫之中，负责把守南天门的是天将吴刚。一次，嫦娥拜见过王母娘娘后从南天门经过，恰好被正在执勤的吴刚看到了。吴刚早就听说了嫦娥的美丽，可百闻不如一见，这一见，就彻底俘虏了他的心，他已经完全被嫦娥迷住了。他很想上前去跟嫦娥打个招呼，可是嫦娥连看都没有看他一眼，就匆匆离开了。吴刚的心里一阵失落，要怎样做才能引起嫦娥的注意呢？

　　见过嫦娥的吴刚就像丢了魂儿一样，整日魂不守舍。他希望嫦娥能注意自己，可是这实在是太难了。别说自己只是一个守门的，不可能建立什么丰功伟绩，即使自己真的做出什么壮举，嫦娥整日将自己锁在广寒宫里，也是不会知道的。想来想去，他只好采取最笨的办法，亲自到广寒宫对嫦娥一吐相思之情。这样的举动当然是非常冒险的，嫦娥会不会接受他暂且不论，光是他妄动私情的行为就足以让他接受惩罚了。不过此时的吴刚已经顾不上那么多了，他的心里已经完全被嫦娥占据了。

　　这天，吴刚只身一人来到了广寒宫外。广寒宫大门紧闭，透着一股寒气。吴刚在外面徘徊了半天，却始终没有勇气敲开大门。他害怕嫦娥将自己拒之门外，更害

中国神话故事与民间传说

怕嫦娥一气之下将自己告到玉帝那里。就这样，他在广寒宫守了一天的门，什么也没做就回来了。回来后吴刚就后悔了，自己为何会如此胆小，竟然连敲门的勇气都没有。他下定决心，明天一定要见到嫦娥。

第二天，吴刚又来了。这次，他敲开了广寒宫的宫门。嫦娥见是一个不认识的天将，以为玉帝或王母娘娘有什么旨意，就客气地询问其来由。吴刚鼓足了勇气，向嫦娥表露了自己的爱慕之情。嫦娥听后气愤地说："将军快回去吧！以后不要说这些话了。"说完，嫦娥便关上了宫门，只留下愣在原地的吴刚。虽然吴刚早有心理准备，他知道嫦娥是不会轻易接受自己的，可是被拒绝的滋味实在是不好受。想他吴刚也是风度翩翩的美男子，爱慕他的仙女也不在少数，可为什么嫦娥会对自己如此冷淡呢？

吴刚垂头丧气地回到了自己的住所，脑中浮现着嫦娥美丽而冷漠的脸庞。吴刚心想，像嫦娥这样的绝美女子，是不可能不清高的，也许她只是故意拒绝自己，但心里并不讨厌自己。想到这儿，吴刚坚定了信念，那就是无论如何也要得到嫦娥。他相信只要让嫦娥感受到自己的真诚，她就一定会接受自己。此后，吴刚没事就往广寒宫跑。开始，嫦娥还打开宫门劝他离开，后来干脆连门都不开了。吴刚实在有些捉摸不透嫦娥的心思了，如果这是对自己的考验，那么也该考验够了吧！可为什么她现在连门都不开了呢？

吴刚还在广寒宫外揣摩着嫦娥的心思，那边玉帝却找上了门。原来，吴刚整日想着如何讨嫦娥欢心，常常在广寒宫外一坐就是一天，结果疏于职守，触怒了玉帝。当玉帝听说吴刚不在南天门把守的原因就是为了讨嫦娥欢心时，更加震怒，马上下令到广寒宫抓吴刚。吴刚知道自己犯了错误，他情愿接受玉帝的任何惩罚。玉帝说："既然你那么喜欢广寒宫，那么我就罚你到广寒宫去做苦力。"说着，玉帝带吴刚来到了广寒宫，指着后院的一棵桂树对吴刚说："你将这棵桂树砍倒之时，就是你重获自由之日。"吴刚想这有何难，自己两下就可以将其砍倒。他拿起斧头对着桂树狠狠地砍下去，桂树裂开了巨大的缝隙，可很快就恢复了原状。吴刚接着砍，桂树接着长。很快，吴刚已经累得满头大汗，可桂树仍然好好地立在那里。吴刚这才知道，自己是永无出头之日了。他开始懊悔自己的莽撞行为，可一切都已经太晚了。

从那以后，广寒宫里就又多了一位住客，这位住客就是吴刚。吴刚终于如愿以偿了，他是如此接近嫦娥，只可惜他连看嫦娥一眼的时间都没有。他只能在后院不停地砍伐桂树，日复一日，年复一年。每到月圆之夜，人们都可以看到月亮里有一个身影在不停地挥动着斧头，那个身影就是吴刚。当吴刚在月宫中渐渐醒悟的时候，玉帝也慢慢原谅了他。可是桂树不倒，他还是要继续砍下去。后来，玉帝特赦他可以偶尔出来走动走动，包括到人间游览。

吴刚希望为人间造福，他看到人间还没有桂树，就希望把天上的桂树带到人间。

杭州有个人称仙酒娘子的寡妇，心地善良，乐于助人，而且她酿造的酒甘醇可口，大家都喜欢喝。一天，仙酒娘子在门前发现了一个衣衫褴褛的乞丐，歪歪斜斜地倒在家门口。她见乞丐可怜，就把乞丐带回了家。乞丐说自己患了病，请求仙酒娘子照

顾自己一段时日。仙酒娘子答应了。可是寡妇门前是非多，渐渐地，传言四起，人们都不再登仙酒娘子的门，她的生意渐渐冷清，就快要支撑不下去了。见此情景，乞丐悄悄地离开了。

　　仙酒娘子不见了乞丐，忙四处寻找。在寻找乞丐的过程中，她见到一位白发苍苍的老汉。老汉渴得快不行了，他请求仙酒娘子给他点水喝。可是荒郊野外，哪来的水啊！情急之下，仙酒娘子割破自己的手指，用自己的鲜血为老人止了渴。老人满意地点了点头，交给她大量的桂树种子，并告诉她如何用桂花酿酒，之后便消失不见了。仙酒娘子知道自己遇到了神仙，高高兴兴地回家撒下了种子。很快，桂树长了起来，桂花香飘万里，附近的人又都来找仙酒娘子讨要桂树种子。不过只有善良的人种下的种子才能生根发芽，正因为如此，很多邪恶之人都走上了正路。其实，那个乞丐和老人都是吴刚变化的，他就是要找一个善良的人去播撒桂树的种子，以此来教导人们从善弃恶。

第十章　舜的传说

继母的虐待

　　舜的母亲去世后，他的父亲瞽叟又为他娶了个继母。这个继母为舜的父亲生了个男孩，取名为象。瞽叟本来对舜疼爱有加，可是舜的继母是个心肠不好的女人，她把舜当成眼中钉，百般刁难，经常不给他饭吃，还在瞽叟的面前说舜的坏话，不是说舜欺负了象，就是说舜不干活。瞽叟刚开始不相信这些话，但是时间长了，瞽叟对舜

就不如以前那样好了。

舜的弟弟象，和他的母亲一样刻薄，不仅陷害舜，还常常跑到瞽叟面前说舜欺负他。每当这时，瞽叟就会用手里的拐杖教训舜。舜怎么分辩也没有用，只能默默承受。

有一次，舜的继母出去办事，把象交给舜看管。舜非常头痛，因为他知道象是个专横、不讲道理的小孩，只要一不听象的话，自己的祸事就要到了，因此舜小心翼翼地带着象。

舜要去放牛，让象好好待在家里等他回来，可是象说什么也要和舜一起去放牛，舜说不过象，就带他一起去了。在放牛的路上，舜骑在牛背上，赶着牛往前走，很是悠闲。象在地上走，看到舜如此的舒服，心里非常生气。他大声地对舜说："哥哥，也让我骑下牛吧。"舜说："你还小，等你长大了再骑。"象一听不让他骑，马上就撒起泼来，躺在地上打滚，怎么叫也不起来。舜实在没有办法，就把象扶到了牛背上。骑了一会儿，舜看象还算听话，就把手松开了，到旁边去赶别的牛。

象看舜离开了，就不再像刚才那样乖了，对这头牛又踢又打。这头牛受不了虐待，就狂奔了起来。象大声喊起来："哥哥，哥哥，快来救我。"舜马上跑过去追牛，可是已经太晚了，象从牛背上摔了下来，脸、衣服全都摔破了，鲜血顺着脸淌了下来。象大叫起来："都赖你，我要回去告诉母亲。"说完就往家里跑。舜心里明白，今天又少不了一顿毒打。

象跑回家里，正好他的母亲从外面回来，看见自己儿子这般模样，顿时暴跳如雷，拉着象就来到了瞽叟跟前。她在瞽叟面前大喊大叫、大哭大闹，象也在旁边呜呜地哭。瞽叟实在听不下去了，挂着拐棍来到院中等舜。

这时，舜从外面赶着牛回来，看见瞽叟站在院中，赶忙跪在爹爹面前。瞽叟问舜是不是他把象弄成这个样子的。舜只得承认说是自己不小心让弟弟受伤了。瞽叟一听火冒三丈，举起手中的拐棍就向舜打去。舜跪在地上一动不动，任凭父亲责罚。舜的继母和象站在旁边偷偷地笑。

隔壁的邻居正好从舜家门口过，看见瞽叟正在打舜，忙上前阻挡，瞽叟这才停下了手中的拐杖。这时，舜的继母走过来对舜说："今天晚上罚你不准吃饭，还要把家里的活都干完才能睡觉。"

晚上躺在床上，舜遥望着窗外，想着自己的母亲，眼泪只能往肚子里咽。

虽然继母心肠歹毒，但是舜还是对她很孝敬。他总是想尽办法照顾弟弟，以博得继母的欢心。然而，舜的努力却丝毫感动不了他的继母，最后舜实在在家里待不下去了，就一个人搬到外面去住。在妫水附近，舜开垦了一块荒地，搭了两间茅草屋。

舜发明箫

在妫水附近定居下来后，舜发现这里的人们很不团结，经常为了一点小事争吵。舜想了许多方法感化他们都没有效果。

这天，舜到山上去打柴，干活累了，就在路旁的竹林里休息。坐在茂密的竹林里，听着风吹过竹叶发出的沙沙声，舜感到非常的舒畅。他想既然竹叶能发出这么好听的声音，那竹子的枝干是不是也会发出悦耳的声音呢？于是，他用刀砍下了一节竹子，将其修整成一寸大小。然后，放到嘴边去吹。呜……呜……呜，竹筒发出声音了，尽管不太好听，但舜却很高兴。

休息了一会儿，舜又继续砍柴。快到傍晚的时候，他背起柴火，拿着竹筒下山去了。走着走着，舜觉得很闷，就把竹筒拿出来吹。这时，竹筒发出来的声音没有刚才单调了，好像还出现了别的音符。舜很纳闷，仔细检查了一下竹筒。原来，不知道什么时候，竹筒上被虫子钻出了一个小洞。舜想既然竹筒上有洞，就可以发出其他的音符，要是多打几个洞，不就会发出更多的音符了吗？想到这儿，舜拿起刀在竹筒上又钻了几个小洞，竹筒的声音更加优美了。

从此，舜有了一个排忧解闷的好伙伴。累了的时候，他就吹响竹筒；想家的时候，他也吹响竹筒；在田间干活的时候，他还会吹竹筒给其他人听。听着优美的乐声，人们不自觉地就忘了疲劳。所以，每当干完一天的活，大家都会围在舜的身边听他吹竹筒。

有一天，舜正在田间干活。张家和李家为了土地分界线的事情吵了起来。张家说李家越界了，李家说张家偷偷挪了界石，越吵越凶，最后围了很多人。舜赶忙去劝解，可是怎么说都不管用，两家人谁也不让步。舜听着吵架声心里非常难过，他不明白人们为什么就不能好好地相处。

舜没办法了，就坐在旁边的土堆上，拿出竹筒吹了起来。曲调悠扬，人们不禁侧耳倾听。渐渐地，吵架的声音小了，大家都聚在舜的身边，听他吹竹筒。舜吹完了，大家还沉浸在其中。这时，张家的人突然说："都是我们不好，没看清界线。"李家的人说："我们也有错。"舜说："大家都谦让一下就没事了。"一场争吵就这么化解了。

舜回到村子里，看见两户渔民正在吵架。这家说那家占了自己的鱼塘，那家说这家抢了自己的鱼，吵得不可开交。刚才吵架的张家和李家正好也回到村子里，他

们就对舜说："舜，赶快吹你的竹筒，只要你一吹，他们就不会吵架了。我们就是被你的音乐声感化的。"舜赶紧拿出竹筒吹了起来。果然，渔民听到音乐就真的不吵了，还互相承认错误。

从那以后，只要有人家吵架，舜都会去吹竹筒。

村里人都知道舜有一个让人不吵架的宝贝，就来找舜学习吹竹筒。舜趁着这个机会，给村里人讲人与人相处的道理。渐渐地，这个村子里的人都和谐相处了，民风也变得淳朴了。

有人问舜这个神奇的竹筒叫什么，舜说："这个叫箫。因为它是用竹子做的，并且能消除人们的怒火，所以把它称为箫是再合适不过了。"

箫真的有这么大的威力么，我们不得而知。不过，西汉时期的张良就是用箫吹散了项羽的八千子弟兵。

尧王嫁女

尧王是上古时期部落联盟的首领，他爱民如子，英明果断，很受当时人民的爱戴。他有两个貌美如花的女儿，大女儿叫作娥皇，是尧王的养女；小女儿叫作女英，是尧王的亲生女儿。

娥皇聪明伶俐、心灵手巧；女英善良美丽，开朗活泼。这两个女儿是尧帝的掌上明珠，含在嘴里怕化了，捧在手里怕碎了。两个人虽然从小生在帝王家，可是没有一点小姐脾气，对周围的人都非常的友善。转眼间，娥皇和女英都到了该嫁人的年龄。

为了确保两个女儿的幸福，尧王要亲自为女儿们挑选女婿，于是，派大臣四处寻访优秀的人才。最后，舜成了尧王心目中的人选，他决定将女儿们嫁给舜。舜非常高兴，从此以后他就不再孤单了。可是又出现了新的问题，尧的两个女儿谁当正房、谁当偏房呢。娥皇和女英两个人都非常善良贤惠，他们都不在乎是当正房还是侧房。

尧的妻子却不这样想，她想让自己的亲生女儿做舜的正夫人，让养女去做偏房。尧王听了以后并不同意，但终究还是说不过妻子，最后只好用比赛来分胜负，胜出的人做正房。尧和群臣商量以后，出了三道考题。

◎中国神话故事与民间传说◎

第一道考题：煮豆子。尧王给两个女儿每人一斤豆子和五斤稻草，谁先把豆子煮熟谁就获胜。

娥皇虽然是尧王的女儿，但一点也不娇生惯养，经常亲自下厨做些父母爱吃的饭菜，所以这道考题一点也难不住她。她在锅里倒了一些水，将豆子放了进去，没过多久豆子就煮熟了。相反，女英对做饭一窍不通，她拿到豆子以后，在锅里放了许多水，等到稻草烧尽了，豆子还没有煮熟。这一回合的比试，当然是娥皇胜了。

第二道考题：纳鞋底。尧王分别分给两个女儿一双鞋底和纳鞋用的绳子，并规定谁先纳完鞋底谁就取得胜利。

娥皇是做鞋的高手，经常纳鞋底，手艺非常熟练。她先将纳鞋用的绳子分成小节，然后，才开始纳鞋底。这时，女英已经纳了一圈鞋底了。女英心想这回一定是自己领先了。没想到的是娥皇虽然动手慢，但是速度很快，不一会儿娥皇已经纳了大半只鞋底了。女英一见姐姐超过了自己，非常着急。俗话说忙中出乱，她越急就越纳不好，越急就越拽绳子，结果绳子打结，反而拽不动了。最后，娥皇赢得了这场比赛，她纳出来的鞋底平平展展，又好看又结实。再看妹妹女英纳的鞋底，凹凸不平。

尧王的妻子看自己的女儿输掉了两场比赛，就说尧王偏心。尧王也不与之理论。很快，姐妹俩出嫁的日子来到了，大家都准备好了送新娘子的车马。在动身之前，尧王出了第三道考题：比谁快。姐妹俩谁先到达舜的住处，谁就获胜。

这时候尧王的妻子说话了："娥皇是姐姐，应该坐马车，女英是妹妹，应该骑骡子。"尧王知道妻子偏心，但碍于情面，又不好说什么，就同意了妻子的建议。

女英一个人骑着骡子，在路上飞快地奔跑，很快就把姐姐甩在了后面。娥皇坐着马车，带着嫁妆在后面慢慢地前进。让人想不到的是，女英走到半路，骡子突然下崽了，这可真是天下奇闻。女英无法骑骡子了，只好徒步向舜家走去。这个时候，娥皇的马车恰好赶到。娥皇见妹妹徒步走在路上，很是心疼，急忙把妹妹拉上了马车。这样两人就一起乘坐马车开开心心地来到了舜的住处。

舜与娥皇、女英成亲之后，他对这两个妻子一视同仁，没有长幼偏正之分。姐妹两人齐心协力帮助舜料理家务，照顾老人，一时传为美谈。

恶徒们的阴谋

　　尧王把娥皇和女英两个女儿嫁给舜以后，还把葛布衣和一把琴赐给了舜，同时又派人修缮了舜的茅屋，给他盖了谷仓，送给他一群牛羊。舜成为天子的女婿以后，瞽叟一家人见他一下子平步青云，不仅娶了两个貌美的妻子，还有丰厚的家产，非常嫉妒。

　　舜成家以后，带着自己的妻子回家去看望父母和兄弟。舜带了好多礼物送给他们，还和从前一样，一点都不骄傲。瞽叟他们深受感动，主动和舜和好。这样，舜带着妻子又搬回家里住了。娥皇和女英一点没有贵族小姐的架子，主动承担起家务，对待公婆十分友好。

　　虽然这样，舜的弟弟象在心底还是不服气，总是想着要把舜弄死，好把两个嫂子夺过来。按当时的风俗，哥哥死了，嫂子就要下嫁给弟弟。舜的后母当然清楚自己亲生儿子的想法，为了帮助儿子达成心愿，她早就想干掉舜了。瞽叟是个糊涂人，一切都听妻子的，加上对舜的财产的觊觎，也同意干掉舜。这样，三个人不谋而合，每天趁舜出去干活的时候在一起商量阴谋诡计。最后，三个人终于定好了一条毒计。

　　一天，象来到舜的门口，说："哥哥，我们家的谷仓漏了，爹叫你过去修一修。"舜听了爽快地说："知道了，你告诉爹，明天一早我就过去修理。"

　　象走了以后，舜回到屋子里告诉妻子们明天要去帮父亲修谷仓。娥皇和女英一听，赶忙说："明天你不能去，他们想烧死你。"舜听后很吃惊，说："爹怎么能烧死我呢，再说，爹叫我做的事情，我怎么可以不做呢。"

　　娥皇和女英知道舜十分孝顺，就对舜说："明天你可以去，但得穿上我们给你做的新衣服，穿上这件衣服，你就能化险为夷了。"娥皇和女英不仅能未卜先知，还有神奇的法术。这天晚上，两姐妹一晚上没有睡觉，给舜做了一件绘有鸟形的衣服。

第二天，她们让舜穿上这件衣服，去给父亲修谷仓。

　　象等三人看见舜来了，心底里暗自高兴，但看见舜穿了一件花衣服很是奇怪。他们表面上对舜很亲热，又是端水，又是帮着舜拿梯子。舜看见他们这样心里很感动，还暗自埋怨妻子多疑了。舜来到一座高高的谷仓前，顺着梯子爬到了仓顶。这座谷仓年久失修，顶部都已经腐烂了。舜看到这儿，马上专心致志地干起活来。他们看见舜埋头干活，根本没注意他们，便马上把梯子撤掉，在谷仓下点起火来。

舜看见谷仓燃起熊熊大火，大喊道："父亲，你们这是干什么啊？"舜的后母露出狰狞的面目，狂笑着说："送你上天堂啊，傻孩子。"瞽叟在一旁帮腔："是啊，是啊。"象更是乐得手舞足蹈。

眼看谷仓的火快要烧到顶了，舜在上面无计可施。他心一横，决定从上面跳下来。当他张开双臂的时候，穿在身上的鸟衣突然舒展开来，舜像长出了两只翅膀一样，从谷仓上飞了下来，平平稳稳地落在了地上。那三人一个个惊得目瞪口呆。

舜从火海中逃了出来，那三人的阴谋落空了。

井底遁逃

舜的父亲、后妈还有狠毒的兄弟，一心想要置他于死地。眼看着舜从火海逃了出来，他们不甘心，决定再想个办法害舜。

经过了几天的商量，他们又想出了一条毒计。

这回，瞽叟亲自来到舜的家门口，坐在舜家的台阶上，边哭边说："儿子啊，上回我们那么做是一时糊涂，你就原谅我们吧，呜呜呜……"瞽叟就这样坐在舜的家门口，痛哭流涕。哭着哭着，又厚着脸皮说："儿子啊，我们家的井坏了，打不上来水，麻烦你明天帮爹修修。呜呜……爹就你这么一个好儿子。"

舜对瞽叟说："爹，你放心吧，明天我一定去。"

瞽叟走后，舜把这件事情告诉了娥皇和女英。妻子们说："这次也是凶多吉少，不过你放心吧，我们自有办法。"娥皇和女英回到屋子里，从娘家陪嫁带过来的一个大木箱子里拿出一块布料，要给舜做一件衣服。忙了一晚上，二人赶做了一件画着龙纹的衣服。第二天，她们叫舜把这件衣服穿在里面，到了危急时刻再脱去外衣。

舜穿着龙纹衣来到瞽叟家。他们见舜这一次没有穿什么奇装异服，暗自高兴，这回一定能够成功了。他们还像上一次那样，对舜十分殷勤。

舜拿着工具，来到井边。他让象在上面拿着绳子，自己则吊在绳子上，下到深井里。他刚到深井的底下，上面的绳子就被割断了。舜赶紧大喊，可是怎么喊都没有人回答自己。紧接着，从上面丢下来大大小小的石块。舜因为有过上次的经历，马上把旧衣服脱掉，露出龙纹衣。舜立刻变成一条金光闪闪的游龙，顺着井底的水道钻了进去，然后从别人家的井口钻了出来。

恶徒们以为这次舜一定死定了，因为井口被填得死死的，舜就是有天大的本事也飞不出来。他们又跳又叫，以为大功告成了，嚷着要去舜家分财产。

娥皇和女英这时候也听到了凶信。两个人不知道真假，在屋子里大声痛哭了起来。这时候，瞽叟、恶母、象得意忘形地走进了舜的家里。

象张开他那丑陋的嘴说："这个主意是我出的，所以舜的财产给谁也应该由我做主。财产我一份也不要，我只要那两个美人，剩下的你们自己分吧。"说完，就走进里屋。象看着两个美人，乐得嘴都合不上，正好看见墙上挂着一把琴，就取了下来，厚颜无耻地说："两位美人不要啼哭，我给你们弹奏一曲。"说完铮铮地弹了起来。娥皇和女英听到琴声哭得更加厉害了。

瞽叟和妻子在外屋就遗产如何分配吵得不可开交。瞽叟说："舜是我的儿子，他的家产都应该是我的。"恶妻说："我也养过他几天，怎么说也有我一份，你可不能独占。"两个人正吵得火热，舜从外面若无其事地走了进来。瞽叟和恶妻都惊得发不出声音来。

象在里屋觉得情况不对，抱着琴走了出来。他看见舜，吓得把琴都掉在了地上。这些恶徒都以为是舜的鬼魂来找他们算账了。

娥皇和女英看见丈夫回来了，高兴地飞奔过去。恶徒们这才反应过来，舜并没有死，一个个吓得不知道说什么好。

"哥，我们以为你死了，正在劝嫂子节哀顺变，处理家产呢，没想到你回来了，正好，我们也不用忙了。"象说完就带着瞽叟和自己的亲娘灰溜溜地逃走了。

舜天生宅心仁厚，虽然父母和兄弟几次三番谋害自己，但他还是像从前那样对待他们。邻里们听说了这些事情都夸舜品德端正。

又一个阴谋

虽然两次谋害舜都没有成功，但舜的父母和兄弟一点悔改的意思都没有。他们还在寻找机会，好置舜于死地。这一天，他们又想到了一条毒计，就是假意请舜喝酒，然后趁其醉酒，杀了他。

这回谁去请舜过来呢？恶徒们商量了一下，决定一起去请舜。

恶徒们来到舜的家门口，假装痛哭流涕，请求舜的原谅。舜看见父母和兄弟哭得这么伤心，心里十分难过，忙把他们让到屋子里。娥皇和女英听说瞽叟他们来了，赶紧从里屋出来。瞽叟拉着舜的手，泪流满面地说："以前是我们不对，这回我和你母亲特地准备了酒菜，向你赔罪，明天你一定要来啊。"

他们走了之后，娥皇和女英犯起愁来，不知道这次又会有什么阴谋诡计。舜不想去，可是考虑到都是自己的亲人，又不好不去。舜拿不定主意，只好向妻子们询问："明天去还是不去呢？你们都知道我不胜酒力啊。"娥皇和女英笑着对舜说："你放心吧，我们姐妹俩自然有妙法。"

她们说完，回到屋子里，从一个大箱子里拿出一包粉末，对舜说："你把这个药和黑狗屎和在一起，涂抹在身上，然后用清水洗净，明天你喝酒的时候就不会醉了。洗澡水我们已经帮你烧好了，现在就可以去洗。"舜接过这包粉末，马上照办。

瞽叟他们回到家以后也没有闲着。象把家里的刀具都找了出来，重新用磨刀石磨了一遍，然后把锋利的刀藏到了门后，就等着舜明天到来。

第二天一早，舜穿上干净的衣服，告别了妻子，来到瞽叟家。恶徒们看见舜真的来了，非常高兴。他们殷勤招待，不一会儿酒宴就摆好了。

象端起了酒杯说："哥哥，以前都是我不对，请哥哥一定原谅我。这杯酒是我的赔罪酒，哥哥一定要喝。"舜接过酒杯一饮而尽。喝了一杯又一杯，象看舜一点没有醉的迹象，就说："今天是赔罪酒，我们应该换大碗喝。"说完，把舜手里的小酒杯换成了大碗，舜接过来一饮而尽，丝毫不在乎。就这样，一碗又一碗，劝酒的人已经舌头打结，左右直晃了，舜还是那样清醒，好像刚才喝的都是白水一样。

最后，酒坛子里的酒全部喝光了，菜也全部吃完了。他们你看我，我看你，不知道还能用什么来招待舜。舜站起身来，向父母鞠躬告辞。这时，象突然站了起来，借着酒劲，拉着舜不让他走。他边打着酒嗝边说："哥哥，酒虽然喝完了，可是还有助兴节目呢。"说完，他从门后拿出一把刀，舞了起来。他一边舞一边用眼睛瞄着舜，想找个时机下手。舜明白象的意图，坐在那里看着，只要看见象的刀向自己挥来，就马上躲到后母的身后。一连几次，象看无法下手，只得作罢。

舜接受尧的考验

尧王年事已高，决定将王位传给一个可靠的人，在他心中，舜是一个不错的人选，可尧王还是有点不放心，决定考察一下舜的才能。

首先考察的是舜的政治才能。他把舜安排在朝堂上当官，先让他从最低级的官员做起，如果他做得好就可以升迁，直到把所有的官职都做一遍。舜虚心向其他官员学习，有不懂的地方及时请教，没过多久，就对每个职位了如指掌。他在自己的岗位上，任劳任怨、勤勤恳恳，没有一个大臣不夸奖舜的。没过几年，舜就把所有的官职都做了一遍。

在任职期间，舜不但将政事处理得井井有条，而且在用人方面也有独到的见解。舜启用了早有贤名的"八元""八恺"，舜命"八元"管土地，让"八恺"管教化；在处理"四凶族"（帝鸿氏的不才子浑敦、少皞氏的不才子穷奇、颛顼氏的不才子梼杌、缙云氏才子的不才子饕餮）的问题上，他并没有将这些人斩杀，而是将"四凶族"流放到边远的荒蛮之地。通过这些事情，舜展示了他治理国家的方略和政治才干。

其次考察的是舜的胆量和勇气。尧王对舜的政治才能十分满意，但不知舜是否有承担起天下的胆量和勇气，所以决定测试一下。

在尧王统治的区域内，有一片茂密的森林。这座森林常年笼罩在雾气当中，人一到里面就会迷路，并且虎豹豺狼很多，没有一个人可以从这片森林里活着走出来。尧王决定让舜到这个森林里走一遭，并且还要活着出来。娥皇和女英听说了这件事情后非常担心，但又不能用法术帮助舜。舜对她们说："你们放心吧，我以前经常在深山老林中打猎，十分熟悉森林的情况，那些猛兽都不是我的对手。"

在一个雷雨天，舜从容地走进了森林里。天空中雷电交加，森林里雾气缠绕，伸手不见五指，可舜一点也不害怕，径直地向前走去。这时，一条毒蛇从草丛中窜了出来，看见是舜，主动为他让路。虎豹豺狼看见了他，也躲得远远的。不一会儿，倾盆大雨从天而降，雨水打在舜的身上，把他全身都淋湿了。舜一点都不在乎，他停了下来，揉了揉眼睛，仔细辨认了一下方向，只看见周围的树像怪物一样，长着血盆大口。要是别人，一定会被这些景象吓得昏过去，可是勇敢的舜凭借自己的经验，在森林里走着，丝毫没有被周围的环境干扰，最后穿过了这片森林。在林子外等候的人们看见舜出来，都欢呼雀跃起来。娥皇和女英赶快跑到舜的身边，查看舜有没有受伤。

舜通过了尧王的两次考验，还剩下最后一个考验了。尧王把自己的九个儿子送到舜住的地方，让舜教导他们。尧王的这九个儿子十分顽劣，可以说是无恶不作。怎样才能将这九个人教化过来，舜真是下了一番苦心。他让这九个人和他一起到田间劳动，帮助他们改掉好吃懒做的坏习惯；在闲暇时间，舜会教这九个人弹琴、吹箫，用音乐净化他们的心灵；舜自己也不忘身体力行，虽然父亲、后母及兄弟象几次想害死舜，舜还是对父母十分孝顺，对兄弟关爱有加……尧的九个儿子被舜的德行感化，全都改邪归正了。

通过这几项考验以后，尧王决定将天子的位子禅让给舜。

舜继尧位

舜掌管政权以后，开展了一系列重大的政治活动。他重新修订了历法，对几项重要的祭祀活动做了明文规定，如每年都要祭祀上帝，祭祀天地四时，祭祀山川群神。为了表明新君主对各诸侯的认同，舜把诸侯的信圭收集起来，择定吉日，在国都召见了各地的诸侯，举行了一次隆重的授权典礼，重新颁发信圭给各封地的诸侯。

在舜即位的头一年，他亲自到各地巡狩，祭祀名山，召见诸侯，考察民情。同时还规定以后每五年都要巡狩一次，考察诸侯的政绩，用于赏罚。

舜还规范了国家的刑罚，即"象以典刑，流宥五刑"，就是在器物上画出五种刑罚的形状，起警诫作用；用流放的办法代替肉刑，以示宽大；虽然取代了肉刑，并不意味着刑罚不严，对不肯悔改的罪犯，舜又设立了鞭刑、扑刑、赎刑。

舜把共工流放到幽州，把驩兜流放到崇山，把三苗驱逐到三危，把治水无功的鲧流放到羽山，应该受到处罚的人都得到了应有的惩罚，天下人对舜更加敬仰和诚服。

舜即位 28 年后，尧才去世。三年服丧期满之后，舜便将王位传给了尧的儿子丹朱，自己隐居到南河。但是，天下诸侯还是将舜当成君主，每年都去朝见舜，从不把丹朱放在眼里。老百姓打官司，也都到舜那里去告状。民间的百姓编了许多歌谣赞颂舜。丹朱看见人心所向，决定将王位还给舜。

舜从丹朱手中接过政权以后，在政治上又进行了大刀阔斧的改革。禹、伯夷、夔、龙、垂、皋陶、契、弃、益等人都是舜手下的得力干将，但是他们的分工一直都不是很明确，这回，舜按照这些人各自的特点，明确了他们的职能。他任命禹担任司空，治理水土；任命弃担任后稷，掌管农业；任命契担任司徒，推行教化；任命

皋陶担任士，执掌刑法；任命垂担任共工，掌管百工；任命益担任虞，掌管山林；任命伯夷担任秩宗，主持礼仪；任命夔为乐官，掌管音乐和教育；任命龙担任纳言，负责发布命令，收集意见。职责明确了，这些人办起事情来更有效率了。这些人中成就最大的就是禹。当时，天下洪灾泛滥，舜帝派禹去治理水患。禹为了治理洪水，身先士卒，三过家门而不入。十三年过去了，禹终于平息了洪水，使天下的百姓过上了安定、幸福的生活。

舜还规定，三年考察一次各地官员的政绩，然后将这三次考察的成绩汇总，以决定提升或罢免。通过这样的改革，官员们以身作则，为老百姓解决了许多难题。国家各个方面都呈现出了新的面貌。

舜年老以后，认为自己的儿子商不具有担任君主的才能，于是向尧王学习，选了威望最高的禹为继任者。

舜帝审案

九嶷山上有一个宝洞，里面全是金灿灿的黄金。周边的老百姓耕种之余，还会进洞里挖些黄金制作成器物，或者打造成首饰，日子过得很快活。可是，没多久九嶷山有宝洞的消息却不胫而走，被两个大臣知晓了。这两个人，一个是娥皇、女英的哥哥，也就是国舅，叫作汤新；另一个是舜帝的侄儿，叫作吴礼。汤新又矮又胖，吴礼又瘦又高。两个人站在一起非常的滑稽。

这天，汤新来到吴礼的住处。汤新笑眯眯地说："老兄，想不想发财啊？"吴礼回道："当然想了。不知道有什么好办法啊？"汤新接着说："听说九嶷山附近有个宝洞，里面全是黄金。如果我们能到那里去做官的话，金子不就都归我们了嘛。"

吴礼皱着眉头说："可是到哪里做官，都要听从舜帝的安排。不是我们想去哪里就能去哪里的。"汤新说："这还不容易。我们两个人一起去求舜帝，说想尽自己的微

薄之力，为天下的百姓做点好事。九嶷山地处偏远，正是发挥聪明才干的好地方。舜帝一心爱民，听到我们的请求，一定会答应的。"

第二天，汤新和吴礼来到舜帝的身边，请求治理九嶷山这个地方。舜帝答应了他们的要求。

这两个人一到九嶷山，就迫不及待地颁布告示，宣

称九嶷山宝洞的黄金归公。汤新坐镇九嶷山下，防止百姓私自开采。吴礼则在山上组织人力开采。这里的老百姓看见国家派人治理金洞，非常高兴，都愿意为国家献出一份力。

可是，老百姓哪里想到这两个皇亲国戚都是财迷，自从他们来到了九嶷山，老百姓每天天没亮，就被逼着上山开采黄金，耕地全都荒废了，到处都是荒凉的景象。就这样，汤新和吴礼还嫌干得慢，连老弱病残都被赶到了山上，和那些精壮的劳动力一起干。老百姓忍气吞声，敢怒不敢言。

最后，金洞的黄金被开采光了。这两个财迷把开采出来的黄金都装进了自己的口袋里。汤新用黄金打造了一个一百多斤的金元宝，吴礼用黄金打造了一个二百多斤的大印。九嶷山的老百姓还以为开采黄金是为了造福全天下的人，没想到都落入了贪官的腰包。老百姓忍无可忍，决定向舜帝告发这两个大贪官。

他们联名写了一份状子，状词大意是：汤新和吴礼两位官员来到九嶷山后，强迫人民开采黄金，并把黄金私吞，老百姓怨声载道，恳请舜帝做主。

南巡的舜帝接到状子后大怒，赶忙来到九嶷山，把汤新和吴礼两个人找来问话。舜帝怒气冲冲地说："你们跟我说要为九嶷山的百姓造福，现在怎么却成了祸害百姓了呢？"

汤新和吴礼赶忙抵赖。舜帝见他们不承认，从袖子里拿出状子来，两个人哑口无言。他们以为自己是皇亲国戚，舜帝不会拿他们怎么样，所以一点都不害怕。汤新说："看在我妹妹娥皇和女英的面子上就饶了我吧。"吴礼也说："请叔父宽恕。"

舜帝看他们到现在还没有认识到错误，便勃然大怒："王子犯法与庶民同罪。"说完，让手下砍了汤新和吴礼的脑袋。

九嶷山的老百姓见舜帝如此公正，都欢呼起来，称舜帝是有道明君。

舜弹五弦琴

舜十分热爱音乐，他不仅发明了箫，改良了瑟，还用五弦琴创作出《南风歌》教化人民。

尧王把两个女儿嫁给舜的时候，赐给他一把五弦琴。舜不舍得用，就把它挂在了屋里的墙壁上，只有重要的节日，他才会拿下来弹奏一曲。别看舜不经常弹五弦琴，可是一旦拨弄起琴弦来，周围的人都会被他美妙的音乐吸引，不约而同地聚集在他的身边。

有一回，正好是尧王的寿辰，舜和妻子们决定回家祝寿。没有寿礼怎么能行呢？舜决定送给尧王一份特别的礼物，那就是为尧王弹奏五弦琴。舜将自己的想法告诉给了妻子们，她们都说这是个好主意。

尧王看见自己的女儿和女婿来给自己祝寿，高兴得合不拢嘴，赶忙让他们坐到自己的身边。大臣们一一奉上了寿礼，轮到舜的时候，他从座位上站了起来，说："父王，我准备弹奏一首曲子，作为寿礼。"说完，舜把五弦琴放在桌子上演奏起来。弹到高亢的地方，如激流从山间倾泻而下。弹到低回的地方，又如小溪潺潺流过。一曲过后，大家沉浸其中，好半天才回过神来。尧王更是被舜精湛的琴艺折服。

舜成为天子以后，他叫乐师延把父亲瞽叟制造的十五弦瑟再添上八弦，这样就成了二十三弦的瑟。这种瑟弹起来，音调更加丰富。同时，他命令乐师质整理帝喾时代乐师所作的《九招》《六英》《六列》几首乐曲。《九招》又叫《九韶》，是用箫和笙等乐器一起演奏的一种音乐，因此又叫作《箫韶》。

某天，舜帝无事，听乐官们演奏《九招》。听着听着，舜帝兴致大起，决定代替吹箫的乐工演奏。舜帝拿起箫吹了起来。在其他乐器的配合下，箫声清扬婉转，好像天上百鸟的鸣叫。乐声直入云霄，天宫中的凤凰听到了箫声，以为是百鸟来朝拜自己，赶忙飞了出来。哪里有什么百鸟啊。凤凰顺着音乐声，飞到了舜的跟前，才知道是箫的声音。凤凰非常高兴，在天空中盘旋了几圈，才离去。百姓们听说了这件事情，都说因为舜是英明的君主，才会天降祥瑞。

舜喜欢自己一个人在院子里弹五弦琴。有一天，他正在院子里乘凉，习习微风吹过，触动了舜的思绪。他拿出五弦琴，放在桌子上，屏气凝神，感受着风的清凉，慢慢地挥动手指。伴随着音乐声，即兴演唱了一首自己写作的《南风》。

"南方吹来的清凉的风啊，
可以清除人民的烦愁啊！
南方吹来的及时的风啊，
可以增长人民的财富啊！"

娥皇和女英在宫殿内听到了这首歌，来到了舜的身边说："听了天子唱的这首歌，臣妾们的内心深受感动。如果百姓们都能体会到你的苦心，怎愁天下不治啊！"舜听了两位妃子的话，感慨万千。

中国神话故事与民间传说

有个乐工偷偷地记录下了这首歌，将其传到了民间。老百姓听到了这首歌之后，都自觉遵守法度，人人和睦相处，天下成了太平盛世。

《史记·乐书》有这样的记载："故舜弹五弦之琴，歌《南风》之诗而天下治"，意思是因为舜演唱了《南风》歌，天下得到了治理。可见，礼乐教化在中国古代的重要性。

安葬九嶷山

舜死后，人们把他的尸体用瓦棺装好，埋在了九嶷山下。这九嶷山有九条溪流，每条都很相似，到山上的人都会被这样的地形迷惑住。据说，这就是那九条恶龙死后变成的。

在这座山上，有许多珍奇的怪兽，其中一种叫"委蛇"的动物最奇特。

委蛇是一种长着两颗脑袋的怪蛇。据说平常的人见到这种怪蛇就会死。春秋时期楚国的孙叔敖就见过这种怪蛇。那时他还是一个小孩子，在路边遇到了这种蛇。他听别人说起过看见这种两头蛇的人会死。孙叔敖想：我死了以后，这种蛇还会再出来害人，不如把它砸死。勇敢的少年拿起石头，朝蛇的脑袋砸去，结果蛇被打死了。少年挖了个坑，把蛇埋起来，以免别人看到。奇怪的是，这个少年并没有死，反而做了楚国的宰相。

这种双头蛇有时还以头戴红帽、身穿紫袍的形象出现。如果国王见到它，就会称雄天下。

相传，齐桓公打猎的时候，就见过这种红帽紫袍的怪蛇。当齐桓公的车从蛇的旁边经过时，那蛇扬起两个脑袋直勾勾地看着齐桓公。桓公看到这一景象，吓得魂飞魄散。回到宫里，越想越怕，整天打不起精神，变得病恹恹的。后来，齐国有一个贤士来见桓公，向他讲起了"委蛇"这种动物。桓公听着听着，觉得和自己看到的那条蛇很相似，就赶忙问委蛇的具体形状。贤士把两头蛇的形状仔细地说了一遍。最后说："凡是国王看到这种蛇，都会雄霸天下。"桓公一听，不禁露出了笑容，病也不知不觉地好了。这种能给人带来祸福的两头蛇，就生在舜埋葬的九嶷山下。

舜死了以后，他那改邪归正的弟弟象也从封地有鼻赶过来给他祭扫。象走了以后，人们就在舜坟墓的旁边造了一座亭子，叫作鼻亭，里面供奉着象的雕像。

下篇　民间传说

民间传说是广大人民群众自发的、世世代代口耳相传的一种文学形式。劳动人民在生产生活中用丰富的想象力，讲述了对现实生活的认识与思考。其中许多故事成了人们耳熟能详、脍炙人口的佳作，比如八仙过海、天仙配、柳毅传书等。民间传说在流传、讲述的过程中，经过了无数人的创造与发展，犹如一颗璀璨的明珠，给人以知识、鼓励和希望。

第一章　神怪趣闻

龙之九子

传说龙王有九个儿子，他们不但相貌长得不一样，而且脾气秉性也有很大的差异。龙王觉得儿子们长大了，不能再整天游手好闲地逛荡了，就想根据他们各自的性情能力，给它们安排一个合适的职位。于是，他就装成一个普通的老人，到九个儿子家探访。

龙王先来到了长子家，长子名叫赑屃。龙王一进院子，就看见赑屃正顶着一块大石头在练力气。龙王想，这孩子从小就负重耐劳，应该给他安排一个和这有关的差事。

龙王又来到老二家，老二名叫螭吻。龙王刚走到他家门口，就看见螭吻站在屋顶上，正在东张西望，很高兴的样子。龙王知道这孩子从小就喜欢登高望远，还能够吞火。心里一想，也就知道该给他安排到哪儿去了。

龙王离开螭吻家，向老三蒲牢家走去。哪知刚走到半路，就听见一个洪亮的吼声。龙王一听，这不正是蒲牢的声音吗？心想这孩子平生好鸣好吼，得给他安排一个合适的差事才好。

于是龙王转过身，又来到了老四家。老四名叫狴犴。还没进门，龙王就听见狴犴在屋子里高谈阔论，跟人辩驳着什么。龙王想这孩子天生相貌威武，又喜欢议论辩讼，应该把他安排到一个和这有关的地方去。

龙王又去看老五。老五名叫饕餮。一进门，就发现饕餮坐在屋里，张开大嘴，不停地吃啊吃。龙王心想这孩子还真是贪吃，将来可得安排一个和吃有关的差事给他。

龙王走着走着，来到了河边。一抬头，看见了自己的六儿子蚣蝮。蚣蝮正在河里玩水，一会儿喷水、一会儿游泳，玩得十分高兴。龙王知道这个儿子最喜欢水，心里也做好了打算。

龙王又掉头去看老七。老七名叫睚眦。离他家还有十里地，龙王就发现旁边一户人家也没有，从这里走过的行人，也都神色慌张、脚步匆匆的。龙王拉住了一个人，问是怎么回事，那人说："这位老先生，前面就是龙王七王子的住处了，他平生好斗喜杀，十分危险，我劝你还是不要往前走了！"龙王听了，心想，自己这个七儿子确实是好斗了一点，应该把他安排到和争斗有关的地方去。

龙王又来到老八家。老八名叫狻猊，平生喜静不喜动，又喜欢烟火。龙王进门一看，狻猊果然在家里焚香默坐呢。

最后，龙王又去看自己最小的儿子椒图。椒图平常就紧闭着口，什么话都不愿意多说。龙王来到他家门前，只见四面围墙高筑，不许闲人走近。龙王想了想，也知道该让椒图去做什么了。

考察完毕，龙王回了龙宫。第二天，他召九个儿子前来，对他们说："孩子们，你们都已经长大了，今天，我就将你们的职位分派好：老大性格沉稳，负重耐劳，今后就负责驮天下的石碑；老二螭吻喜欢登高望远，又会吞火，今后就站在宫殿和庙堂的屋脊两头，负责看守；老三蒲牢吼声洪亮，就做大钟上的钟钮；老四狴犴喜欢辩论，就担当监狱门上的装饰；老五饕餮天生好吃，就做钟鼎彝器上的装饰，随时都能吃到好东西；老六蚣蝮喜欢玩水，以后就在桥头上驻守；老七睚眦好斗喜杀，就趴在刀剑上，威慑敌人；老八狻猊性情和顺，又喜烟火，就专门看守香炉和佛座吧；老九椒图天生爱闭口，不喜欢闲人，就把守宫殿、庙宇和人们的家门吧。"

龙王的九个儿子领了旨，从此就担任着各自的任务，一直到了现在。

龙王扩海

"东海里，浪滔滔，一只小船摇呀摇。"在我们的印象里，东海一向是辽阔无边、碧波荡漾的一片水域。站在海边向海面上望去，映入眼帘的是一片无边无际的碧海蓝天，非常美丽。但是你知道吗？在很久很久以前，东海并不像我们今天所见到的这样大、这样美，它只是很小很小的一片水域。我们今天所见到的东海，是东海龙王用诡计夺来的。

那还是在很久以前，玉帝将敖广封为东海龙王，命令他掌管东海。东海边上有一个城，由妙庄王统治管理。敖广和妙庄王一开始关系很好，各自守着自己所管辖的地方，互不侵扰。

但不久以后，水族的数量越来越多，海里变得十分拥挤。小小的一片东海，已经快容纳不下这么多的水族了。敖广看到这样的情况，十分发愁。他想要扩大东海的面积，好让水族们都有居住的地方，不再拥挤。但他四周的土地和水域都有人管理，如果他私自占领，玉帝一定会责罚他的。

忽然，龙王想起一件事来：几年以前，不知是因为什么事，他曾经刮起大风大

中国神话故事与民间传说

浪，淹没了旁边城池的一大片土地，但事后妙庄王并没有来责问他，也没有向玉帝报告。敖广想了一想，心中便有了一个计划。

第二天，他装作十分殷勤的样子，拿着礼物去拜访妙庄王，跟他说了许多恭维的话。还说了些自己与他相邻而居，应当互相友好之类的话。妙庄王不知道是怎么回事，但收到了这么多礼物，心中还是十分高兴。后来敖广还邀请妙庄王去东海龙宫，准备了不少的美味珍馐来招待他，还让虾弹奏起优美的乐曲，穿着漂亮丝绸衣服的鱼美人们，随着乐声翩翩起舞。妙庄王哪里见过这样奇异美丽的景象，没多一会儿，就沉醉在这美景当中了。

后来，龙王经常请妙庄王来做客，甚至还将自己的女儿，长得非常漂亮的龙公主，嫁给他做妃子。妙庄王在龙王的计划当中，抵挡不住诱惑，一步步地沦陷下去。他开始不理朝政，不务政事，每天尽情享乐。不久，城里就变得一片混乱。龙王看到这种情况，心中暗喜，他连忙跑到天庭去，向玉帝报告，说："妙庄王不理政事，弄得老百姓怨声载道，城里一片混乱，已经找不到一个好人了，这样的城池，留着还有什么用，请玉帝下令，把它淹掉吧！"

玉帝听到妙庄王的所作所为，十分生气，刚要答应敖广的请求，忽然听到廷下有人反对，抬头一看，原来是八仙之一的吕洞宾。他向玉帝躬身揖了一揖，然后说："如果您下令水淹城池，会淹死多少无辜的人哪，我就不信，这个城里一个好人都找不到了！"

玉帝想了想，说："那这样吧，吕洞宾，朕派你下界查探，以三年为限，如果三年之内一个好人都找不到，朕就下令水淹此城。"吕洞宾领了旨，便下凡去了。

◎中国神话故事与民间传说◎

吕洞宾到了城里，在最热闹的地方开了一家油铺，不论卖油时卖出多少，每次都只要三枚铜钱。人们一听有这样的好事，都拿了很大的容器来买油，有的拿盆，有的拿瓶，甚至有的还拿缸来盛。见此情景，吕洞宾不禁叹了口气。

　　终于有一天，一个姑娘来到油铺，说自己是来还油的。姑娘名叫葛虹，她说自己拿着买到的油回家，被母亲责骂了一顿，告诉她不应该占别人的便宜，她自己也觉得很羞愧，就来还油了。吕洞宾一听，非常高兴，他终于找到一个好人了。他拿出一个水瓢，递给葛虹，并告诉她："在城门口，有一只石狮子，如果有一天你发现石狮子头上出血了，就赶快拿出这个水瓢，它会救你一命。"那石狮子其实是守护着此城的神兽，玉帝要水淹全城，一定会用血腥味将它召回天庭。所以吕洞宾告诉葛虹，一旦见到石狮子头上出血，就要马上逃跑。

　　这时，暗中注意吕洞宾一举一动的东海龙王看到他找到了好人，心里非常着急。于是他趁着夜色，将一盆猪血倒在了石狮子的头上。第二天，葛虹一见，知道大事不好，连忙向家跑去，但已经来不及了，石狮子大吼一声，凌空飞起，转瞬之间，大水已经吞噬城门。葛虹好不容易才跑到家，拿出水瓢，水瓢慢慢变大，成了一只小船，葛虹和母亲坐了上去，才发现全城已经变成了一片汪洋。

　　吕洞宾将葛虹母女救上岸，将她们安置在一小块陆地上，那原本是一座高山的山顶，现在只剩下一个尖了。葛虹母女所在的这个地方，无论敖广怎么兴风作浪，都无法淹没。她们就这样凭着自己的善良幸存了下来。

　　而这座城早已变成了一片汪洋，敖广的计划成功了，东海扩大了好几倍，变得无边无涯、辽阔无比。而那位昏庸的妙庄王，则被玉帝发配到了一个小岛上去了。

弥勒佛与新年

　　"大肚能容，容天下难容之事；开口便笑，笑世间可笑之人。"无论天南还是海北，我们去寺院的时候，常常能看到一尊长得胖乎乎、露着大肚皮、手携布袋席地而坐的胖菩萨，他张着大口，喜笑颜开，非常高兴的样子。这就是著名的弥勒佛。也有人称他布袋和尚。不过布袋和尚和弥勒佛并不是一个人，布袋和尚应该是弥勒佛的化身。但因为他们的样子很像，又有着这么深的渊源，所以后世也常常将他们看成一个人了。

　　传说弥勒佛的身体很胖，有着宽宽的大肚子，走起路来摇摇晃晃的。饿了就吃东西，困了随便找一个地方就睡着了。他常常用一根杖子挑着一个大布袋，在集市里走来走去，人们把吃的东西送给他，他就放进布袋里，但是从没有人见他把东西从布袋里倒出来过，一倒过来，那布袋又是空的。有人向弥勒佛请教佛法，他就把布袋子从肩头放下，如果那人不明白他的意思，还继续问，他就把布袋子提起来，头也不回地离开，一边走还一边捧腹大笑。

中国神话故事与民间传说

有个国家有一个暴君，在他的统治下，老百姓的日子过得非常痛苦。富的人越来越富，成了财主，穷的人越来越穷，成了长工。财主总是欺压长工，经常打骂他们。等到祭灶王爷的那一天，长工们就偷偷地来到灶王爷的画像前面，向灶王爷诉说他们生活的艰难和痛苦。灶王爷听了，十分可怜他们，就向玉帝报告说："现在人间的老百姓生活十分痛苦，时常没有饭吃，生病了也没有钱治病，请玉帝速派一位大神前去治理。"

玉帝听了，不禁大吃一惊，连忙颁下一道旨意，要派一个神仙去管理人间的衣食住行，让人们都过上幸福的日子。旨意虽然下来了，但是众神仙你看看我，我看看你，都不敢领这个旨。这时，有一个浑厚的声音响了起来："既然你们没有人去，那就让我去管理吧！"

大家一看，原来是胖乎乎、总是笑着的弥勒佛。玉帝见弥勒佛愿意去，就派他下凡去了。

弥勒佛到了人间，第一件事就是让人们过一个快快乐乐的年。他运用法力，变出了许多许多好东西，让人们吃好的、穿好的，不用干活。人们也就遵照他的吩咐，高高兴兴地放下手中的活计，开始办年货、赶大集，为过年准备起来。二十四，扫房子；二十五，磨豆腐；二十六，蒸馒头；二十七，杀年鸡；二十八，把面发；二十九，打黄酒；三十，吃扁食……同时，还要请各路神仙，准备好香箔纸锞，用来招待他们。到了大年初一，人人都穿上新衣服，戴上喜庆的配饰，放起鞭炮，互相祝贺，尽情地吃喝玩乐，共同庆祝新年的到来。

这样欢乐的日子持续了半个月，玉帝的棋都已经下完了。他见弥勒佛还没有回来，心里有些着急，便亲自下到人间察看。到了人间，他看到每个人都穿着崭新的衣服，吃着好吃的东西，却什么活也不做，这样下去可怎么得了啊。玉帝十分生气，就把弥勒佛找来，责问道："我派你到人间是让你掌管人间的事务的，谁叫你只让人们享福不干活？"弥勒佛还是那副笑呵呵的样子，说："陛下，你叫我掌管人们的衣食住行，可并没叫我让他们干活呀！"玉帝哑口无言。他后来想了想，觉得弥勒佛说的话也有些道理，便不再责怪他了。但是，这样的日子一年只能有一次，春节过了，就要继续下地干活。从此，春节就成了一年一度人们可以不用干活、尽情欢乐的日子。人们感念弥勒佛的好心，在寺院里立起他的塑像，年年都用香火来供奉他。

哪吒闹海

商朝的时候，陈唐关总兵李靖的夫人怀胎四年零八个月后，生下一个肉团。李靖非常生气，认为这是一个妖孽，便抽出宝剑一刀劈开。肉团裂开后，里面蹦出一个白白净净的小男孩，还高兴地抱着李靖的腿叫唤着："爸爸，爸爸。"

可李靖很不喜欢这个怪异的儿子，正在闷闷不乐的时候，一位叫太乙真人的仙人赶来贺喜，还要求收他为徒。太乙真人送给小男孩两件宝物，一件是名为乾坤圈的手镯，另一件是名为混天绫的红色肚兜，并给他取名为"哪吒"。

哪吒七岁那年，东海龙王一滴雨也没有下，田里的农作物都枯死了。有一天，天气炎热，哪吒和几个朋友去海边洗澡、戏水。这时，东海龙王的三太子敖丙带着一群虾兵蟹将来到海边，正想抓一些健康的、细皮嫩肉的小孩去"孝敬"龙王，没想到一上岸就遇到一群小孩，心里非常高兴。为了向太子邀功请赏，夜叉迫不及待地举起叉子向孩子们叉去。哪吒见了，连忙把乾坤圈扔过去，夜叉一命呜呼。太子见一个小孩胆敢杀掉自己的得力大将，又恼又气，举起长剑向他刺去，可是没有刺中，哪吒每次都灵巧地躲过了。三太子还是紧追不放，情急之下，哪吒取下混天绫向他抛过去。那混天绫变成一块很大的布，将三太子和那些虾兵蟹将包得严严实实。哪吒用乾坤圈一打，他们全部现出原形，死了。哪吒想到爸爸正缺少一根腰带，于是把三太子的龙身拿回了家。

龙王知道自己最心爱的儿子被打死后，非常悲痛，变成一个读书人进入李靖府

中，找他算账。李靖不相信龙王的话，说："不可能的，他只是一个小孩子，怎么可能杀死三太子和夜叉呢？"龙王说："不信，你自己去问他。"李靖在后花园里找到了哪吒，见他正在抽取龙身上的筋，知道闯了大祸，就问龙王打算怎么处置。龙王说要杀掉哪吒。李靖觉得事情本来是三太子挑起

◎中国神话故事与民间传说◎

的，况且哪吒只是一个七岁的小孩子，这种惩罚不公道，就拒绝了。龙王恨恨地说："那好，你不肯杀掉他，我现在就去天宫告状。"

哪知，哪吒抢先一步赶到南天门，挡住龙王的去路。龙王一见哪吒就气得两眼直冒火，举起大斧子气势汹汹地朝他砍去。可他哪里是哪吒的对手，不但没有伤着哪吒，反而被哪吒打得半死。哪吒见老龙王的鳞片特别大，又去揭他身上的鳞片，想带几片回去给小朋友们玩。龙王疼得连忙求饶。最后，龙王变成一条蚯蚓，钻到哪吒的小肚兜里，由哪吒带到东海里，并保证再也不去天宫告状了。

龙王回宫后，连夜纠集了北海、南海、西海三个龙王，发起了特大洪水，还把李靖绑起来。哪吒对龙王说："一人做事一人当，打死三太子的是我，打伤你的也是我，这跟我爸爸没有任何关系，你快把我爸爸放了。"龙王说："好，要我放了你爸爸也行，那你必须得死。"哪吒说："只要你答应我不伤害我的父母和其他人，我马上就死。"说着，就拔出宝剑，自杀了。龙王总算解了心头之恨，把李靖放了。

哪吒死后，太乙真人赶过来，用莲花和鲜藕做成人的身躯，把哪吒的灵魂招来："哪吒，哪吒，快过来，快复活。"那莲花和鲜藕做成的人果然变成了哪吒，还奇迹般地活了。

复活后的哪吒脚踏风火轮，手持尖火枪，比以前更加勇敢、英武了。他踏着风火轮再次来到龙宫，舞动着尖火枪，搅得海水如同沸水一样剧烈翻腾。哪吒如猛虎般径直冲入龙宫，谁也不敢阻拦。龙王哪里是哪吒的对手，斗不过几个回合，就被杀死了。

龙王死后，大害终于被除掉了，从此风调雨顺，人们又过上了太平日子。

八仙过海

相传在遥远的蓬莱仙岛上，曾经居住着一位名叫白云仙长的仙人，他是这蓬莱仙岛的守护人。有一天，蓬莱仙岛上的牡丹花盛开了，每一朵都娇艳欲滴，开得十分漂亮。白云仙长看到这美丽的景象，决定请八位仙人一起来赏花。这八位仙人是谁呢？他们是铁拐李、汉钟离、吕洞宾、韩湘子、曹国舅、张果老、蓝采和以及何仙姑。他们原本都是凡人，因为都怀有一颗拯救世人的心，又经过修炼，才得道成为仙人的。至于他们是如何得道成仙的故事，我们以后再讲，今天我们先来讲一讲这八仙过海的故事。

且说八仙参加完白云仙长的牡丹盛会，在回程的时候，来到了辽阔的东海边上。要越过东海，才能回到中原。这时，吕洞宾呵呵一笑，提议说："既然我们都是仙人，这次就不妨试一试我们各人的法力，用自己的神通渡过这大海，怎么样？"说完，就将自己的长剑向海里一扔，自己纵身一跳，跳到了长剑上。长剑所过之处，海浪纷纷向两边分开去。剩下的七位仙人一见，也都纷纷显出自己的神通。

中国神话故事与民间传说

铁拐李拿出装酒的葫芦，向海里一扔，葫芦瞬间变大，铁拐李向上轻轻一跳，正好坐在葫芦中间，晃晃悠悠就过了海；

曹国舅脚踏玉板，在浪涛间稳稳前行；

汉钟离打开蒲扇，迎风而飞；

蓝采和扔出花篮，喊了一声"大、大、大"，花篮瞬间变大，蓝采和跳上去，如同乘上了一条漂亮的花船；

韩湘子拿出玉箫，投进海中，玉箫迎风而长，劈风破浪，韩湘子站在上面，衣袂飘摆，俊逸非凡；

何仙姑默念咒语，将自己手中的莲花扔向海里，莲花变大，载着何仙姑稳稳前进；

张果老更是神通广大，他拍一拍自己的坐骑小银驴，驴儿就跳到海面上，踏浪前进。

一时间，长剑、葫芦、玉板、蒲扇、花篮、玉箫、莲花、银驴，都漂浮在海面上，八仙站在各自的宝物上，相视而笑，迎风前进，好不惬意。

但八仙在海面上这么一比不要紧，海面下的龙宫可乱了套。八仙在海面上纷纷使出神通渡海的时候，掀起了巨大的波浪，水下的龙宫也随之摇摇晃晃，几乎快要倒了。龙王连忙下令，让自己的三太子去看看发生了什么事情。

龙王三太子到海面上一看，八仙正坐着自己的宝物过海，弄得海面上波澜起伏，水下也摇摇晃晃。他气极了，对手下的虾兵蟹将一声令下，就要去抢八仙的宝物。八仙哪里肯让他们欺负，也都摆开了阵势准备迎战。

铁拐李将自己的拐杖往海里一插，口念咒语，微微一吹，海面上顿时燃起了熊熊大火，海水随之沸腾起来，整个东海都快要煮开了。水下面的龙宫里，虾兵蟹将被烧死了不少，龙王也被烫得伸着舌头，不停吐气，他连忙派人去找三太子回来，拉着他出了东海，径直到天宫报告玉帝去了。

玉帝听了东海龙王和龙王三太子的诉说，便派托塔李天王带着天兵天将下凡去，要捉拿八仙。在半路上，他们碰到了观世音菩萨。菩萨听说了事情的经过，就来到东海，对八仙说："你们用宝物渡海，弄得水下的龙宫晃动不宁，水族无法生活，龙王三太子虽也不对，但你们不应该火烧东海，让生灵涂炭啊。"八仙听了观世音菩萨的话，也觉得自己做得有些过分，就拜谢了观世音菩萨，将东海的大火熄灭了。龙王和三太子也回到了龙宫。

事情平息了，八仙拿出宝物，飘飘荡荡，继续在风平浪静的大海上迎风而行，最终渡过了辽阔的东海。这就是八仙过海，各显神通的故事。

李玄借尸还魂

我们前面说到要讲一讲八仙的故事。八仙里面，资历最老、成仙时间最早的，就要算是铁拐李了。

传说铁拐李原名李玄，本来是一个长得眉清目秀、身材高大的读书人。他每天都认真读书，希望能考得一个好功名。但谁知考场腐败，考官收了别人的贿赂，故意不让他考中。李玄十分灰心，便看破红尘，学道求仙去了。

李玄找了一个幽静偏僻的山洞，住了下来，每天潜心修炼，静坐沉思。但是好几年过去了，却仍然没有什么变化。他觉得自己无法得道的原因，是因为没有老师的指点。于是，他决定到华山去拜访太上老君李耳。

李玄一路跋山涉水，历尽千辛万苦，终于到了华山。他站在山顶上，向四面望去，没找到老子居住的地方，正在失望之际，忽然看到两个道童子向他走来。两个童子走到他面前问道："你是李玄吗？"

李玄说："是啊，二位怎么会知道我的名字？"道童说："我家师父早就知道你会到华山来找他，便命我二人来接你。"

"不知你家师父是哪一位？"

"正是你要拜访的太上老君。"

李玄听了，非常惊喜，便随两个童子来到了太上老君隐居的地方。

到了堂上，李玄看到一位道骨仙风的长髯老者坐在正中，知道他就是太上老君，便上前叩拜。老君听他讲完了来意，对他说道："学道是要靠自己修炼和领悟的，需要耐心和恒心，老师的指点是起不了太大作用的。你只管专心致志地去修炼，总会有成功的一天的。"

李玄受到教诲，拜谢了太上老君，回到自己原来的岩洞，继续潜心修炼。他常常凝神静思，还常到高山之巅吸风饮露，吐故纳新。渐渐地，他的境界有了很大的提升，可以使精神脱离身体，飘到很远的地方去。

一天，李玄正在山上修炼，忽然听得耳边仙乐飘飘，抬头一看，天上飞着一只仙鹤，仙鹤上坐着太上老君和宛丘两位仙人。老君对李玄说："我听闻你的道术大有长进，今日一见，果然如此。我和宛丘要到各地出游，想命你同去，十天以后，你神驰我处，切莫失约。"说完，就驾着仙鹤离开了。

◎中国神话故事与民间传说◎

十天过去了，李玄要赴老君之约，临走之前，他叮嘱一个叫作杨子的徒弟说："为师去赴老君之约，神魂离去，肉身留在这里，你要好好看护。如果过了七天，我的神魂还没有回来，你到时再将我的肉身焚化。"说完，李玄席地而坐，默念咒语，转眼之间，神魂就已经离开肉体，飘然而去。

杨子遵从老师的教诲，精心看护着老师的肉身，一步也不敢离开。就这样过了六天。可第七天，杨子的哥哥忽然来了，告诉他母亲病重，要他赶快回去。杨子又伤心又着急，指着师父的肉身，对哥哥说："师父的神魂离开肉身出游去了，我必须在这里小心看护，不能离开。"杨子的哥哥说："有谁死了六天还能活过来的，你还是快将你师父的肉身焚化，和我一起走吧。"说完，就叫杨子一起搬来柴草，把李玄的肉身焚化了。

李玄神游回来，辞别太上老君。临走时，老君对他说："辟谷不辟麦，车轻路亦熟。欲得旧形骸，正逢新面目。"李玄没明白其中的奥妙，便告辞离去了。回到岩洞中一看，不见自己的肉身，不禁大吃一惊，又在山坡上看到火烧的痕迹，才明白自己的肉身已经被焚化了。正在担心自己的神魂无处安身之际，他忽然发现前面不远处有一具乞丐的尸体，便顾不得细看，将自己的灵魂附在了上面。站起来一走，才发现原来这乞丐是个跛子。又到水边一照，只见自己衣衫褴褛，蓬头垢面，黑脸卷须，长得十分难看。正在垂头丧气的时候，忽然听见空中传来笑声。李玄回头一看，原来是太上老君。老君对他说："还记得我送你的那几句偈语吗？真正的道应该是在表象之外求得的，不可只看相貌。只要你功德圆满，便是得道真仙。"李玄顿时大彻大悟。老君又送他一只金箍、一根铁拐，自此，李玄功德圆满，得道成仙。因为老君送他的那根铁拐，所以人们又叫他"铁拐李"。

费长房拜师

话说铁拐李得到太上老君的点化，成为仙人以后，便经常手拄拐杖、背着药葫芦，在人间四处游历，为人们消灾解难。有一天，他来到了一个名叫汝南的地方，在熙熙攘攘的集市中，他远远地望见有一个人，身材挺拔，长相俊朗，正在集市上为人们调解纠纷。铁拐李一见这个人，便知道他有慧根，是可以点化的可造之才，于是，

◎中国神话故事与民间传说◎

他便变成了一个白胡子老头儿，手携药葫芦，在集市附近找了一个地方，开设医馆，为人们解除病痛。因为他的医术十分高明，不管什么样的疑难杂症，到了他这儿，都能药到病除。渐渐地，他的名声就传开了，来找他治病的人越来越多。人们都说，汝南来了一个好神医。但是，每天只要一散市，老神医便没了下落。很多人想找，可是都找不到他。

老神医的名声越来越大，后来终于有一天传到了掌管集市的官员费长房那里。这个费长房，就是当初铁拐李在集市上望见的那个人。费长房一听，就知道这位白胡子神医不是凡人。他便来到医馆附近，租了一间小楼，每天仔细观察老神医。后来他终于发现了其中的奥秘，原来老神医将一个药壶挂在房檐下面，等到人们离开以后，便会跳进这壶里面。因为他速度太快，所以常人都注意不到，只有费长房能够看到。他便走上前去，恭恭敬敬地向老神医行礼。老神医微微一笑，带着费长房一同进入了壶里。只见里面高堂广舍，奇花异草，犹如仙境一般。铁拐李拿出美酒佳肴来招待费长房，并对他说："其实我是仙人，来到这里是为了治病救人的，如今事情已经处理得差不多了，我要走了，你愿意跟着我吗？"费长房愿意跟随铁拐李学道，但是心里放不下家里的亲人父母，铁拐李看到他为难的样子，知道他心中所想，就随手折了一根青竹，递给费长房，让他回家以后挂在自己的房屋后面。

回到家以后，费长房按照铁拐李所说的做了。他家里的人看见费长房挂在屋后，以为他自杀死了，非常伤心，哭着将他埋葬了。而真正的费长房就站在院子当中，但是没有人看得见他。

从此，费长房便跟着铁拐李进入了深山密林之中，学道求仙。铁拐李问费长房说："你想要跟我学习什么道术呢？"费长房说："我希望能够看尽世界。"于是铁拐李便送给他一根缩地鞭，有了这根鞭子，想去哪里，只要将身体一缩，就可以立刻到达。学成以后，费长房便向铁拐李告辞回家。临行之前，铁拐李送他一根竹杖，并对他说："你骑上这根竹杖，很快就可以回到家。等你到了以后，把它扔进湖里，就可以了。"

费长房骑上竹杖，果然转眼之间就到了家里。他还以为自己才离开家十几天，谁知已经是十几年了。他把竹杖扔进湖里，竹杖入水以后，化作一条蛟龙，蜿蜒游走了。回到家里，他的家人都大吃一惊，认为他已经死了很久了。费长房对他们说："你们

埋葬的不过是一枝竹杖而已。"家人打开棺木一看，果然如此。

费长房从此就留在家乡，为人们治病解难，据说他还能赶走鬼怪，法力很高。

汉钟离成仙的故事

八仙之中，名气排在铁拐李之后的就是汉钟离了。传说他是汉代人，复姓钟离，所以人们都叫他作汉钟离。其实他的原名叫钟离权，父亲和哥哥都是汉朝时有名的大将。汉钟离生下来的时候，他的母亲梦见一个巨人走进自己的房间，弯下腰来，对她说："我是上古时候的黄神氏，要托生在这里了。"说完，就转身离去了。这时，只见一道奇异的光芒，如同烈火一般掠过天空，现出五颜六色的异彩。而也就在这个时刻，汉钟离出世了。他一生下来，就像三岁的孩子一般大，长着宽宽的额头、厚厚的耳朵，脸颊像苹果一样红润，非常精神。他生下来的前六天，不吃不喝，也不哭不闹，什么声音也不出。到了第七天，他忽然开口说话了，而且这句话一说出来，就吓了他父母一跳。原来他说，自己曾经"身游紫府、名书玉京"，原本是天上玉皇大帝仙班中的一员。他的父亲知晓自己的这个儿子并非凡人，便给他取名为"权"，就是因为他一生下来就具有知识，知道权衡轻重。

汉钟离长大以后，做了朝廷的大将军。有一次，他领着兵去打仗，但是因为奸臣陷害，只给了他两万老弱残兵。刚一交战，他就吃了败仗。汉钟离带着剩下的队伍，逃到了一个山谷当中，不久就迷了路。后来，他遇到了一个身穿草衣的僧人，那僧人带着他走了好几里地，到了一个村庄里面，并让他在一个小院里歇息。过了一会儿，忽然有一位身穿白鹿裘、手扶青藜杖的老人，来到他面前，问道："你莫非就是大将军钟离权吗？"钟离权十分吃惊，连忙答道："是。请问老先生如何知道？"老人向他讲述了自己的来历，原来这位老人就是东华真人，名叫王玄甫，是位得道仙人。此时汉钟离已有求仙之志，便拜老人为师，向他学习成仙之法。东华仙人便送他一部长生真诀、一颗金丹，以及一把青龙宝剑，又教他青龙剑法，引他学道求仙。此后，汉钟离便找了一处隐蔽的岩洞，潜心修炼。不久，他又遇到了一位华阳真人，教给他玉匣秘诀，汉钟离从此成了真仙。

成仙以后的汉钟离，头发梳成了丫髻，袒胸露腹，手里摇着一把蒲扇，整日笑呵呵的，似乎没什么本领，但实际上却法力高

强。此后，他有时当官，有时隐居，经历了魏、晋两个朝代。他在晋朝当大将军的时候，见皇帝昏庸无道，便辞官归去了。一直到唐末的时候，他才再度出现，度化了吕洞宾。

张果老的传说

"修成金骨炼归真，洞锁遗踪不计春，野草漫随青岭秀，闲花长对白云新。风摇翠筱敲寒玉，水激丹砂走素鳞。自是神仙多变异，肯教踪迹掩红尘。"在《全唐诗》里面，有这样一首名字叫作《题登真洞》的诗，传说这首诗的作者，就是八仙之一的张果老。

张果老据说是唐代玄宗时候的人，他姓张，名果，因为年纪很大，白须飘飘，所以人们又敬称他一个"老"字，就叫作"张果老"了。张果老经常骑着一头白色的小驴，来往于襄阳的名山秀水之间。这头小白驴十分奇异，它可以日行千里，比千里马跑得还要快。张果老不骑它的时候，就把它叠起来，大概只有纸片那么薄，放在箱子里，随身携带；等到需要骑的时候，就把它再拿出来，含一口水，往上一喷，小驴就又恢复原状了。

张果老也是很有善心的人，经常帮助老百姓排忧解难。他经常在距离邢州西北三十里左右的一座山上游玩，看见其中有清澈的泉水涓涓流出。他看到云梦山下面的老百姓因为缺水生活得十分困苦，就用手一指，原先干涸的井里，立刻就涌出了甘甜的泉水，至今那里的老百姓都感念着他的恩德。

后来，他有一次到赵州桥去，过桥之前，他问当地的人："这个桥我能过去吗？"众人都大笑起来，说："这桥坚固得很，车辆马匹，甚至犀牛大象从这里走，都好像什么都没有一样，更何况一头小小的驴儿呢？"张果老于是就骑着小驴，走到桥上，刚一上去，桥就开始摇晃起来，再走两步，桥动得更厉害了，就像马上要塌了一样。人们这才知道张果老是位仙人。

后来唐玄宗听说了张果老的故事，就派一个叫裴晤的官员去迎接张果老，请他进宫。张果老不愿意到宫里去，就在半路上倒地气绝，假装死去。裴晤连忙焚香祝裤，张果老这才苏醒过来，但仍然不愿意进宫去。后来唐玄宗又派了一个叫作徐峤的官员去请他，张果老感动于玄宗的诚意，这才随着官员一同来到皇宫里面。

到了宫里，玄宗对张果老十分敬重，礼遇有加。有一次，玄宗问他道："先生，你是得道之人，为什么头发这么白，牙齿也快要掉光了呢？"张果老回答道："我得道的时候，就是这个样子，今天陛下这样问，那我倒不如把牙齿和头发都拔去了更好。"说完，就拔掉了自己的白头发和牙齿。玄宗一看，连忙说："先生为什么要这样做呢？快去歇息一下吧。"过了一会儿，张果老从歇息的地方走了出来，玄宗一看，吓了一跳，原来张果老的头发和牙齿不但又重新长了出来，而且头发变得很黑，牙齿也变得很整齐，好像返老还童了一般。

唐玄宗非常佩服张果老的仙术，就赐予了他"银青光禄大夫"和"通玄先生"的名号，还想把自己的女儿玉真公主嫁给他，但是却被张果老婉言拒绝了。他唱道："娶妇得公主，十地升公府。人以为可喜，我以为可畏。"唱完，便从箱子里掏出小纸驴，骑上驴儿，驾着云气飞走了。

后来，张果老云游四方，便经常手拿渔鼓、铜板，一边走一边唱，点化世间的人们，为他们排忧除难。

何仙姑成仙的故事

何仙姑是八仙之中唯一的女子，她在八仙之中，就好像万绿丛中的一点红，十分引人注目。据说何仙姑原本叫作何秀姑，是湖南零陵人。传说她出生的时候，曾经有一团淡淡的紫气，笼罩在她家的上空，一群仙鹤在紫气之中上下飞舞。不一会儿，有一只矫健的梅花鹿驮着一个身穿红肚兜、头扎小辫的小女孩飞入何家，何仙姑就在这个时候诞生了。

何仙姑的父亲开了一家豆腐坊，何仙姑从小便帮父亲打理生意。十四岁那年，何仙姑跑到野外游玩，来到了一条清澈透亮的小溪边。何仙姑正在溪边玩耍，忽然听见有人在叫她，她抬起头来一看，站在面前的是三个很奇怪的人：一个手里拿着一根铁拐杖，头上戴着一个金发箍；另一个是一位白胡子老爷爷，倒骑在一头白色的小驴背上；还有一个人，身穿布袍，腰挂长剑，风神俊逸，道骨仙风。三个人问了她附近的一些路怎么走，还有关于当地山水的一些问题，何仙姑都十分伶俐地一一回答了，三个人都很满意。临走的时候，拄着铁拐杖的人送给她一只鲜嫩水灵的桃子，骑着小驴的老爷爷送她一颗朱红色的大枣，腰挂长剑的人从旁边的溪水里一捡，取出了一片闪耀着五彩光泽的云母片，送给了她，让她吃了下去。

说来也怪，自从吃下了这三样东西以后，何仙姑就再也不会感到饿了，而且精神比以前更好了。后来，这三位仙人还带她到她家附近的一座云母山上去，教她采撷和服食云母片的方法。此后，她就经常一个人到山上去，采食云母，调理气息。渐渐地，她觉得自己的身体变得越来越轻，可以在陡峭的山路上行走如飞。何仙姑还学会了采集药草、为人治病；此外，她还能预测一些人事的祸福。后来，人们渐渐地忘记了她的本名何秀姑，都称她为何仙姑了。那三位仙人，原来就是八仙之中的铁拐李、张果老和吕洞宾，听说她心地灵慧，特地来点化她的。

何仙姑的名声越来越大，后来传到了当时的女皇武则天那里。武则天原本就对佛道仙术很感兴趣，听说了何仙姑的神异，便派官员到零陵去请她。何仙姑随着官员，来到了当时的东都洛阳。在等待渡洛水的时候，忽然不见了她的踪影。官员们十分着急，连忙四处寻找，但是怎么也找不到。到了薄暮时分，众人正坐在河边发愁，忽然何仙姑从空中翩然而降，并告诉他们："我已经到过皇宫，见过女皇，你们可以回朝复命了。"说完，就飘然离去了。

使臣们回到皇宫一问，果然如此。何仙姑不但在那天下午来见过武后，还与她相谈了半日的时间。何仙姑劝武后要清心寡欲、努力修炼，还要多做善事，积累功德。何仙姑的这一番劝告，说得入情入理，令武后深受启发。

后来有一天，何仙姑忽然看到遥远的天空中，铁拐李正站在一朵五色祥云之中，挥舞着他的拐杖，仿佛是在召唤她。她心里一动，身体忽然变得很轻，渐渐地飞了起来，升入了天空。这时，她的一只珠鞋掉到了地上。第二天，珠鞋掉落的地方便多了一口水井，里面的水十分清澈甘甜。

据说很多年以后，已经成仙的何仙姑有一次到广东的一个荔枝园里游玩，偶然将自己的绿色衣带挂在了其中一棵荔枝树上。从此以后，这棵树上所结出的果实，都异常鲜美可口。因为这种荔枝从顶部到根蒂处，都带有一条淡淡的绿色线痕，又生长在广东的增城，所以得名"增城挂绿"，是荔枝中的名品。人们都说，这是因为沾了何仙姑的"仙气"的结果。至今，在零陵和增城等地，都有供奉何仙姑的庙宇，人们都十分感念她的恩德。

蓝采和的传说

在八仙之中，有一位神仙，无论长到多少岁，外貌都是小孩子的样子，他就是蓝采和。

据说蓝采和也是唐朝时候的人。他从小跟着爷爷学习医术，十八岁便成了一位医生。蓝采和心地善良，常常免费为穷人诊治疾病。他还经常手提竹篮，去山上采药。

有一天，他像往常一样，去山上采集药草，经过荷花塘的时候，他看到有一位老人，正卧在池塘的边上。他的肚子上，长了一个很大的毒疮，一边已经破了，黑黑的脓血从里面流了出来。蓝采和一看这种情况，连忙跑到老人身边，开始诊治。他用手挤疮，想要把脓血挤出来，但他挤了半天，脓血还是出不来。蓝采和非常着急，最后他一狠心，索性用口把脓血吸了出来。吸完了脓血，他便用自制的一张药膏贴在了老人的伤口上。处理完后，他刚松了一口气，没想到老人的伤口上却又流出血来。蓝采和不禁愣住了，这种药膏，是他自己研制出来的，可以说是百试百灵，很有效果，怎么这次会不管用呢？

蓝采和正想着，老人却忽然睁开了眼睛，冲着他喊道："傻瓜，伤口流血了，还不赶快去河边，用篮子给我提点水来洗洗啊！"

蓝采和吓了一跳，连忙拿上自己的竹篮，跑到河边，刚想要打水，却忽然反应过来：竹篮子又怎么可能打上水来呢？他把篮子放进河里，提上来，用最快的速度跑回老人的身边，却还是没有剩下几滴。

老人见状，又对他喊道："用水塘里的泥糊在篮子上，不就行了吗？真是笨蛋！"蓝采和无奈，只得照老人说的，又去提了一回，这回水倒是提上来了，但是水跟泥一混，变得十分浑浊，没办法洗了。

老人一看，十分生气，说："笨蛋！还不赶快把它倒掉，换一篮子清水来！"蓝采和心里窝火，却又十分可怜老人，不忍心抛下他就这样离开。正在发愁的时候，他听见一个清脆甜美的声音说："蓝大夫，为什么不试试用荷叶呢？"蓝采和回头一看，是一位非常端庄秀美的女子，正朝着他微笑。蓝采和恍然大悟，连忙按照女子所说的方法，摘下了几张宽大碧绿的荷叶，垫在篮子里面，提了一篮清澈的水来。他让老人躺在地上，把水轻轻地泼在他的伤口上，老人的大疮立刻就

中国神话故事与民间传说

不见了，皮肤变得平整光洁、完好如新。蓝采和非常惊讶，瞪大了眼睛，张着嘴，望着老人。老人微笑了，指着荷花塘中的水说："喝一口吧，看看是什么。"蓝采和迟疑了一下，就站起身来，走到荷塘边，用手掬起一捧水喝了下去。顿时，一股奇异的清香，沁入了他的五脏六腑。蓝采和觉得身体变得轻飘飘的，似乎能随着云气上下飘动。这时候，他再一看那老人，已变成了一位身材高大、手拿蒲扇的仙人，刚才的那位女子，手里拿着一朵荷花，站在他的旁边。他们二人正站在半空当中，脚下是奇异的五色祥云。蓝采和这才明白过来，原来这是两位仙人，特意来试验他的。只见那老者随手一拉，蓝采和和他的竹篮就离开了地面，三人登上五色祥云，一同飞升而去了。

这二位仙人，就是八仙中的汉钟离和何仙姑，他们是特地来度化蓝采和成仙的。从此，蓝采和也便成了八仙中的一员。

黄粱一梦

八仙里面，吕洞宾可以说是名声最大的一位了。提起他来，几乎没有谁不知道的。关于他也有很多的传说故事。传说吕洞宾原本叫作吕岩，"洞宾"是他的字。他是唐朝时候京兆府这个地方的人。据说他母亲生他的时候，屋子里忽然异香扑鼻，空中传来了悠扬的仙乐声，一只白鹤随着乐声从天上飞来，一直飞入了吕母的帐中。吕洞宾生下来，果然超凡脱俗，他从小就聪明过人，读书识字，过目不忘，出口成章。长大以后，就更是气度非凡。他原本就身材高大，又喜欢穿黄色的道衫，戴华阳巾，更显得他风神俊朗、仪度超然。

吕洞宾到了二十岁，母亲开始着急了。人家的孩子，十八九岁就已经成家立业了。但吕洞宾二十岁了，却还没有丝毫想要娶亲的意思。吕洞宾的母亲十分着急，但吕洞宾自己却一点儿都不将这件事放在心上。他每天除了读书练剑之外，还常常跑到附近的山上去游玩，探幽寻奇，不愿与俗人为伍。

有一次，吕洞宾去庐山游玩，遇上了一位仙风道骨的老人，老人见他颇有灵性，就传授了他一套剑法，名叫天遁剑法。这套剑法非常厉害，吕洞宾每日练习，不但剑法精进，还觉得身体也日益轻健。后来他才知道，原来那位老人是一位得道的仙人，名叫火龙真人。经过火龙真人的指点之后，吕洞宾对仙术道学越来越感兴趣，后来他索性远离了家乡，云游四方。有一年，他在长安漫游。在一间酒家喝酒的时候，碰到了一位隐士，这位隐士身穿青衣白袍，正在墙壁上题诗。吕洞宾见他所题写的诗飘逸优美，不禁喊了一声："好诗！"

那隐士转过头来，吕洞宾见他样貌不凡，便询问他的姓名。隐士见吕洞宾灵心慧性，又有意学道，便说："我叫作云房先生，住在终南山的鹤岭，你愿意和我一同回去吗？"

吕洞宾迟疑了一下，他心想：人间还有那么多有意思的东西，还有那么多我没有达到的目标，何苦非要去深山修炼呢？想到这里，他就没有答应云房先生的建议。

云房先生见吕洞宾不愿与自己同去，知道他凡心未了，也没有多说什么，还是继续和吕洞宾喝酒聊天，一直到了晚上，两人一同在酒肆里留宿。吕洞宾感到有些饿，正想去找些东西吃，云房先生拦住了他，说："我正好也饿了，这样吧，我去蒸一点饭，你就在房间里休息一下吧。"吕洞宾见状，也便没有推辞，回到房间里面，忽然觉得眼皮十分沉重，不一会儿，就睡着了。

醒了以后，他忽然发现自己身穿红袍，帽插宫花，正骑在一匹高头大马上。旁边还有很多随从，正吹吹打打地跟着他前行。他叫过来一个人，问道："这是要去什么地方？"随从说："老爷，您刚刚中了状元，又被丞相招为女婿，正要去相府成婚啊！"吕洞宾听了，有些纳闷，但也没有多问。后来，他娶了如花似玉的丞相千金，又成了朝廷里举足轻重的大臣，仕途得意，子孙满堂，享尽了荣华富贵。但与此同时，因为他的耿直和正义，也招来了朝廷里不少奸佞小人的嫉妒和怨恨。忽然有一天，皇帝颁下旨意，说他犯了大罪，家产全被没收，妻子儿女也要和他一同被斩首。吕洞宾惊出了一身冷汗，突然梦醒，他才知道刚才的一切，原来只是自己的一场梦而已。他觉得自己已经经过了生老病死，过去了很长的时间，但其实云房先生的饭还没有蒸熟。这个时候，云房先生端着黄粱米饭走了进来，微笑着吟道："黄粱犹未熟，一梦到华胥。"吕洞宾吃了一惊，说："先生怎么知道我刚才做的梦？"云房先生摇摇头："升沉百态，荣辱万端，五十年浑如一梦。得到并非欢喜，失去亦无所伤悲。人生原本如梦幻一场，又何苦苦心追逐？"吕洞宾顿时大彻大悟，领悟到人世间的一切荣华富贵、喜怒悲欢，原本都是空幻一场，便向云房先生深深一拜，说道："请先生收我为徒，准我跟随先生学道！"云房先生呵呵一笑，吕洞宾再起身时，见到站在自己面前的乃是一位头梳丫髻、手摇蒲扇的仙人，原来云房先生就是汉钟离所化。汉钟离伸手将吕洞宾搀扶起来，笑着说："总算为师没有看错人！"从此，吕洞宾就正式成为了汉钟离的徒弟，跟随他学习道术。

汉钟离十试吕洞宾

却说汉钟离收下吕洞宾作为徒弟以后，担心他心念不够专一，无法学习道术，便想用一些办法来考验他。一天，吕洞宾去外面办事，回到家里的时候，发现全家人都突然间病逝了。一般的人，见到这种情况，一定会非常悲伤，痛哭不止。但吕洞宾因为已经看破尘世，所以并不悲伤，只是买来棺木，准备埋葬他们。就在这个时候，家人们又一下子都活了过来。原来这是汉钟离对他的第一次考验。

第二次，汉钟离让吕洞宾去集市上卖东西，一个人走过来，与他刚刚谈好了价钱，却又突然反悔，只愿意支付一半的钱。吕洞宾丝毫没有计较，索性分文不取，将东西白送给对方，自己转身离去。汉钟离在一边看到，不禁微笑点头，十分满意。

到了大年初一的时候，有一个乞丐，坐在吕洞宾家的大门口，向他讨钱，吕洞宾稍微拿得慢了一些，那乞丐便破口大骂起来。吕洞宾没有生气，反而好言相劝，那乞丐才站起身来，笑着走了。这是第三次考验。

后来汉钟离让吕洞宾去山里放羊，吕洞宾放着放着，忽然跑出来一只大老虎，要吃掉羊。吕洞宾心中不忍，便挡在羊群前面，对老虎说："如果你一定要吃，那就吃我吧。"老虎叫了一声，便转头走了。这是汉钟离对他的第四次考验。

第五次，吕洞宾一个人在山中的茅草屋里读书，突然有一个年轻漂亮的女子敲门，自称在山里迷了路，想要借宿一晚。吕洞宾让她进屋休息，自己则在外面读书。半夜里，女子不安分起来，百般勾引吕洞宾，但吕洞宾丝毫不为所动，直至天明。

第六次，吕洞宾在山里采药，在一块地上挖出了好几十块金子。他不但不拿走，还连忙用土把它重新埋好。

第七次，吕洞宾在集市上买了几件铜器，拿回家一看，却变成了金子做的。他连忙找到那家店，将金器退了回去。

第八次，汉钟离装成一个疯道士，在集市上卖药，说：吃了我卖的药，会马上死去，然后下一世能得道成仙。旁人都不敢买。但吕洞宾却深信不疑，买了药然后吃下去，不但没有死，精神反而更好了。

有一次，吕洞宾划着一叶小舟渡江，到江心的时候，忽然狂风大作，江上波涛汹涌，小舟仿佛马上就要被淹没在江水之中。吕洞宾毫无惧色，独立舟中，一会儿风平浪静，吕洞宾平安地渡过了大江，没有丝毫损伤。这是第九次考验。

◎中国神话故事与民间传说◎

一天夜里，吕洞宾独自在家中静修，忽然见无数鬼神跑来，手拿刀枪棍棒，想要杀他，吕洞宾端坐于堂中，毫不理睬，不一会儿，只见鬼神们如烟雾一般，瞬间消失了踪影。又过了一会儿，只见几个鬼差押着一个囚犯，站在他的面前，那囚犯喊道："我是前世被你杀害的人，快点偿我命来！"吕洞宾笑道："杀人偿命，不过是一条性命罢了，且还你来！"说完，就抽出长剑，刚要刎颈自杀，只听一声大笑，鬼差、囚犯已不见，汉钟离自空中飞下，对吕洞宾说："好徒弟！如今十次考验你都已经通过了，日后你只要认真修炼，一定能够得道成仙。"从此以后，吕洞宾就跟随着汉钟离学习仙法，终于成为一位法力高强的仙人。

苟杳与吕洞宾

　　吕洞宾没有成仙之前，曾有一个同乡好友，叫作苟杳。苟杳从小父母双亡，家境十分贫寒。但他本人为人诚恳，读书勤奋，是一个忠厚可亲的人。吕洞宾见他聪明刻苦，很赏识他，便请他到自己的家中居住，希望他能成才。

　　苟杳感念吕洞宾的恩德，更加刻苦读书，渐渐小有所成。有一天，有一位姓林的客人到吕家做客，见苟杳刻苦用功，为人又忠厚老实，便向吕洞宾提议，想把自己的妹妹嫁给他。吕洞宾听了，便同意了。他对苟杳说了这件事。苟杳一听，喜出望外，没想到吕洞宾却接着说："不过贤弟啊，我有一个条件，等你成亲了以后，新娘子要先陪我三宿。"

　　苟杳听了，大吃一惊，心想，自己的大哥虽然平时风流放诞，不拘礼法，但他不是这种伤害别人的人啊，为什么会提出这种要求呢？他本不愿同意，但无奈自己寄住在人家家中，人在屋檐下，怎能不低头？思虑再三，他还是答应了。

　　成亲这天晚上，吕洞宾送走宾客，便径直走进了新房。新娘子正坐在床上。吕洞宾见状，笑了笑，也不说话，拿出一本书，坐在灯下，就埋头读了起来。林小姐左

等右等，也不见丈夫来掀自己的盖头，只好自己睡下了。等到天明醒来，吕洞宾早已出去了。一连三天都是如此，林小姐十分伤心，却也没有办法。

　　等到第四天晚上，苟杳刚一走进新房，就看到新娘正在低头落泪，边哭边说："郎君为什么一连三夜都不上床同眠，只顾低头读书？"苟杳听了，十分惊讶，这才反应过来，原来吕

洞宾是怕他贪恋欢愉，忘了读书，所以才用这个办法来激励他啊。

苟杳每日都用功读书，几年以后，他考中了进士，要去外地为官，便告别了吕家。一晃过了好几年。这一年夏天，吕洞宾家不慎失火，房屋、家产都被烧得所剩无几。吕洞宾便去找苟杳，想请他帮帮忙。

苟杳一见吕洞宾来了，非常高兴，欢迎备至。每天都用美酒佳肴来招待他，但就是绝口不提帮忙的事。见到这样的状况，吕洞宾心中明白，真是人间冷暖，世态炎凉，昨天还是朋友，转眼之间就不记从前的恩德。他一气之下，便不辞而别，离开了苟杳家。

等他回到家乡，老远就看见原先自己家的地方重新立起了好几间青砖碧瓦的新房子，他十分诧异，便连忙走过去，想要看个究竟。可他走到门前，就更吓了一跳：大门两旁贴了白纸，屋子里各处都挂着白色的灯笼，自己的妻子披麻戴孝，正在号啕痛哭。吕洞宾走上前去，叫了她一声。吕洞宾的妻子转头一看，吓得浑身颤抖，问："你是人还是鬼？"吕洞宾说："我当然是人了，不信你摸摸看。"他的妻子伸手摸了摸他，果然是人，才定下神来。吕洞宾非常奇怪，便问她到底发生了什么事情。

原来吕洞宾刚离开家，就来了一帮人，帮吕家重新盖起了房子，说是有人派他们来的。妻子原本十分高兴，可没想到前两天又来了一群人，抬来了一口棺材，说是吕洞宾在苟杳家生了急病，已经死了。吕洞宾的妻子一听，顿时哭得死去活来。今天原本正要下葬，没想到吕洞宾竟回来了。

吕洞宾一听，便明白了，这都是苟杳干的。他拿起一柄斧头，狠狠地劈开了苟杳派人送来的那口棺材，只听咔嚓一声，棺材裂开了，里面全是金银财宝，还有一封信。吕洞宾打开信，只见信上写道："苟杳不是负心郎，路送金银家盖房。你让我妻守空房，我让你妻哭断肠。"吕洞宾读罢，又气又笑，说道："真不愧是我的好贤弟啊！"

从此以后，吕苟两家的关系更好了。通过这个故事，人们还编成了一句俗语，就是"苟杳吕洞宾，不识好人心"。但因为"苟杳"和"狗咬"读音相同，所以传来传去，就成了"狗咬吕洞宾，不识好人心"了。

吕洞宾与白牡丹

吕洞宾成仙以后，时常骑着一只黄鹤，在人间四处遨游。有一天，他听说东都洛阳花开得正好，便腾云驾雾，来到了洛阳。看花的人很多，摩肩接踵。就在这熙熙攘攘的人流中间，吕洞宾偶然回首一望，忽然看到了一个清秀脱俗的女子。她身穿一身雪白的长裙，眉如新月，口点朱砂，一双动人的大眼睛，如同秋日深潭中的潭水一样清澈透亮。吕洞宾看到她时，那女子也碰巧看到了他，她发现吕洞宾一直望着他，只是笑了笑，便走开了。吕洞宾心想：我样貌非凡，别的女子看到我，都是十分

爱慕的，但唯独这个女子，却不理不睬。他觉得很有意思，便略施法术，将那女子头上的一朵珠花摘到自己手中，走上前去问道："小姐，这珠花是你掉的吗？"女子一笑，从吕洞宾手中接过珠花。吕洞宾又问："不知小姐姓甚名谁？"女子答道："小女子名叫白牡丹。"

吕洞宾自从见过白牡丹之后，便对她十分思念。后来经过一番打听，他才知道白牡丹原来是这城中最有名的歌舞伎。这一天，他便来到白牡丹栖身的歌楼，邀她出来相见。吕洞宾文采风流，长得又俊逸潇洒，调笑一番之后，白牡丹很快就被他吸引了。两人一个吹笛，一个弹琴，彼此应和，情意融融。吕洞宾便在白牡丹处留宿了几晚。

后来汉钟离听说了这件事，便利用下棋的机会问吕洞宾："听说你与一个叫白牡丹的女子在一起，可有此事吗？"

吕洞宾见自己的师父已经知道了，也不得不承认，便说："是。"

汉钟离叹了口气，说："你本是天上的东华上仙，因犯了天条，才被罚下人间，贬为凡人，如今眼看你修道已渐有所成，切不可因为贪恋美色而坏了道行啊！"

吕洞宾听了，十分惭愧，便下定决心，不再见白牡丹，骑上黄鹤，到丰都山专心修道去了。

转眼好几年过去了，有一天，吕洞宾再次经过洛阳，看到一个恶霸想要强抢一个女子。他看到那女子，觉得十分眼熟，定睛一看，原来是白牡丹。他三下两下打退了恶霸，将白牡丹救了下来。原来那个恶霸见白牡丹美貌，便逼她嫁给自己，白牡丹不从，那恶霸就想强行把她带回府，幸亏在半路上遇到了吕洞宾。白牡丹原本就非常想念吕洞宾，这次又被他所救，更是死心塌地，希望能够与吕洞宾一直在一起。

吕洞宾此时早已心静如水，不再贪恋情欲。他将白牡丹搀扶起来，对她说明了自己的真实身份，并劝她放下儿女情长，修习道术。白牡丹虽然还眷恋着吕洞宾，但也明白他此时已经看破尘世，便答应下来，从此在峨眉山专心修炼。

一晃又过去了很多年，这一天，吕洞宾骑着黄鹤，又一次来到了东都洛阳。奇怪的是，虽然是寒冷的冬天，花园里的百花却都开了，争奇斗艳，显得十分美丽。但在这百花之中，却找不到牡丹花的影子。吕洞宾仔细一看，原来牡丹花都被从土里拔了出来，扔得遍地都是，十分可怜。

吕洞宾非常惋惜，他四处寻找，好不容易才在一个角落里找到了一棵虽然奄奄

中国神话故事与民间传说

一息，但还活着的牡丹花，小心翼翼地放进自己的怀里，驾起祥云，向附近的山林飞去。

到了山里，他挖了一个土坑，把牡丹花从自己的怀里拿出来，种了下去，还捧来泉水，轻轻地浇在它上面。过了好一会儿，那株牡丹花才缓了过来。忽然，牡丹花四周升起一阵烟雾，渐渐地幻化成了一个女子的身形。她来到吕洞宾面前，深施一礼，说道："谢真人又搭救了我一次。"

吕洞宾听了，十分奇怪，便问："姑娘何出此言？"

女子抬头，已是泪眼盈盈，她哽咽着答道："吕真人，我是白牡丹啊！"

吕洞宾闻言，吃了一惊，他定睛一看，果真是当年曾与他有过一段情缘的白牡丹。他连忙把她扶起来，问道："这是怎么回事？"

白牡丹坐下来，对吕洞宾诉说了自己的经历。原来自从在峨眉山二人分别之后，白牡丹便一直认真修炼，终于得道成仙，奉命掌管牡丹花。这一年，女皇武则天要游上苑，就命令百花连夜开放，以供她明日观赏。百花虽然害怕寒冷，但又不敢违抗她的旨意，只得纷纷开放。唯有牡丹花天生一副傲骨，不愿向权势低头，便没有按时开放。武则天一怒之下，命令将洛阳城里的牡丹全部拔出，不许再种。这才有了吕洞宾所看到的那一幕。

吕洞宾听了以后，一面叹息，一面也为牡丹的傲骨所感动。他将白牡丹带回了天庭，将她安置在王母娘娘的御花园里。从此，白牡丹也成了天上的仙子了。吕、白二人情缘已了，从此各自修炼，后来都成为法力高强的仙人。

龙七公主赠洞箫

八仙里面有一位俊朗文雅、书生打扮的神仙，他就是韩湘子。传说他是唐代大文学家韩愈的侄孙子，自幼失去父母，由韩愈将他养大成人。韩愈本希望他能够努力攻读儒学，将来取得功名，为国效力。但韩湘子生性放荡不羁，对儒家学问没有兴趣，相反倒是十分喜欢读道家的书籍，向往自然。也正是由于这个原因，他与自小抚养自己长大成人的叔祖父韩愈之间不是十分愉快。在二十多岁的时候，韩湘子便拜别了韩愈，一个人去游历名山大川。后来在旅行的途中，他遇到了已经成

仙的吕洞宾。经过吕洞宾的点化，韩湘子很快得道。

有一年，韩湘子来到了东海之滨。他望着月光下波光粼粼的大海，心中有所感动，便拿出了随身携带的洞箫，轻轻地吹奏了起来。他的箫声深沉忧郁，悠扬的曲调，在静谧的夜空之中飘扬。大海仿佛都陶醉在了这优美的乐声中，静悄悄的，只听到海浪拍打的声音。

韩湘子忘情地吹着，不知过了多长时间，他才缓缓地睁开眼睛，重新凝望眼前的大海。这时，他发现有一条小鳗鱼，正伏在他脚下的岩石旁边，它浑身是银色的，在柔和的月光之下，显得更加闪亮。它的眼睛里，还闪烁着盈盈的泪光，仿佛还陶醉在韩湘子的箫声之中。

韩湘子见状，便俯下身来，笑着说："小鳗鱼，难道连你也能听懂我的箫声吗？"

出乎他意料的是，那条小鳗鱼居然直起身来，轻轻地点了点头。

韩湘子十分惊异，犹豫了一下，他又重新拿起了洞箫，放在嘴边，吹了起来。没想到，小银鳗随着他的箫声，跳起舞来。姿态优美，世间罕见。韩湘子不停地吹，它也就不停地跳。在银色的月光下，构成了一幅奇异美丽的图画。

这样的情况一连发生了三个晚上。韩湘子每天晚上都会到东海边来吹箫，小鳗鱼也每天都伴着他的箫声起舞。第四天的晚上，韩湘子照例来到海边，等来等去，却不见小鳗鱼的影子。他心中有些失望，正想回去的时候，忽然听到后面有人在喊他，他回头一看，原来是一位老婆婆。他赶忙迎上前去，问道："老婆婆，有什么事吗？"

老婆婆向他行了一礼，说道："仙人，我是东海龙宫中龙王七公主的仆从。实不相瞒，前几天来听您箫声的小鳗鱼，就是七公主变成的。她被您的箫声所吸引，所以来伴您歌舞。但这件事被龙王发现了，把她关了起来，不许她再来见您。公主感念您的箫声，今日特命我来，送上南海普陀神竹一枝，以供仙人制箫之用。希望您能用公主送您的这枝竹，吹出更加动听的乐曲来。"

说完，老婆婆便向海中纵身一跳，不见了。

后来，韩湘子将这枝神竹做成了洞箫，命名为紫金箫。这支箫的神奇之处在于，不论什么样的妖魔鬼怪，只要听到韩湘子吹起的箫声，便都乖乖降伏。这支箫也就成了韩湘子的法器，替他斩妖除魔，维护正义。

韩愈与韩湘子

等到韩湘子四处游历、遍览名山大川之后再回到长安，见到自己的叔祖父韩愈，已是二十多年之后了。韩湘子从小聪明灵慧，韩愈见他回来，仍希望他继续攻读儒学，但韩湘子此时潜心修道，对尘世的功名富贵，早已不关心了。经过吕洞宾的点化，他每日清心静修，阅读道术书籍。他也曾多次希望能够点化自己的叔祖父，但无奈韩愈一心想为国为民做出一番事业来，始终不悟。韩湘子也没有办法，只能陪伴在韩愈身边，保护

中国神话故事与民间传说

他免受小人的陷害。

有一年，韩愈的寿诞到了。他邀请了很多的宾客。韩湘子从外面回来，也向韩愈祝寿。韩愈见他又去外面了，心中不是十分高兴，便说道："韩湘，你天天在外面游荡，不务正业，你看看，就连外边的小贩也有一技之长，你天天如此胡闹，以后能做什么呢？"

韩湘子听了，笑了笑，便朗声回答道："叔祖，其实我也有一技之长，只是您不知道罢了。"

韩愈问："那你能做什么？"

韩湘子说："我不需要任何的材料，就能够酿出醇厚的美酒；我不需要等到春天，种下一粒种子，便能让它立刻开花。"

韩愈听了，立刻斥责他道："你也太狂妄了，这怎么可能呢？"

韩湘子微微一笑，并不反驳什么，他搬来一个大空酒坛，放在桌子上，在上面蒙上一块布。接着，他口中念念有词，念毕，用手一指酒坛，只听里面真的渐渐有了水声。人们打开一看，空酒坛里竟然装满了美酒。人们争着把酒倒进杯里，喝进嘴里。只感到一股奇香沁人心脾，美酒醇厚甘洌的香味瞬间充满了整个口腔。人们都说："真是好酒！"

韩湘子又拿来一个花盆，在花盆里面播下了一粒种子，念着咒语。没过多一会儿，只见两片嫩芽就破土而出了，转眼之间，嫩芽迅速长大、结苞，最后开出了一朵硕大的牡丹花。花瓣娇艳欲滴，十分美丽。

人们都惊讶极了，纷纷凑上前去看。韩愈也走上前去，仔细端详起来。这时，他看到牡丹花的一朵花瓣上写着两行小字："云横秦岭家何在？雪拥蓝关马不前。"他十分奇怪，便问韩湘子："这是什么意思？"

韩湘子笑笑，只说："叔祖，您以后会知道的。"说罢，就离开了。

很多年以后，韩愈因为劝谏皇帝不要崇信佛教，惹恼了皇帝，一些小人趁机落井下石，韩愈便遭到斥责，被贬到边远的潮州做官。走到一个叫蓝关的地方时，天上下起了大雪，道路湿滑泥泞，马儿纷纷停住了脚步，不肯前行。韩愈这时才忽然想起了韩湘子留给自己的那两句诗，说的不正是今日的情况吗？想到这里，韩愈不禁思念起自己的侄孙来。他虽然没有听从自己的话，考取功名，但平日里却对自己十分关心，保护自己不受小人的陷害。如今自己身处困境，他又在哪里呢？这样想着，他不由得仰天长叹："侄孙，你如今在何处啊！"

正在这时，只听得身后传来清脆的马蹄声，有人骑马追了上来。来到韩愈身前，他飞身下马，上前躬身行礼，道："叔祖，湘子来迟了。"

韩愈一看，正是自己的侄孙韩湘子。他又惊又喜，连忙将他搀了起来，问道："你怎么知道我在这里？"韩湘子说："我听说了叔祖您被贬到潮州，就赶紧骑马追来了。叔祖，您还记得我留给您的那两句诗吧？"见韩愈低头不语，韩湘子又接着说："叔祖，我早已对您说过，当今的朝廷里是容不下您这样的正直之士的，您还是和我一起离开这里吧。"

韩愈沉默了一会儿，最终还是摇了摇头，对他说："虽然如此，但百姓终究是无辜的，我还是希望能够用自己的力量，让他们的生活过得更好一些。"

虽然韩愈没有答应自己的请求，但韩湘子还是为自己叔祖的这种仁爱之心所感动。两人在驿站中彻夜长谈，第二天清晨，韩湘子便拜别韩愈而去了。临走前，他对韩愈说："叔祖，您不必担心，过不了多久，您就可以回到朝中。"

果然，不久，韩愈就被皇帝召回了京城。而韩湘子也得道成仙，云游四方去了。

曹国舅的传说

八仙之中，唯一一个曾经做过官的，就是曹国舅了。据说曹国舅原本叫曹景休，是宋朝一位皇后的大弟弟，所以别人都尊称他为国舅。曹国舅本人谦和有礼，待人亲切，不贪图功名富贵，平日里爱读道家书籍，喜欢清心幽静。老百姓也都十分爱戴他。但曹国舅有一个弟弟，被称为二国舅，却飞扬跋扈，凶恶狠毒。他仗着自己是皇帝的亲戚，平日里横行霸道，为非作歹。有一次，曹国舅出门办事，刚刚走到门口，就遇到了几个哭得很伤心的老百姓。他一问之下，才知道是自己的弟弟强占了人家的田产，不但不给他们钱，还派了打手打了他们一顿。这几个老百姓实在没有办法，便来找曹国舅申诉冤情。

曹国舅一听，非常气愤。他派人带着几个老百姓去治伤，自己回到府里，找到了弟弟，责问他是不是

有这么回事。没想到弟弟不但不承认错误，还认为这没什么大不了的。曹国舅非常生气，却也没有办法。

曹国舅的弟弟总是这样仗势欺人、为非作歹，曹国舅屡次规劝他，他不但不听，反倒把曹国舅视为仇人。为了谋夺家财，曹国舅的弟弟甚至设了计谋，想要杀死自己的哥哥。曹国舅眼见如此，失望至极，不禁长叹一声，说道："天下之理，积善者昌，积恶者亡。今日你为非作歹，他日必遭惩罚。到了那时，哪怕你只想牵着一条黄狗，自由自在地在东门外遨游，也是不可能的了。你好自为之吧。"

从此，曹国舅散尽家财，周济穷苦之人，辞别了家人和朋友，身着道服，云游四方。多年以后的一天，他正在深山之中静心修炼，忽然有两个人来到了他的面前。其中一个人问道："你在修炼什么？"曹国舅回答："修炼道。"那人微微一笑，又问道："道在哪里？"曹国舅没有回答，只是用手指了指天。那人又问："那天又在哪里？"国舅指了指自己的心。二人相互看了一眼，笑道："道即天，天即心，看来你已经明白道的真义了。"这两个人其实就是汉钟离和吕洞宾。他们见曹国舅已有所领悟，便送给他一本《还真秘旨》，让他好好修炼。没过多久，曹国舅便得道成仙，成为八仙之一。

很多年以后，成仙之后的曹国舅再度回到自己的家乡，才知道自己的弟弟由于作恶多端，已经被投入监牢，按律处死了。他叹了口气，说道："早知今日，又何必当初呢？"说完，便转身离去了。

曹国舅虽然成了仙人，但他所穿的，仍然还是那一身官服。腰系玉带，手持玉板，为百姓们伸张正义、消灾解难。

太岁头上动土

相传在大禹治水之前，天上一下暴雨地上就会有水灾。而当时人们的房子都是用茅草盖的，所以经受不住洪水的侵袭。洪水退后，人们就会流离失所，到处找山洞暂住。那时有个小伙子叫晋安，他见房屋倒塌，人们居无定所，于是就到兜率宫找太上老君商量对策。

这一天，晋安找到太上老君。他走进兜率宫，见太上老君正在一心一意地炼丹，而对人间洪水泛滥的情况却不闻不问，于是难以抑制心中的不满，上前一步道："太上老君，如今人间发了洪水，百姓死的死、逃的逃，你还有心情在这里

炼丹吗？"哪知太上老君却说："你找错人了，这事哪里归我管呢！"晋安见太上老君并不上心，于是恳切地说道："这平原上住了千百万百姓，他们现在流离失所，没地方居住。都说你菩萨心肠，神通广大，请你给想个办法吧！"太上老君觉得他说得在理，于是放下手里的活计，沉思了良久说道："水火相克，如果用火烧土砌成砖墙来盖房子，水就难以冲毁它了。"晋安大喜，又接着问道："该怎么烧砖呢？还请您老赐教。"太上老君答道："制成土坯烧上七昼夜。烧的方法就如我炼丹一样，要能将热气聚集起来。"晋安很聪明，他听后立刻明白了太上老君的话，下到凡间去了。

晋安回去以后，立刻仿照炼丹炉制成了一个大土窑。他将制好的土坯有规则地放进窑里，然后将窑顶用土封了起来，经过七天七夜，土坯果然烧成了砖。晋安非常高兴，但是他立刻想到，有了砖还不够，怎样才能将房子盖起来呢？总不能用泥巴将它们固定在一起吧，这样大水一来，房子还是会倒啊。于是他又到天上找太上老君去了。

太上老君见晋安又来了，于是问道："砖没烧成吗？"晋安便说明了来意。太上老君听了哈哈大笑，说："这地上有种石头叫作石灰，火烧后会成为白色石块或石粉。之后再用水浸泡上两天，就是砌墙的绝好材料。"晋安听了忙给太上老君叩头，然后高高兴兴地下凡去了。这之后，晋安将这个主意告诉了天下的百姓，他们挖土制砖盖房子，忙得不亦乐乎。

有个管理凡间土地的神仙叫作太岁，他喜欢到处游玩。这天，他游玩归来，见百姓都在动土，顿时大怒，于是派手下查明事情的来由。手下回来报告说："有个叫晋安的人，是他在带领大家盖房子。"太岁很生气，说道："这小子真是吃了熊心豹子胆，敢在我太岁头上动土。快将他拿下，我要亲自问问他！"手下于是将晋安带到太岁面前，只听太岁大吼道："大胆晋安，是谁指使你随便动土的！"晋安知道太岁正在气头上，于是恭恭敬敬地回答道："太岁您别生气。洪水冲毁了百姓的房屋，百姓没地方居住，我只好挖土烧砖，带领百姓重建家园。由于此事紧急，没有及时通知您，还请您见谅。"谁知太岁是个暴脾气，他才不管那许多，只说："你没经过我的同意就

动了我的土，就要受到惩罚。"说着就叫来手下将晋安拖出去，先打上四十大板再说。晋安一看不好，说："慢着，这事是经过太上老君允许的，我们去找他评评理。"太岁一听这事牵扯到太上老君，也不好妄下结论，于是勉强答应了。

太上老君闻讯就来到了凡间，太岁见了忙上前问道："听

说这小子动土是经过您的指点，如今您倒是给评评理，也不跟我打声招呼，该当何罪！"太上老君听后，故意大声呵斥晋安道："这就是你的不对了，快回去准备些酒菜，给太岁赔罪。"之后他叫上太岁，来到晋安的砖窑，说："我们进去看看吧。"太岁也没在意，就跟着太上老君进去了。之后他们坐在一个烟洞房里谈话。烟洞房里的温度极高，烟雾也很浓，太岁坐了一会儿就坐不住了，要往外走。太上老君却死死地拉住他，故意说："太岁别走啊，晋安还没有来赔罪，你别说走就走呢。"此时的太岁被烟熏得眼泪都流出来了，他连连打喷嚏，再也受不了了，于是松口道："罢了罢了，他动土也是为了百姓嘛，就算了吧。"说罢他甩开了太上老君的手，赶紧跑出了烟洞房。

之后，晋安带领百姓造了很多砖房，这种房子不怕洪水冲袭，百姓都过上了幸福的生活。

黄大仙的传说

在浙江金华的赤松山，有一座宏伟壮丽的二仙殿，它背靠巍巍青山，面对悠悠碧水，景色非常美丽。这里，就是传说中赤松道人黄大仙得道成仙的地方。

黄大仙本名叫黄初平，因为在赤松山修炼成仙，所以又号赤松子。传说他本来是天上的施雨神，一次，玉帝命他降下大雨，三日三夜，不得停歇。黄大仙不忍见到人间洪水泛滥、暴雨成灾，于是私自停雨，被玉帝知道了，将他贬为凡人。

被贬下凡间的黄大仙，降生在一个贫民家庭，被起名为黄初平。因为家里十分贫穷，八岁的时候，黄初平就开始牧羊了。他每天赶着羊群上山，一边放羊，一边欣赏着山中的朝晖夕阴，风云变幻。久而久之，他便对山中的气候变化了如指掌。他也熟悉星辰的起落、草木的特性和鸟兽来往的踪迹。优美宁静的大自然也造就了他温和灵敏的性格，使他为人谦和、从容。

十五岁那一年，黄初平牧羊的时候，在山上遇到了一个老人。老人对他说："我的腿受伤了，你能帮帮我吗？"黄初平立刻找了一些可以疗伤去毒的草药，研出汁液，给老人敷上。老人站起身来，走了两步，腿上的伤已经差不多好了。老人很高兴，便向黄初平道谢，黄初平连忙躬身答礼，说："这是我应该做的，您不用客气。"

老人呵呵一笑，黄初平只觉面前金光一闪，再抬头的时候，哪里还有什么受伤的老人，只见一位鹤发童颜、仙风道骨的真人站在自己面前。老人将黄初平搀扶起来，对他说："我乃是天上的真人广成子，见你聪明善良，特来点化你的。"黄初平又惊又喜，连忙跪地拜谢。从此，黄初平便跟随着广成子，在金华的赤松山石洞中学道。黄初平这一走，就是很多年，家中的亲人不知道他去了哪里，都非常着急。他有一个哥哥，名叫黄初起，在家中苦等弟弟回来，等了很多年，却都不见他的踪影。于是，黄初起下定决心，外出游历，寻找弟弟。

很多年以后，他在集市中遇到了一个道士。黄初起向道士问起弟弟的下落，道士为他卜了一卦，告诉他在金华的赤松山，有一个牧羊人和他要找的人很相似。黄初起听了，十分高兴，连忙拜谢道士。道士说道："不用道谢，你且把眼睛闭上，随着我来。"黄初起心中疑惑，却还是按道士的话做了。忽然，他听得耳边风声大作，等他再睁开眼的时候，已经站在一个石洞前面了。

初起环顾四周，不知是什么地方，正想找一个人问问时，却见从石洞中走出来一位道士，不是别人，正是他失踪多年的弟弟初平。他连忙走上前去，喊住了弟弟。黄初平见是哥哥，也非常激动。兄弟相见，彼此都热泪盈眶。

初平问起初起，是如何找到这里来的，初起对他讲述了自己的经历。初平听了，便说："哥哥，那位道士可能就是点化我的仙人广成子，不忍你我兄弟离别，特意带你到这里来的。"初起听了，十分惊异。初平又对他讲述了自己得广成子点化，遂在此地潜心修道的经历，并引导、启发哥哥，劝他抛却凡尘，一心向道。在初平的启发下，初起也有所领悟，于是便留了下来，和弟弟一起修炼。不久，他们就双双得道成仙了。

黄初平成仙以后，不但在家乡造福黎民百姓，还云游四方，劝善助人，除暴安良。他擅长炼丹和医术，曾经救过很多人的性命。他法力高强，惩治了很多强占一方、欺压良民的贪官恶霸。他心地宽厚仁慈、有求必应，被百姓们尊为财神和吉祥之神，崇敬非常。至今在全国各地，还有很多黄大仙祠，香火鼎盛。

张天师的传说

张天师指的是东汉时期五斗米道的创立者张陵，因其自称是受太上老君之命为天师，所以被人们称为张天师。传说他神通广大，能用符咒破除"五毒"，消灾避祸，用雷霆驱散"五鬼"，镇妖驱邪。他常常身着道袍，身边环侍一龙一虎，作为护法，非常威武。

传说张陵的祖父名叫张刚，原本是乡下一个卖油的农夫。当地有一个大财主，因为要埋葬先人，请了一位风水先生来挑选合适的位置。风水先生在附近察看了一番，选定了一处绝好的地方，并告诉财主："这里是天门穴，如果将先人埋葬在这里，后代之中一定会出现神人。"财主非常高兴，给了风水先生很多钱，并准备挑一个合适的日子埋葬先人。

这一天，张老汉卖油回来，路过风水先生为财主家选定的那块地方，突然狂风大作、暴雨如注，张老汉在倾盆大雨之中，看不清道路，不慎跌入财主家刚刚挖好的坟坑中。大雨又将泥土冲入了坟坑，张老汉就这样被埋葬在这块地之中了。天晴以后，财主家再想埋葬先人，可是却已经找不到原来的地方了。于是他们只好另选了一块地方以埋葬先人。

说也奇怪，正如那位风水先生所说，张家的子孙，到了张老汉孙子这一辈，果然出了一位神人，这就是张陵。传说他长得高大魁梧，额头宽厚，眉骨突出，望之令人肃然起敬。他从小聪明好学，天文地理、诸子百家，无所不知，无所不晓。

长大以后，张陵做了一阵子朝廷的官员。但不久，他就辞去官职，退隐北邙山中，修炼神仙之术。后来因为喜爱蜀中深邃灵秀的山林溪谷，他又去了蜀中，在鹤鸣山中继续修炼丹药、符咒之术。他有两个徒弟，一个叫王长，一个叫赵升，他们协助张陵一起，炼成了一种名叫龙虎大丹的丹药，吃了这种丹药，便可以返老还童。

一天，张陵在嵩山遇到了一位衣着锦绣的使者，使者告诉他说："在嵩山中峰的石室里，藏着《三皇密典》和《黄帝九鼎丹书》两本非常珍贵的道书，如果你能找到它们，勤加修炼，就可以得道升仙。"张陵后来进入了石室，果然找到了那两本珍贵的经书，于是他便来到龙虎山，潜心修炼，渐渐地学会了法术，能将自己的形影分离开来。

后来有一次，张陵在梦中见到太上老君驾临，对他说："近来蜀中有六大魔王作威作福，残害百姓，你如果能够将他们降伏，则是功德无量，必能成仙。"太上老君还赐给他斩邪雌雄剑、平顶冠、八封衣、印绶等等宝物。张陵醒了以后，就带领弟子，立即赶往了蜀中的青城山，鸣钟叩磬，布下了龙虎神兵，施展法力，降伏了六大魔王。因杀戮过多，太上老君命他再继续清心修炼三千六百日。

十余年之后，一天，张陵见山中悬崖之下桃子成熟，便命弟子投身取之，遂得道。不久，他便与两个弟子在云台山飞升而去，得道成仙。后世景仰张陵，于是称他为张天师，把他看作正义威武的化身。

中国神话故事与民间传说

许逊斩龙

许真君在历史上也真有其人。他的名字叫许逊，是晋朝时候江西地方的人。一天，许真君的母亲梦见天空中飞来一只金凤，在她头上盘旋了几圈之后，不偏不倚地正好落入了她的怀中。没过多久，许逊就出生了。许逊天生灵慧聪颖，他少年时，最喜欢跟随大人们一起去打猎。弓马骑射，他样样精通，每次都能打到不少的猎物。有一次，他射中了一只母鹿，正在高兴的时候，他却忽然发现母鹿腹中还没有出生的小鹿掉在了地上，母鹿不顾自己的箭伤，回过头来，伤心地舔着自己的孩子。没过多久，就死去了。许逊看到这样的情景，心中非常难过，他忽然领悟到了一些事情。从此以后，他便收起了弓箭，一心一意地读书为学。很快，他就读遍了经史典籍，并且上知天文，下晓地理。而在这么多的书籍知识当中，他又尤其喜好道家的书籍，非常向往那种自然、纯净的生活。

四十二岁那年，许逊被推举为孝廉，不久，又成了旌阳令。他为官勤勉，廉洁奉公，对百姓也十分仁慈宽厚。时人感念他的恩德，立起生祠供奉他，称他为"许旌阳"。后来，许逊见晋朝统治昏庸，天下即将大乱，便弃官归隐，游历江湖，寻求至道。

传说有一次，他在江南地方游历的时候，看到当地洪水泛滥，民不聊生，便问当地人其中的缘由。当地人告诉他说，此地水中有一条蛟龙，经常兴起水患，淹没农田、房屋，弄得百姓无法生存。因为它曾受过火龙魔法的驯化，具有灵性，诡计多端，变化莫测，很多道人都无法降伏。许逊听了，决定降伏这条妖龙，为民除害。他来到江边，抽出宝剑，想要引蛟龙出水，再加以降伏。可这条蛟龙曾经受过妖法点化，它一会儿变成少年，一会儿变成僧人，有时还化为粟米、鸟兽，屡屡躲过许真君的追杀。但许真君不急不躁，他施展出从道士吴猛和仙人谌母那里学来的高超法术，一下打中了蛟龙的要害，终于降伏了它。之后，许真君用八条铁锁链，将蛟龙锁在水底，使它不再为害百姓。

许真君的清正廉明、仁爱慈厚给人们留下了深刻的印象。东晋宁康二年，许逊经过多年的潜心修炼，终于得道成仙，举家从江西豫章的西山上飞升而去。据说连他家的鸡和狗都跟随着一起飞上了天。"一人得道，鸡犬升天"这个成语，也就是从这里来的。

◎中国神话故事与民间传说◎

葛洪成仙

葛仙翁本名葛洪，是我国古代著名的道教学者、炼丹家和医药学家。他生活在东晋时期，是丹阳郡这个地方的人。据说他是三国时期著名方士葛玄的侄孙，世称小仙翁。

葛洪年轻的时候，家里非常穷，请不起仆人，就连家门外面的篱笆墙坏得不像样，也没有钱修理。他家中还着了好几次火，弄得家里原来收藏的典籍也都被烧毁了。葛洪于是背起书篓，步行千里，到别人家中借书，借回来以后，便一点一点地抄下来。买不起纸，他就每天上山打柴，用卖得的钱买纸；点不起油灯，他就借着微弱的火光，阅读书籍。就这样日复一日，年复一年，葛洪终于成为一个大学者。

葛洪为人宽厚，近于木讷，他不追求富贵荣利，也没有什么特别的爱好，唯一喜欢的，就是神仙导养之法。他曾经跟随自己叔祖葛玄的徒弟郑隐学习炼丹术。司马睿做丞相的时候，葛洪曾做过他的属官，后来因为争战有功，被封为关内侯。南海太守鲍方很看重他，把自己的女儿嫁给他，还把自己的学问也传授给了他。

葛洪后来就辞官归隐，遍游名山。在山中修炼的同时，他也开始潜心研究炼丹之术。他曾经写过一本书，名叫《抱朴子》，这也是他最有名的著作。在《抱朴子·内篇》中，他曾具体地描写了自己炼丹时的感受及经验，其中不少都和现代化学知识十分相似。例如他说"丹砂烧之成水银，积变又还成丹砂"，指的就是丹砂经过加热，可以变成水银，而水银加入硫黄，又可以还原成丹砂。这些都包含了化学知识在其中。因此葛洪也被称为我国最早的化学家。

葛洪对于炼丹术的喜爱，远远超过了其他东西。有一次，皇帝想要奖励他，便说出许多大官职，问他想做哪一个。葛洪想了想，说："请陛下让我去句漏这个地方当县令吧。"皇上听了，十分奇怪，说："那是一个很小的地方，和你的功绩不相配，还是换一个吧。"葛洪说："陛下，那个地方虽然很小，但是却出产很好的丹砂，对炼丹很有益处，请陛下答应我的请求吧。"皇上听了，便答应了他的请求。葛洪就带着自己的子孙、随从，一起到句漏去了。

但在半路上，他们却被广州刺史邓岳留住了。邓岳知道葛洪是个非常有学问的人，便想劝他留下，为国家出力。但葛洪对功名富贵没有什么兴趣，看到自己无法离开，他就到广州的罗浮山里，一心一意地著书炼丹去了。

葛洪在罗浮山中住了很多年，一天，他给刺史邓岳写信说："我要去远方寻找师祖，很快就要走了。"邓岳收到信，连忙赶到罗浮山，想要与葛洪告别。但当他赶到的时候，葛洪已经去世了。人们埋葬他时，发现他的尸体非常轻，就像只有衣服的重量一样。人们都说，葛洪已经成了仙人，升到天上去了。葛洪的神奇故事流传下来，后世的人们就都称他为葛仙翁了。

钟馗赶考

相传唐朝德宗年间，在终南山有一个出身贫寒的书生，名叫钟馗。钟馗自幼饱读诗书，才华出众，既能文，又会武。但他的相貌却奇丑无比，一点也没有读书人那种风流倜傥的气质。

这一年秋天，皇帝开科取士，钟馗便来到京城赶考。他在街上游逛的时候，看到旁边有一个测字算卦的卦摊。他便停了下来，坐到卦摊前面，对测字先生说："先生，我是来赶考的，你能给我算算前程如何吗？"测字先生拿出纸笔，说："好吧，你在上面随便写一个字吧。"钟馗想了想，提起笔来，写了自己名字里面的"馗"字。测字先生拿过来一看，沉吟片刻，摇了摇头。钟馗一见，忙问道："怎么，先生，难道我无法高中吗？"测字先生望了望他，停顿了一下，然后说道："不是的。相公此次考试，必能金榜题名、独占鳌头，但可惜你时运不济，你看，现在是九月，你来考试，必能摘得头名。但这个'首'字被抛在了一边，恐怕旬日之内会有大祸临头，希望相公谨慎才是。"

钟馗听了，心中有些疑惑。但他转念一想：自己是来考试的，又不是要做什么违法乱纪的事情，怎么会大祸临头呢？这样一想，他也就不再担心了。

转眼几天过去了，到了考试的日子。钟馗进了考场，看完考题，一气呵成地写完了文章，交了上去。主考官和副主考一看钟馗的卷子，有理有据，文采飞扬，不禁同声赞叹道："真是好文章！"立刻就将钟馗点为第一名，上报给了皇上。

德宗皇帝听说新科状元才华出众，非常高兴，便下了旨意，召钟馗上殿面君。

钟馗来到金殿上，叩谢皇恩。德宗

一看他长得如此丑陋，不由得皱起眉头来，心想：这人相貌如此丑陋，我若点他为状元，不是显得我大唐没有像样的人才了吗？这时，德宗身边有一个奸臣，看出了他心中所想，便说："万岁，我朝人才众多，如此丑陋之人，如果点为状元，恐怕世人会笑我朝中无人啊！"

主考官听了，连忙反驳道："皇上，人才的优劣，不在他的相貌。晏婴虽然身高不满三尺，却身为齐国的宰相；周昌虽然口吃，却能够辅助大汉取得天下。希望皇上三思，切莫以貌取人。"

奸臣听了，便说道："新科状元应该内外兼修，如今考生人数众多，何不另选一个呢？"钟馗听了，不禁怒发冲冠，指着他大骂道："你这个昏官！有你这样的官在朝廷，岂不误国！"说罢，就挥拳向他打去。

德宗一见，非常生气，说道："大胆举子，竟敢在金殿之上放肆！如此之人，不要也罢！"说完，御笔一挥，便削去了钟馗的状元。钟馗见了，又伤心又气愤，一怒之下，他顺手拔出了旁边护卫腰间的宝剑，大喊一声："失意猫儿难学虎，败翎鹦鹉不如鸡。"说罢，将宝剑一横，自刎而死。

德宗见钟馗竟自杀而死，心中不免也有些后悔难过。于是他颁下旨意，封钟馗为驱魔大帝，降妖除魔，掌管鬼神。

钟馗与望乡台

钟馗虽然长相丑陋，但是却博学多才，自从一怒之下刎颈自杀，被皇帝封为驱魔大神之后，他便拿起宝剑，开始履行自己的责任。遇到有做坏事的小鬼，他就会把它们抓起来，不让它们为害人间。

这天，钟馗巡视到丰都鬼城，隔得老远，就听见一阵一阵的哭声，哀伤凄厉，令人听了十分恐惧。钟馗十分奇怪，便来到了阎罗殿，找到阎王，问道："阎王，为什么附近传来这么大的哭声，难道是地府没有好好审判，弄得冤魂太多的缘故吗？"

阎王一听，连忙说道："大神有所不知，那哭声传来的地方叫作名山，就在离丰都不远的地方。有很多鬼魂，也不知是因为什么，老是在那里哭个不停。"

钟馗听了，便说："那你们怎么不派人去管一管呢？"

崔判官在旁边，听到他们的对话，便说："在下曾经多次派鬼差去捉拿过这些鬼魂，但因为人数实在太多，根本就抓不完。"

钟馗一听，不由得皱起了眉头，他想了一想，然后对阎王说："阎王，既然如此，那就请让我去看一看吧。"

阎王说："那就有劳大神了。"

钟馗一路腾云驾雾，很快就来到了名山。到了山顶，哭声更是铺天盖地，震耳欲聋。钟馗随手拉住一个正在哭泣的鬼魂，问道："你为什么要哭呢？"

鬼魂行了一礼，哭着对钟馗说："我本来是一个樵夫，靠每天上山打柴维持生活，奉养母亲。可谁知有一天我去山上打柴的时候，迎面碰上一只吊睛猛虎，不由分说就将我吃掉了。如今我身在地府，不知我的母亲怎么生活。她身体不好，只有我这一个儿子，又经受到这样的打击，真不知道她一个人怎么活下去啊！"说完，鬼魂便痛哭起来。

钟馗听了，心中不禁一阵酸楚。他一转身，见旁边站着一个老头，也正抹着眼泪。钟馗见了，便问道："老人家，你有什么伤心事吗？"

老人回过头来，对钟馗说："我很担心我的女儿，不知道她现在怎么样了？"

钟馗听了，问道："你的女儿出了什么事吗？"

老鬼魂说："大神，你不知道，我的女儿被缠绵鬼纠缠住了，把她从我身边抢走，还把她锁在山洞里，不让她回家。我为了救她，有一天，就偷偷地进到山洞里，让女儿藏起来，自己扮成了女儿的模样，结果被缠绵鬼发现了，就把我杀死了。不知道现在我的女儿怎么样了啊！"话还没说完，老鬼魂就又哭了起来。

钟馗一听，非常气愤，说："居然还有这样的事情！老人家，你不要哭，你告诉我，那个缠绵鬼把你的女儿关在什么地方？"

老鬼魂忙把缠绵鬼住的山洞告诉了钟馗。钟馗赶到了山洞，杀死了缠绵鬼，把老人的女儿救了出来。

钟馗回到阎罗殿，阎王一见，十分高兴，便问他道："大神，你已经把那些哭鬼们都抓回来了吗？"

钟馗低头想了一会儿，然后说："阎王，这次你交给我的任务，我怕是没有办法完成了。"

阎王忙问："这是怎么回事？"

钟馗说："阎王，那些鬼魂并不是故意在那里哭泣吵嚷的，他们实在是因为思念亲人，心中悲伤无法抑制，才每天都在那里远望人间，希望能看到一些人间的情况。我们可以每天都见到自己的亲人，鬼魂们却和亲人永远地分开，再也无法相见，这实在是太可怜了，我实在不忍心去捉他们。"

阎王听了，也十分同情，便说："那大神有什么好办法解决这个问题吗？"

钟馗说："不如修建一座望乡台，让鬼魂们可以看到自己生前的家

乡和亲人,他们就不会再哭了。"

阎王说:"嗯,这真是个好办法,就按你说的办吧!"

从此,阎罗殿的旁边就多了一座"望乡台",鬼魂在这里,可以看到自己的亲人,也就不再像从前那样伤心地哭泣了。

白水素女

很久以前,有一个小伙子,名叫谢端。他从小父母双亡,又没有其他的亲戚,是周围的邻居们把他养大的。谢端长到十七八岁的时候,已经是一表人才、相貌堂堂。他勤劳善良,平日里恭谨守信,不做一点儿违法的事情。但因为家里穷,没有姑娘肯嫁给他。谢端每天都是一个人待着,十分孤单。

谢端每天很早就起来,然后去地里干活,耕田浇水,十分勤恳。有一天,他干完活,扛着锄头回家的时候,看到路边的水洼里躺着一只大田螺。这只田螺的体型特别大,就像一个大水壶一样。谢端觉得它十分奇异,便把它捡了起来,带回家里,找了一个大水盆,倒上清水,把大田螺放进去,养了起来。

第二天,谢端照例去田里干活,回来的时候,发现自家的烟筒里有炊烟冒出来。进门一看,桌子上摆满了热腾腾、香喷喷的饭菜,炉子上还有刚烧开的热水。谢端以为是哪个好心的邻居帮他做的,也没多想,就坐下来吃了饭。

可让谢端没想到的是,第二天他回家的时候,桌子上又摆满了做好的饭菜,水缸里的水也打满了。第三天、第四天、第五天……都是这样,谢端心中非常感激,便到邻居家去登门道谢。谁知一连问了好几家,邻居们都说没有帮他做过饭。谢端觉得非常奇怪,便说:"不是你们,那又会是谁呢?"有的邻居就笑话他,说他娶了个媳妇藏在家里,偷偷地给他洗衣烧饭,还说是邻居们帮他做的。

谢端听了,十分纳闷,决心探个究竟。第二天,他像往常一样,早晨鸡叫的时候,就扛着锄头出了门。但他只是在外面转了一圈,太阳一出来,他就回到了家,结果还是晚了一步,饭已经烧好了,热水也已经烧开了,唯独烧水煮饭的人却不见了踪影。

谢端心中越发奇怪,他下定决心,一定要看个究竟。这一天,他仍旧在鸡鸣的时候出

了家门，转了一圈，天还没亮，他就赶回了家。他躲在自家的篱笆墙里，扒开了一条缝隙，仔细关注着自己家中的情况。忽然，他看见一个美丽的少女，从他养田螺的那个大水盆里走了出来，轻移莲步，走到了灶旁，开始生火做饭。

谢端见此情景，连忙从屋外冲了进去，他跑到水盆边一看，自己捡回来的大田螺只剩下了一个空壳。他拿起田螺壳，转向女子，问道："姑娘，你是谁？为什么要来帮我做饭？"

女子见他回来，吓了一跳，连忙走到水盆旁边，但谢端拿着田螺壳，她没办法回去。只得转过身来，回答道："我本是天河里的仙子，名叫白水素女。天帝见你自幼失去双亲，孤苦伶仃，却勤劳善良，便命我下凡来，化作一只田螺，替你烧水煮饭。使你在十年之内，能够凭着自己的勤劳富裕起来，娶一个好妻子，到那时，我再回到天上去。但是如今你识破了我的面目，知道了我的来历，我就不能再在这里待下去了。但你放心，只要你辛勤劳作，打鱼种田，一定会富裕起来的。这个田螺壳，我就留给你，你用它来贮藏粮食，永远也不会变空。"

谢端听了，非常感激，他再三请求白水素女留下来，但是她都没有答应。忽然之间，来了一阵大风大雨，在缥缈的雨雾当中，白水素女一挥衣袖，就飞入天空中不见了。自此以后，谢端家中真的再也没有缺过粮食，他勤劳耕作，不久就富裕起来了。虽然不是非常富有，但生活宽裕，不愁吃穿。不久，村里的一个人就将自己的女儿嫁给了他。谢端为了感谢素女的恩德，还特意建了一座素女祠，用来供奉她。

第二章　俗神的由来

福神的传说

在民间传说的诸神之中，福神的起源很早。每当过年的时候，老百姓都要贴上"天官赐福"的年画。年画中的天官身上穿着一品大员的红官服，手拿如意，长须飘飘，面貌安详和蔼，给人一种雍容华贵的印象。在有的年画上，天官还携带着五个小童子，这些小童子手中捧着仙桃、鲤鱼灯、石榴、春梅和佛手。在新年的时候，人们贴上这样的年画是为了祈求天官赐福。

福神，本名叫阳城，字亢宗，定州北平人，是唐德宗时期的进士。他因为学识渊博、品德高尚，颇有盛名，因此受到唐德宗的重用，官升至谏议大夫。贞元十一年，陆贽等人因为边关军需困难的事情上书，结果受到裴延龄的诬陷。唐德宗大怒，要杀陆贽等人。朝廷中没有一个人敢上谏，只有阳城以死上书，力陈裴延龄的奸佞和过错，这才使得陆贽等人免于一死。后来，唐德宗想让裴延龄做宰相，阳城听说了此事又上书反对，列举裴延龄的种种罪行。唐德宗认为阳城诬蔑，不但不理会他的忠言，还将其贬为国子司业，后来又贬为道州刺史。

阳城在做道州刺史期间，为当地百姓做了不少好事，因此受到道州百姓的爱戴，将其功绩千载传诵。其中，最值得称道的就是其不畏权势，不进贡侏儒的故事。

唐德宗荒淫无道，喜好侏儒，于是就下令让各地向朝廷进贡侏儒。贡阳县就是后来的道州，向上进贡了一名叫王义的侏儒。王义从小就长不高，即使成年以后，身高也不足三尺。王义虽然不高，但头脑灵活，口齿伶俐，还会唱小调，逗人取乐，深得唐德宗的喜爱，于是，唐德宗就下令贡阳县每年都要向朝廷进贡侏儒一名。这样，贡阳县进贡侏儒就成为一项制度延续下来。后来贡阳县改为道州，但进贡侏儒的制度没有变。

道州并不产侏儒，只是当地男子的个子都很矮罢了。历任道州官员为了讨好皇上，同时也迫于上级的压力，就想尽一切办法到处搜索侏儒。毕竟侏儒是有限的，官员们就人造侏儒。他们把从贫苦百姓家中抢来的，或者以很低的价格买来的幼童，放到窄小的陶罐中，只将脑袋留在外面，用这种方法抑制孩子的生长，制造出了一个又一个的侏儒，进贡朝廷。这种丧尽天良的做法，给当地百姓平静的生活笼罩上了一层阴影。

阳城被贬到道州以后，听说了这骇人听闻的做法，决心铲除这个恶习，每当上级要求道州进献侏儒时，阳城就是不进贡。唐德宗多次下令责问他，阳城每次都据理力争，并上疏说："国家法典有规定，进贡本地有的东西，不能强迫进贡没有的东西。道州这个地方不产侏儒，只有极少数的矮人，所以不应该进贡。"最后，朝廷理亏词穷，也不得不下诏废除进贡侏儒的这项制度。

道州的老百姓知道了这件事情以后，欢呼雀跃，为了感激阳城的解厄赐福、为民申冤，道州百姓建立寺庙供奉他，尊其为福神。后来，其他地方的百姓也纷纷效仿。

据说阳城的生日是在上元灯节，也就是元宵节，因此在这一天，各地的老百姓都为其庆祝生日——有各种各样的赏灯活动，游园盛会，祈福道场，每户添丁的家庭还要在祭祖的时候举行"点灯"活动。

◎中国神话故事与民间传说◎

禄神的传说

　　禄是指官职禄位。禄神是掌管文运、官运、功名利禄的神灵。在我国古代，做官是要通过科举考试来实现的，科举考试成功与否又与文人读书写文章的好坏直接相关，所以禄神不但受到官场人士的敬奉，也受到崇尚文化的老百姓的喜爱，成为民间的吉祥神。

　　禄神被人神化之前，专指天上的禄星。禄星位于文昌宫的第六星，专掌司禄。后来，人们对禄星的崇拜，渐渐将其人格化，成为和福星、寿星并列的神仙。福禄寿三神仙常常出现在传统风俗年画中，其中禄神抱着或者牵着一个小孩，所以有人把他叫作"送子张仙"。在戏曲中也有"禄星抱子下凡尘"的唱词。可见，禄神在民间受欢迎的程度。

　　有关禄神张仙的故事很多，其中最有名的就是为唐朝宰相娄师德消灾的故事。

　　娄师德年轻的时候体弱多病，看了好多名医，吃了许多补品也没有用。一天，有一个算卦的先生来到他家给他算了一卦，说他印堂发黑，三日必死。娄师德听后并不以为然，因为从小体弱多病，早就做好了死的准备。

　　在这三天中，娄师德将家中的仆人都召集了起来，跟他们说："你们不用再伺候我了。我已经把路费准备好了，你们都回家去吧。"仆人们一头雾水，不知道主人出了什么事情，只好听从主人的安排。

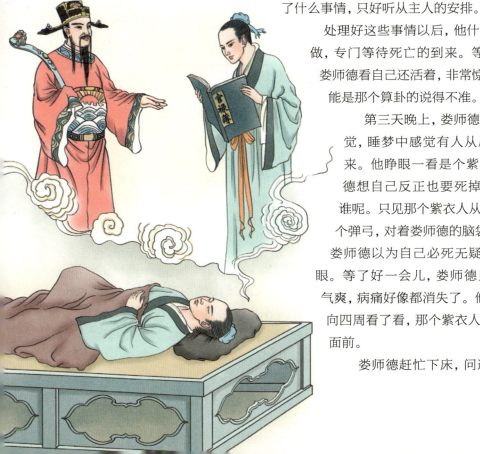

　　处理好这些事情以后，他什么事情也不做，专门等待死亡的到来。等到第三天，娄师德看自己还活着，非常惊奇，心想可能是那个算卦的说得不准。

　　第三天晚上，娄师德躺在床上睡觉，睡梦中感觉有人从屋外走了进来。他睁眼一看是个紫衣人。娄师德想自己反正也要死掉了，管他是谁呢。只见那个紫衣人从怀里掏出一个弹弓，对着娄师德的脑袋就是一下。娄师德以为自己必死无疑，紧闭着双眼。等了好一会儿，娄师德只觉得神清气爽，病痛好像都消失了。他睁开双眼，向四周看了看，那个紫衣人正站在他的面前。

　　娄师德赶忙下床，问道："请问是

何方神圣，救了我娄师德一命，请受我一拜。"

紫衣人说："我是禄神张仙。你本应该高官厚禄，可是灾星盖顶，我特来救助你。"娄师德半信半疑地看着紫衣人。紫衣人说："你不相信的话，可以给你看看我的官禄簿。"说完，紫衣人就带着娄师德来到了一个小屋子里。在这个屋子里放着一本官禄簿，娄师德拿起来翻开查看。

只见自己的姓名、年龄、籍贯、进士及第、当宰相的时间及八十五岁的寿命都记录在上面，心中大喜。这时，他看见自己堂兄弟的名字也在上面，就想看看到底写了些什么。他刚要翻开看，一个怪兽拿着叉子闯进屋里，大喊道："大胆娄师德，竟敢乱翻官禄簿，泄露天机。"

说完，怪兽就用叉子刺向了娄师德。娄师德吓得惊醒，才知道原来是一场梦。后来，娄师德果然做了宰相，高官厚禄，验证了梦中的事情。

禄神在民间很受欢迎，老百姓认为禄神可以带来官职禄位。因此人们喜欢在屋内张贴禄神的年画。传统的年画中，禄神有时候是一身华贵的打扮，左手张弓，右手拿弹，作仰面直射状。有时候禄神怀抱或者牵着一个小孩。又因为"鹿"与"禄"谐音，在中国的年画、风俗画和吉祥画中一般用"鹿"来象征"禄"。如"福禄寿三星图"中便是一个老寿星骑在一只鹿上，上空飞着蝙蝠。再如"加官进禄"画中，就是一个官员抚摸着一头鹿。

送子张仙

张仙是一位传说颇多的神仙，有人将其称为禄神，又有人将其称为"送子张仙"。

《历代神仙通鉴》记载，这位张仙是五代时期的一位道士，叫张远霄。在巴蜀道教名山青城山修道成仙。他有一门最堪称道的绝技，就是擅长弹弓射击，百发百中，而射击的目标正是那些作乱人间的妖魔鬼怪。五代至北宋时期，他在巴蜀地区已经小有名气。那么这位张道士后来又是怎样成为送子张仙的呢？

宋朝开国皇帝赵匡胤举兵伐蜀，大获全胜。后蜀灭亡以后，孟昶的爱妃花蕊夫人被送给了新皇帝宋太祖赵匡胤。花蕊夫人不忘旧情，时时刻刻想念着前夫孟昶。于是就请工匠画了一张孟昶打猎的画像，挂在寝室的墙壁上。

一次，花蕊夫人独自面对画像默默流泪，正好被赵匡胤看到。赵匡胤看见花蕊夫人对着画像哭泣，非常奇怪，就问："爱妃，怎么独自对着画像哭泣呢？难道画中是你的亲人吗？"花蕊夫人赶忙止住悲声，回答道："这画中人乃是送子的神仙。我嫁与皇帝多年，可是一直没有子嗣，非常伤心，就命画师按照老家的风俗画出送子张仙。希望可以保佑我早生贵子。"赵匡胤听完，非常高兴。从此再也不问画中人是谁了。

后来这件事在宫中流传开来，那些想要子嗣的嫔妃都在自己宫中悬挂起送子张

仙的画像。只是画中的张道士被褪去道袍，换上一身戎装，并拥有了孟昶英俊潇洒的美男子扮相，从此以送子的张仙闻名于世。后来这件事情传到民间，人们为了求子就供奉起张仙来。

这个故事不见于正史，真伪难辨。但北宋之初张仙送子的说法已风行于世，成为不争的事实。北宋文人笔记中记载了一则张仙送子显灵的故事。

苏东坡和苏辙两兄弟参加同一年的科举考试，并且兄弟两人同时高中进士，这个消息一时轰动朝野。其实早在两兄弟出生以前，他们的父亲苏洵就梦见过张仙弯弓向天射击，连发两弹。

据说，有一天，苏洵正在睡午觉，在梦中看见一人站在自己面前。苏洵赶忙上前施礼，说："请问你是谁啊？"这个人笑着说："我是送子张仙。"苏洵忙问："不知神仙有何事情啊？"只见张仙拿着弯弓向天空中连射了两弹。

苏洵不解其意，赶忙恭敬询问，张仙也不作答，隐身而去。后来，苏轼和苏辙两兄弟出生，一直到兄弟两人双双高中，苏洵才恍然大悟，原来张仙早就托梦给自己。为此苏洵还写过一篇名为《张仙赞》的长诗，以表示谢意。

另外，张仙射天狗的故事也十分有名。

据说宋仁宗赵祯年已五十多岁，尚无一子。宋仁宗非常苦恼，经常向上天祷告，希望赐予自己一个儿子。一天晚上，他在睡梦中忽然看见一个男子。这个男子衣着十分华丽，脸上好像敷了一层粉，五缕长髯在胸前飘洒。

仁宗看来人仙风道骨，赶忙施礼，说道："不知是哪位神仙驾临，有什么事情吗？"这男子挟着弓弹，来到宋仁宗面前，说："我是送子张仙。陛下因为天狗守垣，不得子嗣。今天我特地来为你用弓弹驱逐天狗。"

宋仁宗听后很惊讶，忙向这位美男子询问是怎么回事。这男子说："这只天狗在天上掩盖住了日和月，让天上的神仙看不到人世间发生了什么事情。然后跑到世间作恶，专门吃小儿，但是这只天狗最怕我的弹弓，只要一看到我就会逃跑。"宋仁宗听了以后非常高兴。梦醒来后，仁宗立刻命人按他梦中所见的张仙形象描绘了一张图，贴在宫中祈子。所以民间就有了"张仙射天狗"的说法。

张仙既能送子，也能护子。以前过年祭神的时候，家家都要请一张张仙神像贴在烟囱旁边。因为据传天狗会从烟筒里钻进屋来，吓唬小孩，吃小孩，或者传染天花

◎中国神话故事与民间传说◎

给小孩。只要将张仙像贴在烟囱旁，天狗就进不来了。张仙神像旁还常贴上对联："打出天狗去，保护膝下儿"，横联是"子孙绳绳"。或"打出天狗去，引进子孙来"，横联是"子孙万代"。

麻姑献寿

　　人们为老人祝寿时，是有男女之分的。女寿星图中画的是麻姑。画中的麻姑腾云驾雾，一手拿着自制的寿酒，一手拿着王母娘娘赠送的仙桃。酒和桃成了麻姑图中不可缺少的两样东西。因此，酒和桃在人们心中也成了长寿的象征。

　　麻姑是我国南北朝时期北方一位少数民族姑娘。她长得十分俊俏，一条乌黑的大辫子垂到腰间。她不仅长得漂亮，还心地善良。麻姑的父亲叫作麻秋，性情十分暴虐，专横跋扈，经常欺压贫苦百姓。即使这样，麻姑对他的父亲还是很孝顺。

　　一天，麻姑到山上去采摘野果，好不容易找到了一个大桃子。麻姑舍不得吃，就把桃子揣在怀里，打算拿回家给父亲吃。

　　麻姑在回去的路上，看见路边围了一群人，就好奇地过去看个究竟。原来是一个穿着黄色衣衫的老婆婆病倒在路旁，不省人事。有几个人七嘴八舌地说："这个老婆婆一定是饿晕了，要是能有点吃的，还能活过来。"围观的人只是这么说，却没有一个人给老婆婆拿吃的。那时，兵荒马乱，田地荒芜，粮食十分珍贵。麻姑听完这些人的谈话后，想也没想，就把怀中的桃子拿了出来，蹲下来，去喂老婆婆。这个桃子又甜又多汁，老婆婆吃了以后，很快就醒了过来。旁边的人都称赞麻姑心肠好，将来一定会得到好报。

　　老婆婆醒了以后，还是很虚弱，开口对麻姑说："好孩子，谢谢你了，能不能再给我煮些粥喝呀？"麻姑听后，爽快地答应了。她让老婆婆坐在树下等她，自己快速地跑回家中。

　　麻姑回到家后，开始煮粥。这时麻姑的父亲回来了，麻姑就把刚才街上发生的事情告诉了父亲。麻秋听说女儿不仅把桃子送给了老太婆，还要给老太婆煮粥，非常恼火。于是他把麻姑关了起来，不准她出去。

　　可是麻姑放心不下那位老婆婆，等到半夜父亲睡着的时候，偷偷跑了出去。当她来到白天老婆婆等她的地方的时候，老婆婆已经不见踪影，只留下一颗桃核。麻姑只好把这颗桃核捡起来回到了家。躺在床上，麻姑在睡梦中好像看见了白天的那个黄衫老婆婆。老婆婆笑眯眯地看着她，对她说："好孩子，谢谢你的桃子了，我们有机会还会见面的。"说完就飘然而去。麻姑在梦中惊醒，觉得这个老婆婆一定不是寻常人。

　　早上起来以后，麻姑把那颗桃核种在院中。几个月以后，就长成了一棵又高又茂盛的桃树。奇怪的是，这颗桃树每年三月就结出又大又红的桃子。这时，就会有

很多人来看热闹。麻姑就用结出来的桃子救济贫苦的老人。这些老人吃了麻姑的桃子，精神抖擞，身上的小毛病都不见了。麻姑这才明白当初的那个老婆婆是神仙下凡。

后来，国家打仗急需士兵，麻姑的父亲应召入伍。麻秋因为骁勇善战，屡立战功，被封为征东将军。战事平息以后，皇上下令让麻秋负责修建宫殿，为了讨好皇上，麻秋抓来好多贫苦的农民，让他们没日没夜地干活。

麻姑非常同情这些人，就去劝说父亲。可麻秋怎么听得进去。麻姑就趁父亲不注意的时候，从将军府拿药、拿吃的给这些工人们。麻姑得知鸡叫的时候这些工人们才能休息。她就躲在鸡窝里，学鸡叫，好让工人们早些休息。可是这件事情很快就被麻秋知道了。麻秋十分恼火，叫人把麻姑关了起来。

麻姑运用聪明才智逃了出来。麻秋听说后十分恼火，决定要狠狠地痛打麻姑。就在这危急时刻，王母娘娘正好驾车经过此处，她早就听说了麻姑的善行，于是就把麻姑解救出来，收为徒弟。

有一年农历三月三日王母娘娘寿辰，天庭举行蟠桃大会，各路神仙都来祝寿。百花、牡丹、芍药、海棠四位仙子特来邀请麻姑一同去祝寿。四位仙子为王母娘娘送上了仙花。麻姑只拿了一个小土坛。其他各路神仙都掩嘴而笑，觉得麻姑的礼物太寒酸。

王母娘娘知道麻姑的礼物一定不一般，就说："麻姑，你送的是什么好东西啊？快让我看看。"神仙们听王母娘娘这么说，都不敢小看麻姑。

麻姑对王母娘娘说："今日娘娘大寿，小仙特酿了一坛寿酒，请娘娘品尝。"打开坛盖后，一股清香飘满瑶池。神仙们都凑到了酒坛跟前，交口称赞。连天宫中专管酿酒的神仙也都赞不绝口。原来，麻姑用山上的泉水，配上各种名贵的草药，放了七七四十九天，才酝酿出这坛美酒。王母娘娘大喜，封麻姑为虚寂冲应真人。

麻姑成仙以后，还经常回家乡显灵，为穷困百姓消灾免祸。

王母娘娘蟠桃会

王母娘娘，也称瑶池金母、西王母，又叫瑶琼。传说中她是玉帝的妻子。在天上掌管宴请各路神仙之职，在人间掌管婚姻和生儿育女之事。王母娘娘住在瑶池，园

中国神话故事与民间传说

里种有蟠桃，食之可长生不老。每年三月三日她诞辰之日，都要在瑶池中开蟠桃盛会，以蟠桃来宴请各路神仙。

王母娘娘种的蟠桃很神奇，小桃树三千年一熟，人吃了体健身轻，成仙得道；一般的桃树六千年一熟，人吃了白日飞升，长生不老；最好的九千年一熟，人吃了与天地日月同寿。因此，各路神仙都争先恐后地来参加蟠桃会。

参加蟠桃会最有名的，也最为我们熟知的几位神仙，就是孙悟空、沙和尚和猪八戒。沙和尚以前是天上的卷帘大将，因为在蟠桃会上打破了王母娘娘喜爱的琉璃盏，被罚贬下人间。猪八戒是掌管天河的天蓬元帅，在蟠桃会上酒后调戏了月宫仙子嫦娥，被罚转世误投胎为猪身。其中，孙悟空大闹蟠桃会的故事最为有名。

东胜神洲傲来国有一座花果山，山顶耸立着一块仙石，受日月精华，产下了一个石猴。石猴身手不凡，异常勇敢，被推为水帘洞洞主。后来，石猴四海拜师求艺，在西牛贺州得到菩提祖师的真传。

菩提祖师给他取名为孙悟空，教他七十二般变化。这天，菩提祖师把悟空叫到了身旁说："你技艺已经学成，可以回去了。"悟空恋恋不舍地离开了师傅，一个筋斗云就翻回了花果山。

猴子们正在山上嬉戏玩耍，忽然看见自己的大王从天而降，高兴得欢呼起来。孙悟空给他们讲了自己学艺的经过，还演示了不同的法术。猴子们看得眼花缭乱，直拍手称好。这时，一个老一点的猴子说："大王，你这么大的本事，没有应有的工具也发挥不出来呀。"猴子们一听，都说：是啊，是啊。

孙悟空一听，也觉得有道理，就问："上哪里去找应手的工具呢？"老猴子说："听说东海龙王有件宝物，叫作定海神针。大王可以借过来。"

悟空非常高兴，马上去龙宫借定海神针。龙王说："你要是能拿得动，就送给你。"悟空在神针下面往上看，只见上面写着几个大字"如意金箍棒"。悟空心想：要是能小一些就好了。没想到，神针真的变小了。悟空将神针托在手里，对龙王说："现在这个宝物归我了。"龙王没有办法只好让他走。

悟空拿着金箍棒来到了阴曹地府。他找到生死簿，将上面跟猴有关的名字全部划掉。这一举动惹怒了阎王。他命令手下的牛头马面去捉拿孙悟空。这些人怎么

是悟空的对手，一个个被打得鼻青脸肿。

龙王和阎王联合去天庭告状。玉帝想要派兵去捉拿。太白金星建议，把孙悟空召入天界，让他做个弼马温，在御马监管马。

孙悟空不知道弼马温是个什么官职，以为是和玉帝一样大的官，就高高兴兴地答应了。来到天庭，他才知道自己只是个养马的小官，气得拿起金箍棒打出了南天门。回到花果山以后，自立为王，号"齐天大圣"。

玉帝听说这个放马的猴子竟然自称齐天，气得胡子撅起老高。他命托塔李天王率天兵天将捉拿孙悟空，美猴王连败二郎神、哪吒二将。太白金星二次到花果山，请孙悟空上天做齐天圣，管理蟠桃园。

孙悟空听说吃了蟠桃园的桃子可以长生不老，就答应了。这天，悟空正在蟠桃园里睡觉，忽然一阵嬉笑声传到了他的耳朵里。原来今天是王母娘娘的寿辰，七仙女奉命来摘仙桃。

经过询问，孙悟空得知王母娘娘设蟠桃宴，各路神仙都请了，唯独没有请他。孙悟空火冒三丈，先是大闹蟠桃宴，自个儿开怀痛饮，还将所有仙酒仙菜席卷一空，装进乾坤袋，准备带回花果山。哪知酒喝多了，撞进了太上老君的宫殿，将专供玉帝服用的金丹吃了个干净，这才返回花果山，与众猴孙大开仙酒会。

玉帝和王母娘娘听说了此事后，气得咬牙切齿，立刻命李天王带领十万天兵天将，兴师问罪。孙悟空与二郎神斗了几百回合，不分胜负。最后，中了太上老君的计，不幸被擒。斧砍、火烧、箭射，都损伤不了孙悟空一根毫毛。玉帝大怒，将孙悟空打入太上老君的炼丹炉中炼烧。没想到孙悟空并没有被烧死，他跳出丹炉，打上了凌霄宝殿。一路上，天兵天将，望风披靡，玉帝狼狈奔逃。猴王大获全胜，回到了花果山，重新树立起齐天大圣的旗号，与猴孙们过着快乐的生活。

玉帝束手无策，求助西天如来。孙悟空终究敌不过佛法无边的如来，一路筋斗云翻不出如来的手掌。如来将孙悟空压在五行山下，饥吃铁丸，渴饮铜汁，苦度了500年。

中国神话故事与民间传说

和合二仙

我国民间有供奉财神的习惯，大多数供奉的是关羽。不过，中国的财神有文财神比干和范蠡，武财神赵公明和关羽，女财神和合。在我国财神体系中，女财神占有很重要的位置。她们总是面带微笑，手持荷花和宝盆，给人们带来财富的同时，还能带来美满的姻缘。

古时候，有一对双胞胎姐妹，姐姐叫作和，妹妹叫作合。这对姐妹长得胖胖乎乎，天生福相。她们长大后，因为长相富贵，谁家有娶媳妇、嫁姑娘这样的事情，都会请这姐妹俩。只要有这两姐妹参与的婚事，都会婚姻美满。

有一回，一个媒婆为村子里王家的儿子和李家的女儿说亲，结果一看双方的八字，王家的儿子是火命，李家的女儿是水命，自古以来水火不相容，因此王家不同意这门婚事，李家也要把女儿嫁给别的人家。其实，王家儿子和李家女儿早就好上了，两个人说什么也要在一起。

王家儿子和李家女儿看家人如此反对，决定一起殉情。两个人来到了河边，望着流淌的河水，不禁抱头痛哭起来。和合姐妹俩正好路过这里，看见两个人在河边哭，就走过去问发生了什么事情。

二人一看是和合姐妹，就止住了哭声。王家儿子说："我俩真心相爱，可是就因为我们的八字不合，双方家长不让我们在一起。"李家女儿哭着说："我们就是死也要在一起，所以才跑到河边来的。"

和合两姐妹听完他们的哭诉，非常同情两个人，决定帮助他们。和合姐妹暗地里找来媒婆，给了一些钱，让媒婆改变说辞。媒婆重新来到了王家，说以前弄错了，李家的女儿不是水命，是木命，木生火，两个人是天生的一对。这样，就撮合了两家的婚事。后来王李两家日子红火，人丁兴旺，他们都非常感谢和合两姐妹。从此和合两姐妹撮合姻缘的好名声就传开了。

和合姐妹的父母早亡，她们靠着自己的勤奋，日子过得十分富足。可是，当地不怀好意的人，总是来纠缠这两姐妹，想要谋求她们的财产。姐妹两人商量怎么才能摆脱这些纠缠，姐姐说："他们这些人都是因为看上了我们的财产，要是我们做了亏本的买卖，他们也就不会来了。"

做什么生意才能亏本呢？姐妹俩想破了头，也没什么好办法。最后她们决定花大价钱买一堆没用的青稻子。说干就干，她们到乡下收购了几百斤的青稻子。她们想这些青稻子也没有什么用，到时候时间一长就腐烂了，这笔生意一定亏本。

人们看见和合姐妹俩买了一堆青稻子，认为姐妹俩一定是疯了。可是姐妹俩非常高兴，心想：这回就可以摆脱那些恶人们的骚扰了。

谁知道，这一年爆发了马瘟病。一匹匹马可怜地死去，人们都束手无策。这时，

中国神话故事与民间传说

一个经验丰富的老兽医说："要治马瘟病，只能用堆黄了的青稻子。"可上哪里去找堆黄了的青稻子呢？这时候人们想起和合姐妹俩买的那堆青稻子。人们纷纷来到她们这抢购。很快稻子卖完了，姐妹俩一算，没赔反而赚了不少。

姐妹俩没有想到，本来是赔本的买卖，竟然还能挣到钱。第二年，姐妹俩又商量做亏本的生意。姐姐说："妹妹，我们一定要吸取去年的教训，今年一定要做成亏本的生意。"妹妹说："姐姐，你说我们今年买些什么好呢？"

她们研究了一下，决定买一大批木材。她们把买来的木材堆在空地上，谁也不知道她们想干什么。这时，和合姐妹俩拿起燃着的火把，丢到了木材堆上。原来，她们想把新买的木材烧掉。

和合姐妹俩望着熊熊火焰，露出了笑脸，心想这次亏本的生意算是做成了。谁想，天上突降大雨，把大火扑灭。这些木材被雨水浇成了木炭。这年的冬天，非常寒冷，北风呼啸。人们都躲在家里不敢出门，可还是冻得直哆嗦。于是大家都到和合姐妹那去买炭来取暖。一堆炭很快就卖光了。和合姐妹俩又挣了一大笔钱。

这两件事后，姐妹俩决定再也不做亏本生意了。因为她们不论做什么都不会亏本。后来，和合姐妹俩被文武财神接到了天上，玉皇大帝封姐妹两个人为女财神，地位与文武财神并列。

月老的故事

"愿天下有情人，都成眷属；缘分注定事，莫错好姻缘。"这是人们的美好愿望。月老，又叫月下老人，正是掌管人间姻缘的婚姻之神。据说，月老手中有一根红线，将一男一女的脚脖子拴在一起。所以，两个人即使是在天南海北，也能走到一起。

唐代杜陵有一个叫韦固的人，从小是个孤儿，本想早点娶妻生子，可是总是求婚不成，一次他外出游学，住在宋城的一家旅店里。在宋城这个地方，韦固遇见了自己的一位老乡。两个人就找个地方攀谈了起来。

当这个老乡知道韦固尚未娶妻的时候，就说自己可以给他介绍一户人家的女子。韦固非常高兴，相约明天早上在这里见面。晚上，韦固躺在床上睡不着，一心等着天亮。最后，韦固等不及了，穿好衣服，决定先去约会的地点等着。

他走在夜深人静的街道，看着天空中的明月，感慨颇多。自己从小孤苦伶仃，好不容易长大成人，有了些成就，可是就是找不到中意的媳妇，不知道这次能不能成功。他正胡思乱想着，忽然看见前面有一个人好像在月下看书。

他紧走了两步来到一座寺庙的门前，看见一个老人，其身边放着一个布袋子，正坐在台阶上翻书。

韦固心想：这个老头好奇怪啊，竟然在这种地方看书。韦固忍不住探头去看这个老人看的是什么书。

韦固凑上前一看，竟是一本无字的书。韦固暗想这老人家看的书怎么没有字呢？他向老人家拱了拱手，问道："老人家，您看的是什么书啊？"老人笑着回答道："这是天下人的婚书。"韦固觉得奇怪，心里想：我怎么没听说过天下有这么一本书啊。又问："老人家，您袋子里装的是什么啊？"老人说："装的是红线，是用来系住夫妻二人的脚。两个人如果被我的红线系上，就算是仇深似海，就算是贫富悬殊，就算是相隔天涯海角，都会在一起，想逃都逃不掉。即使两个人再相爱，我的红线没系，两个人也是不能到一块儿的。这就叫千里姻缘一线牵。"

韦固听了老人的话，很是好奇，就询问自己的姻缘："老人家，那我的妻子是谁啊？"月老翻了下书，笑着说："你的妻子现在刚刚三岁，是店北头卖菜的瞎老太婆的女儿。"韦固一听，心里暗自思量，想想自己的满腔抱负，怎么会娶一个卖菜人家的女儿。

于是，他对老人家说："我的同乡给我介绍了一户人家的女子，约我早上见面。没准这个女子就会成为我的妻子。"老人笑呵呵地说："这姻缘都是天注定的，怎么强求得来呢？"韦固告别老人，赶往约会的地点。他在那里等了一上午，也没见到自己的同乡，只好沮丧地回去了。

回到店房以后,韦固越想越生气,就喊来随行的仆人,命他暗中去刺死这个小女孩。第二天,仆人来到了菜市场,找到了那个小女孩,上去就是一刀,然后慌忙逃走。仆人因为做贼心虚,没有刺中小女孩的心脏,反而刺中了眉心。仆人回来以后将经过讲给韦固听,两人仓皇逃出了宋城。

十几年后,韦固驰骋沙场,骁勇善战,立下显赫战功。有一次,刺史王泰犒赏士兵,看见韦固英雄少年,十分喜爱,就将自己的女儿嫁给了他。

刺史的女儿十几岁,长得很漂亮,是个知书达理的人。韦固十分满意。可就是妻子眉心处总贴着一朵花,无论什么时候都不拿下来。韦固问她,她才说明原因:"我的父母原是城里卖菜的,自幼贫寒,三岁时,父亲过世。有一天母亲抱着我去市场,不知道从哪里来了一个狂徒,想要杀死我。不过,我命大,只刺中了眉心。后来,我的母亲报告了官府。刺史大人负责调查此事,可始终不明因果。刺史见我可怜,就收我为义女,对待我如同亲生女儿一样。我觉得有这样一个疤痕不好看,就贴了一朵花在上面。现在才告诉夫君,请多包涵。"

韦固问:"你的母亲是个盲人吗?"

妻子回答道:"是啊,你怎么知道的?"

韦固心想真是天意不可违,就把十几年前在宋城遇见月下老人的事情讲给妻子听。从此夫妻二人更加相敬如宾。后来他们生了一个男孩叫韦鲲,官至雁门太守。

由于这个故事流传很广,后人将其改编成戏剧搬上舞台,并且月老也成为媒人的代名词。

刘海戏金蟾

在民间版画中,刘海戏金蟾的吉祥画十分流行。画中是一个永远长不大的胖小子,穿着红肚兜,笑眯眯的,两手各拿一串金钱,旁边配上三足金蟾、荷花、梅花等,呈现出一派喜庆的气氛。在针业,奉刘海为祖师爷,大概是取其"线过金钱眼"的动作。在地方戏曲中,有《刘海戏蟾》《刘海砍樵》等剧目。

刘海,历史上确有其人。原为五代时人,本名刘操,字昭远,又字宗成、玄(或元）英，居燕山一带，先为辽朝进士，后出家修道，号海蟾子。刘海十六岁的时候中进士。后来，刘守光被后梁太祖封为燕王，刘海就当上了燕王的丞相。刘海特别喜好谈玄论道，与道士交往密切。有一天，一个道士来访，刘海以礼相待，询问道士的姓名。这个道士听而不答，只是在刘海面前拿出十个鸡蛋、十文金钱，每一文钱间隔一个鸡蛋，将钱和蛋层层垒叠，最后蛋和钱垒成了一个塔状，却没有坠下来。刘海惊叹道："这太危险了！"道士告诉他说："你身家性命面临的危险，比这个更严重。"刘海问道："怎么样才能摆脱这种危险呢？"道士并没有回答，拿起鸡蛋、金钱，掷之地上，然后长笑离去。

原来，这个道士是说刘海现在身居高位，这高位就像垒起来的鸡蛋一样，随时有可能坠毁，要摆脱危险，免去杀身之祸，就要抛弃荣华富贵，就像道士将鸡蛋、金钱掷于地上一样，弃荣华富贵如敝屣。刘海很聪明，马上就明白了道士的用意，当晚摆了一桌丰盛的酒席，美美吃了一餐，然后砸碎所有的宝器。第二天，解下相印，穿上道士的服装，假装发疯，出了燕国，远游去了。

在路上他又遇到那位道士，道士授给他服丹成仙的口诀。刘海这才知道他是钟离权。两年以后，燕王刘守光僭称大燕皇帝，不久就被朝廷剿灭，刘守光遭诛灭九族之祸。而此时，刘海正云游天下访道。后来遇上了吕洞宾，授之以秘法，乃得道成为真仙。从此，刘海以钟离权、吕洞宾二位仙人为师，追随他们遁迹于终南、太华之间，不知所终。

元朝元世祖封刘海为"海蟾明悟弘道真君"，武宗皇帝加封为"海蟾明悟弘道纯佑帝君"。刘海出家后，取道号"海蟾子"，称为刘金蟾。后来，由这名字又附会上了刘海戏金蟾的传说，刘海就成为能给人间带来钱财、子嗣的吉祥神。

关于刘海戏金蟾又有不同的说法。一种说法是刘海以金蟾为食物。金蟾是民间信仰中的灵物，刘海以之为食，说明他神奇非凡。一种说法是刘海捉金蟾是令金蟾吐金，施济天下穷人。

在民间中，最流行的还是刘海捉三足金蟾的故事。

康熙年间，苏州有一个乐善好施的大善人叫贝宏文。有一天，一个自称为阿保的小伙子主动找上门来做用人，贝善人便收留了他。阿保一天到晚忙个不停，干活很卖力。而且他干活从不要工钱，还常常不吃饭，有时一连几天不吃饭都不饿。

贝家的人都很奇怪，问他为什么不吃饭。阿保只是笑，不回答。更令人吃惊的是，他可以把陶瓷做的尿壶像翻羊肚子似的翻过来，洗刷里面，然后再翻回去，洗外面，陶瓷的尿壶在他手里竟然像柔软的面皮。

有一回元宵节，阿保抱着小主人去看灯，很晚未归，贝善人十分着急，派出家人四处寻找，哪里都找不到。快到三更的时候，阿保才抱着小主人回来。贝善人埋怨他回来得太晚，让一家人提心吊胆。阿保说："杭州的灯不热闹，我带着小主人去了一趟福建的省城，那里的灯好看。"贝家的人都不相信他说的话。不料，小主人从怀中掏出了一把新鲜的荔枝，这是杭州没有而福建才有的水果。贝家人这才相信了阿保说的话，在心中暗暗揣测阿保一定来历不凡。

这天，阿保到井里打水，打上来一个大蟾蜍。奇怪的是，这个大蟾蜍不仅形体巨大，而且只有三条腿。三条腿的蛤蟆是传说中的灵物。阿保对贝家人说："这个蟾蜍逃走已经好几年了，今天总算把它捉住了！"左邻右舍的人都跑来看热闹，并竞相传说这阿保就是戏蟾的刘海。阿保见自己的身份已经暴露，便谢过主人，升空而去。

妈祖的传说

在中国东南沿海地区，妈祖是一位重要的神，尤其是在台湾，有很多妈祖庙。每年三月二十三日是妈祖诞生日，要举行祭祀和妈祖像巡街活动。妈祖的信徒人数众多，香火旺盛，至今不衰。在东南亚以及日本、朝鲜等国家，也有妈祖的信徒。

妈祖确有其人，姓林名默，居住在福建莆田湄洲屿。在林默被人们尊为妈祖之前，有着许多传奇的经历。

五代时期，在福建湄洲住着一户姓林的人家，林家世代海上经商。林家老爷去世以后，由其儿子林愿接管了家业，但林愿每次出海都不顺利。原来，做生意没有官府的保护是不行的。于是，林愿花钱买了一个巡检史的官。从此，他不仅可以收过往船只的税，而且自己家还可以不征税。林家海上的生意很快地红火起来。

林愿的妻子华氏为其生了四个儿子，可这四个儿子看上去体弱多病，一点都不出众。林愿就与夫人一起来到普陀山进香，祈求观世音菩萨再赐一子。

观世音菩萨和龙女去参加王母娘娘的蟠桃会，在经过福建莆田的时候，看见有黑气从海面上升起来。龙女赶忙往下观看，只见海中有一妖怪作孽，经常掀翻船只，把落水者当点心吃掉。龙女想要下去收服这个海妖，观世音菩萨没有同意。等开完蟠桃会，回到了普陀山，正好碰到林愿与夫人求子。

观世音菩萨知道林家人心地善良，乐善好施，听到祈求之后，就对身边的龙女说："龙女呀，林家世代与人为善，今日来求子，师父不得不应允，你就投胎到林家去吧，到时还可以收服海上的妖孽。"龙女听完后说："林家求的是儿子啊？"观世音菩萨说："天机不可泄露。"

林愿夫妻上完香回来，不几天华氏就怀上了身孕。三月二十三日这天，林府周围被一道红光笼罩住，一声巨响，华氏产下一个女婴。这个女婴一生下来，就不哭不闹，直到满月也不会哭笑。林愿以为这个小女儿是个哑巴，就将其取名为林默。

　　林愿找来许多名医为小女儿看病，可是没有一个人能够让林默开口说话。这天，林府外面来了一个和尚，说可以治疗林默的病。林愿赶忙请他进来，说："大师，如果能让我的小女开口说话，一定不会忘了大师的恩情。"和尚笑着说："施主严重了。还是让我先看看你女儿吧。"

　　林愿赶忙派人把女儿找来。说来也奇怪，林默一看到这个和尚就张开小嘴笑了起来。和尚走到林默的身边，俯下身去，在她的耳边说了几句。只见，林默点了一下头，又笑了起来。和尚走到林愿面前说："明天她就会说话。"说完就飘然而去了。

　　第二天，林默果然张口说话了。林家人非常高兴，想要感谢那个和尚，可是怎么找也找不到。原来，那个和尚是龙女的师兄善财变化的，受观音菩萨之命前来点化龙女。要不然，林默见到和尚怎么会开心地笑起来呢。

　　林默长大以后，经常到海边为父亲和哥哥祈求平安，也为出海的其他百姓祈福。一天，林愿和大儿子出海办事。在家中睡觉的林默突然手脚紧紧地抓住被子，并不停地在床上翻滚。华氏正好路过林默的床边，看见女儿这样，以为她在做噩梦，就赶忙叫醒她。

　　林默从梦中醒来，哭着对母亲说："不好了，父亲和大哥掉到海里去了。"林母听得一头雾水，以为女儿在说胡话，赶紧摸了摸林默的头。林默看着母亲，悲伤地说："父亲他们刚才在海上遇到了很强的风暴。我双手各拉着一条船。左手拉着父亲的那只，右手拉着大哥的那只。本来父亲和大哥可以平安无事的。你把我叫醒，我匆忙之中，松了右手，大哥的性命是保不住了。"华氏听后很吃惊。等到林愿从海上回来以后，大儿子果然遭遇了海难，印证了林默的话。此事传开以后，大家都说林默是神人。

　　林默一生没有嫁人，她经常驾船出海，凭着自己的好水性救助那些遇难的人们。林默死后，当地人修了庙宇祭祀她，并称她为神女、龙女、妈祖。她的神灵不时出现在海上救助人们。

　　宋徽宗时期，给事中路允迪奉旨出使高丽国。他率领的船队行驶到渤海海域时，忽遇大风，船队一下子刮翻了七八只。路允迪十分惊恐，跪在船板上祈求神女保佑。这时，路允迪觉得船平稳了。他睁开眼睛一看，一个红衣女子站在船头。靠着神女的保佑，路允迪的船队摆脱了风浪，安全地驶向高丽国。回朝以后，路允迪将此事报告给了宋徽宗。徽宗听后，为林默的庙宇题了一块名为"顺济"的匾额。

　　自宋以后，历代帝王都嘉奖过神女的灵迹，对林默的册封多达四十次。

文财神的故事

在民间，比干和范蠡被称为文财神。

比干是中国历史上著名的忠臣。他是商朝的宰相，也是纣王的叔父。比干小的时候就聪明，勤奋。二十岁就开始辅佐帝乙，后又辅佐纣王。在他当宰相的这几十年，主张减轻赋税，发展农牧业，富国强兵。可是纣王荒淫无道。比干多次直言劝谏，纣王都不听。

妲己看比干不顺眼，就对纣王说："大王，我有个心口疼的病，吃什么药都治不好。我听说只有用圣人的心做药引，才能够治好这个病。"纣王非常着急，关心地问："上哪里去找圣人的心啊？"妲己说："听说比干就是圣人，他的心一定能治好我的病。"

纣王听信了妲己的谗言，把比干叫进皇宫，对他说："我听说圣人心有七窍，今天我要把你的心挖出来看看是不是真有七个窍。"结果比干被剖心而死，终年六十三岁。

还有一种说法，比干被纣王挖心以后，并没有死。一位仙人送给了他一粒仙丹，保住了他的性命。比干因为没有心，所以他能够做到不偏不倚、公正无私。后来，人们把这位受人尊敬的君子奉为文财神。

另一位文财神就是范蠡。他是春秋时期楚国人，后来和好朋友文种一起去越国。很快就得到了越王勾践的充分信任。

越国被吴国打败以后，越王勾践做了吴国的奴隶。范蠡也随勾践一起入吴，为吴王夫差驾车。在吴国忍辱偷生的两年里，范蠡鼓励勾践养精蓄锐，为了日后的复仇做准备。后来，吴王放勾践回国。勾践回国以后，卧薪尝胆，准备攻打吴国。为了振兴越国，勾践拜范蠡为宰相。范蠡采取了一系列措施富国强兵。为了麻痹吴王夫差，他把自己最心爱的女人西施送给了吴王。

吴王刚开始对西施充满了戒备之心。但是，吴王还是没有抵住美女的诱惑，中了美人计。他对西施非常宠爱，为了博美人一笑，为她修建了豪华的宫殿。可是，西施一点也不高兴，整天对吴王冷冰冰的。别的妃子巴结吴王都来不及，哪敢这样对吴王使脸色。可是，吴王的占有欲非常强，越是得不到的，越想拥有。

吴王每天都围着西施转，想着怎样才能逗美人开心。渐渐地，吴王不理朝政。大臣们看不过去，都来劝谏吴王。其中一个大臣说："大王，你可不能沉溺于美色之中了。越国正在养精蓄锐，准备随时消灭我们吴国。"吴王哈哈大笑，说："你们想太多了。那个勾践是个懦夫，他恭维我还来不及，怎么敢反抗我呢？你们想得太多了。"

西施不辱使命，迷惑了吴王夫差，令他沉迷于女色，不理朝政。在西施的温柔乡里，夫差把称霸各国的豪情壮志全都抛到了脑后。

勾践在范蠡和文种的辅佐下，使越国渐渐强盛了起来，报仇的时机也成熟了，越国对吴国发起了进攻。越军在范蠡的带领下，把吴王夫差围困在了姑苏山上。最后，夫差自杀身亡。

范蠡帮助越王消灭了吴国，洗刷了当年的耻辱。之后，范蠡又辅佐越王称霸诸侯，被越王奉为上将军。灭了吴国以后，越王还是面无喜色，范蠡观察到这个现象以后，心想一定是自己功高震主，才惹得越王不高兴。于是，他就上书给越王，说："当年大王在会稽受辱，我所以不死，就是为了报仇雪耻。现在大仇已报，臣请赐死。"越王读了范蠡的奏章以后，对范蠡说："我还打算把国家分一半给你呢。"范蠡知道越王并不是真心对自己，早晚会加害自己，于是就带着西施逃到了齐国。

在齐国，范蠡隐姓埋名，治理产业，很快成为当地的富户。尽管范蠡有万贯家财，但他把金钱视为粪土，将挣来的钱都分给了穷苦的老百姓。

齐国的国君听说范蠡隐居在自己的国家，想请他出来做官。于是，带着文武大臣来到了范蠡的住处。范蠡听完齐国国君的来意后，委婉地说："大王，我的前半生一直在沙场征战。现在终于有了休息的时候，我想就这样终老，不想再卷入政治当中去了。"

齐君不死心，时常来看望范蠡。范蠡没有办法，只好带着家产偷偷地逃出齐国。

后来，范蠡带着钱财在陶地住了下来，自称陶朱公。范蠡既精通理财，又不惜散财，所以被人们尊为文财神。

武财神的故事

民间公认的武财神，一个是关羽，另一个就是赵公明。

关羽被人们称为关圣帝君、伏魔大帝、关公等，在道教被奉为护法神。

关羽字云长，三国时期河东人。幼年熟读兵书，一身好武艺，好打抱不平。因此，父母怕他在外面闯祸，就把他关在屋子里。有一天，关羽偷偷溜了出来，没走多远，便看见一个老妇人在路边哭。关羽就上去问出了什么事情。原来老妇人的女儿被县令的小舅子抢去了。关羽一听，火冒三丈，马上提着宝剑闯进县衙，杀死了县令

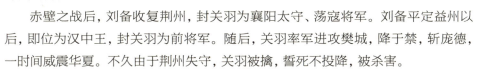

的小舅子。然后，关羽逃到涿郡，正赶上刘备招兵买马，就投到了刘备的麾下，从此跟随刘备出生入死。

建安五年，曹操派兵东征，刘备惨败，关羽被俘。曹操十分赏识关羽，封他为偏将军。可关羽始终不忘与刘备的兄弟情谊，在帮助曹操立下战功以后离开曹操去寻找刘备。

赤壁之战后，刘备收复荆州，封关羽为襄阳太守、荡寇将军。刘备平定益州以后，即位为汉中王，封关羽为前将军。随后，关羽率军进攻樊城，降于禁，斩庞德，一时间威震华夏。不久由于荆州失守，关羽被擒，誓死不投降，被杀害。

关羽被人们看作是忠义的化身。历代帝王也对关羽推崇备至。宋哲宗封他为"显灵王"，宋徽宗封他为"义勇武安王"。明神宗封他为"三届伏魔大帝神威远镇天尊关圣帝君"，顺治皇帝封他为"忠义神武灵佑仁勇威显护国保民精诚绥靖赞宣德关圣大帝"。

民间传说关羽能够保佑商人招财进宝，所以尊他为武财神。

另一位武财神赵公明，是陕西终南山人。他原来是天上十个太阳之一，后来被后羿射了九个太阳下来，赵公明就在其中。这九个太阳被射落后，坠落在山中，成为鬼王。赵公明决定改过自新，不再危害百姓，就托生到一个姓赵的人家。

赵公明成年以后，一直隐居在深山之中，不问世间的是是非非，一心虔诚修道。一天，他云游到天师张陵炼仙丹的地方。赵公明见这个地方十分幽静，适合修炼，决定在这多待几天。没想到，张天师下山采药看见了赵公明。张天师觉得赵公明慧根很深，是个修道的苗子，就收他为徒，传授他法术。还赐给他一只黑虎和一条护法鞭。

后来，张天师炼成了两颗仙丹，其中一颗给了赵公明。赵公明吃了以后，面目全非，竟变得和张天师的外形容貌一样，而且连说话都很像。赵公明也具有张天师一样超凡的法力。

后来，张天师派他镇守玄坛。可是他听信了申公豹的挑唆，助纣为虐，最后被姜子牙降服。赵公明死后，被封为龙虎玄坛真君之神，管理人间钱财。

据说，赵公明的身边本来有一位财神娘娘，但是后来却被他休了。关于赵公明休妻，还有一段很有意思的传说。

有一个叫花子，好几天都没有讨到吃的，快要饿死了，就跑到一间庙宇里去求财神赵公明。他来到财神赵公明的塑像前，一个劲地磕头，祈求财神给他钱财。

这时，财神正在睡觉，没有听到叫花子的请求。这个叫花子哪里知道财神正在睡觉，还是在下面不停地磕头，嘴里念念有词道："财神爷，请赏我些钱花吧。我已经好几天没有饭吃了。如果今天我还没有东西吃，就会饿死的。"

在一旁的财神娘娘不忍心，就想把身边的财神爷叫醒。财神睡得正香，怎么叫也不起来。钱财都在财神爷的兜里揣着，财神娘娘拿不出来。可是，如果不给这个叫花子钱，他就会饿死。

怎么办呢？财神娘娘挠了挠头，忽然碰到了自己戴着的耳环。她就把自己的一只金耳环给了这个叫花子。这个叫花子看见神坛上丢下来一个金耳环，很是高兴，知道是自己的真诚感动了神灵。

可是，当财神赵公明醒来以后，看见财神娘娘少了一只金耳环，就问怎么回事。财神娘娘就把刚才的事情说了一遍。赵公明一听，财神娘娘竟敢背着他把当年的定情之物送给一个叫花子，顿时大发雷霆，将财神娘娘休了。所以，财神像的旁边再也没有财神娘娘了。

每年的农历正月初五，是财神赵公明的诞辰。这一天，商家都会用三牲来祭祀他，将香烛、水果供奉在桌案上，迎接财神。历代如此。

门神的故事

每当过年的时候，各地都有贴门神的习惯。最初的门神是用桃木刻成人形，挂在门的两边，后来则是将人像画在纸上张贴在门上。传说中的门神最初是神荼、郁垒兄弟二人。唐代以后，猛将秦琼、尉迟敬德二人成了门神。此外还有将关羽、张飞、钟馗的画像当作门神的。门神像通常是在门的左右各贴一张，后代常把门神画成一文一武。

神荼、郁垒两兄弟是如何成为门神的呢？相传上古时代，沧海中有一座叫度朔的大山，山上有一棵大桃树，树的枝干长达3000里，在支干的东北方向有一道门，叫作鬼门。这道门是众鬼出入的地方。有两个专门管鬼的神人驻守在这里，他们一个叫神荼，另一个叫郁垒。每天早上，他们都要在这棵桃树下检阅百鬼。如果发现有恶鬼为害人间，便将其绑起来喂老虎。

后来，人们在桃木板上画出神荼、郁垒的画像，挂在门的两边用来驱鬼避邪。南朝时期梁代的宗懔在《荆楚岁时记》中有这样的记载："正月一日，'造桃板着户，谓之仙木，绘二神贴户左右，左神荼，右郁垒，俗谓门神。'"从此以后，神荼、郁垒就成了门神。

到了唐代，秦琼与尉迟恭成了新的门神。这里面还有一段很有趣的故事呢。

泾河龙王为了一件小事和凡间的一个算命先生打赌，结果触犯了天条，罪该问斩。玉皇大帝任命魏征为监斩官。泾河龙王为了保全性命，就跑到唐太宗这儿求情。龙王见到唐太宗哭着说："皇上，一定要帮帮小仙。"唐太宗不知道出了什么事情，问道："龙王，出了什么事，需要我帮忙啊？"龙王回答道："我因和凡人打赌，触犯了天条。玉帝命魏征为监斩官。我想求皇上帮我留住魏征。只要过了午时三刻，我就可以活命了。"

太宗皇帝答应了龙王的请求。快到了行刑的时候，便下诏宣魏征进宫与其下棋。魏征正准备上天行刑，可是皇帝召见又不好推脱，只好硬着头皮来了。太宗拉着魏征下了一盘又一盘棋，就是不放魏征走。

过了好长时间，太宗问魏征："过了午时三刻了吗？"魏征一听，就明白一定是龙王来找太宗帮忙。魏征说："快到了。"太宗这才放下心来，只要再坚持一会儿，龙王就得救了。没想到魏征下着下着就睡着了，只打了一个盹儿，魂灵就来到了天宫，将龙王斩了。

龙王抱怨唐太宗言而无信，日夜都在宫外呼号怒骂，要向唐太宗讨命。唐太宗每夜都睡不着，弄得精神疲惫，连上朝的心思都没有了。最后实在没有办法就找来群臣商议对策。大将秦叔宝说："臣愿意为陛下分忧解难，我和尉迟敬德将军身穿戎装立在宫门外，就是再凶的鬼怪也不敢来捣乱。"

唐太宗听从了秦叔宝的建议。晚上，秦叔宝和尉迟敬德两位将军，身穿戎装，手拿利器，微风凛凛地站在门外。龙王的魂魄晚上又来捣乱，看见两位将军站在门口，非常害怕，就悄悄地溜走了。

这天晚上，唐太宗没有听到龙王的呼号声。就这样，秦叔宝和尉迟恭两位大将每天晚上都为太宗守夜。太宗不忍心二位将军如此辛苦，就命令巧手丹青，将二位将军的真容画下来，贴在门上。龙王晚上来的时候，远远地就看见两位将军把守在门口，以为是真人，就不敢再来向太宗讨命了。

后来这件事传到了民间，百姓们也将这两员大将的画像贴在门上，保佑家宅平安。他们二位遂成为千家万户的守门神。

明清以来关于门神的传说更是五花八门，据说河南人张贴的门神是三国的赵云和马超。陕西人将孙膑和庞涓当作门神，甚至小说中的金镖黄三太和盗九龙杯的杨香武也成了门神。河北冀中一带的门神是薛仁贵和盖苏文，也有贴西羌猛将马超、马岱兄弟二人的。清朝乾隆年间，出现了以"门童"代替门神的现象。所谓"门童"，实际上是杨柳青印制的年画。 北京人贴门神，大多沿用唐太宗时流传下来的秦叔宝和尉迟恭，俗称"白脸儿""黑脸儿"。

现代关于门神的分类大致如下：捉鬼门神——神荼和郁垒，祈福门神——赐福天官、刘海戏金蟾或招财童子，道界门神——青龙孟章神君，白虎监兵神君，武将门神——唐代名将秦琼与尉迟恭。

灶王的故事

在我国民间，祭灶是一项影响深远、流传极广的习俗。旧时，几乎家家都在灶间设有"灶王爷"的神位。人们称灶王为灶君、灶王爷、东厨司命。传说玉皇大帝亲封他为"九天东厨司命灶王府君"，负责管理各家的灶火。灶王龛大都设置在灶房的北面或东面，中间供上灶王爷的神像。没有设灶王龛的人家，将神像直接贴在墙壁上。

有人说灶王是钻木取火的"燧人氏"，或者是神农氏的"火官"。也有人说灶王姓张，名单，字子郭。虽然说法不一，但是在民间却流传着一个颇为有趣的故事。

有个叫张生的人，家境贫寒，后来娶了名叫郭丁香的媳妇。丁香十分贤惠，嫁给张生后，早起晚睡，辛勤持家，没过几年家业就兴旺起来。左邻右舍的人都说，张生娶了个好媳妇。

这个丁香，不但勤俭持家，还有一手好厨艺。她最拿手的菜就是肉汤。每当她做肉汤的时候整条巷子都飘满了香味。邻居们看在眼里都非常羡慕张生，而他却不以为然。

张生成了富户以后，十分骄横，看着渐渐变老的丁香，竟产生了喜新厌旧的念头。他整天不干活，一门心思想休掉丁香，再找个年轻漂亮的媳妇。

一天，张生在院子里晒太阳。他看到仆人在晒谷子，就把丁香叫到身边。张生说："你把家里的黄豆拿出来晒晒。"丁香听后把一筐黄豆拿了出来。张生接过黄豆，就倒进了谷子堆里。然后对丁香说："把这些黄豆从谷子里拣出来，弄好了才能吃饭。"丁香知道丈夫这是在为难自己，但也没有办法，只好把黄豆一颗一颗地挑了出来。天黑了，丁香还在挑黄豆。张生只知道自己吃好喝好，不管丁香是否饿了、累了。邻居们知道了这件事都说张生是个负心汉。

张生整天故意找碴儿刁难丁香，丁香却逆来顺受，毫无怨言。张生见自己这样都难不倒丁香，干脆就写了休书，把丁香赶出家门。随后娶了财主的女儿李海棠。

李海棠是财主的女儿，从小娇生惯养，好吃懒做，根本不懂得操持家务。二人整日花天酒地。李海棠想吃什么，不论多贵，多难买，张生都满足她的要求。一转眼几年工夫，张生挥霍无度，整个家产败了个精光。张生又成了一个穷光蛋。这时李海棠嫌贫爱富，不愿意再和张生过日子，半夜里趁张生熟睡的时候，偷了剩下的钱财回家去了。

张生成了穷光蛋，孤苦伶仃，身无分文，只好讨饭。他想想当初要不是郭丁香为他操持家业，哪里会有万贯家财。自己过了几天好日子，竟休掉了丁香，现在想想真是后悔莫及。

话说这年腊月的一天，张生讨饭讨了一整天也没人施舍，从早到晚没吃过东西，饿得头昏眼花，不小心晕倒在一户人家门口。天快黑的时候，这户人家的看门人看到了他，连忙回去禀报主人。这家主人是个热心肠的人，就说："给他盛一碗肉汤吧。"一碗肉汤喝下去张生这才缓过气来，说没有吃饱，能不能再给一碗。主人吩咐看门人又盛了一碗给张生。张生喝完后，觉得身上有了力气，正要离开，看门人说："我家主人慈悲，看天色不早，叫你在厨房留宿。"张生听后感动得痛哭流涕，连忙磕头感谢。

看门人把张生领到厨房里住下。张生看到厨房里正煮着一锅肉汤，散发出诱人的香气，忽然觉得这肉汤的香味很熟悉。于是说自己还很饿，能否再吃碗肉汤。看门人又给他盛了一碗。张生喝完说："你家主人是个大好人，请你帮我回报一声，我想见见他。"家人说："我家主人已经来了。"刚说完，一位中年妇女走进了厨房。张生看着这个女人的脸很面熟，再仔细一看，原来是被自己休了的丁香。

张生追悔莫及，同时又无地自容，用双手遮住了脸。丁香一看是张生，就关切地问："你怎么落到了这步田地？"张生无言以对，羞愧难当。他心想：我还有什么脸活下去，不如死了算了。正好看见丁香家大锅底下的火烧得正旺，趁人不注意，一头钻到锅底下烧死了。

正好这件事被巡游的天神看见，就回禀了玉帝。玉帝觉得张生虽然有错，但他知道廉耻，勇于承认错误，说明他不是真的坏透了，还能回心转意；郭丁香勤俭持家、以德报怨，也是难能可贵。为了警示世人不要再像张生以前那样忘恩负义，玉帝要把张生的故事昭示天下，既然他是死在锅底下，就封他为灶王。

张天师奉命传下旨意：封张生为灶王，记录人世间的过错，每年腊月二十三骑马上天，汇报人间是非，直到腊月三十那天再回来，在天上过七天。

张生被封了灶王之后，为了赎自己的过错，对待人世间的事非常认真公正。谁家的儿媳不孝敬公婆，谁家的婆婆虐待媳妇，他都清清楚楚地记下来，等到腊月二十三日那天上天汇报。

这样一来，人们就不敢做忘恩负义、违背道德的事情，个个助人为乐，以德报怨。这样，人间的善恶是非都得到了应有的结果。

从此，每年在送灶的时候，都要在灶头上烧香点烛，供着慈姑、馄饨和用饴糖做的滥斩糖，又叫廿四糖，捏成元宝，祭祀灶王，然后在家门口，放上豆萁、稻柴，把供在灶上神龛里的灶王神像"请"下来，在他的嘴上涂上滥斩糖，再把神像粘在用稻草扎成的"神马"上，或者放进用彩纸糊成的"轿子"里，供上柴堆，丢上一些慈姑，连同锡箔折的元宝，点上一把火，烧个精光，算是送灶王上天了。等到来年正月再"请"回一张灶王神像，放在灶上的神龛里进行祭祀，算是把灶王又请了回来。

灶王奶奶

"小孩儿小孩儿你别馋，过了腊八就是年；腊八粥，喝几天，哩哩啦啦二十三；二十三，糖瓜粘；二十四，扫房子；二十五，冻豆腐；二十六，去买肉；二十七，宰公鸡；二十八，把面发；二十九，蒸馒头；三十晚上熬一宿；初一、初二满街走。"这则歌谣说的就是关于灶王奶奶的故事。

传说，玉皇大帝的小女儿非常善良，十分同情天底下的穷苦人。她经常偷偷下到凡间，帮助那些有困难的人。一天，她路过一户人家，看见一个给人烧火帮灶的穷小伙子十分勤快。她就偷偷地暗中观察他，觉得他是一个靠得住的好人，便爱上了他，并在凡间与这个烧火的穷小伙子结了婚。婚后两个人过得虽然清贫，但很快乐。

玉皇大帝知道了这件事情以后十分恼怒，就下令把小女儿打下凡间，跟那个穷小子去受罪。王母娘娘十分疼爱自己的这个小女儿，在玉帝面前帮着说好话，玉帝这才勉强答应给这个穷小子封了个灶王的职位。从此人人就称这个"穷烧火的"为灶王爷，玉皇大帝的小女儿自然就成了灶王奶奶。

灶王奶奶在民间生活，深知老百姓的疾苦，于是就常常以回娘家探亲为理由，从天上带回来些好吃的、好喝的分给穷苦百姓。玉帝大帝本来就对自己的穷女婿不满意，察觉到此事后，更是火冒三丈，下令只准小女儿每年年底回天宫一次。

第二年，马上就要过年了。可是穷苦的百姓什么吃的也没有，有的连锅都揭不开。灶王奶奶看在眼里，急在心里。腊月二十三这天，她决定回趟天宫，给老百姓拿些吃的回来。但自己家里连点干粮也没有了，路程那么远自己吃什么呢？老百姓知道这件事以后，便把各自家中剩下的唯一的一点粮食拿了出来，好不容易烙了些面饼，送给灶王奶奶，让她路上吃。

灶王奶奶回到天庭，看见自己的父亲，向他述说了人世间的疾苦。玉帝听后不但不同情，反而嫌女儿回来什么礼物也没带，只带回来一身穷灰，要她当晚就回去。灶王奶奶气得说不出话来，转身就要走。可转念一想，自己两手空空，回去后怎么向穷苦的乡亲们交代呢？再说也不能就这样向父亲认输了。王母娘娘在一旁心疼女儿，过来说情。

灶王奶奶马上顺势说："父皇，我今晚不走了，明天我要扎把扫帚带回去扫穷灰。"

二十四这一天，灶王奶奶正在屋里扎扫帚，玉皇大帝又来催她，让她明天就回去。她说："父皇，你别催啊，这就要过年了，家里还没有豆腐呢，明日我要做些豆腐。"

二十五这一天，灶王奶奶正在院子里磨豆腐，玉皇大帝来催她，让她明天回去。她说："父皇，不急，我家里没肉吃，明天我去割些肉回来。"

二十六这天，灶王奶奶刚刚从天庭的御膳房割了些肉回来，玉皇大帝又来催她回去。她说："父皇，这肉是有了，可家里穷得连只鸡也养不起，明天我要在天庭杀只鸡带回去。"

二十七这一天，灶王奶奶正准备杀鸡，玉皇大帝又来催她回去。她说："父皇，不要着急啊，我在回去的路上要带点干粮，明天我准备发面蒸馍。"

二十八这一天，灶王奶奶在厨房里发面、蒸馍，忙得不可开交。玉皇大帝又来催她回去。她说："父皇，过年都要喝点酒的，我家买不起酒，明天我去母后那儿灌些酒带回去。"

二十九这一天，灶王奶奶刚灌完酒回到住处，玉皇大帝又来催她回去。她说："父皇，咱们一家人好不容易聚到一起，应该在一起吃顿饺子，也算是团圆饭。明天我要包些饺子。"

三十这一天，灶王奶奶正在包饺子，玉皇大帝实在是忍无可忍，大动肝火，要小女儿今天必须回去。灶王奶奶看东西已经准备得差不多了，就说："父皇，让我再陪陪母亲吧，晚上我就走。"她陪着王母娘娘一直待到晚上才恋恋不舍地离开天庭。

人们得知这天夜里灶王奶奶要回来，家家户户都不肯睡觉，围坐在火炉旁等候灶王奶奶。当他们看见灶王奶奶回来了，纷纷点起香烛，放鞭炮迎接她。此时已经是初一了。

后来，人们为了纪念灶王奶奶的恩德，年年腊月二十三都要烙干粮，二十四扫房子，二十五做豆腐，二十六割肉，二十七杀鸡，二十八发面，二十九去灌酒，三十捏饼，夜里不睡觉"熬岁"，来迎接贤惠善良的灶王奶奶。

厕神的故事

紫姑，又名厕神，北方多称厕姑、坑三姑。我国的西南方，尤其是湘西地区，又称为子姑、茅姑、坑姑、坑三姑娘等。我国古代民间有正月十五迎厕神紫姑的习俗，进行祭祀，占卜蚕桑。

紫姑的命运十分凄惨。她姓何名媚，字丽卿，是唐朝东莱人。紫姑自幼聪明伶俐，长大后貌若天仙，嫁给了一位唱戏的伶人。女皇武则天当政之时，山西寿阳刺史李景迷恋她的美色，想方设法害死了她的男人，霸占其，让其做了自己的小妾。

紫姑虽然很得李景的宠爱，但她从不恃宠而骄。对待李景的大老婆十分恭敬，丝毫不敢怠慢。嫁给李景没几年，紫姑就身怀有孕。李景的大老婆十分害怕，怕紫姑生个男孩，自己的地位就保不住了。

于是，她偷偷找来郎中，开了一副堕胎的药。她拿着熬好的药，来到紫姑的房间，看见紫姑躺在床上，赶忙说："妹妹身体可好。我特意给你熬了一副安胎药，趁

热喝了吧。"紫姑心地善良，那里想到别人会害自己。她接过碗，说："大姐，谢谢你了，还亲自给我熬药。"

紫姑把药刚喝到肚子里，只觉得肚腹剧痛，流出血来。侍女们看见紫姑这样，赶忙找来大夫。经过一阵抢救，紫姑终于苏醒过来。可是，孩子已经没有了。紫姑哭得死去活来。

李景回到府中，听说了这件事，赶忙询问是怎么回事。侍女们支支吾吾不敢说。最后，李景才弄清楚，原来是自己的大老婆在搞鬼。可是，自己拿这个老婆没有办法，只好咽下了这口气。

李景的大老婆看奸计得逞，非常得意。可是，这丝毫动摇不了李景对紫姑的喜爱。这个狠毒的女人又心生毒计。在正月十五元宵夜这天，趁紫姑上茅房的时候，将其杀死在茅房之中。

紫姑死得冤枉，所以冤魂不散，经常在厕所周围游荡。每当李景如厕方便时，她就在旁边啼哭。后来这件事情传到武则天女皇的耳朵里，她非常同情紫姑的遭遇，于是下诏封其为厕神，专门管理茅房。

后来，人们照着紫姑的样子，扎成纸人或刻成木头人，放在茅厕之中，每逢正月十五元宵节的晚上，一方面祭祀，一方面迎接厕神紫姑。

另一个传说中，紫姑身份是汉高祖刘邦的妃子，即戚夫人。《月令广义·正月令》载："唐俗元宵请戚姑之神，盖汉之戚夫人死于厕，故凡请者诣厕请之。"

吕后因为册封太子的事情，与刘邦的妃子戚夫人结下了仇恨。等到刘邦死了以后，吕后开始实施自己的报复计划。她先把戚夫人贬为奴仆，再削光她的头发，熏聋她的双耳，然后逼她喝下致哑的毒药，最后极其残忍地挖掉戚夫人的双眼。因为刘邦生前最喜欢的就是戚夫人的那双眼睛。吕后命人将戚夫人扔到茅厕里慢慢地折磨。她还给戚夫人起了个名字叫"人彘"。在戚夫人苟延残喘于茅厕的时候，吕后还让自己的儿子汉惠帝带着大臣们去观赏"人彘"死前的惨状。后世十分同情戚夫人的悲惨遭遇，于是就将紫姑改称为戚姑。

因"戚"与"七"同音，所以有的地方又称厕神为"七姑"。还有的地方称其为"三姑"，"坑三姑娘"。紫姑在演变中一分为三，成了三仙岛上云霄、琼霄和碧霄三位仙姑，统称"三霄娘娘"。

她们的师兄就是在峨眉山罗浮洞学道的赵公明。在周武王伐纣之时，赵公明受到申公豹的挑唆，听信谗言，助纣为虐，最后被周朝大将杀死。云霄三姐妹听说师兄被害的噩耗后，拿着自己的法宝，来到两军阵前为师兄报仇。云霄用混元金斗，碧霄用金蛟剪出战，屡战屡胜。后来，元始天尊和老子前来助阵，施法术将三位仙姑的法器夺走。老子作法招来黄巾力士压死云霄，又命白鹤童子用玉如意杀死琼霄，自己则从衣袖中取出神盒，将碧霄收入盒中，化为血水。

姜子牙封神的时候，将云霄、琼碧、碧霄封为"坑三姑娘"之神，执掌混元金斗。不论是仙凡人圣、诸侯天子，还是贵贱贤愚，落地前必先以金斗转劫，不得超越。

清人《都城琐记》中，有这样一首诗："敝帚挂红裳，齐歌马粪香，一年祝如愿，先拜紫姑忙。"可见，古人对厕神娘娘的尊敬和喜爱。

药王的故事

古人对名医十分景仰，并将其神化供奉在庙宇中，赋予其主掌医药的职能，称之为药王。但药王究竟是谁，众说纷纭。有人认为神农氏是药王，因为传说神农尝百草，首创医药。也有的人认为药王是佛经中所说的药王菩萨。关于药王的故事不尽相同，但主要有三种说法。

说法一是扁鹊。扁鹊姓秦，名越人。渤海郡郑州人。战国时期的医学家，技艺高超，尤善诊脉。传说因为他饮用了长桑君的上池之水，并尽得其禁方，所以能够看见人五脏病症之所在，遂闻名于当世。他遍游各地悬壶济世，在齐地被称为卢医，在赵地则被称为扁鹊。扁鹊是一个全科医生，后因遭到秦太医令李醯的妒忌，惨遭杀害，后世尊称其为脉学的祖师。《汉书·艺文志》中说扁鹊著有《扁鹊内经》和《扁鹊外经》两本书，已佚。现存《黄帝八十一难经》七卷，是后人托名扁鹊的伪作。清代高士奇《扈从目录》中记载："沧州城在（东）北有药王庄，为扁鹊故里，药王庙专祀扁鹊。"

说法二是韦讯。《中国医学大辞典》中有记载："药王，韦讯道之别名。"韦讯道其实是韦讯道人，也就是韦讯。他是唐代京兆人，自幼家贫，后来出家，道号为慈藏。武则天时期被封为御医，官至光禄卿。有趣的是韦讯在施药救人的时候身边常常带着一条黑狗。后来，唐玄宗继位想重用他。他拒绝了唐玄宗的请求，无心于仕途，受到后人的敬佩，被尊为药王。

说法三是孙思邈。孙思邈，京兆华原人，约生于隋开皇元年，卒于唐永淳元年，活了一百零二岁。人们尊称他为"药王"。

孙思邈从小勤奋好学，七岁开始读书，每天可以背诵一千字，被称为"圣童"。到了二十岁的时候，精通诸子百家学说，学问十分渊博。隋唐两代皇帝都想请他做官，他都一一辞谢了。原来他立志要学医。孙思邈有这样的理想是源于他切身的感受。他小的时候，体弱多病，经常请医生来看病。看病需要花许多钱，他的家庭可以负担起这沉重的医药费。可是还有许多贫苦的百姓，因为没有钱，有病只能硬挺着，有的竟悲惨地死去。这残酷的现实使他感到"人命至重，有贵千金。一方济之，德逾于此"。因此，他十八岁就立志学医，并下了很大的苦功。经过长期刻苦的努力和

钻研，他有了很深的医学造诣，成为隋唐时期医药界的佼佼者。

一次，孙思邈在路上看到一群送葬的人抬着一口棺材，从棺材里渗出几滴鲜血，滴在了路边。这时，走在旁边的老婆婆抹着眼泪说道："我可怜的儿呀，你怎么死得这么惨。腹中的婴儿还没出生，你怎么就死了呢？"

老婆婆说的话引起了他的注意。他上前问道："老婆婆到底是发生了什么事情，你哭得如此悲伤？"老婆婆说自己的独生女刚刚难产死了。孙思邈听完老婆婆的哭诉说道："你的女儿并没有死，我还能把她救活。"老婆婆一听，赶忙握住了孙思邈的手，求他救救自己的女儿。

孙思邈让人把棺材打开，将里面的产妇抱出来。他将产妇放在平坦的地上，只见产妇脸色蜡黄，没有一丝血色，跟死人一模一样，但还有微许的脉搏。孙思邈找好穴位，扎了一针。不一会儿，产妇就苏醒过来，胎儿也顺利地生了出来。母子得救了，大家十分都感激孙思邈。

全国各地供奉扁鹊、孙思邈的地方多，奉祀韦讯的很少。河北、河南等地多供奉扁鹊，陕西、山西等地多祭祀孙思邈。

兔爷的故事

兔爷大约起源于明末。明人纪坤在《花王阁剩稿》中说："京中秋节多以泥抟兔形，衣冠踞坐如人状，儿女祀而拜之。"由于小孩子经常在母亲祭祀的时候模仿，兔爷就逐渐让小孩子来祭祀了，再后来就演变成孩子的玩具，并产生了好多新的形象。

到了清代，兔爷的制作日趋精致，有的扮成武将头戴盔甲、身披戢袍，也有的背插纸旗或纸伞，或坐或立。还有的则坐有麒麟虎豹等等。还有扮成兔首人身的商贩，他们不是剃头师父，就是缝鞋的，还有卖馄饨、茶汤的，各行各业无不包罗。清末徐柯在《清稗类钞·时令类》中说："中秋日，京师以泥塑兔神，兔面人身，面贴金泥，身施彩绘，巨者高三四尺，值近万钱。贵家巨室多购归，以香花饼果供养之，禁中亦

然。"可见兔爷在民间占有重要的地位。至今故宫博物院还珍藏着各种各样的兔爷。

关于兔爷的传说是这样的。

当时北京城瘟疫流行，老百姓吃什么药也无济于事，死了好多人。老百姓叫苦不迭，祈求上天保佑。嫦娥在月宫中看见了人们的疾苦，决定派玉兔下凡间治病。嫦娥把玉兔抱在怀中，轻声地说："现在

人间百姓受苦，我派你去救助他们。"玉兔听懂了嫦娥的话，马上来到了人间。

玉兔变化成妙龄女子，走到一户人家门前。她轻轻地叩门，只见里面出来一个老者。玉兔说："老人家，我是天上的玉兔，专门来治瘟疫的。"老人狐疑地看了一眼玉兔，摇了摇头说："你还是走吧。"玉兔非常奇怪，忙问："我是来帮你们治病的，为什么撵我走啊？"老人说因为她穿了一身白衣服，觉得是不祥的象征。

没有办法，玉兔只好去找衣服换。这时，她正好路过一座庙宇，看见里面的神像穿着一副铠甲。玉兔走了进去，向神像鞠了个躬，说："我想借衣服一用，用完一定归还。"说完，玉兔将神像上的盔甲穿在了身上。

她打扮成男子的模样，看起病来非常方便。玉兔挨家挨户地治病，医好了好多人。人们都要感谢她。她不要百姓的谢礼，只是借穿百姓的衣服。百姓们非常奇怪，但也都把自己的衣服借给了玉兔。

这样，下凡的玉兔就仿佛有千万个化身，以不同的形象出现在不同的人面前。时而男装、时而女装，时而农民、时而商贩。她有时还会骑上各种坐骑，骡马虎豹，足迹遍布整个北京城。

北京城中的人们都知道有个治瘟疫的神医，不过每个人见到的形象都不一样。他们有的说是个漂亮的女子，有的说是个威武的少年，还有的说是个年迈苍苍的老者。最后，有个老人说："她应该是嫦娥的玉兔。"原来他就是玉兔下凡后，到第一户人家时遇见的老者。

为百姓消除灾难后，玉兔返回到月宫之中。但她美好、善良的形象永远留在了民间。老北京人为了纪念玉兔，用泥塑造出了她的形象，千姿百态，十分可爱。每到中秋节的时候，每户人家都要供奉玉兔，在桌子上摆出瓜果菜豆，酬谢她给百姓带来了吉祥和幸福。人们还亲切地称她为"兔儿爷""兔奶奶"。

实际上民间艺人凭借着高超的本领，不仅塑造出千姿百态的兔儿爷，还将其变成活动的玩具，俗称"吧嗒嘴"。这种兔爷肘关节和下颌能够活动。

现在，兔爷已经很少见了。东岳庙北京民俗博物馆中保存了一些各种造型的兔爷玩具。

虫王的故事

虫王是驱除虫害，保护庄稼的神，因此也被称为虫神。关于虫王的传说，大致分为两种：鸟说和人说。

说法一：鸟说。在我国古代有一种叫作鹙的水鸟。这种鸟的头和颈部都没有长毛。有一年，天下大旱，蝗灾横行。老百姓叫苦连天，眼看着蝗虫啃噬庄稼，却无能为力。

这时，有人说用火烧死这些害虫。老百姓赶忙找来火把，将庄稼点燃。蝗虫被

中国神话故事与民间传说

烧得吱吱作响，从庄稼上掉了下来。这个方法只能暂时缓解蝗灾，不是长久之计。再说，庄稼都烧光了，吃什么呢？

正在大家愁眉不展的时候，飞来了一群水鸟，成千上万。它们飞到庄稼上面啄食蝗虫。不到一天，就将蝗虫吃掉了一半。十天过去了，蝗虫全部消灭了。老百姓欢呼跳跃，从心里感谢这些鸟儿。

这件事情被朝廷知道了，为了嘉奖这些鸟儿保护庄稼有功，就封水鸟为护国大将军。从此以后，水鸟就成了虫王。

说法二：人说。虫王是指刘猛将军。刘猛指的是一位姓刘的猛将。关于这位猛将是谁，历史上有五种说法：刘合、刘锜、刘锐、刘宰、刘承忠。民间一般公认刘锜为虫王。

刘锜是南宋抗金名将。他曾经率领军队打败过金兀术的人马，取得了赫赫战功。可是，南宋朝廷由奸相秦桧把持朝政，他主张求和，所以刘锜就遭到了排挤，到地方上做了一个小官。

刘锜到任后，为老百姓做了许多好事，得到大家的拥戴。

这天，农夫们正在田里耕种，忽然听见头顶上传来嗡嗡的响声，抬头往天空中一看，只见一团黑雾正向田间飞来。这团黑雾来势凶猛，直扑田间。在田地里耕作的人们还没有反应过来是怎么一回事，庄稼就被吃掉了一半。

原来，这团黑雾是蝗虫。不知道从哪里来了这么多蝗虫，看见庄稼就咬，眼看就要收获的稻谷，反而成了虫子的食物。老百姓赶忙跑到刘锜的府衙，通知这件事情。刘锜此时正坐在屋内，想着如何组织农民收割粮食。

听见外面乱哄哄的，他赶忙走出了屋子。只见院子里站满了老百姓，正用期盼的目光望着刘锜。他赶忙问身边的衙役出了什么事情。其中一个人回答道："不知道哪里来的蝗虫，把庄稼全都吃掉了。"

刘锜一听着急起来，粮食是农民的命根子，如果没有粮食吃，百姓岂不是要挨饿了。于是，他带着身边的衙役上田间观察。只见漫天飞舞着蝗虫，农作物上落着蝗虫，它们正不停地啃噬庄稼。

刘锜知道如果不早点除掉这些害虫，粮食就会被全部吃光。他回到县衙，把全城的老百姓都召集了起来说："现在蝗灾泛滥，我们只有团结起来，才能消灭蝗虫。现在唯一的办法就是把粮食从这些害虫的嘴里抢回来。你们带上防护的工具，和我到田间去抓蝗虫。"

说完，刘锜带着全城的百姓到田间去捉蝗虫。可是，蝗虫越捉越多，好像永远捉不完似的。刘锜犯起愁来，可怎么办啊？这时，一个手下人说："大人，昆虫都怕火。我们可以用火烧死这些害虫。"

刘锜一听是个好主意，马上让人准备火把。他举着火把来到田间，用烟熏这些害虫。蝗虫被火烧得啪啪直响，不一会儿，就烧死了一大片。刘锜看这个方法可用，就让老百姓们拿着火把烧蝗虫。

没过多久，蝗虫就被烧死了一大片。可人是需要休息的，不能总是举着火把。刘锜就命人在田间支起几口大油锅，将锅里的油点燃，顿时火光冲天，把天空中飞着的蝗虫都烤了下来。

就这样，刘锜带领着百姓消灭了蝗虫。刘锜因为驱蝗有功，被宋理宗封为扬威侯暨天曹猛将之神。这里的猛将，就是猛将军的意思。

相传农历正月十三是刘猛将军的诞辰。这一天，官府要正式祭祀，百姓要举行迎神大会。人们通过这个节日，表达了对丰收的期望。

梅葛二圣

梅葛二圣是染织业的祖师爷。旧时的染织店在祭祀的时候，常常焚烧一种"纸马"。这"纸马"由五色纸或黄纸扎成，上面印有梅葛二圣的神像。

关于梅葛二圣的传说，大致分为两类：

传说一：梅葛二圣发明了颜料。古时候人们的衣服都是用棉布、麻布缝制的，衣服只有灰白色，没有其他色彩，非常单调。人们非常羡慕野兽的皮毛和鸟类的羽毛，因为它们有各种各样的色彩，漂亮好看。有一次，一个姓梅的小伙子不小心摔进了泥塘里，白衣衫叫泥水弄得很脏。他想：也不能穿着脏衣服回家啊。

于是就来到溪水边洗衣服，结果衣服上的黑泥怎么也洗不干净。等把衣服晾干了以后，白色的衣服变成了黄衣服。没有办法，小伙子只好穿着黄衣服回家了。没想到，村里人都说这个颜色好看。这个姓梅的小伙子把这个秘密告诉给了自己的好朋友，一个姓葛的小伙子。从此黄泥可以染布的消息传开了。人们从此以后可以穿上黄颜色的衣服了。

梅、葛二人受到鼓舞，决心寻找其他的颜色来染衣服，试了很多回，还是没有找到染衣服的方法。有一天，他们俩把染好的黄衣服挂在树枝上晾干。忽然刮起了一阵风，把衣服吹落在草地上。等到他俩来收衣服的时候，把掉在地上的黄衣服捡起来一看，竟成了一件"花"衣服，青一块，蓝一块。他俩很吃惊地蹲在草地上研究起来，到底如何能染出这青蓝色呢？两个人想是不是因为沾上了青草的颜色了呢？他们为了验证自己的想法，割了一筐青草带回家。回家后，两人就忙了起来，他们先把青草捣烂，然后放到水缸里，最后将白布放进去浸泡。不一会儿，白布变成了蓝布。后来这种染布的方法流传到了民间，人们不但知道了用"蓼蓝草"可以将衣服染成蓝色，而且还从蓼蓝中提取出了一种叫"靛青"的染料。

还有一回，梅葛二人在一起喝酒，两人边喝边谈，很是高兴。由于笑得太厉害，一不小心把嘴里的酒都喷到了染缸里，没想到"因祸得福"，染缸里的蓝布竟然变得更加鲜艳，十分漂亮。从此梅葛二人在染蓝布的时候，就改用一种酒糟发酵，用蓼蓝沉淀物还原的方法染蓝布。这种方法染出来的布颜色纯正，久不褪色。

工匠们为了纪念梅葛二人开创染布业、发明染料的伟大功绩，将他们尊称为染布业的祖师爷，就是后来的"梅葛二圣"。

传说二：梅葛二圣是一鸟一果。以前古人的衣服颜色很单调，只有白色。不仅平民百姓穿白色的衣服，皇帝也不例外。有个皇帝看见天地万物都有自己的色彩，而自己作为一国之君，连一件带颜色的衣服都没有，很是生气。于是下令，让手下的工匠为他制作出一件鲜红的袍子，就像太阳那般艳丽。皇宫里的工匠们一筹莫展，研究了好些天，也不知道如何染制大红袍。皇帝非常生气，把这些工匠都杀了。宫里没了工匠，谁还会做红袍呢？

于是皇帝贴出皇榜，在各地选聘手艺高强的工匠。皇榜贴出去了好长时间，没有一个工匠敢揭。工匠们都知道只要揭了皇榜，那就是死路一条。一天，一位老人揭了皇榜。他被带进宫见皇上。皇上问："你能制作出红袍吗？"他说："我能制红袍，但希望陛下给我一些时日。"其实老人也制作不出红袍，他这么说用的是缓兵计。

一天，老人边走边思考怎样给皇上制作红袍，不知不觉走到了一片山林里。他找了一棵大树，坐在下面沉思默想。在这棵树上落着一只葛鸟，它正在啄吃梅果，吃得很甜。可能梅果太好吃了，这只葛鸟一边吃，一边啼叫。老人被鸟的叫声吸引，忍不住抬头望树上看。没想到梅汁从葛鸟的嘴里滴落下来，正好掉到老人的白衫上，留下一个个的小红点。老人受此启发，马上采摘了许多梅果。回到宫里，他把这些梅果捣碎，将白布浸泡其中。不久白布就染成了红布，他马上为皇上赶制了一件红袍。皇帝穿上红袍，非常高兴，赏赐给老人很多东西。工匠们十分感激老人的救命之恩，要给他立庙奉祀。老人说什么也不同意。老人说："要谢就谢葛鸟、梅果两位神仙吧，不是他们下凡成就了此事，我怎么能把大家从刀口下救出来呢。"于是，人们就按照老人的模样塑造出了梅葛二圣的塑像，建庙供奉。

第三章　民间传奇

望帝化为杜鹃

相传在远古时代的蜀国，曾经有一位帝王，名叫杜宇。他勤政爱民、仁厚慈祥，深受人们的爱戴。百姓们尊敬他，都称他为"望帝"，"帝"就是国王的意思。

望帝当国王的时候，十分关心老百姓的生活，他亲自带领蜀国人民开垦荒地、种植庄稼，叮嘱人们要遵循农时，及时播种、收割。经过很多年的努力，蜀国终于成了一个富饶的国家。

但那个时候，蜀国经常发水灾。每次一发大水，人们辛勤种植的庄稼就全都遭了殃。望帝看在眼里，十分着急，一直想找一个好办法，解决这个问题。但因为找不到合适的人才，这件事也就搁置下来了。

有一年，在蜀国的一条河里，人们忽然发现了一具尸体。奇怪的是，别的东西在河流里，都是顺流而下，而这具尸体，却是逆流而上的。人们又惊奇又害怕，谁也不敢动它。有胆子大的人将它从河里打捞了上来，放在岸上。没想到，过了一会儿，尸体居然复活了。他说自己是楚国人，名叫鳖灵，因为失足落水，才从家乡一直漂到了这里。

人们将信将疑，有好事的人，便跑去把这个消息告诉了望帝。望帝听了，觉得此人必

中国神话故事与民间传说

有异能，就召他来见自己。其实鳖灵原本是一只具有灵性的大龟，经过多年的修炼，才变成了人。鳖灵朝见望帝，便对望帝说，自己有治水的本领。望帝一听，非常高兴，便封鳖灵做了宰相。

鳖灵到来后不久，蜀国就发生了一场大洪水。水从河里溢出来，几乎席卷了半个蜀国。巨浪不但席卷了庄稼田地，还淹没了人们居住的地方。老百姓死的死，逃的逃，伤亡惨重。鳖灵受望帝的委任，担起了治理洪水的重任。他先是带领兵马和工匠，沿着河流，一直走到了巫山。他一看，发现这里堆积了很多泥沙和巨石，堵住了河水，才造成蜀国发生了这么严重的水患。如果能够打通巫山，水流就会从蜀国一直流到长江。这样，水患就解除了。于是，鳖灵带领着工匠，疏通泥沙、搬开巨石，经过了很长时间的辛勤努力，才将巫山凿开了。蜀国的水灾平息了，老百姓们重新过上了平安富饶的生活。

鳖灵为蜀国立下了大功，望帝十分感谢他，他觉得自己身为一国之君，才能却不及鳖灵，于是便将自己的王位禅让给了鳖灵，自己到蜀国边境的西山隐居去了。

鳖灵登上了王位，号称丛帝。一开始的时候，他还十分勤劳，种植粮食，兴修水利，使老百姓们过上了富庶的生活。但时间一长，他便变得懒惰了，不愿意处理朝政，只知道享乐。他甚至还加重了税赋，让老百姓上交很多的钱物。渐渐地，百姓们的日子变得愈发辛苦，越来越无法忍受。

住在西山的望帝听说了这个消息，心中十分着急，他想要回到王宫，要回自己的王位，使鳖灵不能再任意胡为。但无奈此时的鳖灵已经大权在握，望帝根本就对付不了他。望帝没有办法，只能再次回到了西山。他眼见百姓受苦，却又无可奈何，只有每天悲愤、哭泣而已。后来望帝死了以后，便变成了一只能飞能叫的杜鹃鸟。它每天都在蜀国的土地上飞翔，一边飞，一边叫着："不如归去、不如归去！"向人们诉说着自己失去国家的哀伤。啼得多了、累了，甚至有时候还会啼出血来。人们哀怜它，都不伤害它。一直到现在，在每年桃花盛开的时节，还能听到它的声声啼叫呢。

李冰杀蛟龙

李冰是我国古代的治水名家。两千五百多年前，他作为秦国的蜀郡太守，带领

《中国神话故事与民间传说》

着自己的儿子和老百姓，在四川的灌口疏通河道、建立堤防，修造出了举世闻名的都江堰，终于消除了水患，使老百姓过上了安居乐业的太平生活，至今人们都一直传颂着他的伟大功绩。

传说水患治理好之后的一天，李冰在家中小睡，忽然梦见一个身穿蓝布袍、头戴竹斗笠的老汉哭着跪在他面前。李冰连忙把他扶起来，问道："老人家，您这是干什么，出什么事了？您站起来慢慢说。"老人擦了擦眼泪，站了起来，说道："太守，我乃是这附近高景关的土地公，前不久，高景关旁边忽然冒出一座龙神庙来。庙里的龙神每天要吃掉九头牲畜，每隔十天，还要百姓们给它献上一对童男童女。这些日子，百姓们实在是没有东西再献给它了，它就四处兴风作浪，发起大水，淹没了无数房屋田地，弄得百姓们流离失所，无法生存下去。小神实在是没有办法，听说太守善治水患，特来求救，求您救救沿河两岸的百姓们吧！"

李冰听了，想了想，说："老人家，您不要着急，我决不会让恶龙再次兴风作浪，危害父老。您放心，我这就去您说的地方看一看！"说完，李冰叫人牵来一匹马，请土地公上马带路，自己也骑上马，带着官员军士，直奔高景关而去。

到了高景关，李冰一看，山下果然已经是一片汪洋，原本绿油油的千顷良田，都被大水所淹没，只能看到零星的麦苗尖，从水中冒出来。旁边的一座悬崖上，矗立着一座庙宇，匾额上书三个大字——"龙神庙"。走进大殿，只见一个面目狰狞、金盔金甲的龙神坐在正中，背后卧着一条正张着血盆大口的恶龙。

李冰一看，这不正是西海龙王敖顺的九太子吗？以前治水的时候就曾经遇到过它，没想到现在它又跑到这儿来了。

龙王九太子一看李冰来了，吓了一跳，连忙摇身一变，变成了慈眉善目、白发飘举的慈航真人的模样，对李冰说："李太守，你治理洪水功德无量，我今天特来度你成仙！"

李冰一看，龙神像背后的恶龙消失得无影无踪，而面前这位慈航真人的身上，正飘着和刚才那条恶龙身上一样的血腥味儿，立刻就明白了。他冷笑一声，抽出腰间的斩龙剑，大喝一声："大胆孽龙！竟敢变成普度众生的慈航真人，还不快快伏法！"说完，举起斩龙剑，就向恶龙刺去。

中国神话故事与民间传说

恶龙一见诡计没有成功，立刻就化作了一股青烟，冲上天空，现出自己九头龙的真身，掉转龙头，直冲李冰扑去。李冰举起斩龙剑，念动咒语，召唤出风神、火神，附在剑上。斩龙剑立即变成了无数把飞剑，向龙王九太子刺去。风神吹出的狂风，让恶龙睁不开双眼；而火神喷出的火焰，又烫得恶龙不敢近前。李冰与恶龙苦战了三天三夜，终于，李冰使出全身的力气，一剑刺中了恶龙，把它降服了。高景关一带又恢复了安宁和太平，洪水退去了，土地也比以前更加肥沃了。

据说李冰六十七岁时的一天，正站在高景关旁边的一块巨石之上，抚须放眼四望。看着自己辛苦治理了这么多年的蜀郡，已是良田万顷，河道井然，心中升起无限感慨。忽然，他听见天空中传来一阵悦耳的乐声，抬头一看，只见羽衣使者从天而降，对他说道："李太守，你治理洪水多年，名闻天府，如今已经是功德圆满，随我升仙去吧！"

李冰抬起双脚，只觉得浑身轻如白云，他走上彩云，和羽衣使者一同飞去了。

后来，人们在高景关附近建起了大王庙，以纪念李冰的功绩。李冰杀蛟龙的传说，也一直流传到了今天。

牛郎织女

相传在很早的时候，曾经有一个忠厚老实的小伙子，他的名字叫作牛郎。牛郎很小的时候父母就去世了，他便跟着哥哥和嫂子一起生活。牛郎的嫂子是个心肠十分狠毒的人，她每天让牛郎干这干那，却还经常不给他饭吃。牛郎每天天不亮就要起来，拉着家里的一头老黄牛到山上去吃草。回来了以后，还要砍柴挑水、烧火洗衣。就是这样，他的哥哥嫂子仍然觉得他是个累赘，每天都在想怎么才能把他赶走。

这一天，牛郎的嫂子对他说："你也老大不小的了，不能再让你的哥哥养着你了，我们还是分家吧。"

牛郎听了，也只好答应。分家的时候，哥哥和嫂子几乎拿走了家里所有的东西，只给他剩下了一头老黄牛和一辆破车。从此以后，牛郎便与老黄牛相依为命。他找了一块荒地，每天和老黄牛一起，辛勤耕种，还盖起了一间茅草屋，和老黄牛一起住在屋里。

一天，老黄牛突然开口对牛郎说话了，它说："牛郎，今晚在碧莲池那里，会有几个仙女来洗澡，你提前到那里去，藏在旁边的草丛里，等她们都进了水池以后，你就到她们放衣服的地方去，找到一件粉红色的衣裙，偷偷地把它藏起来。记住，千万别让她们发现你。"

牛郎见老黄牛居然能开口说话，不禁吓了一跳，他连忙问："老牛，你居然能说话？"

老黄牛点了点头，说道："我本是天上的金牛星，因为偷了天上的五谷种子，撒到人间，惹恼了玉皇大帝，被罚下了人间。我见你勤劳朴实、忠厚善良，不忍心看你受苦，你按照我说的做，就能娶到一个仙女做妻子。"

牛郎听了，点了点头，说："好。"

到了晚上的时候，牛郎便提前到了碧莲池，躲在池边的芦苇丛里，过了一会儿，只见天上飘来一片五色彩云，闪耀着奇异的光彩，缓缓地降落在池边。从彩云里走出来七八个仙女，个个都长得清秀端庄、美丽极了。牛郎不禁看傻了眼。仙女们四下张望了一下，见没有人，便纷纷脱下轻罗衣衫，跳进碧莲池里。清凉的池水洗去了她们的疲乏，没一会儿，仙女们就互相嬉闹起来。

趁着这个时候，牛郎连忙从芦苇丛中蹑手蹑脚地走出来，来到仙女们放衣服的大石头旁边，他凑近一瞧，果然有一件粉红色的丝裙，混在衣服里面。牛郎连忙将它拿了起来，悄悄地藏在自己怀里。

然后他站到池水边上，轻轻地咳嗽了一声。仙女们一见有人来了，吓了一大跳，慌忙从水里出来，穿上自己的衣服，驾起祥云飞走了。牛郎转头一看，碧莲池里只剩下了一位仙女，她找不到自己的衣服，只得躲在池水中央，把自己的身体缩在水里。她的容貌比刚才牛郎所见的其他仙女还要美丽，秋水一般的双眸，樱桃一样的朱唇，乌黑的长发上还闪着水光，楚楚动人，漂亮极了。

牛郎一见，知道这就是老牛让他带回家的仙女。他便从怀中拿出那件粉红色的衣衫，对仙女说，只有她答应做他的妻子，他才会把衣服还给她。仙女没有办法，便含着羞答应了牛郎，跟着他一起回家去了。

回到家以后，牛郎才知道仙女名叫织女，是玉皇大帝最疼爱的小女儿。织女和牛郎成亲以后，男耕女织，相亲相爱，日子过得非常幸福。不久以后，织女给牛郎生下了一儿一女，一家四口在一起，生活得非常快乐。

但快乐的日子并没有持续多久，不久，王母娘娘知道了这件事情，非常生气，令天兵天将立刻到人间，把织女抓回来。

织女正在房里织布，忽听门外风声大作，隐隐有战鼓的声音传了过来。她出门一看，天兵天将已经到了屋前，他们不由分说，抓了织女，就要返回天庭。从地里赶回来的牛郎一见，连忙拉住了织女的手，两个孩子也揪住了母亲的衣襟，一家人哭

中国神话故事与民间传说

得声嘶力竭，但最终，天兵天将还是硬生生地将他们分开，把织女带回了天庭，关了起来。

牛郎和孩子们，哭得死去活来。到了晚上，牛郎一个人坐在屋子里面发呆，老黄牛忽然开口，对他说："牛郎，我马上就要死了。我死了以后，你把我的皮剥下来，披上它，就可以飞上天空，找到织女了。"

牛郎一惊，连忙说道："老牛，不要胡说，你怎么会死呢？"

老黄牛说道："不要伤心，我死了以后，魂魄会回到天上，重新变成金牛星。你快披上我的皮，到天上去找织女吧！"说完，老黄牛就倒在地上，死了。

牛郎含着眼泪埋葬了老牛。他下定决心，要到天上去，找回织女。他找来一对箩筐，挑起两个孩子，披上老牛的牛皮，刹那间就飞上了天空。到了天庭外面，两个孩子声嘶力竭地呼喊着自己的母亲。织女听见，不禁痛哭失声。她不顾一切地冲了出来，眼看她就要与牛郎和自己的孩子们团聚的时候，王母娘娘赶来了，她拔下自己头上的一只金簪，往他们中间一划，霎时间，一条波涛滚滚的天河就横在了他们之间。

织女站在岸边，望着对面的牛郎和孩子们，哭得撕心裂肺。牛郎和孩子们也同样哭得死去活来。旁边的仙女们看了，都非常难过，最后，就连王母娘娘也有些感动了。于是，她便同意了让牛郎和孩子们留在天上，但是织女却要回到天庭当中。一年中只有七月七日这一天，才允许他们见上一面。每到这一天，天空中就会飞来许多喜鹊，用自己的身体为他们搭起一座桥，牛郎和织女就在这条鹊桥上相会。

从此，牛郎和他的一双儿女就住在了天上，隔着一条天河，和织女遥遥相望。至今，在明朗的秋天的夜空中，只要你仔细观察，还能看到银河的两边，各有一颗晶莹闪烁着的星星，那就是牛郎星和织女星；而在牛郎星的边上，还有两颗眨着眼的小星星，那便是他们的两个孩子。

天仙配

玉皇大帝和王母娘娘有七个聪明美丽的女儿，但只有小女儿最受父母的宠爱。七仙女不仅生得花容月貌，而且还心地善良，天上的神仙都很喜欢她。不过她也是最淘气的，每日待在天庭里让她十分厌烦，她很想到人间去走一走。可是她央求了父母很多次，都被拒绝了。这天，她趁着王母娘娘的生日又向母亲提起此事，王母娘娘心情大好，就允许她们姐妹七人到凡间走一趟，但务必尽快返回天庭。七仙女高兴地答应了，于是，小仙女与六位姐姐一同来到了人间。

在人间，一个名为董永的青年正在卖身葬父。董永自幼家境贫寒，母亲早早地离开了人世，后来父亲又病倒了，使得一家人的生活更为拮据。为了给父亲治病，董永几乎变卖了家里所有值钱的东西。可即使如此，他也没能阻止父亲离去的脚步。当父亲死时，董永已经穷得揭不开锅了。他虽然不能为父亲举行一场隆重的葬礼，但还是希望让父亲尽快入土为安。可是他实在想不到其他筹钱的办法了，所以就只能在大街上卖身葬父。只要有人愿意出钱帮他把父亲安葬，他就愿意为其做三年的免费苦力。后来，一个姓王的财主出钱埋葬了董永的父亲，而董永也就理所当然地成了他的家奴。

董永卖身葬父的一幕恰好被刚到凡间的七仙女看到了，她被董永的至孝至诚感动了，决定留在人间帮帮这个孝子。七仙女漫步到河边，忽然发现一棵老槐树很是特别。她一眼就认出了这棵树并非普通的槐树，而是经过千年修炼的槐树精。七仙女向槐树精说明了自己的心思，并请槐树精为她与董永说媒。槐树精知道对方是天上的七仙女，有些害怕，他好不容易才修炼的道行，要是让玉帝知道他给七仙女和凡人说媒，岂不是要降罪于他？可是看到七仙女一片赤诚，再说他也确实想帮董永，所以就冒险答应了此事。

董永感激王财主出钱帮助自己葬父，因此到了王财主家后，就开始拼命地干活。每天天不亮，他就赶着老牛到地里干活，等到天黑才拖着疲惫的身子回来。然而董永的苦干并没能换来王财主的同情，反倒是换来了更为繁重的劳动。这个王财主本来就并非善人，他之所以出钱帮助董永葬父，完全是因为董永的勤劳能干，而且只出很少的钱就可以换来三年的免费苦力，这种便宜事恐怕并不多见。如今见董永比他想象的还要能干，他自然要多安排一些活儿让董永干。

董永没日没夜地干活，辛苦疲惫自不必说，其内心的苦楚才是最折磨人的。他常常想，自己要何时才能结束这种生活、恢复自由之

身呢？三年虽说不长，但如此干下去，他真不知道自己是不是还能等到三年期满的那一天。这天，他又到地里干活，中途实在太累了，就到老槐树下乘凉。他实在太苦了，又没有任何倾诉之处，所以就忍不住向老槐树倾诉起来。董永并不知道，这棵老槐树早已成精，能够听懂他所说的一切。

在董永发泄完打算离开的时候，老槐树忽然开口说话了："董永啊，我知道你是一个诚实善良的好人，你应该有好的命运。我虽然帮不上太大的忙，但是我可以为你促成一段姻缘。今天晚上你就在槐树下等待，到时自会有一位女子前来与你相会，那位女子将会成为你的妻子，她会帮助你渡过难关的。"董永简直不敢相信自己的耳朵。他穷得连自己的家都没了，怎么还敢奢望一段好的姻缘呢？又有哪个女子愿意嫁给他这个连自由都没有的穷光蛋呢？虽然有些不敢相信，但年轻人都是渴望爱情的，他还是很期待晚上的相会。

当天晚上，董永早早地来到了老槐树下，等待着那位即将成为自己妻子的女子出现。七仙女在得到槐树精的通知以后，也来到了老槐树下。槐树下的董永虽然衣衫褴褛，但其俊朗的外表还是掩盖不住的。七仙女无悔自己的选择，她慢慢走到槐树下，站在了董永面前。董永抬起头来看到七仙女，马上被七仙女的美丽惊呆了。他没想到这位有如天仙的女子竟会走进自己的生活，成为自己的妻子。董永被七仙女迷住了，可是理智还是让他毫无隐瞒地将自己的情况都告诉了七仙女。七仙女再一次被董永的诚实所感动，她笑着对董永说："没关系，我愿意和你一起还债，直到三年期满的那一天。"

董永和七仙女结为了夫妻，他们并没有举行盛大的婚礼，甚至连酒席都没有摆，两个人只是简单地行了仪式，便生活在了一起。董永将七仙女带回了王财主家，与自己挤在一间茅草屋里。看着美丽的妻子要跟自己受苦，董永很不忍心，因此干起活来更加有劲儿了。他必须尽快重获自由，给妻子一个属于他们自己的家，让妻子过上幸福的生活。而在七仙女看来，即使与董永寄人篱下，住在茅草屋中，她也已经很幸福了。董永对她的呵护备至让她感受到了爱情的温暖，这是她从未感受过的。

七仙女的到来给了董永很大的动力，但没过多久，王财主便发现了七仙女的存在。王财主是个好色之徒，见到美丽的七仙女，就想要将其据为己有。他想董永是自己的家奴，又穷得叮当响，只要他向董永开出个优厚的条件，就一定可以得到七仙

中国神话故事与民间传说

女。这天，他叫来董永，和颜悦色地说："董永啊！看你每日那么辛苦，我实在是心有不忍。如今我有一个让你重获自由的方法，不知道你愿不愿意尝试。只要你答应我一个条件，你欠我的债就一笔勾销，从此后你就自由了。"

听到可以马上获得自由，董永非常高兴，忙问王财主是什么条件。可当王财主提出要霸占他的妻子时，董永气得脸都变了颜色。他愤然拒绝了王财主的无理要求，并警告王财主不要再打七仙女的主意。没有如愿的王财主也很生气，对董永更加苛刻起来。他决心报复董永，让董永知道他的厉害。他让董永每天磨一百斤豆腐给他，如磨不完就要接受惩罚。于是，董永开始没日没夜地磨豆腐，根本就没有休息的时间。一连三天三夜，他连眼都没合过。

七仙女看到丈夫这样没日没夜地磨豆腐很是心疼。她来到豆腐坊，对董永说："你已经三天三夜没合眼了，快去睡一会儿吧！我来帮你磨。"可董永说什么都不肯。让妻子跟自己受苦他已经很不忍心了，怎么能让柔顺的妻子来做这种粗活呢？七仙女拗不过他，就坚持要在豆腐坊陪他。董永答应了。七仙女假称要给董永解闷，就念书给他听。董永听着听着就入了神，不觉放慢了脚步，可磨盘却加快了转速。没用多久，一百斤豆腐就磨好了。

自打七仙女陪着董永磨豆腐以来，董永只需要很短的时间就可以将豆腐磨好，这样他就有多余的时间休息了。王财主见董永每天都能按时交出一百斤豆腐，很是纳闷，心想这个董永果然能干。为了难为董永，他要求董永一天磨出二百斤豆腐来。这下董永可犯了难，一百斤豆腐尚且吃力，那二百斤豆腐根本就是不可能完成的。七仙女让董永不必担心，她自有办法。七仙女用法力磨出了两百斤豆腐，准时交给了王财主。这下王财主彻底惊呆了，他怎么也想不明白，董永是怎么完成这不可能完成的任务的。他觉得其中肯定有诈，便叫人偷偷窥视豆腐坊的情况。

王财主家的下人来到董永磨豆腐的房间外，他捅破窗户纸向里一看，差点儿惊叫出来。只见董永正趴在桌上睡觉，七仙女坐在他的身边，而磨盘却在飞快地转着。下人将自己看到的一切如实告诉了王财主，王财主有些不信，非要自己去看看。在被自己的眼睛证实以后，王财主确定七仙女有某种非凡的法力。可他还想再试一试七仙女的本事，于是便提出要求，只要七仙女能在三天之内织出三十匹彩帛，就可以为董永赎身。七仙女答应了。晚上，她叫来自己的六位姐姐，与自己一起织帛。三天过后，七仙女果然交出了三十匹彩帛。王财主虽然有些后悔，但也不能耍赖，只好放了董永。

七仙女和董永离开了王财主家，在一个山清水秀的地方建起了他们的新家，从此过上了男耕女织的幸福生活。然而好景不长，王母娘娘得知七仙女与凡人婚配后非常生气，命令天兵天将抓她回来。七仙女被天兵天将带走了，只剩下董永一个人孤苦无依地生活在世上。他每天都到老槐树下等待七仙女回来，可直到他闭上眼睛，也没能等到七仙女。

天狗食日

在很久以前，有一个叫目连的年轻人，生就一副慈悲心肠，对神灵也十分虔敬。可是他的母亲却与其大相径庭，总是做一些道德败坏的事情。目连多次劝说母亲，让母亲多行善事，可母亲就是不听。这让目连很是苦恼。虽然他坚决不赞成母亲的做法，但他是个孝子，不敢忤逆母亲，所以就总是跟在母亲后面收拾烂摊子，希望能减少给其他人带来的伤害。当然，他做的这些事情，母亲都是不知道的。

一天，目连的母亲突发奇想，她想要整一下寺院里的和尚。所有人都知道和尚是吃斋念佛的，不吃荤腥。目连的母亲就想让和尚们开一次荤，她让目连准备了三百六十个狗肉馒头，然后谎称是素馒头到寺庙里施斋。目连当然知道母亲这样做的严重后果，可是他又不敢阻止母亲。不得已，他只好提前通知寺庙里的方丈，让和尚们早做准备。方丈让每个人都准备一个素馒头藏在衣袖里，用来替换目连母亲送来的狗肉馒头。

目连母亲并不知道目连已经告诉了方丈，她带着三百六十个狗肉馒头来到了寺庙，向方丈施了一礼，接着表明了自己的来意。方丈也没有当场拆穿她，也假意谢过她的好意，说是等午饭时将馒头发给僧人们。目连的母亲不同意，说是无论如何也要看到和尚们吃下馒头才肯离开。方丈暗自庆幸，如果不是早有准备，今天就真的要开斋了。他让目连的母亲留下来与他们共进午餐，到时候就可以亲自看到和尚们进餐了。

到了中午，和尚们纷纷来到饭堂。目连的母亲将狗肉馒头亲手发到每个和尚手中，然后便催促和尚们快吃，方丈说道："按照我们寺庙的规矩，在吃斋之前，必须要先诵经。"目连的母亲不耐烦地说："那就快念吧！"在诵经的时候，和尚们偷偷地把早就藏在衣袖里的素馒头与摆在桌上的狗肉馒头掉了包。待诵经完毕，和尚们便拿

中国神话故事与民间传说

起桌上的素馒头吃了起来。目连母亲大笑着说："今天所有的和尚都开斋了！"说完，便得意地离开了。待其走后，方丈命人将狗肉馒头埋在了后院中。

目连母亲的荒唐行为没能让和尚开斋，但却惹恼了玉帝。玉帝下令将目连的母亲打入十八层地狱，使其化为一只恶狗，永世不得超生。目连虽然知道母亲是罪有应得，但他是个孝子，又怎么忍心看着母亲在地狱里受苦呢？为了将母亲从地狱中解救出来，他日夜苦修，终于成了地下的地藏菩萨。到了地狱之后，他打开地狱之门，在放出母亲的同时，也放出了很多恶鬼。这些恶鬼投胎到人间作乱，搅得人间不得安宁。玉帝气得大发雷霆，他让目连亲自到凡间解决这个问题。目连到凡间投胎为黄巢，杀了几百万人，使这些人全部返回地府。

至于目连的母亲，则到处寻找玉帝。她对玉帝早已恨之入骨，恨不得将其碎尸万段。于是，她冲到天上四处寻找玉帝，可玉帝哪是那么容易找到的呢？因为找不到玉帝，发疯的目连母亲就吞下了太阳和月亮，使得人间变成一片黑暗。不过她很怕锣鼓和爆竹的响声，因此一听到锣鼓声和爆竹声，就又吓得将太阳和月亮吐出来，人间就又恢复了光明。就这样，人间便有了日食和月食，天狗食日的说法即是由此而来。

孟姜女哭长城

相传在秦朝的时候，有一户姓孟的人家。孟家只有一位老公公和一位老婆婆，他们没有孩子，每天的生活过得都很寂寞。有一天，孟公公在院子里种下了一棵葫芦，葫芦藤长啊长啊，伸到了隔壁姜家的院子里，结了一个大葫芦。葫芦一半在孟家，一半在姜家。两家一商量，决定把葫芦剖开，一家一半。可没想到，剖开大葫芦一看，里面竟然坐着一个白白胖胖的小姑娘，长得聪明可爱，漂亮极了。孟公公和孟婆婆一看，非常高兴，就认她做了女儿，给她起名叫作孟姜女。

孟姜女渐渐地长大了，出落成一个清秀美丽的姑娘。她心地善良，能歌善画，十里八乡的乡亲们都很喜欢她。孟公公和孟婆婆更是把她当成掌上明珠。

这一天，孟姜女在自家的花园里游玩，忽然一阵大风刮来，把她的手帕刮到了河里。孟姜女看了看，四下无人，便捋起半截袖子，将手伸到河里，去捡手帕。刚捡起来，孟姜女忽然发现旁边的大树后面躲着一个人。她吓了一跳，连忙问："你是谁？为什么躲在那儿偷看我？"

树后面的人没有办法，只得走了出来。孟姜女一看，原来是一个长得十分英俊的青年公子。他向孟姜女行了一礼，说道："小姐不要惊慌，我姓范，名叫范喜良。秦始皇修筑万里长城，四处抓民夫，我因为怕被抓到，才从家里跑出来的。我跑到这里，刚想歇口气，却忽然听见一阵人喊马叫的声音，原来这里也在抓人。我一着急，就翻过了旁边的一堵墙，进了这个花园，藏了起来。不是故意躲藏起来偷看小姐的。"

孟姜女听他说得合情合理，不像是临时编的谎话，便说道："范公子，现在你已经看到了我的肌肤，我就不能再嫁给别人，只能嫁给你了。你可愿意？"

范喜良见孟姜女美丽大方，便也同意了这门亲事。他们一块儿回到屋中，向孟公公和孟婆婆说了这件事。老两口见范喜良举止大方，一表人才，也十分高兴，就选了一个良辰吉日，让范喜良和孟姜女成亲了。

到了晚上，范喜良走进新房，刚刚掀开孟姜女的红盖头，一小队秦兵就闯了进来，把范喜良抓走了。

范喜良自打走了以后，音讯全无。孟姜女整天哭啊、盼啊，可是盼了一年，仍然一点消息也没有。转眼到了冬天，天气开始变得寒冷，孟姜女做好了寒衣，要亲自去长城，给范喜良送去。老两口怎么劝也劝不住，只好让她去了。

孟姜女知道长城在遥远的北方，她就一直往正北走，不知翻过了多少座山，越过了多少条河，

却还是看不到长城的影子。她走啊走啊，走得鞋都破了，脚底下流出了鲜血，也不肯停下。就这样日赶夜赶，终于有一天，孟姜女到了长城脚下。她放眼一望，成千上万的民夫，被逼迫着搬运石头、修筑长城，哭泣声、哀号声和监工的责骂声，响成一片。

孟姜女非常着急，她挨个找过去，却始终没找到自己丈夫的身影。她向修筑长城的民夫打听：您知道范喜良在哪里吗？问一个，人家摇摇头，又问一个，人家说不知道。不知问了多少人，她总算打听到一个邻村也被拉来修长城的民夫，她连忙问："您见到范喜良了吗？"

民夫低下头，过了半天，才哽咽着说道："范喜良上个月，就已经累死了！"

孟姜女听了，脑袋里嗡的一声，顿时觉得天旋地转，晕了过去。她醒来以后，放声痛哭，哭声响彻云霄。她一连哭了三天三夜，只听轰的一声，长城倒塌了一大段，里面露出许多白骨。孟姜女一下子就发现了丈夫的尸首，她扑了过去，抱着他哭得死去活来。

秦始皇听说长城被一个女子哭塌了一大段，非常生气，他带着大队人马，来到长城脚下，要亲自处置孟姜女。可他一眼看到孟姜女长得这么漂亮，立刻就改变了主意，逼着孟姜女嫁给自己。孟姜女哪肯答应，她恨不得一头撞死在这个暴君面前。但她转念一想，自己还要为丈夫报仇雪恨，不能白白地死去。于是，她强忍住悲痛，对秦始皇说："要我答应嫁给你也行，但你要答应我三个条件。"

秦始皇一听，喜出望外，说："你说吧，我什么都答应你！"

孟姜女说："好！这第一件，我要你给我丈夫立碑、修坟，用檀木棺椁装殓下葬。"秦始皇说："好，答应你！"

"这第二件，我要你为我丈夫披麻戴孝，带着文武百官，给我丈夫送葬！"秦始皇说："我堂堂一个皇帝，怎么能给一个小民披麻戴孝啊，这不行。"孟姜女说："如果你不做，我立时三刻，便撞死在你面前！"秦始皇忙说："好好，我依你，依你就是了。"

"这第三件，我要去海边游览。"秦始皇说："这个容易，我依你了！"

几天以后，范喜良的墓修好了，秦始皇披麻戴孝，亲自为他送葬。送完葬后，秦始皇和孟姜女来到了大海边上，孟姜女在海边走着，趁秦始皇一个不注意，她纵身一跃，就跳进了大海。

秦始皇急了，他连忙派人打捞孟姜女，但哪里还找得到孟姜女的影子呢？孟姜女就这样被海水冲走了。也有人说，孟姜女被仙人救起来，接到天宫里去了。

化　蝶

从前有一位姓祝的员外，他有一个女儿，名叫祝英台。祝英台从小就生得美丽灵秀、聪明可爱。祝员外夫妇十分疼爱这个女儿。英台自幼就十分喜欢读诗书，

中国神话故事与民间传说

十七岁那年，她想去外地求学，可是在那个年代，女孩子是不能进学堂的，英台好不容易才说服了父母，女扮男装，去杭州求学。

有一天在路上，忽然下起了大雨，英台到旁边的一个亭子里避雨，遇到了一个书生。一问之下，她才知道书生名叫梁山伯，也是去杭州求学的。两人越聊越投机，后来索性义结金兰，成了异姓兄弟。他们结伴赶路，一起到了书院。

到了书院以后，梁山伯和祝英台又恰巧被分在了同一个学堂里求学。在书院读书的日子里，他们白天用一个书桌，晚上住一个房间，相互照应，感情越来越深厚。

英台每天都小心翼翼，不让别人发现自己女孩子的身份。有一天，梁山伯与祝英台正在一起读书，山伯一抬头，忽然发现英台的两只耳朵上，各有一个小洞，山伯十分奇怪，便问道："贤弟，你的耳朵上怎么会有耳洞呀？"

英台连忙笑着答道："梁兄，是这样的，我自小身体不好，小的时候，父母拿我当女儿养，所以在耳朵上扎了耳洞，还戴过耳环呢！"

山伯一听也笑了，说："噢，原来是这样啊。"

转眼三年过去了，有一天，英台接到了父亲的一封信，信里父亲催她赶快回家。英台将这个消息对梁山伯说了，两人即将分别，彼此都十分难过。

英台收拾好行李，梁山伯心中难过，非要送送英台。英台点点头，答应了。山伯和英台一面走，一面聊，想起了很多以前的事情。两人一会儿欢笑，一会儿沉默，彼此心里都很舍不得对方。英台很想告诉山伯自己是女孩子的事，但又不好意思直接说出来。正在这时，她看到旁边的河里游来两只大白鹅，便指着它们，对梁山伯说："梁兄，你看，前面那两只大白鹅，公鹅正在前面游，母鹅在后面叫着哥哥。"

山伯看了看，忍不住笑了出来，说："贤弟，鹅又不会说话，你怎么知道它在叫哥哥呢？"

英台在心里气得直跺脚，说："我怎么看不出来，你看那白鹅正向你微微笑，它笑你梁兄真像个呆头鹅！"

梁山伯听了，莫名其妙，便也装出生气的样子来，说："既然我是呆头鹅，那从今以后，你莫叫我梁哥哥。"

英台一听，连忙拉住梁山伯的衣角，说："梁兄……小弟说错了。"山伯说："以后不许这样了。"英台答："嗯，不这样了。"

他们说说笑笑，又往前走，面前是一座独木桥。英台迟疑着有些不太敢走，梁山伯见状，便说："贤弟，不要害怕，来，我扶你过去。"英台红着脸，握住山伯伸过来的手。一边走，英台一边问："梁兄，你看我们这样，像不像牛郎织女渡鹊桥？"

山伯听了，以为英台在开玩笑，便说："你呀！"英台也掩着嘴，偷偷地笑了。

二人不知不觉地已经走了很远，祝英台眼见已经走了这么远了，有些过意不去，便说："梁兄，你已经送了我这么远了，有道是送君千里终须一别，不如我们就在

中国神话故事与民间传说

这里分别吧。"

山伯望着祝英台，心中升起一种莫名的伤感，他说："贤弟，我们相处三年，情深义重，就让愚兄再送你一程，送你到当初我们结拜的长亭吧！"

英台十分感动，两人谁也没有说话，默默地向前又走了一段，走到了长亭。临别的时候，英台迟疑了一下，问道："梁兄，我还有一句话，想要问问你，不知梁兄是否已经成婚了？"

"贤弟，你早就知道愚兄尚未娶亲，何以今日又问呢？"

"梁兄，既然如此，小弟想给你做个媒。"

"贤弟愿意替我做媒当然好，但不知是哪家的小姐？"

"我有一个妹妹，排行第九，大家都叫她九妹，不知梁兄可否愿意啊？"

"九妹长得可像贤弟啊？"

英台答道："九妹的长相，就和我英台一模一样。"

山伯听了，便说："既然这样，那就多谢贤弟替我玉成此事了。"祝英台含着眼泪，说道："那梁兄，你可要尽早来我家提亲啊。你记住，我约你，七月初七这一天，到我家来。"说完，英台就告别了梁山伯，转身踏上了回家的路。

却说祝英台回到家以后才发现，原来父亲催她回家，是要把她嫁给一个叫马文才的人。马文才的父亲，是一个大官，但马文才这个人却不学无术，成天只知道吃喝玩乐，是个不务正业的浪荡子。祝英台当然不愿意嫁给他。祝员外便把她关了起来，锁在屋里，不让她出门。

而梁山伯回到书院以后，看着一切如故，只是没有了祝英台的身影，忽然觉得心里空落落的，像少了点什么东西似的。夜里，他辗转反侧，怎么也睡不着，白天也吃不下饭去。他的师母见他这个样子，便对他说："山伯，其实英台是个女孩子，你这个样子，是喜欢上她了。"梁山伯这才恍然大悟，他又想起英台临走时对他说的那些话，顿时明白了，他立刻赶回家中，告诉母亲，准备去英台家提亲。

可是等他到了祝家之后，才发现祝员外早已将英台许配给马文才了。祝员外嫌梁山伯家穷，不肯把女儿嫁给他。英台得知梁山伯来了，不顾阻拦，冲了出来，与山伯相见。梁山伯看见了身穿女装、美若天仙的祝英台，又惊又喜，但祝员外马上就让人把英台抓回了房里，还派人把梁山伯打了一顿，赶了出去。

梁山伯回到家中，又伤心、又气愤，生了一场重病，没有几天，就去世了。祝英台听说了这个消息，哭得死去活来，晕过去了好几次。醒来以后，祝员外说："现在梁山伯已经死了，你还是听我的话，嫁给马公子吧。"

英台止住了眼泪，说道："好，我听您的，但我有个要求，成亲那天，花轿要从梁山伯的墓前经过，我要下轿亲自拜祭他。"

祝员外听了，也只得答应了女儿的要求。

　　成亲那天，祝英台穿起红嫁衣，告别了父母，上了花轿。吹鼓手们吹吹打打，喜气洋洋。花轿在路上稳稳地走着，不一会儿，就到了梁山伯的墓前。祝英台从花轿中走出来，跪在梁山伯的墓碑前，放声痛哭，直哭得天昏地暗。忽然之间，地上刮起了大风，天色变得昏暗一片，沙石四散飞扬，打得旁边的轿夫和吹鼓手们全都睁不开眼睛。就在这个时候，天上下起了暴雨，只听噼啪一声巨响，梁山伯的墓被雷电劈中，裂开了一个大口子。祝英台仿佛看到躺在棺里的梁山伯站了起来，正微笑着张开双臂迎接她。英台一下子扯下了身上的红嫁衣，露出了里面雪白的衣裙，奋不顾身地扑进了墓里。墓又缓缓地合上了。天空重新放晴。梁山伯的墓旁，长出了无数鲜花。鲜花丛中，一对彩蝶扑扇着翅膀，轻轻地飞向了远方。

　　人们都说，那对美丽的蝴蝶，就是梁山伯和祝英台化成的。他们从此相亲相爱，再也不会分离了。

白蛇传

　　很久以前，有一位白蛇娘娘，名字叫作白素贞。她原本是一条白蛇，因为天生具有灵性，又经过了千年的修炼，便具有了法力，可以化成人形。她还有一个干妹妹，叫作小青，是一条小青蛇化成的。姐妹俩常常变化成人形，四处去游玩。

　　这一天，白娘子和小青去西湖边游玩。西湖岸上桃红柳绿，风景如画。白娘子和小青这边走走，那边看看，欣赏着这美丽的景色，高兴极了。可是没一会儿，天空中忽然阴云密布，转眼之间，就下起了大雨来。白娘子和小青无处藏身，被大雨淋得透湿。正在发愁的时候，忽然，头顶的雨好像停了。白娘子回头一看，原来不是雨停了，而是一位清秀儒雅的年轻书生正撑着伞为她们遮雨，自己却被大雨淋湿了。青布衣袍上满是深色的水渍。

　　白娘子与书生望着对方，都不由得失了神。小青见状，忙把伞接了过来，说道："谢谢！"白娘子也深施一礼，说道："真是谢谢这位相公。"书生连忙还礼，说："二位不用客气。"白娘子又问道："请问相公高姓大名，家住何处，改天好将伞还给相公，登门道谢。"书生说道："小生姓许，名叫许仙，就住在这西湖边上。"

　　白娘子和小青道了谢，便撑着伞离开了。

几天以后，白娘子和小青果然到许仙的家里来还伞。此后一来二去，许仙与白娘子之间互生爱慕，不久就成亲了。

成婚以后，许仙和白娘子带着小青，开了一间名叫"保和堂"的药店。由于许仙医术高超，心地又善良，治好了很多疑难杂症，遇到穷苦的百姓，有的时候还赠医赠药，不收分文。一传十，十传百，很快就成了当地老百姓交口称赞的好大夫。白娘子经常到山里去，采摘草药，帮助丈夫。两人彼此恩爱，生活幸福极了。

但好景不长，保和堂的生意红火，却惹恼了一个人，就是附近金山寺的法海和尚。法海和尚会一些法术，平常靠着给老百姓发一些符咒、丹药，收取一些钱物。老百姓以前有了病，也都去金山寺找他。但许仙和白娘子的保和堂一开，就没有人再去找他了。法海十分生气，有一天，他就来到了保和堂，想看一看究竟是什么人在和他抢生意。

法海和尚装成一个云游僧人，走到保和堂门前，正好看到白娘子在大堂里给人看病。法海定睛一看，呀，发现白娘子竟然是一个蛇妖。他心思一转，有了主意。

一天，趁白娘子不在，法海和尚敲着木鱼，来到了许仙家门前，对许仙说："先生，你的脸上有股妖气！"许仙吓了一跳，连忙问："你这是什么意思？"法海和尚在屋子里走了一圈，说道："你的娘子是白蛇变的，你要赶快离开她，才能保住性命！"

许仙一听，非常生气，说："你胡说什么，我的娘子善良美丽，怎么可能是蛇妖呢！"

法海便说："你要是不信的话，可以在端午节那天，拿一些雄黄酒给你娘子，看她敢不敢喝下去。"

许仙虽然十分生气，但心中也不免有些起疑。到了端午节这一天，他果然拿了一些雄黄酒，让白娘子喝下去。白娘子知道许仙怀疑自己，没有办法，便只得喝了一口。没想到一口喝下去，白娘子立刻就头昏眼花，她勉强支撑着身体，来到床边，一下子就昏睡了过去。

过了一会儿，许仙轻手轻脚地来到了白娘子的床边，他撩起帘子一看，床上躺着的居然是一条大白蛇。许仙吓得一下子就昏死了过去。

白娘子醒来，见许仙已经没了气息，禁不住痛哭起来。小青在旁边，说："姐姐，哭有什么用呢？还是赶快想办法吧。"白娘子这才想起来，在昆仑山上有一种灵芝仙草，吃了它，人就可以回过魂来。她连忙赶去了昆仑山，找到了灵芝草。她偷偷地摘下一棵，刚想飞走，却被南极仙翁抓到了。白娘子向南极仙翁诉说了自己的事情，仙翁十分同情她，便破例准许她带走一棵灵芝仙草。白娘子谢过了南极仙翁，赶紧飞回到家中，用灵芝草熬好汤药，把许仙救了过来。

　　法海和尚见自己的计策没有成功，便把许仙骗到金山寺里，把他关了起来。白娘子见丈夫一连几天没有回来，心急如焚。她四处打听，终于打听到许仙被关在了金山寺。白娘子带着小青，划着小船，来到了金山寺门前，苦苦哀求，请法海放了许仙。可法海不但不放人，还骂白娘子是"蛇妖"，举起手中的青龙杖，就向她打去。白娘子这时已经怀了身孕，打不过法海。一阵打斗之后，白娘子有些支撑不住了。于是她拔下头上的金钗，迎风一挥，海面上立刻就掀起了滔滔巨浪，直逼金山寺。法海一见，连忙脱下自己的袈裟，向空中扔去。袈裟变成了一道长堤，挡在金山寺门外。大浪长一尺，长堤就高一尺，怎么也淹不了金山寺。没办法，她只能暂且逃回了杭州。

　　后来，被关在寺里的许仙趁法海不注意，逃跑了。他回到家里一看，家中已经人去楼空了。他非常伤心，从此就把自己关在家里面，每天以泪洗面。第二年的春天，又是一个阴雨天，许仙想起了自己与白娘子初次相识时候的情景，便又来到了西湖的断桥边。正当他伤心之际，忽然听到有人在喊他，他转身一看，竟然是白娘子。夫妻相见，禁不住抱头痛哭。

　　许仙与白娘子回家之后，没过多久，白娘子就生下了一个白白胖胖的男孩。许仙非常高兴。转眼到了孩子满月的这一天，许仙家门前来了一个卖东西的小贩，许仙见他那里有一个非常漂亮的金凤冠，便买了下来，送给了白娘子。白娘子也十分喜欢，坐到镜子前面，把金凤冠戴在了头上。可谁知白娘子刚一戴上，金凤冠立刻就变小了，它紧紧地箍住了白娘子的头，疼得白娘子昏了过去。

　　这时那个小贩跑了进来，原来他是法海变的。他朝着金凤冠吹了一口气，凤冠马上就变成了一个金钵，白娘子被金钵收了进去。从此以后，白娘子就被压在了雷峰塔底下。

　　小青见姐姐被抓，忙上去与法海争斗起来。但她实在打不过法海，没办法，只得化作了一缕青烟，逃回了深山。许仙抱着儿子，泪流满面，他苦苦哀求法海，但法海都不答应。后来，许仙将儿子托付给亲戚抚养，自己出了家，在雷峰塔旁边搭了一间小茅屋，每天守着白娘子。

　　小青自从跑回深山以后，每天都努力修炼，希望有朝一日能够打败法海，救回自己的姐姐。不知修炼了多少年，小青觉得自己的法力已经很高了，她便离开了深山，来到金山寺，找法海复仇。

中国神话故事与民间传说

法海一见小青来了，知道她是来复仇的，便拿起了青龙拐杖，和小青打了起来。小青原以为自己经过了这么多年的修炼，法力已经变得很强了。但法海这些年也没有放松修炼，法力同样也比以前高了。小青手持宝剑，法海手握青龙拐杖，叮叮当当地一连打了三天三夜，都没有分出胜负。最后，法海渐渐地支撑不住了。他的青龙杖被小青一下打飞。情急之下，他拿出金钵，想像当年收白娘子那样制服小青。小青一见金钵，想起了姐姐的遭遇，不由一股怒火，直冲心头。她提起宝剑，一下子刺穿了金钵。法海一见自己的两件法器都被小青破掉了，吓得连忙跑回了金山寺。

小青见法海逃跑了，也不去追，她站在寺门外，念动咒语，聚集起自己这么多年修炼得到的法力，呼地从口中喷出一股神火，火苗刹那间包围了整个金山寺。法海一见没有地方跑了，便连忙躲进了螃蟹肚脐下边的一道缝儿里，再也不出来了。

小青虽然打败了法海，但她没有办法推倒雷峰塔。只能望着塔伤心。多年以后，许仙和白娘子的儿子长大了，还中了状元。小青对他讲述了白娘子的遭遇，白娘子的儿子听了以后，忍不住泪流满面。他来到雷峰塔下，大喊一声"娘！"，随即跪倒，磕了三个响头。只听轰隆一声，雷峰塔倒掉了。白娘子从塔底走了出来，紧紧地抱住了自己的儿子，母子俩抱头痛哭。这时，许仙也从塔边的草屋里走了出来，一家三口终于团聚了。

而法海自从钻进了螃蟹壳里，就再也没有出来。原先螃蟹也都是直着走路的，但自从钻进了一个横行霸道的法海，就变成横着走了。

宝莲灯

相传很久以前，在华山上有一座神庙，名叫西岳庙。庙里住着一位清秀漂亮的仙女，叫作杨莲。因为她是玉皇大帝的三外甥女、二郎神杨戬的亲妹妹，所以人们也称她三圣母或三娘娘。三圣母美丽善良，但自从被王母娘娘派遣到华山以后，就一直过着孤单寂寞的生活。四下无人的时候，她就会从神台上跳下来，轻轻地唱一唱歌、跳一跳舞。

这一天，三圣母正自己在庙里唱歌、跳舞，消磨时光。忽然，有一个书生走了进来。三圣母吓了一跳，她连忙登上自己的莲花宝座，盘膝坐了下来，重新化作了一尊雕像。

书生名叫刘彦昌，是一位上京赶考的举子，他路过华山，听说山上有一座西岳庙，便登上山来，进了西岳庙，想要游赏一番。不知不觉地，就走到了雪映宫。刘彦昌走进殿里，一眼就看到了三圣母的塑像。他被她美丽、温柔的面容深深地吸引了，不由得心想，要是能娶到这样的女子做妻子，该有多幸福啊！但可惜，这只不过是一尊塑像罢了。想到这里，刘彦昌心中不免有些惆怅，他取出笔墨，随手在雪映宫的墙上题了一首诗，抒写了自己对三圣母的爱慕之情与求而不得的惆怅。

刘彦昌离开以后，三圣母从宝座上下来，走到墙边，看到刘彦昌留下的诗，体味到其中深深的爱慕之情，不由得也被感动了。她轻轻地抚摸着墙上的字迹。刘彦昌不仅诗作得好，书法也十分飘逸流畅。三圣母不禁对这个俊秀的书生产生了一些好感。她掐指一算，知道刘彦昌已经离开了华山，走到了一个村子附近。于是，她就连忙驾着云雾赶到了他的前面，变作了一个民间女子，等着刘彦昌的到来。

刘彦昌走到半路，又渴又累，这时，他看见前面有一间小茅屋，旁边有一位农家女子正在干活。他连忙走了过去，作了一揖，恭恭敬敬地说道："这位姑娘，我是去京城赶考的举子，走到这里，十分口渴，不知姑娘可否给我一碗水喝？"三圣母变成的姑娘对他一笑，说："好，请相公稍等。"说完，就进去拿水了。正在这时，天上忽然下起了倾盆大雨，刘彦昌来不及躲闪，被淋了个湿透，不久，还发起了高烧。三圣母连忙扶着他进了屋子，为他端水熬药，尽心尽力地照顾他。一来二去，两个人互生情愫，彼此都难分难舍，后来他们便结为了夫妻。转眼赶考的时间快要到了，刘彦昌要去京城，此时三圣母已经有孕在身。临别的时候，刘彦昌赠给三圣母一块祖传的沉香，对她说，以后孩子出生了，就起名叫作"沉香"吧。三圣母送刘彦昌，一直走了很远很远。

刘彦昌走了以后，三圣母就一个人在农家小院中居住。但是不久，三圣母私嫁凡人的消息被她的哥哥二郎神知道了。二郎神勃然大怒，他来到凡间，找到三圣母，要带她回天庭受审。三圣母怎么解释，二郎神也不听。实在没有办法，三圣母只得拿出了自己的宝物——一盏宝莲

灯。这盏灯是当初王母娘娘送给她做镇山之宝用的，只要点起宝莲灯，让它放出光芒，无论什么样的妖魔鬼怪、神仙高人，都会被震慑降伏。二郎神一见妹妹拿出了宝莲灯，知道自己敌不过，只得逃走了。

回到天上的二郎神越想越气，他想了半天，想出了一个办法。他让自己的哮天犬偷偷下界，趁着三圣母休息的时候，把宝莲灯偷了出来。二郎神重新下界，打败了三圣母，将她压在了华山下的黑云洞里。

三圣母在暗无天日的黑云洞里生下了自己和刘彦昌的儿子沉香，她写下了一封血书，放进孩子的怀里，又偷偷托付土地神，把孩子送到刘彦昌身边。

此时的刘彦昌已经是金榜高中，被封为了扬州巡抚。他回到家乡，却不见三圣母的身影。他心中一沉，连忙跑到华山的圣母殿，在那里发现了一个呱呱啼哭的婴儿，凭着那封血书，他才知道这就是自己的儿子沉香，也知道了三圣母的遭遇。但无奈自己只是一个凡人，刘彦昌用尽了办法，也没能把三圣母救出来。

一转眼十多年过去了，沉香长大了，也懂事了。他常常问父亲，自己的母亲在哪里。刘彦昌每次听了，只是低头叹气，不告诉他实情。终于有一天，沉香在柜子里发现了三圣母留下的那封血书，才知道自己的母亲被压在华山底下受苦。沉香又惊讶又心痛，决心到华山去，救出母亲。他把想法对父亲说了，刘彦昌说："孩子，我们区区凡人，又如何跟神仙争斗啊？"沉香不信自己救不出母亲，于是他带上血书，自己一个人去了华山。

沉香历尽千辛万苦，好不容易到了华山，可是华山地方这么大，母亲到底在哪里呢？沉香找来找去，找不到母亲的踪影，忍不住放声大哭了起来。哭声惊动了路过的霹雳仙人。他走到沉香身边，问他："孩子，出了什么事了？你为什么哭得这么伤心啊？"沉香就将事情的经过告诉了霹雳仙人。霹雳仙人听了以后，深深地被沉香的孝心感动了。他说："孩子，你别着急，你的母亲确实是被压在这华山底下，但凭你现在的力量，还不能把她救出来。你要想救母亲，就要从现在开始，努力练功。"霹雳仙人将沉香带回了自己居住的地方，教他武艺。沉香在仙人的指点下，刻苦练功，渐渐学会了十八般武艺和七十三变。十六岁生日那天，沉香收拾好行装，拜别了师父，去华山营救母亲。临走的时候，霹雳仙人送给了他一柄神斧，告诉他关键时刻必

中国神话故事与民间传说

有大用。

沉香一路腾云驾雾，来到了华山黑云洞前，大声呼唤母亲。三圣母听到了儿子的喊声，激动得泪流满面。但她也深知二郎神神通广大，凭自己儿子的法力，还打败不了他。于是，她就让沉香去向舅舅求情，还教给了他使用宝莲灯的方法。沉香来到二郎神庙，向他苦苦哀求。但铁石心肠的二郎神不但不肯放出三圣母，还拿起三尖两刃刀，和沉香打了起来。沉香抢起神斧，与二郎神打在一起。沉香越战越勇，二郎神渐渐有些抵挡不住了。关键时刻，他拿出宝莲灯，想要降伏沉香。但没想到因为不熟悉它的用法，反倒被沉香一下子抢了过去。沉香按照母亲教给他的方法，转动宝莲灯，宝莲灯射出万丈光芒，打败了二郎神。

沉香拿着宝莲灯，回到华山，他举起神斧，用尽全身的力气，冲着山劈了下去。只听轰的一声巨响，华山被劈开了。三圣母终于被解救了出来。母子俩紧紧地抱在一起，泪流满面。二郎神见此场景，不由得也有些感动。他决定放过妹妹一家，不再惩罚他们了。三圣母、刘彦昌、沉香一家团聚，从此过上了幸福的生活。

柳毅传书

唐代仪凤年间，有一个名叫柳毅的书生，他到当时的京城长安去参加科举考试，可是没有被录取。回家的路上，他想起自己有一个朋友住在泾阳，就去他那里辞行。他骑着马走着走着，忽然看到道旁有一个女子正在放羊。她长得很漂亮，但是穿着十分破旧。她双眉微皱，面带愁容，好像刚刚哭过的样子。柳毅忍不住下马问道："姑娘，出什么事了？你怎么这么痛苦啊？"

女子向柳毅行了一礼，说道："这位相公，我是洞庭龙王的小女儿，父母把我嫁给了泾川龙王的二儿子。但他天生放荡不羁，每天吃喝玩乐，我劝他，他不但不理我，还骂我、打我，公公和婆婆也偏向他。他们把我赶了出来，让我在这里挨饿受冻。我想要告诉家里人，让他们来救我，可是洞庭湖离这里好远好远，我怎么才能让他们知道呢？我心里难过极了，所以才在这里哭泣。我听说今天会有一个去南方的相公经过这里，想必就是您了。请您帮我带一封书信回去，但不知道您可以答应吗？"

柳毅说："姑娘，我听了你的故事，心里也十分难过，不要说是洞庭湖，就是刀山火海，我也要帮你把信送到。但我毕竟只是个凡人啊，洞庭湖水那么深，我怎么才能到龙宫呢？"

龙女说："这点您不用担心。在洞庭湖的南岸，有一棵大橘树，您到了那里以后，就解下腰带，绑在树上，再在树干上敲三下，就会有人出来问您。您就跟着他走，就能到达龙宫。希望您将我的痛苦都告诉我的家里人。"说完，龙女从衣襟里拿出信来，交给柳毅，并且向他拜了又拜。

柳毅说："你放心，我一定替你把信送到。"

柳毅一路快马加鞭，来到了洞庭湖。到了南岸，他一看，果然有一棵大橘树。他连忙换下自己的腰带，绑在树上，敲了三下。一会儿，只见湖上忽然浪花翻涌，滚滚的白浪托着一位武士打扮的人，出现在柳毅的面前。武士向柳毅行了礼，问道："贵客从哪里来？"柳毅说："我受人之托，特来拜见大王。"武士说："既然如此，请跟我来。"柳毅看了看深深的湖水，露出了为难的表情。武士笑了，说："贵客不用担心，尽管跟着我就是。"说完，他向洞庭湖一挥手，湖水立刻就向两边分开了，中间出现了一条道路。武士让柳毅闭上眼睛，自己带着他前进。

等柳毅再睁开眼睛的时候，已经到了龙宫。过了一会儿，龙王从里面走了出来。他身穿紫袍，头戴龙冠，手执青玉。洞庭龙王打量着柳毅，问道："先生从何处来？所为何事呢？"柳毅就将自己在泾阳遇到龙女的事情说了一遍，并将龙女的信交给了龙王。龙王读完了信，伤心极了，忍不住哭了起来，对柳毅说："身为父亲，女儿在远方受难我都不知道。如果不是您仗义相救，为小女传递消息，我们到现在也不知道她过着这样的日子啊。您的大恩大德，真是粉身碎骨也难以报答啊！"说完，又哀叹了好久。旁边的侍从们，也都忍不住呜咽起来。

忽然，龙王好像想起了什么似的，说道："赶快止住哭声，千万不要让钱塘君听见了。"柳毅忍不住问："钱塘君是谁啊？"洞庭龙王说："钱塘君是我的弟弟，以前做过钱塘那一带的龙王，但是因为脾气太暴躁，早先在唐尧时代，曾经闹过九年的洪水，就是他发怒的缘故。如果这件事让他知道了，不知道又会闹出什么事情来。"

正说着，只听一声天崩地裂似的巨响，宫殿被震得摇摇晃晃。一条身长有千余尺的巨龙，闪电似的目光，血红的舌头，浑身披着金色的鳞甲，一下子从宫殿当中飞出去了。柳毅吓得扑倒在地上，洞庭龙王忙把他扶起来，说："不用害怕，这就是我的弟弟钱塘君，他一定是听见了我们刚刚说的话，去救小女去了。"

果然，过了一会儿，忽然有仙乐声响了起来，海中出现了朵朵彩云。一个身着华丽丝裙的女子，在侍女的簇拥下，缓缓地来到了柳毅面前。柳毅一看，正是托他传信的那个龙女。龙女走到柳毅面前，含着泪行了礼，说道："多谢相公，替我传书，我才得以被解救出来。"说完，就走到自己的父亲面前，随着龙王进去了。

过了一会儿，洞庭龙王和龙女重新出来，摆下了丰盛的宴席，请柳毅入席。又见有一个人，同样身披紫袍，手持青玉，站在龙王的身后。洞庭君向柳毅介绍说："这就是钱塘君。"柳毅起身上前，向钱塘君行礼。钱塘君也很有礼貌地还了礼，对柳毅说："我的侄女不幸，嫁了一个那么坏的小子，多亏您仗义传书，才将她解救出来。您的恩德，真是难以用言辞感谢。"柳毅谦让地作了一揖，表示不敢当。

龙王一家很热情地招待了柳毅，临走的时候，还送给他很多珍宝。柳毅回到地面上，努力读书，终于中了举。不久，父母为他娶了一门亲。晚上，柳毅掀开新娘子的红盖头一看，居然是他曾经救过的龙女。龙女说："相公将我从苦难之中解救出来，我感谢您的恩德，没有什么能够报答，请让我做您的妻子，照顾您吧。"柳毅高兴极了，从此，他们就幸福地生活在了一起。

河伯娶妻

西门豹奉命治理邺县。当他到达邺县的时候，发现这里人烟稀少，贫穷落后，百姓的生活十分困苦。他不明白邺县为何会如此荒凉，就找来县里的几位老人了解情况。老人们据实相告，向新县令大倒苦水。

原来，邺县附近有一条漳河，近些年来河水常常泛滥，使邺县的百姓饱受洪灾之苦。为了治理水患，人们想了很多办法，但却没有一点儿效果。后来，一个巫婆说漳河水泛滥是因为邺县的百姓触怒了下面的河伯，只有每年送给河伯一个年轻美丽的女子为妻，才能让河伯消气。自那以后，邺县开始每年为河伯选妻。这些被选中的女子在盛装打扮后，就会被投入漳河水中，说是到河里与河伯成亲。如今，已经有无数人家的女儿做了河伯的妻子。邺县人民每提到此事，都感到十分痛心，可他们又无可奈何。很多家中有女儿的人家，都搬离了邺县，以免他们的女儿被选中。

西门豹听了老人们的诉说，当即决定去会一会这个巫婆。如此骇人听闻之事，他还是第一次听说。如果不能破除妖言、为百姓除害，那他还有什么资格做邺县的父母官。他对几位老人说："河伯娶妻之事纯属子虚乌有，我会证明给你们看的。你们先回去吧！等到今年河伯娶妻的时候，我和你们一起去，我要当场揭开那个巫婆的真实面目，并让她得到应有的惩罚。"老人们将信将疑，各自回了家。

到了河伯娶妻那天，西门豹和众人一同来到了河边。不一会儿，几个人抬着轿子向河边走来了。走在最前面的是一个七十岁左右的老太婆，一边走嘴里还在一边念念有词地说着什么。后面跟着的花轿中坐着一位年轻美丽的女子，女子虽然做了精心的打扮，但却难掩其黯然的神色。她坐立不安地东张西望着，眼神中流露出凄凉和绝望。待轿子停在岸边，巫婆就开始做法。一阵故弄玄虚之后，她就下令将女子投入河中。后面的随从举起女子就要往河里投，女子一边哭一边大喊："放开我，放开我，我不去！"可是她的哭喊是没有用的，随从们已经将她架起来了。

就在随从们欲将女子投入河中的紧急关头，西门豹及时制止了他们。巫婆见有人来捣乱，很是生气，但得知对方是本县新上任的县令后，也不好发作，只是请求县令不要误了吉时，以免惹怒河伯。西门豹笑着说："不急，不急，先让本县看看这个女子的容貌如何，我们可不能怠慢了河伯。"巫婆一听，知道县令不是来和自己作对的，忙高兴地说："大人请看，这是我精心挑选的，保管您看了满意。"西门豹揭开女子的盖头，故作生气地说："这样丑陋的女子也能去侍候河伯吗？不行，还是过两天再选一个更好的送去吧！"巫婆忙说："可是如果错过了今天的日子，我怕河伯会不高兴呀！"西门豹说："那就烦请您亲自去跟河伯说一说吧！"说着，便让人将巫婆投入了河中。

众人还未回过神来，巫婆就已经入了水。他们还不知道这位县令大人究竟要做什么，但看着巫婆被投入河中，大家都觉得很解气。尤其是刚刚被救下的女子，更是对西门豹充满了感激之情。在众人议论纷纷之际，西门豹却显得异常平静。他只是静静地注视着水面，仿佛在等待着什么。过了一会儿，西门豹回过头来对巫婆的随从说："她已经去了这么久，为什么还不回来呢？你去催一催吧！"说着，又命人将巫婆的一名随从投进了河中。其余的随从已经被吓傻了，他们当然知道巫婆是不会上来的，如果这位县令大人高兴，那他们岂不是都要被丢到河里去？

又过了一会儿，西门豹又回过头来对剩下的随从说："我想一定是她们与河伯的谈判出了什么问题，那就烦请你们去帮忙跟河伯说说情吧！"随从们连忙跪倒在地，请求西门豹放过他们。西门豹冷冷地说："放不放过你们不是我说了算，那要问乡亲们肯不肯放过你们！"这时，乡亲们已经摸清了状况。他们早就对这些人恨之入骨，哪肯放过他们呢？西门豹假装无奈地说："看来是你们坏事做得太多了，乡亲们都不肯放过你们，那我也只好按照大家的意思办了。"说着，就让人将剩下的随从全都扔进了河里。

惩治过巫婆和她的随从们，西门豹又对所有在场的百姓说："这些人都是罪有应得，是他们的报应。你们都看到了，那个所谓的巫婆根本没有任何神通，她被投入河中也一样不会上来，所以她根本不是什么河伯的使者，至于河伯娶妻，那就更是无中生有的事了。这些年让大家受苦了，以后我会带领大家摆脱这种状况，让大家重新过上好日子！"人群中早已有人带头鼓起了掌，漳河边一片欢呼之声。

后来，西门豹带领人们兴修水利，挖渠引水，终于摆脱了洪水的侵袭。人们又过上了好日子，而那个所谓的河伯，也再没闹过事。

十不全和尚

在一些大的寺院里，通常供奉着很多罗汉像。这些罗汉大多被塑造得高大威武、相貌堂堂，或是慈眉善目，一脸祥和。但唯独有一个和尚，和别人都不一样。他长着癞痢头、歪嘴、歪鼻头、斗鸡眼和招风耳朵，他还驼背、鸡胸、跷脚、抓手、斜肩，长得十分奇怪。因为他有这十样毛病，所以叫作"十不全和尚"。第一次看到十不全和尚的样子的人，常常会觉得很有意思，还有一点可怕。但其实十不全和尚是个很有正义感的僧人。

传说十不全和尚原本是南宋时候的一个读书人，他文章写得很好，但是因为看不惯当时宋朝朝廷苟且偷安、任由金人欺负的态度，所以总是在文章里面冷嘲热讽、批评时事。他考了好几次科举，但都因为这个毛病，而被考官排斥。后来，十不全和尚看破了世道，就出家去庙里，当了一个烧饭的和尚，一天到晚疯疯癫癫的，常常胡言乱语，后来大家索性就叫他疯和尚。

那时候，秦桧和他的老婆王氏刚刚设下毒计，害死了抵抗金兵进攻的大英雄岳飞。老百姓们对秦桧都恨得咬牙切齿，但秦桧当时手握大权，百姓们都是敢怒不敢言。

那年的大年初一，秦桧带着他的老婆王氏，去庙里烧香。他们一进门，就看见有一个穿得破破烂烂的和尚，正在院子里砍一棵桧树。那桧树青翠挺拔，看上去十分健康，不像是有病的样子。好端端的一棵树，这和尚干吗非要把它砍掉不可呀？秦桧十分奇怪，便走上前去问道："和尚，大年初一的，应该讨个吉利，干吗要把这棵好端端的树砍掉呀？"

　　和尚直起身来，冷冷地看了秦桧一眼，说："这树里生了黑心虫，要是不把它砍掉，就会危害到旁边的松树、柏树了！"

　　秦桧没听出来和尚的话外音，又说道："那把它锯掉就好了，何必花这么大的力气把它挖出来呢？"

　　和尚听秦桧这么说，不禁又冷笑了一声，说道："大人，你这就有所不知了。俗话说得好：打蛇打七寸，砍树先砍根。你看这桧树，叶子像柏树，树干像松树，外表忠贞，里面却坏透了，这样不三不四的东西，留它何用啊？"

　　秦桧一听，心里明白了，原来这和尚是在指桑骂槐，听着好像是在说桧树，实际上却是在骂自己。他心里非常生气，但大年初一还没烧香，就抓人打人，不太好。正在犹豫的时候，他老婆王氏一看势头有点不对，便连忙拽了拽他的衣服，对他说："赶快去烧香吧。"

　　秦桧啐了一口唾沫，领着老婆，大摇大摆地走上了佛殿。两人在佛祖面前点了红烛、烧了檀香，恭恭敬敬地跪在蒲团上，拜佛祝愿。烧完了香，秦桧和老婆起身要走。走到庙门口的时候，秦桧忽然看到墙上贴着一张大黄纸，上面歪歪斜斜地写了一首诗：

> 伏虎容易纵虎难，
>
> 东窗密计胜连环，
>
> 可恨彼妇施长舌，
>
> 痛煞老僧心胆寒。

　　秦桧一看，当时就呆住了。他以为东窗密谋、陷害岳飞的事，没有几个人知道，却没想到这写诗的人竟一清二楚！王氏见秦桧呆立着不动，便顺着他的目光看去，看到那首诗，也吓得待在那里。夫妻俩你看看我、我看看你，不由得直冒冷汗。秦桧半晌说不出话来，最后，才喃喃地说："反了！真是反了！"他叫来寺里的当家和尚，喝问道："这诗是谁写的？赶快给我查明！"

　　当家和尚吓得索索发抖，连声说："贫僧这就去查，这就去查。"一会儿，当家和尚领着一个僧人回来了。秦桧一看，正是那个挖桧树、吃狗肉的疯和尚。秦桧一见，勃然大怒，指着他骂道："我以为是谁写的，原来是你这个蓬头垢面的脏和尚！"

　　和尚冷笑一声，说："我还以为是谁在叫唤，原来是个专门吃里爬外的。"

　　秦桧气得暴跳如雷，他一眼看见了和尚的扫帚，便大声喝道："你扫帚这么新，不是个懒和尚是什么？"

疯和尚也顿时厉声喝道：
"你说我懒吗？告诉你，铁扫帚
可不是扫地用的，是要扫尽天下
一切奸贼用的！"说完，就抢起
扫帚，向秦桧扫去。秦桧连忙闪
到一边，转过身来，一把拽住了
疯和尚的腰带。这一拽不要紧，
那腰带顿时变成了一条长蛇，张
开血盆大口，向秦桧咬去。秦桧

和王氏吓得魂不附体，当场就昏了过去。等他们醒过来的时候，那疯和尚早已不知
去向了。

这件事后来被人们称为"疯僧扫秦"。百姓们敬仰疯和尚的气节和胆识，就把他
奉为菩萨，塑了像，供在罗汉堂里，千秋万代让世人瞻仰。

月亮里的媳妇

很久很久以前，有一个媳妇，她不但长得漂亮，还非常能干。挑水、砍柴、打鱼、
做饭，她都能做得很好。她的丈夫非常爱她，公公也经常夸赞她，但婆婆却很讨厌
她，经常挑媳妇的毛病，斥责、打骂她。

有一次，儿子和他的父亲去海边打鱼，要过好几天才能回来。婆婆心想：这回我
可要好好教训一下媳妇。她把媳妇叫来，对她说："屋子外面有十斤鱼，你给我晒十
斤鱼干出来。"

媳妇看着鱼，犯了难。十斤鱼，最多只能晒出五斤鱼干来，十斤鱼干，怎么可能
晒得出来呢？实在没办法，媳妇只好拿着渔网，自己去海里又打了几斤鱼，才算把这
十斤鱼干凑齐。婆婆一看难不住媳妇，气坏了，对媳妇说："这次我给你一百斤鱼，
你要晒出一百斤鱼干来！"这下，媳妇再也办不到了。于是婆婆就拿这个当借口，不
给她饭吃，还打她骂她，媳妇心里难过极了。

一天下午，她提着水桶去江边打水，到了江边，她望着江水中自己的倒影，是那
么瘦削、那么憔悴。想起自己以前还是姑娘的时候，脸庞圆圆的，就像红苹果一样，
一双大眼睛，水灵极了。而现在呢，不但脸孔瘦削了，眼睛也凹陷了。她想着想着，
再也忍不住了，就趴在江边，大声地哭了起来。眼泪落在江面上，连圆圆的月亮的影
子也被打破了。

媳妇想：如果我能跑到月亮上去，该多好啊，至少在那里，不会有人打我、骂我。
她这样想着，忍不住对着月亮，大声地喊道："月亮啊月亮，快来救救我吧，我实在是忍

受不了了！”

这时候，她忽然看见江面上远远地飘过来一块布，停在了离她不远的地方。她有些好奇，就弯下腰去，把它捡了起来，随手搭在了肩上。她在江边又坐了一会儿，心想这样坐下去也不是办法，于是站起身来，提起水桶，准备往回走。没想到刚一站起来，肩头上的那块布就滑了下去，正好落在她的脚下。媳妇没留神，一下子踩在了上面。说时迟那时快，媳妇就像踩在了云彩上面一样，一下子飘了起来。媳妇吓了一大跳，她连忙抓住了身旁的一棵柳树，没想到脚下的布托着她越升越高，最后竟连柳树都被连根拔了出来。媳妇挑着水桶，拿着一棵柳树，在天空中越飞越高，最后一直飞到了月亮上，成了月亮里的媳妇了。

原来月亮神看到媳妇被婆婆这样欺负，十分可怜她，就扔了一块布下去，把媳妇接到月亮上去了。

婆婆见媳妇这么长时间都不回来，出门去找她。可她一直走到江边，也没有看见媳妇的影子。这时，她看见江边原来的那棵柳树不见了，正在奇怪的时候，她抬头一看，只见一个女子挑着两个水桶、抓着一棵柳树，正在天空中飞呢。婆婆定睛一看，正是自己的儿媳妇。她吓了一大跳，连忙跑回家里去了。

儿子和父亲打鱼回来，不见了媳妇的踪影，儿子就问母亲，媳妇到哪里去了。婆婆骗他说：“你媳妇不听我的话，我骂了她几句，她就跑去江边，跳江淹死了。”儿子一听，伤心极了，和母亲大吵了一架，跑出了家门。

儿子跑到了江边，坐在岸边，望着江水发呆。忽然，他看到月亮里面好像有个人影，仔细一看，不正是自己的妻子吗？他连忙抬起头看，望向天空中的月亮，果然，里面的人正是他的妻子。妻子双眼含着泪水，正用哀怨的眼神望着他。媳妇虽然逃脱了恶婆婆的欺负，但是却永远都没法再回到地上去了。

三王墓的来历

春秋时有一个国家叫作楚国，楚国居住着一对年轻的夫妇。丈夫叫作干将，妻子叫作莫邪，他们都是铸剑的高手。他们隐居在楚国的一个小山村里，过着宁静的生活。

有一天，楚王听说了他们的名声，就召干将前来，命令他为自己铸造一双最好的宝剑。干将和莫邪不敢抗命，只好精雕细琢、日夜赶工，花了三年的工夫，终于铸造出了一对锋利无比的雌雄宝剑。可是干将明白楚王的脾气，如果让他得到了这两把举世无双的宝剑，一定会把铸剑的人杀掉，免得将来再铸出更好的剑来。

　　交剑的日子到了，临行时，干将对已经有孕在身的妻子莫邪说："我们费尽心力，铸造出这两把宝剑，楚王得到它们，一定会把铸剑的人杀掉。我这一去，怕是回不来了。我把雄剑藏起来了，如果生的是男孩，等他长大以后，就告诉他，出门以后向南望，有一座南山，山上有一棵长在石头上的松树，剑就在树的背后。"

　　干将带着雌剑去见楚王，楚王得到宝剑，果然下令让士兵把干将杀死了。

　　莫邪在家中等了好几天，干将也没有回来。她心里明白，干将一定是被楚王杀害了。不久，莫邪生了一个男孩，取名赤鼻。十多年后，赤鼻长大了，成了一个身材高大健壮的小伙子。一天，他问莫邪："娘，我的父亲在哪里？我怎么从来没有听您提起过？"莫邪流下了眼泪，她把儿子叫到身前，将他父亲的遭遇告诉了他。赤鼻听了，悲愤极了，他流着眼泪对母亲说："您放心，我一定杀死楚王，为父亲报仇！"莫邪又说："你父亲临走的时候，要我告诉你，南山上有一棵老松树，背后藏着一把可以对付楚王的剑。你去把它取出来吧。"

　　赤鼻走出家门，向南望去，可是并没有看见山，正在疑惑的时候，他忽然看见自家院子里有一根松木柱子，下面垫了一块石头。赤鼻连忙把石头搬开，用斧头把松木柱子劈开，果然在它的后面，藏着一把锋利无比的宝剑。从此，赤鼻夜以继日地努力练剑，心中盘算着替父报仇的计划。

　　就在赤鼻加紧练剑的同时，王宫里的楚王接连几天做了一个怪梦。他梦见有一个眉宇极宽、气宇轩昂的少年，手提一把宝剑，口中喊着"我要为我的父亲报仇！"向他冲了过来。楚王吓得浑身直冒冷汗，顿时醒了过来。他越想越觉得害怕，就让大臣们四处张贴布告，以重金悬赏，买这个少年的头颅。

　　赤鼻听到这个消息，连忙跑到深山里躲藏了起来。他心里悲伤极了，一边走，一边忍不住唱起了悲伤的歌。这时，迎面走来了一个少年，他见赤鼻

这个样子，便问道："你怎么了？为什么如此悲伤？"赤鼻就将自己的遭遇告诉了少年。少年听了，非常同情，他迟疑了一下，对赤鼻说："我可以帮你报仇，不过，我要借你身上的一样东西，才能达到目标。"赤鼻连忙问："是什么东西？"少年说："就是你的头颅。楚王现在正以千金买你的头，你只要把你的头和宝剑借给我，我带着你的头去请赏，就能够见到楚王，趁机杀死他。"

赤鼻听了，哈哈大笑，说："不过是头颅而已，只要能报仇，有什么是我不能舍弃的！"说完，就提起宝剑，自杀身亡。

少年带着赤鼻的头颅和宝剑，来到王宫，求见楚王。楚王见赤鼻的头颅和自己梦中所见的一模一样，高兴极了。这时，少年又说道："大王，这是一个勇士的头，最好把它放在锅里煮烂，他的鬼魂就不会来伤害你了。"

楚王听了，觉得很有道理，就命人架起大锅，倒进水，在下面燃起大火，把赤鼻的头扔了进去。可是煮了三天三夜，赤鼻的头却不烂。少年对楚王说："大王，这个人的头颅怎么也煮不烂，要是大王您能亲自去看一看，也许就能煮烂了。"

楚王见赤鼻的头怎么也不烂，心里也有些着急。听少年这样说，他就亲自走到了大锅旁边，伸出脑袋，向里看去。这时，少年趁机拔出宝剑，用力一挥，将楚王的头砍了下来，落在了大锅里。不等士兵们上来抓他，他用宝剑一挥，把自己的头也砍了下来，跌进锅里。三颗头颅在大锅里不停地咬来咬去，没一会儿，就全都煮烂了，再也辨认不出哪个是楚王的头，哪个是赤鼻的头。王后没有办法，只得让人将这三颗头颅葬在了一起，后人称它为"三王墓"。

公主与樵夫

古时候，南方有一个国家，叫作南诏。南诏国里有一位公主，她长得美丽动人、清秀文静，但她的性格却十分活泼好动。她经常带着侍女，穿上老百姓的衣服，偷偷地离开王宫，到都城附近游玩。

这天阳光明媚、微风吹拂，公主在王宫的院子里，看到青草都已经长出了新芽，花树也已经长出了花苞，她心想，现在外面一定已经是草长莺飞，风景宜人。于是，公主就换上便装，带着几个侍女，出了王宫，来到都城附近的一座凤凰桥上。她在桥上碰到了一个年轻的樵夫，两个人彼此望了望，互相都十分有好感。后来，公主就每天都到桥上去见樵夫，久而久之，两人都互生情愫。

南诏王见女儿每天都不在宫中，十分奇怪，便找来公主身边的一个侍女，一问，才知道女儿喜欢上了一个樵夫。南诏王非常生气，他立刻将公主许配给了自己身边的一个大臣，命令他们三天之内就成婚。

公主怎么也不肯答应。她用尽了办法，也没能让南诏王收回成命。眼看实在没有办法，公主决心逃婚。一天夜里，她趁着看守的人不注意，偷偷骑上了一匹马，跑到了凤凰桥上，找到樵夫，对他诉说了自己的遭遇，然后说："我早已下定决心，此生非你不嫁，你愿意娶我吗？"

樵夫十分感动，对公主说："我也早已喜欢上了你。但因为你是公主，所以一直不敢开口。你放心，我一定会保护你。我现在就带你到我家里去！"

说完，樵夫背起公主，向前跑了几步。忽然，他的双臂之下生出了一对翅膀，扑扇了两下，就飞上了天空。公主这才知道，原来樵夫是个有异能的奇人。樵夫拍打着翅膀，背着公主，飞到了点苍山深处的一个山洞里。山洞在一个悬崖上，下面是万丈深渊，四周环绕着缥缈的云气。公主和樵夫就在这里结为了夫妻。

南诏王发现女儿不见了，就带着士兵，一路找到了点苍山脚下。但点苍山山高云深，又刚刚下过大雪，道路湿滑，积雪齐腰，士兵们根本无法上去，南诏王看到这种情况，没有办法，也只得回宫去了。

公主和樵夫从此在山洞里安安乐乐地住下了。樵夫凭着自己会飞的本领，经常下山去，带回粮食和其他一些用具。两个人的日子虽然清苦，但却十分快乐。但冬天的点苍山上实在是太冷了。尽管樵夫在山洞里生起了火，但自小身体柔弱的公主还是冻得浑身发抖。樵夫心疼极了，他想来想去，想起在点苍山附近罗荃寺的罗荃长老那里，有一件镇山宝衣，他决定把这件衣服偷回来，给公主御寒。

公主听了，十分高兴，但她想了想，又有些担心，临别的时候，她对樵夫说："既然是人家的东西，千万要小心，不要强求！"

樵夫笑笑，说："你放心，我一定会小心的！"

樵夫拍动翅膀，一会儿就飞到了罗荃寺。他见罗荃长老不在，便从屋中拿了宝衣，飞了出来。谁知刚飞到洱海上空，樵夫远远地就看见有一个老者在空中站着。他定睛一看，正是罗荃长老。罗荃长老看到樵夫飞过来，说了一声"作孽"，举起禅杖，一下子就将樵夫打落了来。樵夫摔落在罗荃寺下面的峡谷里面，变成了一头石骡子，再也动弹不了了。

公主在洞穴里等了很多天，却怎么也不见丈夫回来。她每天站在洞口，望呀望呀，久而久之，就在寒风和大雪中冻死了。

据说公主死后，变成了一朵白云，每天都在点苍山上飘荡，后来人们都把它称作望夫云。更加奇异的是，每次望夫云出现的时候，峡谷里的那头石骡子，就会呜呜地叫。

《红梅图》与香雪海

从前在苏州城里，有一个喜欢附庸风雅的大官，他花了很多钱，千方百计地弄到了一幅唐伯虎画的《红梅图》。到手以后，大官就把它当成宝贝一样，小心地锁在香樟木的箱子里，从来不肯轻易拿出来给人看。好好的一幅画，就这么在箱子里锁了十多年。

这一年，大官大摆筵席，庆祝自己六十岁的生日。很多亲朋好友都来庆贺。吃完饭以后，大家都知道大官有一幅名画《红梅图》，有人便撺掇大官，让他拿出来，给大家开开眼。

大官喝得醉醺醺的，又听到人们夸赞他收藏的《红梅图》，心里十分得意，于是叫一个手下人把装着《红梅图》的木箱拿来了。大官拿出钥匙，打开锁，小心翼翼地取出《红梅图》，挂在了厅堂的正中央。自己站到一旁，沾沾自喜，等着听客人的赞赏。

可等了半天，不但没听见客人的惊叹、羡慕，反而听见有的客人在冷笑。大官十分奇怪，连忙走过去一看，立刻目瞪口呆：好端端的一幅《红梅图》，因为被锁在木箱里，没有及时拿出来晾晒，天长日久，不但纸上有潮湿、虫蛀的痕迹，就连画上原本枝繁叶茂的红梅，也变得稀稀落落、歪歪斜斜，好像马上就要凋谢了一样。大官非常生气，一怒之下，就把画扯了下来，扔到外面去了。

当时，苏州城外有一座山，名叫邓尉山。邓尉山上，住着一个名叫梅老老的花农。他经常带着自己种植的鲜花，到苏州城里来售卖。大官扔掉《红梅图》的当夜，下了一场春雨，第二天清晨，梅老老进城卖花，正巧走过大官家门外的小巷。他走着走着，忽然觉得好像踩到了什么东西，低头一看，原来是一幅画。他连忙把画拾了起来，一看，上面画的是几枝梅花。画上还沾了不少泥水。梅老老把画捡起来，一边擦，一边说："挺好的画，真是可惜了，可惜了。"他把画拿回了自己家里，仔仔细细地用布把上面的泥水擦干净了，又放在太阳光底下晒了一阵，然后就挂在了自己家的黄泥墙上。

说来奇怪，这《红梅图》沾过泥、浸过水，又晒过阳光以后，居然重新活了过来，

中国神话故事与民间传说

画上原本凋零了的梅花，竟然重新抽出了花苞，一朵一朵地又盛开了起来。梅老老看着这美丽的梅花，觉得越发心明眼亮，心情舒畅。他觉得画上红梅的枝条都修剪得十分好看，便把自己在邓尉山上种的梅树，也修剪成了画上的样子。梅树在梅老老的细心栽培和精心修剪下，变得越发漂亮。渐渐

地，邓尉山上的梅花越种越多、越长越好，梅老老和他的梅花也越来越出名了。

名声传到苏州城里，开春时节，人们都争先恐后地来到邓尉山，欣赏梅花。大官听说了这件事，也坐着轿子，赶去山上凑热闹。他来到邓尉山，只见山上山下，屋前屋后，全都开满了梅花，有红色的，也有白色的，登高俯瞰，一片茫茫，梅林如海，梅花似雪，清香扑鼻。

大官被这美丽的景象深深地迷住了。他在山上信步闲行，不知不觉地，就走到了一个小屋旁边。他见屋边的红梅花修剪得十分特别，意趣横生，觉得种花的人一定是一位高手。于是便信手推开了屋门，走了进去。刚一进门，他就看见了黄泥墙上挂着的一幅画。他觉得这画十分面熟，便走上前去，仔细一看，才发现竟然是被自己扔出去的《红梅图》。而且画上原本残败凋零了的花朵，又重新开满了枝头。

大官又奇怪又生气，走上前去，一把就把画扯了下来。梅老老正好从外面回来，一看有人擅自闯进自己的家，还强抢自己最心爱的画，立刻就上前去，把画抢了回来。大官想把画重新据为己有，也不肯放开。两人你争我夺，谁也不肯松手。只听嘶啦一声，《红梅图》被撕成了两半。街坊四邻听到声音，连忙跑来，问清楚情况，劝了好半天，才把梅老老和大官给劝开了。

可是好端端的一幅《红梅图》已经损坏了，只剩下邓尉山上漫山遍野的梅花，越开越盛，每到冬末春初，梅花就会凌寒开放，舒展冷艳的姿色，倾吐清雅的馨香。康熙三十五年，江苏巡抚宋荦到此游览，触景生情，题下千古绝名的"香雪海"，被人们传诵至今，名扬天下。

真假新娘

很久很久以前，在一座大山的南北两面，分别住着两户人家。这一年，两家的媳妇都怀了孩子。她们非常高兴，就都上山去拜佛祈求保佑。回家的路上，两个媳妇

碰到了一起，一问，才知道彼此的经历这么相似。两个女人越聊越投机，变得十分亲密。分手的时候，她们约定好：如果以后生下两个男孩，就让他们结拜为兄弟；如果是两个女孩，就成为姐妹；如果是一男一女，就让他们结为夫妻。

转眼几个月过去了。山南这家的媳妇生下了一个男孩，而山北的媳妇生下了一个女孩。小女孩长得十分漂亮，而且她一笑，地上就开出一朵雪白雪白的莲花来。两家听说了生的是一男一女这个消息，都非常高兴，约好以后孩子们长大了，就让他们结成夫妇。

但没想到，几年以后，小女孩的母亲得了不治之症。临终之前，她叫来丈夫，对他说："一定要把我们的女儿抚养成人，让她嫁给山南那家的小伙子。"她又拿出一串珍珠项链，系在了女儿的脖子上，嘱咐她无论什么时候，也不要摘下来。说完，就去世了。

不久，小姑娘的父亲又娶了一个女人做妻子。那个女人还带来了一个比小姑娘小一点的女孩子。继母心肠十分狠毒，经常虐待小姑娘。

日子一天天地过去，一晃，两个孩子都长大了。小男孩长成了一个聪明健壮的小伙子，小女孩也成为标致美丽的大姑娘了。这天，男方家便派了一个媒人到女方家来求亲。这是两家早已约定好的事情，所以姑娘的父亲自然欣然同意了。但这个时候，继母听说男方家很有钱，就起了歹心，想让自己的女儿嫁过去。成亲这天，她一反常态，亲自送大女儿去成亲。走到山下的一个湖泊旁的时候，继母假装惊讶地喊了一声："哎呀，你看你的脸上，怎么有一大块灰呢，你快到湖边去洗洗吧！"

姑娘听了，连忙跑到湖边，洗了起来。就在这时，继母伸出手，一把夺过了她的项链，用力把她推进了湖里，把她淹死了。

继母让自己的女儿戴上了珍珠项链，又给她穿上了自己事先准备好的新衣，把她送到男方家，和小伙子成了亲。

湖的旁边，住着一户人家，是一个老头儿和他的妻子。一天傍晚，老婆婆到湖边打水，看见水里长出一棵树来，树上结满了美丽的珍珠。老婆婆惊讶极

了，她连忙叫来老头儿，把珍珠树拔了起来，弄回了家。

过了一会儿，珍珠树忽然轻轻地活动了起来，它轻轻一摇，竟然变成了一个美丽的姑娘。老头儿和他的妻子吓得坐在地上直发抖。姑娘把他们搀扶起来，对他们说："老爷爷、老奶奶，不要害怕，我不是妖怪，是山南那户人家的新娘，我的继母害死了我，把我的项链戴在了她女儿的脖子上，冒充我嫁了过去。现在那个女孩正在睡觉，珍珠项链离开了她的脖子，我才能变成人。天一亮，她戴上项链，我就又要变成树了。"

两个老人听了，都非常同情姑娘，便说："姑娘，别着急，我们替你把项链找回来。"

姑娘听了，深深一拜，感谢两位老人。她站在屋子当中，轻轻一笑，"叮当"一声，屋子里顿时开出一朵雪白的莲花来，它浑身就像白玉雕成的那样，晶莹透亮，美丽极了。姑娘摘下莲花，交给老头儿，说："您明天拿着这朵花，去山南那户人家家里，卖给那位小伙子。如果他问多少钱，就说要卖一百个金币。"

第二天，老头儿拿着莲花，来到山南人家的窗户底下，一边走，一边喊："卖莲花啦！卖莲花啦！"一个青年推开窗户，看到了那朵莲花，立刻就被它的美丽吸引住了。他心想，都说自己的妻子一笑起来，地上就会开出一朵白莲花，但从昨天开始，她就一直在笑，可是为什么一朵莲花也没开出来呢？而这朵莲花这么漂亮，又是从哪儿来的呢？于是，青年叫住了老头儿，用一百枚金币，买下了这朵莲花。

一连好几天，老头儿都拿着莲花，到青年家叫卖。青年也每次都买了下来。这天，老头儿又来了。青年准备好一百个金币，向老头儿买莲花。老头儿摇摇头，说："这次我不要金币，我要一串珍珠项链。"青年一想，自己的那个妻子不正好有一串珍珠项链吗？就回屋拿了来，交给了老头儿。

老头儿拿着项链，急忙赶回家，把项链挂在了珍珠树上。只见树枝轻轻摆动了几下，就变成了一个美丽的姑娘。偷偷跟着老头儿回到家里的青年，看到这个情景，被吓得浑身发抖。

这时，姑娘走到他面前，对他说："不要害怕，我才是你真正的新娘啊。"她把自己的遭遇一五一十地告诉了青年。青年听完之后，又高兴又生气。高兴的是自己终于找到了自己真正的妻子，生气的是继母的心肠竟如此狠毒。青年拉起姑娘的手，对她说:"从今以后,我再也不会让你受到一点伤害了。"姑娘望着青年,羞涩地笑了,笑声像银铃一样,使屋里到处都开满了雪白的莲花。

过了几天,继母得意地来看自己的女儿。青年看到她,便冲屋里喊道:"夫人,快出来倒茶!"姑娘一挑帘子,走了出来。继母一看,竟然是被自己害死的大女儿,吓得魂不附体。青年怒斥道:"你这妇人真是蛇蝎心肠,快点带着你的女儿走吧,永远也别再到这儿来!"

继母带着她自己的女儿,灰溜溜地回到了家,丈夫听说了她做的丑事,也关上了门,不让她进来。继母和她的女儿只好走了。从此,青年和他真正的新娘过上了幸福的生活。

俞伯牙与钟子期

春秋时期,晋国有一个叫俞伯牙的人,他是当时著名的琴师,善弹七弦琴。传说他弹琴的时候,连马儿都会陶醉其中,可见他技艺的高超。俞伯牙少年的时候,曾经跟随当时最著名的琴师成连学习琴艺。但伯牙跟随他学了三年的琴,却没有太大的长进。成连说:"伯牙啊,做老师的只能教你弹琴的技艺,却不能教你领会琴艺的真谛。你到东海边去,找我的老师万子春,让他指点指点你吧。"

可俞伯牙到了东海,并没有见到万子春,他只看见了无边无涯的大海、汹涌的波涛和深密的山林。他站在海边的一块岩石上,闭上眼睛,听到四周传来无数奇妙的声音:波涛怒吼、林鸟悲啼。一股悲凉浩渺的心绪充斥了他的整个心胸,伯牙顿时觉得豁然开朗。他连忙取出琴,坐在海边,弹了起来。自然的美妙融入了他的琴声,他创作出了《水仙操》。

俞伯牙终于体会到了琴艺的真谛,创作出了传世的乐曲,成为一名杰出的琴师。但是,能够真正听懂他琴声的人却并不多。俞伯牙为此时常觉得十分寂寞。这一年,俞伯牙奉晋王之命,出使楚国。八月十五这天,他乘船来到了汉阳江口。因为遇到了风浪,所以停泊在了一座小山下面。晚上,风浪渐渐平息了下来。云开月出,清风缓缓地吹拂着他的衣袖。俞伯牙望着天上皎洁的明月,不由琴兴大发,取出随身携带

的瑶琴，忘情地弹了起来。正当他沉醉在琴声当中的时候，忽然听到岸上有人叫绝。俞伯牙闻声，走了出来，看到一个樵夫站在岸边。伯牙将他请上船来，樵夫说自己名叫钟子期，是被俞伯牙的琴声吸引而来的。俞伯牙听了，很高兴，就坐下来，弹了几首曲子。他弹琴的时候，心里想着高山，子期听了一会儿，说道："好啊！这琴声雄壮高峻，好像高耸入云的泰山一样！"伯牙心里想着流水，子期说："好啊！浩浩荡荡，如同滚滚的江河！"伯牙兴奋极了，他激动地说："先生，您真是我的知音啊！"两人喝酒谈天，越聊越投机，成了非常好的朋友。二人约好，来年的中秋，再到这里来相会。

第二年，伯牙如约来到了汉阳江口，可是他等啊等啊，怎么也不见钟子期的身影。后来，他向一位老人打听，老人告诉他，钟子期已经不幸因病去世。伯牙悲痛欲绝，他来到钟子期的墓前，弹起了一首凄楚之极的曲子。弹罢，他悲伤地说："我唯一的知音已经不在人世了，这琴还弹给谁听呢？"说完，他挑断琴弦，长叹一声，把心爱的瑶琴在青石上摔碎了。

后人被伯牙和子期之间的情谊所感动，特意在他们相遇的地方，筑起了一座古琴台。这正是：摔碎瑶琴凤尾寒，子期不在对谁弹！春风满面皆朋友，欲觅知音难上难。

聚宝盆

很久很久以前，有一个小村子。一天，有一户人家推着破车、带着瓦罐，来到了这个小村子里。这家一共四口人，丈夫叫华良，妻子叫梁花，他们已经有了两个儿子，大的四岁，名叫华龙，小的两岁，名叫华虎。梁花又怀了身孕，很快就要生下第三个孩子了。但因为老家山东闹了灾荒，没有办法，才逃到这里来。

到了村子里，夫妻俩找了一个破庙，安顿了下来。这间破庙原本是一个财神庙，但因为很长时间没有人来拜祭，日久天长，变得又脏又破，乱得不行。夫妻俩又扫又洗，一连干了两天，才把小庙收拾出了个样子来。梁花见财神爷的像东倒西歪，满是灰尘，还特意用水擦净了神台、神像，将财神爷重新立好，拉着丈夫一起，恭恭敬敬地拜了又拜，祈求财神爷保佑一家人平安。

后来，华良到村子里一位姓潘的财主家里，找了一个耕地种粮的活儿，成了潘家的伙计。梁花会做面食，就在自家门口支了个小摊子，每天在屋里擀好面条，然后拿出去卖。大家都觉得梁花做的面好吃，纷纷来买，一家人的日子渐渐好了起来。而财神庙因为来买面的人多了，一来二去，也便有了些香火。

一天夜里，华良睡着觉，忽然做了一个奇怪的梦。他梦见他在耕田的时候，挖出来一个大瓦盆，他刚捡起来，就看见迎面走过来一个白胡子老头。老头走到他面前，对他说，这是一个宝盆，放一粒米，就能变成一盆。用得好，一家人都能过上好

日子；用得不好，就会家破人亡。说完，老头就离开了。

华良原本以为这只是个梦，但没想到第二天他扛着锄头去耕田，一锄头下去，竟然真的挖出一个大瓦盆来。华良吓了一跳，连忙把它捡了起来，走回了家。他把事情给梁花讲了一遍，又把瓦盆拿出来，给梁花看。梁花半信半疑地接过宝盆，抓了一把黄豆，放进盆里，只见盆里升起一阵白雾，白雾散去，居然变出了满满一盆黄豆。夫妻俩又惊又喜。华良拿过桌上的一枚铜钱，就要往盆里搁，却被梁花拦住了。华良说："怎么啦？"梁花想了想，说："你梦里的那个老头儿对你说，如果用不好，就会家破人亡。我们要靠辛苦和勤劳吃饭，不能靠这个投机取巧，不劳而获。"华良想了想，觉得妻子说得也有道理。从此，大瓦盆除了每天和面以外，不放任何东西。

华良仍旧每天去耕地，梁花也还开她的面食摊。不过他们不用再买面粉了。每天卖完面条，只要抓把面粉放进盆里，第二天，就又是满满一盆面了。

但华良却没有死心。有一天，他趁梁花睡着了，偷偷地往盆里放了一个铜钱。第二天早上起来，梁花一看，竟然出现了满满一大盆铜钱。梁花非常生气，她把华良拽过来，问他："是钱重要，还是我和儿子们重要？"华良知道自己错了，低下了头。梁花又说："这钱，我们就用来修缮财神庙，再给财神爷塑个金身，一个子儿你也不许胡乱花！"

一晃又过去了好几年，梁花和华良靠着卖面食，赚了不少钱。他们在财神庙旁边盖起了三间大瓦房。这年，发生了大旱，田里颗粒无收，饿死了很多人。梁花和华良商量，发放馒头，救济灾民。第二天，梁花蒸出一大锅馒头，拿出一个，放进聚宝盆里，一转眼，就变成了一盆。就这样一盆又一盆，没过多久，馒头就堆成了一座小山。华良和儿子在自家面食铺前面支了个摊子，免费向灾民们发放馒头。不一会儿，门前就排起了长队。人们一传十、十传百，都到华良家来领取馒头，大家都对华良和梁花夫妇感激不尽。

十几年过去了，华良和梁花都老了，他们的三个儿子华龙、华虎、华豹也都长大了。华龙开了饭馆，华豹开了布店，华虎继承父业，耕地种田。一天，梁花生了重病，话都说不出来了。她觉得自己可能命不长了，临终之前，她把华良叫到床边，指了指聚宝盆，又比画了几个手势，意思是说，大儿子有饭店，二儿子有田地，三儿子有布店，都能吃上饭，留着这个聚宝盆没有好处，应该把它埋进地里，免生祸端。可

中国神话故事与民间传说

华良却没有明白梁花的意思，还以为她是说三个儿子都能吃上饭，这个盆就自己留着，谁也不给。

没多久，梁花就去世了。华良给三个儿子分了家，自己带着聚宝盆，跟二儿子一起住。老大华龙和老三华豹每人分得了不少银子，但老二华虎只分到了一些麦种。老大老三见老二只分到了那么少的一点东西还很高兴，心里十分疑惑。兄弟俩找到父亲，一问之下，才知道父亲有个聚宝盆。兄弟俩乐坏了，连忙把宝盆抢了过来。老大老三心想，这下可要发财了。只有老二觉得，不劳而获不但不是好事，反而还会招来祸端。于是老大和老三约定好，每人轮着用一天。

老大把聚宝盆抱回了家，连忙把一锭银子放进了盆里，马上就变成了一盆；倒出来，留下一锭，不一会儿，就又是一盆。老大夫妻就这样一盆一盆地倒着，银子越来越多，整个屋子都堆满了，可他们还在不停地变。忽然，只听轰的一声，墙被银子压垮了，夫妻俩都被压在了底下。

华良和老二老三得知消息，连忙赶来，在废墟里不停地扒。老二和华良是想要救人，老三想的却是要找到聚宝盆。可是扒了半天，他们什么也没找到。老二和华良没找到老大，老三也没找到聚宝盆。废墟里也没有银子，只有一块一块的大石头。

流米泉的传说

流米泉实际上指的是长城五道关下的一个土洞，因为洞里流出过大米，就被人们称为流米泉了。说不清是何年月，长城附近闹饥荒，百姓生活在水深火热之中，没有粮食吃，只好靠挖野菜充饥。

长城脚下土壤肥沃，野菜也比别处的多一些。一天早上，一个老实的农夫到这里挖野菜，发现野菜很多，非常高兴，就一路沿着长城脚下寻找开去。到了中午，太阳很毒，农夫也很累了，就靠在一个小土堆上休息。太阳照在大地上，反射着强烈的光，晃得他不得不闭上眼睛。当他再次睁开眼，阳光已经不是很刺眼了，他想是回家的时候了。正想站起来，发现不远处有一摊白花花的东西。农夫以为是自己的眼睛花了，揉了揉再次睁开的时候，那摊白色的东西更加真实了。他不禁走上前去，发现竟是大米，而它们从一个碗口大的洞里流出来。农夫高兴得不知如何是好，赶忙把上衣的前襟扯下来，兜起地上的米，发现刚好够自己一天的口粮。晚上农夫一家吃得很满足，吃完饭就跪在地上磕头，感谢观音菩萨显灵。第二天，他抱着试试看的心态，再次走到了长城脚下那个洞旁。让他惊奇的是，洞里又流出米来，并且流得不多也不少，总是够他们一家吃上一天。这样子过了一段时间，农夫一家渐渐精神起来。

农夫每天的行踪被他邻家的一个懒汉看在眼里。于是一天傍晚，他偷偷趴在农夫家的窗外看，发现他们一家在吃大米，不禁口水流了半衣衫。第二天，懒汉便

向农夫打听米的来处，农夫是个老实人，就一五一十地告诉了他。懒汉一听，高兴了，就依照农夫描述的地址，找到了流米洞。流出的米不多不少，也够他家吃上一天。

过了几天这样的幸福日子，懒汉打起了歪主意。他想，要是能够一次取上更多的米该有多好呀，这样就可以省下走路的力气和时间了。于是在一天下午，他拿上凿洞的工具，又向山上的采石人要了一些炸药，气喘吁吁地来到了流米洞。他先用工具凿洞，企图开个更大的口，流出更多的米。但是忙到快天黑，洞口依旧没见变得多大。于是他埋好炸药，打算炸洞。点上火后，只听砰的一声巨响，洞口一下子坍塌了，洞成了个大黑窟窿，一个米粒都流不出来了。懒汉看到这个情况，目瞪口呆，像傻了一样瘫在那里。后来村子里的人知道了懒汉的行为，都骂他造孽，而关于这个洞的故事就在人们中间流传开来。还有文人给这个洞起了个好听的名字，叫"流米泉"。

实际上，洞能流出米和秦始皇筑长城有些关系。据说，当时筑长城，秦始皇到处征米，用米汤和的石灰筑成了城墙。后来由于征的米用不完，于是就填在了城墙里。日子久了，城墙被风化，就有一部分米从墙洞里流出来了。

孝子卧冰

晋朝时有一个名叫王祥的人，他很小的时候就失去了母亲，跟着父亲一起过日子。后来，父亲又娶了一个姓朱的女人。继母对王祥非常不好，总是在王祥的父亲面前说他的坏话。还总趁丈夫不在家时，虐待王祥。

有一年，天寒地冻，北风凛冽。王祥从山上打柴回来，顶着大风，好不容易才回到家。他觉得头疼发热，浑身一点力气都没有。刚一进门，他就倒在床上了。

他才刚躺下，就看见继母朱氏走了进来，一看他躺在床上，就立刻怒喝了一声："王祥，你还在这儿偷懒，快起来，给我和你父亲把炕烧热！"

王祥忍着头晕，好容易才从床上起来，说："母亲，我今天身体很难受，能不能……"

"你难受什么！上山砍了点柴就受不了了？快起来给我干活！"还没等王祥说完，继母就大喊起来，打断了他的话。

王祥只好强打起精神，走到继母和父亲的屋子里，一点一点地添柴烧炕。

过了一会儿，王祥的父亲回来了，继母立刻走过去，对他说："相公，可不得了啦，我今天让祥儿干活，他不但慢吞吞的，还敢跟我顶嘴哩！"

父亲一听，立刻大发雷霆，他叫来王祥，不管三七二十一，就把他训斥了一顿。王祥委屈极了，但他知道自己解释父亲也听不进去，只好退了出去。

没过多久，继母朱氏生了重病，郎中来看过以后，说一定要喝鲜鲤鱼汤，病才能好。可是这天寒地冻的，去哪儿买鲤鱼呢？大家都在发愁。这时候，王祥想了一想，就一个人悄悄走出了家门。

王祥来到村子旁边的一条河上，河面上已经结了一层厚厚的冰。王祥想，这么厚的冰，根本就砸不开，再说，就算砸开了，鱼儿也早就吓跑了。怎么才能抓到鲤鱼呢？他想了想，然后一下子脱掉了棉衣，躺在了冰面上，打算用自己的体温把冰融化。

但冰面上实在是太冷了，王祥躺在那儿，没一会儿就失去了知觉。恍恍惚惚之间，他觉得自己的身体忽然变得很轻，轻得像云彩一样，缓缓地飞了起来。渐渐地，他飞到了一个不知是哪儿的地方，这里山清水秀，风和日丽。一位白须白发的老翁，手里拿着一根鱼竿，正在一个湖泊边钓鱼。王祥走了过去，刚想开口问老翁这是什么地方，只见老人把食指放在嘴上，轻轻一"嘘"，王祥明白，静静地坐在了老翁旁边。他向湖里一看，只见水里游着几十条鲜红的大鲤鱼。老翁一提鱼竿，把其中两条钓了上来，递给王祥，说："快回家吧。"

王祥心里奇怪，但还是接过了红鲤鱼，谢过了老人。他睁开眼睛，发现自己仍旧躺在冰上，冰还没有被融化。他正在奇怪刚才做的梦，忽听咔嚓一声，他起身一看，自己身下的冰竟然裂开了一大块，"啪"地一下，两条活蹦乱跳的红鲤鱼，一下子跳到了他的手上。这两条鱼和刚才他做梦时所见到的一模一样。

王祥知道自己遇到仙人了，他连忙跪在冰上，喊道："谢谢仙人！"然后高高兴兴地提着鲤鱼回到家去了。

王祥的父亲和继母还以为王祥自己跑出去玩了，正在屋里责骂他。这时，王祥从屋外走了进来，高兴地对父亲说："父亲，有鱼了！有鱼了！"父亲很奇怪，问道："这鱼是从哪儿来的？"王祥就对父亲说了一遍自己得到鱼的经过。父亲和继母都非常感动，尤其是那继母，羞愧极了，拉着王祥的手，对他说："好孩子，都是我不好，以前我对你太过分了，今后我一定好好待你。"

王祥、父亲和继母三个人拥抱在一起，脸上都绽放出了灿烂的笑容。

天理良心的故事

很久以前，大山里生活着一对兄弟，大哥叫天理，小弟叫良心。兄弟俩的父母很早就去世了，弟弟良心是跟着哥哥长大的。天理与良心的关系原本非常好，但自从天理娶了一个心肠恶毒的妻子以后，就在妻子的挑唆下，开始讨厌起自己的弟弟了。

天理的妻子担心以后良心成了家，要分走家产，就给天理出了个主意，逼着他害死弟弟。天理不忍心，但又害怕妻子，没办法，只能答应下来。

这天，天理和弟弟一起去砍柴，带着弟弟到了一个悬崖边上。天理假装一脚踩空，眼看就要滑下去，良心吓了一跳，连忙伸手去拉哥哥。不料天理趁着这个机会，用扁担一下子打在良心的头上，把他推下了悬崖。

良心睁开眼的时候，发现自己正躺在一片茂密的树林下面。浑身虽然疼痛，但好在没受什么大伤。良心摸着头上的大包，才明白过来，原来是悬崖底下的这片树林救了

260

他的命，让他不至于摔死。他回想起之前的事情，想起哥哥要害死自己，不禁痛哭起来。哭啊哭啊，不觉就到了半夜。冰冷的夜风吹了起来。良心站起身来，深一脚浅一脚地在树林里走着，好容易才找到了一间破庙。良心连忙走了进去，想歇口气。谁知还没坐下，他就听见庙外传来了脚步声。良心连忙爬上庙里的横梁，躲了起来。

不一会儿，破庙里走进来三个妖精：一个是老虎精，一个是猴头精，还有一个白狗精。三个妖精在庙里坐了下来，互相称兄道弟，还讲起了各自的吃人经历。良心在梁上听着，害怕极了。这时，良心听见白狗精说："我最近发现了一件事，在旁边的那个村子里面，有三棵枫树，每一棵下面，都藏着一块青石板，三块青石板上分别写着金、银、水三个字，写着'金'字的青石板底下，全是金子；写着'银'的石板底下全是银子，写着'水'的石板底下是一股泉水。如果我们不是妖精的话，就可以去那儿，挖出金银，就发财了！只可惜我们是妖精，人们根本就不会让我们靠近那儿的！"说完，白狗精叹了口气。老虎精和猴头精听了，也觉得十分可惜，都叹起气来。这时候，远方的鸡打鸣了，天要亮了，三个妖精一听，连忙逃走了。

良心在横梁上面，听得一清二楚。天亮了以后，他就离开了破庙，向鸡叫声传来的方向走去。走了很久，良心来到了一片田地旁边，本来应该是一片绿油油的地里，却变得一片枯黄。他问了问，才知道这个村子已经好几个月没有下过一滴雨了。老百姓都急坏了。

良心又往前走了一段路，他抬头一看，发现前面不远的地方有三棵参天的大枫树，青枝绿叶，十分漂亮。树下跪满了前来拜神求雨的老百姓。良心一看，心想，这不正是白狗精说的那三棵大枫树吗？他连忙走上前去，走近一看，发现其中一棵枫树上还贴着一张告示，上面写着，当地一位好心的员外，特地贴出这个告示，只要有人能够让天下雨，或者能在附近找到水源的话，要金有金，要银有银，还要将自己的女儿嫁给他。

良心走上前去，伸手把告示揭了下来。旁边守着的家丁一看有人揭告示，连忙把他带到了员外家里。良心请员外准备好三张大锯，两个大筐，还有几把锄头，准备好之后，他就带着十个壮丁，来到了那三棵大枫树前面，吩咐壮丁们把树锯倒。但员外却不同意，很多村民也不答应，因为这三棵树是村子的风水树，把它们砍了，村子会有灾难。但也有很多人同意砍，因为如果再找不到水的话，全村的人都活不了了。一番争执之下，最后员外和其他村民也只得同意了。

几个壮丁拿出大锯，没一会儿，就把第一棵枫树锯倒了，树根底下，埋着一块写有"金"字的青石板。良心一见，命令谁也不许动这块板，开始挖第二棵树，挖了半天，挖出一块写着"银"字的青石板来，良心还是不让动。直到第三棵枫树也锯倒了，树根下面，挖出一块写着"水"字的青石板来。良心高兴极了，他让村民们退后几步，自己走上前去，用力一搬，把青石板打开了。一股泉水立刻喷涌出来。"水！

找到水啦！"人们欣喜若狂，连忙拿来水盆和水桶，开始接水。泉水源源不断地流着，流进了田垄，滋润了麦苗，干涸的溪滩里又有了水，人们高兴极了，都说良心是上天派来救他们的。

几个壮丁又撬开了另外两块青石板，只见下面满满的都是金银。人们说，这金银理应归良心所有，良心却说，这金银是祖先们留给村民，让他们度过荒年用的，当场就把这些金银都分给了村民们。人们都对良心感激涕零。后来，员外的女儿听说了，非常佩服良心，员外便做主，将女儿嫁给了良心。

这件事一传十、十传百，传到了天理和他妻子的耳朵里。天理的老婆十分高兴，逼着天理带着自己和儿子去找良心分金银。他们走了三天三夜，来到员外家中。良心看见将自己推下悬崖的哥哥，本来不愿再理他们，但禁不住哥哥苦苦哀求，最终良心还是原谅了他。他把天理一家请进来，热情地招待了他们一天一夜。天理的老婆问良心是怎么知道枫树下有水的消息的，良心也一五一十地告诉了他们。第二天，天理和老婆就带着儿子告辞了。回到家以后，他们商量着按良心的方法，也去偷听妖精们说话，也要发大财。于是夫妻二人一起跳下了山崖，却再没上来。良心收养了天理的儿子，和妻子一起幸福地生活了一辈子。

苏三洗冤

明朝的时候，有一个长得很漂亮的姑娘，名叫苏三。苏三家里很穷，狠心的父母为了钱，将她卖到了妓院里。可怜的苏三叫天天不应，叫地地不灵，每天不但要洗衣做活，还要挨打受骂，只能天天以泪洗面。

日子一天一天地过去，苏三长大了，成了一个清秀美丽的姑娘。鸨母见她长得漂亮，就逼着她学习弹琴唱歌，在客人面前表演，还给她起了个艺名叫作"玉堂春"。苏三虽然不用再干粗活了，但却要忍受客人对她的侮辱，日子依然过得非常痛苦。

一天，苏三所在的妓院来了一位名叫王景隆的公子。他知书达礼、温和善良，长相又十分清秀俊朗。王公子一进大门，就看见了正在弹琴的苏三。苏三抬起头，也看见了他。两个人互相望了好久，彼此都含情脉脉。王公子认定这个美丽哀怨的姑娘就是自己的意中人。他上了楼，进了苏三的房间。两个人互诉衷肠，情投意合，就私下结成了夫妻。

王景隆与苏三住在一起，甜甜蜜蜜地过了好些日子。苏三深深地被王公子的人品学识所吸引，发誓一辈子跟着他，永不分离。但鸨母却把王景隆当成了一棵难得的摇钱树，每天都想尽了办法跟他要钱。王景隆身上的钱渐渐花光了，鸨母一看他没了钱，立刻就翻了脸，指使手下的人，把他打了一顿，轰出了妓院。苏三见王公子被打，哭得死去活来，想要追出去，和他在一起。但却被鸨母一把抓住，关了起来。没有办法，苏三只得托自己的丫鬟，把自己平时攒的几十两银子送给了王景隆，让他努力读书，上

◎中国神话故事与民间传说◎

京赶考，等到金榜题名，成了官员，再来救自己脱离苦海。

王景隆被苏三的情深义重深深地感动了，他回到家里，刻苦读书，决心一定要考中状元，再来救苏三。可就在这个时候，苏三却被一个名叫沈燕林的山西商人看中了，想要娶她做妾。苏三自然是抵死不从。可黑心的鸨母为了赚钱，私下里收了沈燕林的钱，把苏三卖给了他。

苏三到了沈家，沈燕林对她十分宠爱，百般呵护。这就招致了沈燕林的原配妻子的妒忌。沈妻想来想去，想出了一条毒计。她在一碗面里下了毒药，然后又亲自端到苏三的屋里，假装给她赔罪，想让苏三把面吃下去，从而一命呜呼。

苏三端起面，刚要吃，沈燕林就从外面进来了。苏三见他风尘仆仆、十分劳累，就把面端过来，给沈燕林吃了。沈燕林刚吃了两口，立刻就觉得头晕目眩、浑身疼痛，不一会儿就死了。苏三吓坏了，她连忙叫人来帮忙。沈妻跑来一看，毒死的不是苏三，却是自己的丈夫。她又气又恼，便让人抓住苏三，硬说是她毒死了沈燕林。她又告到官府，昏庸的县官不问青红皂白，就派人把苏三抓了起来，定为死罪。县官命一个叫崇公道的差官押她上京，等候处斩。

在押解途中，苏三向崇老差官讲述了自己的遭遇，老人非常同情苏三，最后还认了她做义女。但老差官没法改变苏三的判决，只好继续押着她走。

这时，王景隆已经凭着自己的才学考中了进士，成了山西巡按。他巡视到沈家所在的县衙，调阅卷宗，看到沈燕林被毒死的案子，觉得十分蹊跷，便决定亲自审问。他端坐在府衙的大堂之上，喝令一声："带案犯。"案犯被押了上来。王景隆觉得眼前的这个女子十分熟悉，下去一看，竟然是他日思夜想的苏三。原来王景隆做了官以后，立刻就去妓院寻找苏三，可是却找不到她的身影了。一问之下，才知道苏三被鸨母卖给了一个商人。王景隆非常伤心，却也没有办法，只得独自上任，来到了山西。

苏三一见是王景隆，也是又惊又喜。两人百感交集，不禁抱头痛哭。苏三对王景隆讲述了自己的遭遇，诉说了自己的冤情。王景隆听了，说："你不要担心，我一定把这个案子查个水落石出！"

王景隆多方寻访，终于从沈妻的话中听出了一些端倪。于是，他命人把沈妻带来，仔细盘问。沈妻哪见过这种阵势，吓得浑身发抖。王景隆三问两问，她就说出了自己误杀了丈夫的实情。王景隆按律审判，判了沈妻死罪。苏三无罪释放，从此与王景隆过上了幸福的生活。

望娘滩的传说

传说在很久以前，四川灌县的岷江边住着很多渔民。其中有个叫温朋的小伙子，父亲很早就去世了，他和母亲相依为命。温朋是个憨厚勤快的人，他每天靠打鱼赚点小钱来养活母亲，娘儿俩的日子过得非常艰苦。

有一天，天色很暗，眼看就要下大雨了。温朋的母亲看到这样的天气，就让温朋不要出去打鱼了。但是温朋见家里的米缸就要空了，根本不够他和母亲吃上一天的，于是安顿好母亲就走了。

小船行驶到江心，温朋就撒网下去。等他即将收网之时，发觉渔网很沉，拉到船上非常困难。正在他使劲收网的时候，霎时乌云密布，电闪雷鸣，江面上还刮起了大风。温朋不知道进网的是什么东西，但是想到一定能卖个好价钱，这样他和母亲的吃饭问题就能解决了。想到这儿，他又加了把劲儿，一下子把网拉到了船上。说来奇怪，渔网刚一上船，天就晴朗起来，温朋一看，拉上来的是一条金灿灿的大鲤鱼。温朋想到接下来几天，他和母亲的温饱问题解决了，顿时高兴得大笑起来。正当他想把鱼捉进鱼篓里，鲤鱼突然说话了："我本是千年鱼精，来到这片江里游玩，今天遇到你也算有缘。如果你肯放了我，我将给你一件宝贝。"

温朋有点为难，他害怕自己的美好幻想成为泡影，就说："那好吧，我相信你，但是请你先把宝贝给我吧，我一定放了你。"大鱼就从口中突出一颗大明珠，让温朋接住，温朋见了很高兴，就将大鱼放回了水里。

温朋回到家，把明珠拿给母亲看，母亲觉得是好东西，又怕别人看到会抢走，就把它放到了米缸里。谁知等她下午做饭的时候，本来空空的缸里出现了满满一缸米。母

亲高兴得合不拢嘴。她又把明珠放到快空了的钱袋里，钱袋霎时也变得鼓鼓的。温朋有了钱，不再做打鱼的活儿了，他在县里开了个小店，娘儿俩的生活变得越来越好。

但是本地有个财主，非常狡猾凶狠，人称黑虎神。他见温朋生活得越来越好，有吃有穿，不知因为何故，就派老婆到温朋家中探个究竟。财主的老婆

◎中国神话故事与民间传说◎

到了温家，见只有温朋的母亲在家，就敲诈她说："我家丢了一个金元宝，是在你儿子的店上丢的，一定是你儿子偷了去，你家的日子才能过到这个地步。"温朋的母亲听了很生气，忙说没有，但是财主的老婆吓唬温朋的母亲说，只要她不说出怎样有了钱，就去官府状告温朋。温朋的母亲一着急就说出了实情。

当天晚上，黑虎神就带上家丁来到温朋的家，问温朋明珠在什么地方。温朋不肯说话，黑虎神一眼就察觉出了明珠的下落——在温朋的嘴里。结果黑虎神就下令将人按住，试图从温朋嘴里拿出明珠。温朋一着急，就将明珠吞到了肚子里。

明珠进肚的一瞬间，温朋觉得口渴得厉害，就去水缸找水喝。把一水缸的水全喝完之后，温朋还是觉得不够，他又跑到岷江里去喝。谁知他刚喝了几口，就立即变成了一条龙，飞到天上去了。

温朋的母亲见了，在后面追着喊他的名字。只见龙立刻回头，而江里也立即凸起一个滩。他的母亲叫了二十四声他的名字，龙就回了二十四次头，每回一次头，江里就凸起一个滩。后人就将这二十四个滩称作"望娘滩"了。

温朋变成龙的这一夜，天下起了大雨，江里的水涌出来，单单将财主的家冲毁了。财主和他的老婆也没有了踪影，大家猜一定是被冲到江里淹死了。而这个故事就一直流传至今。

西施与范蠡

战国时，南方有一个国家，名叫越国。越国曾经是个很强大的国家，但后来因为国势不振，渐渐衰落了下去。这时，旁边的吴国国王夫差趁着这个机会，带领大军，打败了越国，占领了它的土地。越国的国王勾践没有办法，只能向夫差俯首称臣。夫差没有杀死勾践，让他做自己的奴仆，对他百般侮辱。勾践咬着牙忍耐了下来。他装出一副谦恭的样子，细心地服侍夫差，使夫差放松了警惕，放勾践回到了越国。

勾践一刻也没有忘记自己受过的奇耻大辱。他回到越国以后，一心振兴国家、报复夫差。这时，勾践手下一个名叫范蠡的大臣给他出主意说，要想光复越国，一要让百姓休养生息，积蓄力量，等待时机；二要继续表现出谦卑的样子，让吴王夫差放松警惕，还要给他进献珍宝、美女，让他沉迷于酒色之中，顾不得朝

廷政务。勾践听从了范蠡的建议，他颁布了很多有益于老百姓的政策，让他们休养生息。同时，勾践还派范蠡到全国各地去寻访美女，用来进献给夫差。

范蠡接受了命令，到全国各地去遍访美丽的女子。可是他走了很多地方，见了很多女子，其中也不乏美丽的姑娘，但真正具有倾倒众生的美貌的女子，却一直没有找到。这天，范蠡在一座大山里转悠，不知不觉地，就走到了一个小村子里。他远远地看见一个姑娘正在溪边洗衣服。姑娘洗完衣服，站起来，转身向村子里走去。范蠡一看，不禁呆住了。哎呀，这个姑娘太漂亮了。水里的鱼儿，见到她的美貌，都会沉下去。这不正是他要寻找的人吗？范蠡连忙跑上前去，叫住了姑娘，说道："姑娘，我是从外地来的商人，偶然走到这里，迷了路，姑娘可以给我一碗水喝吗？"姑娘点了点头，说："好的，先生请跟我来吧。"

姑娘带着范蠡回到了自己家中，给他端来了水。范蠡一边喝，一边问："请问姑娘贵姓？"姑娘说，自己名叫西施，家里没有什么亲人，自己一个人，靠打柴为生。交谈中，范蠡被西施的美丽和温柔深深地打动了，他爱上了西施。西施也被眼前这位英俊潇洒的公子所吸引，两个人情投意合，彼此都含情脉脉。但范蠡没有忘记自己的使命，他迟疑了很久，最终还是对西施表明了自己的真实身份，并问她是否愿意去吴国服侍夫差，为越国的复仇争取机会。

西施听了，心里非常痛苦。她扑进范蠡怀里，痛哭失声。一想到自己要远离家乡、远离恋人范蠡，去异国他乡服侍一个自己不爱的人，她的心里就悲痛异常。但她考虑再三，为了国家的振兴，她还是毅然决然地答应了范蠡的请求，同意去吴国迷惑吴王。临走之前，她与范蠡约好，越国复仇成功之后，就一起远走高飞，离开这个是非之地。

西施到了吴国以后，果然不出所料，吴王夫差被她的美貌深深地迷住了，每天都陪在她身边，饮酒作乐，不理朝政。有忠心的大臣向他进谏，他不但不理睬，还把大臣处罚了一顿。就这样，吴国一天天地衰败下去了。而与此同时，越王勾践却每天都在加紧练兵，图谋兴复。他每天都睡在木柴上，还在自己住的地方挂了一个苦胆。每天都要舔一下苦胆，并且大声地问自己："勾践，你忘记自己所受到的耻辱了吗？"以此来激励自己，不要忘记曾经受到的耻辱。

多年以后，勾践终于积聚了足够与吴国对抗的实力，他抓住一个机会，带领军

中国神话故事与民间传说

266

队，一举打进了吴国的都城，灭掉了吴国。吴王夫差也自杀了。

勾践终于报了仇，他在王宫摆下宴席，要赏赐在他危难时不离不弃的大臣们。范蠡是其中功劳最大的一位，勾践对他十分感激，赏给他很多金银财宝，并封他为高官。但范蠡都谢绝了，他说："大王，我现在的心愿，只是希望能乘着小舟，在广阔无边的江海上，自由地泛舟罢了。"勾践见范蠡心意已决，便也不再挽留，任范蠡离开了。

范蠡划着小舟，来到了吴国附近，四下寻找。忽然，一个熟悉的身影，向他跑了过来。范蠡一看，正是西施。原来吴国灭亡以后，她就逃出了王宫。从此，范蠡带着西施，在烟波浩渺的五湖之上，幸福地生活在了一起。

药王医龙

孙思邈是我国古代著名的"药王"，他医术高超、心地仁厚，救活了很多人，老百姓都非常爱戴他。传说在孙思邈五十岁那年秋天的一个夜里，他正在屋里读医书。三更时分，忽然从远处传来了"轰隆隆"的雷声，雷声越来越近，不一会儿，就到了孙思邈居住的茅屋附近，窗棂被震得格格作响。紧接着，就下起了倾盆大雨，雨点打在屋顶上，发出巨大的声响。但孙思邈一心研读医书，并没有注意这些。这时，一阵急促的敲门声，搅得他再也没法看下去了，他只好站起身来，跑去开门。门一下子被打开了，门外站着的，是一位又高又瘦的老头，身穿一身金色的袍子，双眼好像灯笼那么大，炯炯有神。但他的脸色却十分苍白，看上去有气无力。孙思邈一看，就知道他一定是得了病，连忙让他进屋里来。老人笑了笑，走进屋里。这时孙思邈才发现，尽管外面雨下得那么大，可老人身上，竟连一滴雨水都没有。而且他一进屋，屋外的雷声和雨就都停了。

孙思邈请老人坐下来，伸出手，搭在他的脉上，替他诊脉。良久，孙思邈一皱眉，摇了摇头，说："老先生，人的脉象分为浮、沉、迟、数、虚、实等几种，可您的脉象却完全不在这几种之内，恐怕您不是凡人吧？"

老人听了，笑了笑，说："那先生看我是什么呢？"

孙思邈说："您的脉象起伏不定，有翻江倒海、腾云驾雾之象，应该是龙吧？"

老人一听，哈哈大笑，冲着孙思邈跷起了大拇指，说："先生真不愧是名满天下的神医，看来我这次真的是找对人了。先生说得不错，我确实是一条老龙。半年以前，我得了一种怪病，明明饿得发慌，却什么也吃不下去，只能喝稀汤度日。眼看这身体越来越瘦弱了，所以才特来拜访先生。请先生救救我吧。"

孙思邈想了想，说："你的病倒也不难治，可是你今天变成人的样子来，我没办法治，这样吧，后天上午，你现真身再来，我定可以治好你！"

老龙听了，非常高兴，他拜谢了孙思邈，踏着云雾飞走了。

第二天，孙思邈找来了一个大桶，在里面倒上了他配制好的一种漆黑的汤药，并往里加入了一种白色的粉末，还准备好了两根一尺五寸长的金针。

第三天天还没亮，孙思邈正在家里等着老龙，突然轰隆一声巨响，把他吓了一跳。他连忙跑出屋子一看，自己家的院墙竟然出了一个大洞，老龙的头从洞里伸了出来，原来它怕被别的人看到，就从孙思邈家旁边的山的山脚钻过来了，身子都藏在了山里面。孙思邈看了，也不禁笑了，说："龙君，真有你的！你等等我，我去给你拿药。"

一会儿，孙思邈就提来了事先准备好的那一大桶汤药，放在老龙面前，让它喝下去。老龙一看墨黑墨黑的药汁，不禁有点发怵。它硬着头皮喝了一口，马上就皱起了眉头，咴着嘴说："先生，这是什么药啊？这么难喝。"孙思邈说："这叫白瓣曲子汤，专门治你这病的。良药苦口利于病，你赶紧喝下去！"老龙却把头摇成了拨浪鼓："这么难喝，我不喝！"孙思邈又气又笑："哎呀，你这么一大把年纪了，怎么还不如六七岁的小孩子？你今天喝也得喝，不喝也得喝！"说完，拿起药汤，就要往老龙的嘴里灌。老龙一听，吓了一跳，它张开嘴巴，轻轻一吹，就起了一阵旋风，差点没把药桶给吹翻了。

孙思邈见老龙野性难驯，知道不能像对待普通病人那样来给它治病。于是他悄悄拿出了事先藏在怀里的金针，偷偷绕到龙背后，猛地一下跳到龙头上，拿出一根针，对准龙角旁边的一个穴位，用力地扎了下去。老龙疼得大叫起来，拼命地甩动脑袋，想把孙思邈甩下来。可是它忽然觉得全身无力，哪儿都动不了；想吹风，嘴巴也像麻了似的，吹不出来。孙思邈放松了手，老龙不觉得痛了，但浑身仍然一点力气都没有。它只好垂下头，说："先生，先生，我虽然有病在身，但毕竟还是条龙，没想到让你一针就给我扎得软绵绵的了。"

孙思邈忍住笑，从怀里取出另一根金针，在老龙眼前晃了晃，威吓说："赶紧把药喝了，要不然，我还要扎！"说完，就骑在龙脖子上，抓住两只龙角，把老龙的头按进了药桶里。老龙害怕孙思邈再扎针，赶紧张开嘴，咕嘟咕嘟地喝起来。它一边喝，一边觉得自己的食道里好像有什么东西在翻滚、爬动，弄得自己胃里翻江倒海，难受

中国神话故事与民间传说

得不得了。它想停下来不喝，又怕孙思邈扎针，只好硬着头皮喝下去。好不容易把药全喝完了，老龙再也忍不住，哇的一声，吐了一地，顿时觉得舒服多了。老龙定睛一看，自己吐出来的那一堆东西里，竟然有一条大蛇，它吓了一跳，问道："先生，这是怎么一回事啊？"

孙思邈收回针，从龙脖子上跳了下来，指着大蛇，笑着对老龙说："你身体里并没有什么病，只是因为这条蛇堵住了你的食道，你自然什么都吃不下了。"老龙恍然大悟，说："怪不得，这条蛇是我半年以前吞下去的，竟然没死。多亏先生您相救，否则我还不知道要难受多长时间呢！对了，您刚刚给我喝的仙药，是什么来着？"孙思邈忍不住哈哈大笑，说："什么仙药，这只不过是陈醋和蒜泥拌在一起罢了。这两样东西又酸又辣，一进食道，蛇自然忍受不了，只好往外逃出来了。"老龙听了，也忍不住笑了，说："怪不得这么难喝！先生真是医术高超、药到病除啊！"

孙思邈又给老龙吃了一些补药，老龙在山洞里调养了几天，恢复了力气，谢过了孙思邈，就腾空飞走了。老龙虽然飞走了，但那个大洞还留在山底，后来人们给它取了个名字，叫作"穿龙洞"。而孙思邈医龙的消息也传开了，大家都说，孙大夫真是神医。孙思邈去世以后，大家尊他为"药王"，并在"穿龙洞"的前面建了一座药王庙，世世代代供奉着他的塑像。

钱王射潮

钱塘江大潮中外闻名，今天，很多人都会在潮水最汹涌的时候赶到杭州，观看涨潮。但在古时候，钱塘江的大潮，却经常给百姓们带来灾难。钱塘江每次涨潮，潮头都能高到好几十丈，犹如千军万马一般，淹没了不少良田，甚至还会淹死人畜。沿江两岸的堤坝，常常是这边刚修好，那边就又冲塌了。历来管理钱塘一带的地方官，都为此头疼不已。

唐朝末年的时候，有一位吴越王钱镠，奉命管理杭州。他身材健壮、勇猛无比，人们都称他作"钱王"。钱王治理杭州的时候，觉得各种事情都比较好办，就是钱塘江的堤坝怎么也修不好。每次堤坝快要修好的时候，一次大潮，准会把它冲垮。钱王以为是手下的人偷工减料，非常生气，就把领

头的人抓了来审问。领头实在无能为力，只好据实禀告钱王："大王，不是我们不想修好，只是因为钱塘江里面有一个潮神在捣乱，每次江堤快修好了，他就出来兴风作浪、扬起大潮，把我们修筑的堤坝冲毁。"

钱王一听，勃然大怒，喝道："既然那家伙作恶，为什么不把他抓回来宰了？"

领头的慌忙答道："大王，他是潮神，住在海龙王那里，我们是凡人，怎么能把他抓来呢？而且他每次来的时候，都随着翻滚的潮头，藏在潮水里面。我们只看得见潮、看得见水，根本看不着他，更没办法抓他。还有，哪怕就是坐着铁打的船去找，只要一碰上潮头，也会立刻被吞没的。"

钱王听了，两眼直冒火星，大吼道："呸！难道就让这个小小的潮神在我江边胡作非为吗？"他想了想，对手下说道："这家伙作恶多端，看来本王得亲自去降服他了。这样吧，到八月十八这一天，准备好一万名弓箭手，随着我到江边，我倒要看看，这个潮神有多大能耐！"

钱王为什么选定八月十八这一天呢？原来八月十八是潮神的生日。这一天潮头是全年之中最高的，水势如同排山倒海一般，凶猛无比。而且潮神会在这一天，从水中出来，骑着白马，跑在潮头上面。

转眼到了八月十八这一天，钱塘江边搭起了一座大王台，钱王一大早就来到了台上，观察江上的动静，一万名弓箭手也早已摆好了阵势，等待潮神到来。沿江的百姓们受尽了潮水的灾害，听说钱王领兵来射潮神，都跑来观战助威。几十里长的江岸，黑压压地挤满了人。钱王见了这般声势，更加胆壮心雄，他叫人拿来笔墨，在纸上写下了两句诗：

为报潮神并水府，
堤塘且借与钱城。

写完，他将纸丢进江水里，大声喝道："潮神听着，如答应此事，以后就不许再发潮水；倘若执迷不悟，仍发潮水冲堤，那就休怪我手下无情！"

岸上的老百姓和弓箭手听了，都欢呼起来，声音如同雷鸣一般。大家都神色紧张地望向江水，观察着江面上的动静。

潮神看了钱王的诗，不但不加理睬，反而还加大了潮水，从海的深处涌了过来。没多久，只见远远一条白线，飞驰而来，越来越快，越来越猛，眼看到了近处，就好像爆炸了的冰山、倾覆了的雪堆一般，奔腾翻卷，直冲大王台而来。钱王见了，大吼一声："放箭！"说完，就自己拉紧弓弦，狠狠地射出了一箭。

岸边的一万名弓箭手也纷纷拉起弓弦，射出弓箭。刹那间只见万箭齐发，直射潮头。百姓们在旁边都跺脚拍手，大声呐喊助威。一万支箭射完了，就再射一万支；两万支射完了，再射一万支，三万支箭射完了，竟逼得潮头不敢再向岸边冲过来了。钱王一看压住了潮神的气势，立即下令："追射！"潮神自知敌不过，只好弯弯曲曲地

270

向西南逃去了，最后消失得无影无踪。因此，直到今天，钱塘江的潮水一到六和塔旁边，就小得多了，而在六和塔前，江水弯弯曲曲地向前流淌，就像个"之"字，因此人们后来又叫这个地方"之江"。

从这个时候起，江堤才得以建成。百姓们为了纪念钱王射潮的功绩，特意给这座堤坝起了个名字，叫作"钱塘"。

渔夫的箫声

很久很久以前，有一个竹箫吹得很好的渔夫。他吹起箫来的时候，百鸟会围着他歌唱，彩蝶也会在他身旁飞舞。在地里干活的人们只要一听到他的箫声，都会不由自主地忘记了手中的活计，停下来，专心致志地听他吹箫。就是脾气再暴躁的人，只要听到这天籁般的声音，也都会立刻平静下来。人们都觉得他的箫声是天上的声音，偶尔降到了人间，于是给他起了个名字叫"吹天箫"，久而久之，他的名字，反倒没有人记得了。

一天，吹天箫在南海边打鱼，他把渔网抛进海里，然后坐在海边的岩石上，拿出他心爱的竹箫，开始吹起来。他忘情地吹啊吹啊，忽然，他的面前出现了一位白须白发的老者，似乎早已陶醉在了他的箫声之中，正在侧耳倾听。

吹天箫停了下来，问道："老伯伯，您有什么事吗？"

老人从箫声中醒过来，说："小伙子，你的竹箫吹得真好，能不能请你做我儿子的老师，教他吹箫呢？"

吹天箫说："可以啊。"

老人笑了，说："那就请跟我来吧。"说完，老人一挥手，面前的大海居然分开了，中间出现了一条路，路的尽头，是若隐若现的龙宫。吹天箫这才明白，原来老人是南海龙王。

原来刚刚吹天箫在海边吹竹箫的时候，南海龙王正在龙宫里宴请群神。桌上摆满了各式各样的美味佳肴，龙王和宾客们刚要举杯共饮，忽然听到海面上传来一阵美妙的箫声。就算是神仙，也没有听过这么优美的箫声。大家举着酒杯，都忘记了喝酒。龙王更是陶醉在这箫声之中，宴席结束之后，他变成一位老人，来到海面上，顺着箫声，一路找到了吹天箫。

吹天箫跟着龙王回到龙宫之后，很认真地教龙王的儿子学习吹箫。一转眼三年过去了，吹天箫十分思念自己的家乡。这时，龙王的儿子也已经差不多学会吹箫了。于是吹天箫就找到了龙王，请求龙王让自己回家。龙王说："吹天箫师傅，这三年辛苦你了，既然你已经下定决心要走，我也就不挽留了。请让我送你一件礼物，就当是报答你吧。"

于是，龙王就叫自己的儿子带着吹天箫到宝物库去，让他挑选礼物，但是数量不能超过两件。吹天箫到了宝物库一看，呀！库里到处都摆满了他从来没有见过的奇珍异宝。半斤重的大珍珠，两三米高的大珊瑚，各种奇异的宝石，还有数不清的夜明珠。吹天箫看着这些宝物，简直都花了眼，也不知道该挑哪一件才好。这时，他转身一瞧，宝物库的另一面墙上，挂着大大小小的竹篓，底下的柜子里，摆着各式各样的蓑衣。吹天箫在宝物库里转了转，最后走到了挂竹篓的地方，拿了一个竹篓和一件蓑衣，然后对龙王的儿子说："我已经挑好了，就这两件吧。"

回龙宫的路上，龙王的儿子问他："为什么那么多金银珠宝你不挑，却偏偏挑了这两件呢？"

吹天箫笑了笑，说："竹篓可以装我捕到的鱼虾，蓑衣可以替我遮风挡雨，金银珠宝总有用完的时候，可我凭着自己的劳动吃饭，就永远不会挨饿。"

龙王的儿子微笑着说："师傅，你真是一个勤劳善良的好人。放心吧，有这两样东西在手里，你永远都不会挨饿。"说完，他用法力将吹天箫送回到海面上，就转身不见了。

吹天箫回到了家里，他去南海捕鱼、去东海捞虾，只要披上蓑衣，就能立刻飞到那里；他打鱼回来饿了，竹篓里永远装满了好吃的东西。吹天箫这才知道这两件东西都是宝物。从此，他背着竹篓，披着蓑衣，一边打鱼，一边吹箫，他的箫声飞满了人间，使人间充满了悠扬而动听的乐曲。

阿巧养蚕

很久以前，在杭州一带的一座山脚下，住着一个心灵手巧的姑娘，名叫阿巧。阿巧的母亲在阿巧九岁时去世了，父亲又娶了一个媳妇。后娘对阿巧和四岁的弟弟很不好，经常虐待他们。她让阿巧干这干那，却还不让她吃饭。阿巧很伤心，常常偷偷流眼泪。

有一年的冬天，天气非常冷。阿巧穿着单薄的衣裳，缩在自己的小屋子里。这时，后娘进来了，对阿巧说："羊吃的羊草没有了，你快去山上割点回来！"

阿巧没有办法，只得背着竹筐，冒着严寒去割草。可是这个季节，山上早已光秃秃的，到哪里去找青草呢？阿巧从白天找到了傍晚，却连一根青草的影子都没看到。

中国神话故事与民间传说

太阳下山了，天慢慢地黑了
下来。阿巧冻得浑身哆嗦，
却又不敢回家，只得抱成一
团，坐在山坡底下，伤心地
哭了起来。

　　这时，她忽然听到了一
个声音在说："割青草，半
山腰！"她抬起头来，看到
了一只身披五彩羽毛的小
鸟，它一边飞，一边冲阿巧
扑扇着翅膀，示意阿巧跟着
它。阿巧连忙跟了上去，小
鸟一直飞，阿巧也就一直跑。不知绕过了几道弯、穿过了几条河，阿巧实在跑不动
了，只得停了下来。这时，她看了看四周，发现自己站在一条黄泥小路上，小路的旁
边，是一条清澈透明的小溪，小溪周围，居然长满了鲜嫩的青草和漂亮的野花。

　　阿巧看见这么多的青草，高兴极了，连忙蹲下身子，割了起来。她一边割一边
走，也不知过了多长时间，她一抬头，发现自己竟然来到了一个不知道是哪儿的地
方。不远处有一排房舍，几个白衣女子，手里挎着竹篮，正在房舍旁边的一片小矮树
林里采树叶。

　　几个白衣女子看见阿巧，便走到她面前，问她道："姑娘，你从哪儿来呀？怎么
会到这里的？"

　　阿巧就将自己的遭遇对白衣女子们讲了一遍，白衣女子们听了，都很同情她，
其中一个女子对她说："这样吧，阿巧，既然你有缘到这里来，不如就在这里多住几
天吧。"

　　阿巧看了看围着她的白衣女子们，她们又漂亮又和善，于是就留了下来。白天
的时候，她跟着白衣女子们一起，在矮树林里采树叶，晚上的时候，就用这些树叶去
喂一种雪白的小虫子。小虫子吃了树叶以后，长得白白胖胖的。后来，就吐出一种
又细又亮的丝来，结成一个核桃大小的小房间，把自己裹在里面。

　　白衣女子告诉阿巧，这些小虫子叫"天虫"，树叶叫作"桑叶"，从小房间里抽出
来的丝线，染上颜色，就可以给天上的织女织云锦用了。阿巧听了，觉得奇妙极了，
从此更加用心地采树叶、纺丝线。

　　三个月过去了，阿巧很想念自己的弟弟，想回家去看一看。于是，第二天天没亮
的时候，她就回家了。临走的时候，她怕自己回来时找不到路，就带了几条小天虫，
采了一捧小桑果。一边走，一边扔，希望可以顺着这些桑果找回来。

中国神话故事与民间传说

回到家，阿巧惊讶地发现，自己的弟弟已经长成一个大小伙子了，父亲也已经很老了。父亲告诉阿巧，她已经失踪十几年了。后娘也早已经去世了。父亲问阿巧："阿巧，你失踪了十几年，到底去哪儿啦？"

阿巧把自己的经历说了一遍，并把带回来的小天虫给乡亲们看了看。过了几天，她决定回到山里去。可是她在山上绕了好几圈，怎么也找不到出来时的路了。这时，那只五彩羽毛的小鸟又从树后面飞了出来，一边飞一边叫："阿巧偷宝！阿巧偷宝！"

阿巧这才想起来，她临走时没跟白衣女子们打招呼，就拿走了天虫和桑果，她们一定是生气了。阿巧没办法，只好回家。回到家里以后，她种下桑果，没过多长时间，就长出了桑树。阿巧采下桑叶，喂养天虫，让它们逐渐繁衍。

阿巧还把自己从白衣女子那里学到了技艺教给乡亲们，从此，人们开始种桑树、养天虫，抽出丝线、纺纱织布。后来，人们将"天虫"二字合在一起，称这种小虫为"蚕"。阿巧碰到的白衣女子，其实就是掌管养蚕种桑的"蚕花娘子"。

太极张三丰

张三丰真人是武当派的开山祖师，他所创的太极拳，是我国古代武术中最博大精深的内容之一。据说，张三丰真人创立太极拳，还有一段故事哩。

传说张真人在武当山修道时，每天都静坐练功，在沉思冥想中体会心静如水、物我合一的超脱境界。闲的时候，他也会登山临水，四处游览，仰望浮云，俯视山川，领会自然的真谛。一天，张真人在武当山后的一个山洞里打坐时，忽然听见外面传来喜鹊的叫声，声音有些凄厉，和平常不太一样。张真人循声走出洞来，发现在不远处的树上，一条蛇和一只喜鹊正在争斗。原来树上有一个喜鹊窝，里面还有几只小喜鹊，蛇想趁着大喜鹊不注意，上前吃掉小喜鹊，没想到却被大喜鹊发现了。蛇和喜

鹊的身子紧紧缠绕在一起，打斗得十分激烈。张真人见状，正想上前去救下喜鹊，没想到这个时候，大喜鹊反倒挣脱了蛇的捆绑，飞了出来。张真人松了口气。可大喜鹊不但没飞走，反而对蛇发起了攻击。原来它仗着自己个头大，又会飞，想要把蛇啄死，吃蛇肉哩。

可蛇也不甘示弱。它立

中国神话故事与民间传说

起身子，迎向喜鹊。喜鹊攻击它的头时，它就竖起尾巴，狠狠地抽打喜鹊；喜鹊挨了打，疼得不行，立刻转过身来，攻击它的尾巴。可蛇不慌不忙，张开大口，咬向喜鹊。喜鹊没办法，只得掉过头来，又攻击起蛇的头部来。就这样反反复复了好几次，喜鹊一点便宜也没有占到，反倒还被蛇攻击了好几下。

喜鹊一看自己的攻击没有收到效果，就飞到半空，忽然一下子冲了下来，冲着蛇的中部啄了下去。可蛇蜿蜒轻身，摇摆闪避，喜鹊攻击了好几下，都不能击中它。不一会儿，喜鹊就累得精疲力竭，只好无可奈何地飞走了。

张真人在一旁看着，忽然悟到了什么。他想：这不就是我一直想要参透的太极阴阳的道理吗？蛇和喜鹊相比，是柔弱的，但它运用技法和战术，却能打败力气占上风的喜鹊。以柔可以克刚，以静可以制动，原来太极的道理，就在自然之中！想到这里，张真人连忙走进洞里，模仿着刚才蛇的形态和动作，设计出了一套拳法。这套拳法以柔为主，却能以柔制刚、以静制动，借力打力，深刻地体现了道家阴阳相生相克、柔弱胜于刚强的主张。张真人创立了这套拳法以后，将它命名为"太极拳"，以突出这套拳法的特点。

张真人创立太极拳以后，不但自己经常练习，还将它教给了自己的弟子们。太极拳招式简单洒脱、飘逸自然，深刻地契合了大自然，同时也遵循了人体自身的规律，动静相间，形神兼备。修炼太极拳，既可以修身养性，领悟自然之道，又可以强身健体，自卫防身。"内以养生，外以却恶"，为我们留下了一份珍贵的历史文化遗产。

鲁班借龙宫

鲁班师傅的手艺天下闻名。他看到很多老百姓在路边挨饿受冻，没有房子住，就想盖一座又大又漂亮的房子，让老百姓都可以住进去。可是到底什么样的房子才是又大又漂亮的呢？鲁班师傅想了很长时间都想不出来。

鲁班师傅的一个徒弟灵机一动，对师傅说："师傅，听说东海龙王的龙宫是这世上最漂亮的房子，我们找他借来做个样子吧。"

鲁班师傅听了，说："好，那我们就去借吧。"于是鲁班师傅就到了东海，站在海边上，朝海里大喊："龙王！龙王！"

一会儿，龙王驾着海浪出现了，他站在浪头上，对鲁班说："鲁班师傅，什么事呀？"

鲁班说："龙王龙王，我想造一个又大又漂亮的房子，听说你的龙宫是这世上最漂亮的房子，我想拿你的龙宫做个样子，行吗？"

龙王听鲁班说自己的龙宫是这世上最漂亮的房子，十分得意，说："好吧，我可以借给你，不过只能借三天，三天以后，你就得给我还回来。"

鲁班听了，点了点头，表示答应了。

龙王一挥手，龙宫就从水里冒了上来，漂到了岸上。

龙宫果然漂亮极了，水晶做的外墙，琉璃玛瑙的屋梁，门窗上雕刻着各式各样的花纹，屋檐还被修成了水波纹一样的形状，既结实又漂亮。鲁班师傅和徒弟们围着它看来看去，一致决定照着它的样子造一座房子。

他们搬来木料，架起屋梁，又拉来各种砖石，砌起墙壁。大体的结构建得差不多了，但龙宫实在是太大，各式各样的雕刻、形状各异的花纹，三天的时间，鲁班师傅和徒弟们实在是造不完。

转眼就到了第三天的傍晚，鲁班师傅一个人坐在屋子里发愁：明天龙王就会派人来搬走龙宫了，自己还没有造完，怎么办呢？

想来想去，他想出一个主意来，他让徒弟们在龙宫的四角钉上木桩，又在四个屋檐下面分别挂了一串铜铃。

夜里，龙王派来的龙、鱼、虾、蟹们果然来搬龙宫了。他们来的时候，带起了一阵狂风，吹得屋角的铜铃叮叮当当地响。鲁班师傅一听，知道他们来了，就连忙找了个地方躲了起来。虾兵蟹将们开始搬龙宫了。可他们费尽了吃奶的力气，也没能把龙宫抬起来。蟹将军又指挥鱼虾们去房子后面用力地推，可龙宫仍旧是纹丝不动。虾兵蟹将们累得气喘吁吁，又是搬，又是抬，一直折腾到凌晨。转眼天就要亮了。可虾兵蟹将们谁都没有注意到，依旧在那里使劲地搬。这时，太阳出来了，虾兵蟹将们全都着了慌。他们连忙找地方躲藏。小龙爬上了屋檐，鲤鱼钻进了门缝，虾子和螃蟹急得四处乱跑。金鸡打鸣了，太阳升了起来，小龙被晒死在屋檐上，鲤鱼也粘在大门上，下不来了。

鲁班师傅和徒弟们到龙宫前一看，小龙的头伏在屋角上，龙身横躺在瓦背上，龙尾翘了起来，鲤鱼站在大门上，恰好成了一个环的形状。鲁班师傅看了，觉得很漂亮，就用泥捏成龙头和龙尾的模样，烧成瓦片，镶在屋檐上。还用铜打成了鲤鱼样的门环，钉在了门上，两扇门，一边一个，恰好一对。

后来的人们仿照鲁班师傅造出来的样子，建造自己的房子，龙头龙尾的屋檐和鲤鱼的门环，也就一直流传到了现在。

中国神话故事与民间传说